国家社科基金项目（编号：14BZW044）结项成果

广东省高水平大学建设经费资助出版

NSSFC

国家社会科学基金项目文库·文学研究

现代学术视野下的
六朝学研究

徐国荣◎著

XIANDAI XUESHU SHIYE XIA DE

LIUCHAOXUE YANJIU

暨南大學出版社
JINAN UNIVERSITY PRESS

中国·广州

图书在版编目（CIP）数据

现代学术视野下的六朝学研究/徐国荣著 . —广州：暨南大学出版社，2020.8

（国家社会科学基金项目文库. 文学研究）

ISBN 978 - 7 - 5668 - 2943 - 6

Ⅰ. ①现… Ⅱ. ①徐… Ⅲ. ①中国文学—古典文学研究—六朝时代 Ⅳ. ①I206.35

中国版本图书馆 CIP 数据核字（2020）第 142873 号

现代学术视野下的六朝学研究
XIANDAI XUESHU SHIYE XIA DE LIUCHAOXUE YANJIU

著 者：徐国荣

出 版 人：张晋升
项目统筹：晏礼庆
策划编辑：杜小陆
责任编辑：黄志波 亢东昌
责任校对：张学颖 武颖华 林玉翠
责任印制：汤慧君 周一丹

出版发行：暨南大学出版社（510630）
电　　话：总编室（8620）85221601
　　　　　营销部（8620）85225284 85228291 85228292 85226712
传　　真：（8620）85221583（办公室） 85223774（营销部）
网　　址：http://www.jnupress.com
排　　版：广州良弓广告有限公司
印　　刷：佛山市浩文彩色印刷有限公司
开　　本：787mm×960mm 1/16
印　　张：15.5
字　　数：260 千
版　　次：2020 年 8 月第 1 版
印　　次：2020 年 8 月第 1 次
定　　价：59.80 元

目 录

引　言

所谓"六朝学"，当然指的是研究六朝的学问，包括对六朝时期的文学、历史、学术、文化等方面的研究。这个名词虽然并不多见，甚至可以说前人没有提过，但这并非刻意求偏求新，更非哗众取宠。因为研究某一特定历史时期的文化，名之为一种"学"，是非常容易理解的，这如同"宋学""清学"等名词一样，其内涵是比较明确的，甚至无须解释而自明。当然，如果非要溯源，寻求什么历史依据，也可以从章太炎的《五朝学》那里得到启示。因为《五朝学》所欲阐明的便是东晋至南朝四朝的社会文化（以学术文化为主），又因为要追溯渊源，实际阐释的包括后汉与魏及西晋，相当于前人所谓的"八代"。

本书开始是以清末民初时期的六朝文学研究的学术史为主线的，但在实际工作的开展中，很难把六朝文学的研究与六朝文化的研究区别开来。这首先与六朝文学自身的特点有关。虽然说学术界至今仍然大多认同魏晋时期的文学自觉说，但研究六朝文学的学者们深深地了解，六朝时期的历史文化与学术文化，如玄学与文学的关系，家族文化与文学的关系，宗教信仰与文学的关系，思想文化与文学的关系，一直是剪不断、理还乱的。尽管这些在其他朝代似乎也存在，而六朝时期似乎更为特殊。事实上，一些在六朝文学和学术研究方面卓有成就的大家，如章太炎、刘师培、黄侃、鲁迅、陈寅恪、王瑶等人，他们的学术成果往往也体现在对整个六朝之"学"的把握与研究之上。当然，我们所要关注的"六朝学"主要是"现代学术视野下的"，而非传统路数的研究。之所以作出这样的限定，一方面是为了行文操作上的方便，另一方面更是将其与传统的研究思维剥离开来。因而，我们以"学术视野"为依归，而不是纠结于语言形式的文言或白话。所以，尽管章太炎、刘师培等人的行文多以文言文为之，但由于他们的眼光是现代性的，颠覆了传统的学术模式，仍可视作现代性的学术视野。刘梦溪先生在主编《中国现代学术经典》时对如何判别传统学术与现代学术作了详细的考察，他写了一长篇"总序"，其中认为："中国传统学术向现代学术转变，有一学术理念上的分别，即传统学术重通人之学，现代学术重专家之学。"并且说："中国现代学术这个概念，主要指学者对学术本身的价值已经有所认定，产生了学术独立的自觉要求，并且在方法上吸收了世界上流行的新观念，中西学术开始交流对话。如果这样界定大体上可以为大家所接受，就可以看出，清中叶的乾嘉汉学里面已经根藏有现代学术的一些因子，而发端应该是在清末民初这段时期。"① 这个判断大致是可以接受的。事实上，我们在探究现代学术视野下的六朝学时，也正是从清末民初的章太炎与刘师培那里开始的。也可以说，章太炎与刘师培在现代"六朝学"研究上有着开创性的学术史意义。这种意义一方面体现在对于六朝学术文化"翻案式"的价值判断，另一方面也是由于他们的相关论述与研究方式具有启发性，可以金针度人，具有可操作性，从而能够引领学术潮流，使得二十世纪上半叶的"六朝学"成为一时显学。

当然，"六朝学"能够成为二十世纪上半叶一时的显学，也有其自身的原因。因为六朝时期的文学、学术、历史、文化等，在不同的历史时期往往有着不同甚至截然相反的评价。整个六朝时期，朝代更替频繁，每个朝代存在的时间都较短，社会总是处于动荡不安之中。从社会发展的角度而言，与前后的汉唐盛世相比，六朝无疑是衰世与乱世。但社会历史的发展与文学艺术以及学术文化的水平高度未必总是成正比的，也不一定是完全同步的，甚至在中国文学理论史上有所谓"诗穷而后工"的说法。将"穷而后工"这种针对个人遭际与创作关系的理论移之于整个社会，其实也是适合的。所以，我们看到，由于六朝的"衰世"与"乱世"，个人的心灵得以极大的解放，思想的自由，精神的无拘无束，正是学术思想和文学艺术可以自由发展的基础，正好符合审美超功利的美学原则，也在无形中成就了"国家不幸诗家幸"的主题。这便可以理解宗白华在1941年抗战时期两次刊发其《论〈世说新语〉和晋人的美》一文了。因为在他看来，"魏晋六朝的中国，史书上向来处于劣势地位。鄙人此论希望给予一新的评价。秦汉以来，一种广泛的'乡愿主义'支配着中国精神和文坛已两千年。这次抗战中所表现的伟大热情和英雄主义，当能替民族灵魂一新面目。在精神生活上发扬人格底真解放，真道德，以启

---

① 刘梦溪：《中国现代学术经典·总序》，河北教育出版社，1996年，第44、48页。

发民众创造的心灵，朴俭的感情，建立深厚高阔、强健自由的生活，是这篇小文的用意。环视全世界，只有抗战中的中国民族精神是自由而美的了！"①我们看他在这篇文章中，极力讴歌晋人"自由而美"的精神，认为晋人表面看起来空灵洒脱，有时候又似乎不拘礼法，但他们却是具有真道德的人，内心淳至，是以自己的真性情、真血性来掘发人生的真正意义。如此高扬魏晋名士的"真道德"与"人格的优美"，实是对魏晋传统学术资源的现代利用。事实上，这也是六朝学术文化在二十世纪上半叶备受关注的重要原因。从章太炎的《五朝学》和刘师培的《论古今学风变迁与政俗之关系》等文章，到鲁迅《魏晋风度及文章与药及酒之关系》，再到冯友兰《论风流》与宗白华的《论〈世说新语〉和晋人的美》等，这一历史时期的"六朝学"研究虽然都是实实在在的客观论述，没有刻意地歪曲学术史实，但又是与当时的现实紧密联系在一起的。一切历史都是解释史，文学史如此，学术史也是如此。即使是坚定信奉"独立之精神，自由之思想"学术理念的陈寅恪先生，他所撰写的一系列六朝学术文化的研究文章，往往也是有其现实目的的。但他的"现实目的"当然不是纯粹为了个人的私利，而是坚守自己的学术原则，以学术研究追寻真理的精神来为当时社会的现实而服务。所以，本书专辟一章，论述陈寅恪先生的"六朝学"系列论文及其意义，他对支愍度学说的看法及其不断引述所谓的"江东旧义"，他何以表彰东晋的王导，他对陶渊明"新自然说"的掘发，他对庾信《哀江南赋》的理解，他的"中国文化本位论"的情结及其现实的文化关怀。可以说，以"六朝学"作为研究对象，从传统的学术资源中阐发自己的学术理念与学术思想，在吸收传统学术方法与西方学术方法的同时，既能做到坚持"独立之精神，自由之思想"，又能够归之于经世致用，陈寅恪的人格、品行及其研究成就可以作为一个经典范型。

　　有鉴于此，为了更加明晰地展现清末民初以来直到新中国成立之前的六朝学研究成就，我们采用纵横交叉的研究方式，一方面以主题论述为纲，另一方面在同一主题的论述中又略以时间为序。但总体来说，我们更加关注的是学人们学术研究的"现代性"，亦即"现代视野"。巧合的是，陈平原教授在论及"现代学术之建立"时，也是以章太炎与胡适为中心的，并且认为：

---

① 《论〈世说新语〉和晋人的美》编者注，《宗白华全集》第二卷，安徽教育出版社，1994 年，第 267 页。

"倘若从事学术史研究，章太炎或许是最佳入口处。"① 对于本课题的研究来说，章太炎不仅是新旧学术转型的关捩，也正好是现代"六朝学"的奠基人物。他处于西学东渐的文化背景下，又处于晚清民国时期，既深于"中"学，也不拒"西"学，与新旧派的各类人物皆有交集，其文章，其学术，其思想观念，其人格品行，虽然充满争议，却是不得不面对而又无法绕行的。尤其是他对八代文学的认识，对六朝学的体认，如果要了解现代学术视野下的六朝学，章太炎其人其学确实是个"最佳入口处"。

另外，对于"六朝"这个词，需要加以说明的是：它指的是魏晋南北朝，但在具体行文时，特别是在举例论述时，往往未必能够把整个魏晋南北朝都包含进来。从魏晋南北朝文学和学术文化的角度而言，我们往往偏重于魏晋南朝，所以在使用"六朝学"指涉对象时，文中或用"魏晋"，或用"魏晋南朝"，或用"魏晋六朝"，或用"魏晋南北朝"，有时候甚至使用"东晋南朝"等字样，未必处处都使用"六朝"这样统一的称呼，但实际论述对象不会超越这个范围，而是为了在具体文章论述时的行文之便。

---

① 陈平原：《中国现代学术之建立——以章太炎、胡适之为中心》，北京大学出版社，1998年，第1页。

第一章 "八代"文学的文化指涉

从学术史角度而言，对魏晋六朝学术文化的关注与研究评价，当然自唐代以来即已开始，特别是唐代科举文化的兴盛，对《文选》的重视，使得唐人对魏晋六朝文学和文化大加关注，唐代的文学大家对魏晋六朝的文学也都非常熟悉，且常常作为他们学习与模拟的范本。杜甫要求自己的儿子要熟精《文选》，连心高气傲的李白也要"一生低首谢宣城"。宋人对魏晋六朝文学和《文选》的态度经过一个波折，其实也是与现实的功利目的——科举取士制度有关，所以有学者说："宋代文人所接触到的文集远远超出唐人，在唐代，许多学子应付考诗赋试主要依凭一本《文选》；宋人所读之书颇多，由于印刷术的发明与投诸实用，书籍得之甚易，因而宋人读到的往往是唐人别集，其读书的广博与学识也自然有理由傲视前人。""《文选》中没有像唐代诗篇那样的声韵铿锵、合乎考试要求的律诗，这也是宋人不甚重视它的原因之一。故而宋人对于这本雅化文学、贵族文学的代表性总集《文选》的冷落与荒疏显得很是自然。例如北宋初年，《文选》研读者尚多，随着文风的改变，特别是范仲淹的庆历新政、王安石的熙丰革新两次对于当时科举制度与文风的冲击，将《文选》束之高阁成为普遍现象。"[①] 当然，宋代是个文化高峰时期，熟悉并推崇六朝文学和文化的也不乏其人。明清时代对于六朝学的研究更是多有其人，成果也颇为丰富。明朝甚至出现了所谓的"六朝派"，出现了杨慎这样尊崇六朝诗学的大家，不但影响了朱曰藩等金陵六朝派，清代诗学亦多受其沾溉。至清朝末年，以王闿运为代表的汉魏六朝派在当时诗坛上自有一席之地。就散文创作来说，清代以来的骈散之争，初看起来是骈体文与散体文之间的文体之争，其深层实则是思想文化之争。崇骈者，重六朝，重《文选》，重藻饰，重学问；崇散者，重唐宋，重八家，重道学。这种情形，直到

① 王书才：《〈昭明文选〉研究发展史》，学习出版社，2008 年，第 95、96 页。

清末民初时期，尽管清王朝已无法在意识形态上干扰学术文化，无法影响学人们的价值判断了，而学界内部的这种争执却并未改变。也就是说，新的现代型态的"六朝学"仍然是建立在对旧的以"唐宋八大家"为代表的"道统论"的批判的基础之上的。因此，我们就有必要从"八家文"与"八代文"之争说起，并进而理解两者之争中所关涉的文化内涵。因为对"八代"文学时间起始的理解及其价值判断，往往并不仅仅与这一段文学本身相关，还有着其他更为丰富的文化意蕴，涉及时代背景、政治与文学、思想文化、意识形态、学术思潮等。

第一节 从清末民初的"八家文"和"八代文"之争说起

清末民初，大约与"五四"新文学革命与新文化运动约略同时而稍前，在传统文学研究领域内，特别是关于文章风格与体制问题，学术界曾产生过不小的争议。钱基博《中国现代文学史》描述说："民国更元，文章多途；特以俪体绣藻，儒林不贵。而魏晋、唐宋，骈骋文圃，以争雄长。大抵崇魏晋者，称太炎为大师。而取唐宋，则衍湘乡之一脉。自曾国藩倡以汉赋气体为文，力追韩昌黎雄奇瑰伟之境，欲以矫桐城缓懦之失；特是冗字缛句，时伤堆砌；所幸气沉而力猛，掉运自如，故不觉耳。桐城吴汝纶、武昌张裕钊衍其绪。"① 他这里说的是文章学中的"魏晋文"与"唐宋文"之争，实则就是所谓"八代文"与"八家文"之争，前者以章太炎为代表，后者则以师法曾国藩的吴汝纶与张裕钊为代表。桐城派中，姚鼐及其所编《古文辞类纂》影响最为深广，其中所编，自是崇尚"八家文"，而"八代文"几乎完全被忽略过去。章太炎后来在讲演中也提到此事，评曰："姚氏《古文辞类纂》分十三类，大旨不谬。然所见甚近，以唐宋直接周秦诸子、《史》、《汉》，置东汉、六朝于不论，一若文至西汉，即斩焉中绝，昌黎之出，真似石破天惊者也。天下安有是事耶（桐城派所说源流不明，不知昌黎亦有师承）？"② 对姚氏完全无视"八代文"的做法表示不可理解。所谓"八代文"，源自苏轼评韩愈散文"文起八代之衰"的概念，其具体时间指涉一直有争议，或以为自

---

① 钱基博：《中国现代文学史》，中国人民大学出版社，2004年，第125页。
② 章太炎著，吴永坤讲评：《国学讲演录·小学略说》，凤凰出版社，2008年，第260页。

东汉至南北朝隋代，或以为仅谓南北朝隋，也有的把西汉包括在内，但在涉及"八代文"的总体评价上往往等同于"六朝文"，指的是以骈体文为代表的追求辞藻的文章。"八家文"自是指唐宋八大家的散体文，是"文以载道""文以明道"的文学载体。这两者本来只是文章风格的不同而已，但在文学论争中，又常常与学术流派甚至当代的意识形态混淆在一起，情况比较复杂。

其实，上引钱基博文中所说只是从当时学术史的角度而言的，对于这两派之争所涉及的文化指向没有进一步阐明。事实上，曾国藩的文章风格，后人或称"湘乡派"，吴汝纶与张裕钊等人师之，从整个清代文章发展的脉络来看，将其归入桐城派这个大的框架之中，亦并无不可。桐城派文章在形式上固然注重"声色格律"和所谓"义法"，但其实最为看重的还是"文以载道"或"文以明道"的道学内容。章太炎虽然崇尚魏晋文，主要看中的是那些议理论政之文，并非其中的藻丽，对于文章是否需要载道这个问题，他没有专门探讨，但在不少场合是不满于"文以载道"的，如其在《蓟汉闲话》说："文以载道，今人多不喜其说。余谓文安能篇篇载道，要当不为非道之言。然则道、墨、名、法，自儒者视之，为道耶？非道耶？此则道之为言，条流至广。彼诸子者亦各自以为道，恶得以儒术一概排之。"① 其意认为，诸子各家皆言道，若非得要"文以载道"，所载自是儒家之道，则诸子何堪矣！对于文章本身，他其实主张须仍之自然，能够行止自如，逻辑分明，洗练而高古。章氏自己行文也以散体古文为主，而不措意于骈体文。所以，与其说这里是所谓的"魏晋文"与"唐宋文"之争，倒不如说是学术流派之不同。更何况，章太炎重视议理论政的魏晋文，所关注的也不仅仅是其风格与体制，而是其辨名析理的逻辑性，需要以此作为"论战"文章的典范。历史上对魏晋六朝学术文化的评价大多持负面态度，文统论和道统论者又常借批判魏晋六朝学术文化以宣扬官方的意识形态。因此，要想改变这一历史惯性，就更需要先为这一历史时段的学术文化来翻案，这是章太炎《五朝学》一文诞生的现实基础，也是弘扬魏晋文的前提。而对唐宋文的提倡自然是以高扬"唐宋八大家"作为理论主张，以他们的文章作为典范。因而，从表面上看，这似乎是魏晋文与唐宋文之争，其实却是学术流派之争，而归根结底，在深层上仍是思想文化之争。

---

① 《章太炎全集·太炎文录续编》卷一，上海人民出版社，2014年，第101页。

后来，章太炎在苏州的"章氏国学讲习会"上论及于此，录之者将其谈及中国文学发展的部分称为"文学略说"。他此时的态度已非常平和，也并没有将其与意识形态以及思想文化联系在一起，只是从古今文学发展的实际情况，将其析为传统的文章的骈散之争，而他自己却认为这些所谓的骈散之争本是不必要的，因为"骈文散文各有短长。言宜单者，不能使之偶。语合偶者，不能使之单。"① 他认为文章的优劣不在于骈散与单偶，重要的在于"辞尚体要"，也就是不同的文体需要不同风格的言辞，合适的才是最好的。"辞尚体要"本是《尚书·毕命》中的话，刘勰《文心雕龙》中也非常推崇此论，亦是章太炎一直所信守与坚持的观点。

但骈散之争其实自唐代开始就一直不曾停过，清代论争尤为激烈，清末民初又借"桐城派"与"文选派"之学派之争而呈现出来。所以章太炎在上文的讲演中也说道："阮芸台妄谓古人有文有辞，辞即散体，文即骈体，举孔子《文言》以证文必骈体，不悟《系辞》称辞，亦骈体也。刘申叔文本不工，而雅信阮说。余弟子黄季刚初亦以阮说为是，在北京时，与桐城姚仲实争，姚自以老耄，不肯置辩。或语季刚：呵斥桐城，非姚所惧；诋以末流，自然心服。其后白话盛行，两派之争，泯于无形。由今观之，骈散二者本难偏废。头绪纷繁者，当用骈；叙事者，止宜用散；议论者，骈散各有所宜。不知当时何以各执一偏，如此其固也。"② 表面上看，他在这里轻描淡写地谈了两个学术掌故，其实却涉及了中国文学学术史与思想文化史上的三个重要问题。而这三个问题既是相互关联的，也与"八家文"与"八代文"之争密切相关。这三个问题是：其一，清代阮元与骈散之争；其二，关于韩愈所谓文与道之关系；其三，清末民初时期的桐选之争。关于第二点，虽然章太炎没有在此直接提到，但实际上，无论是传统的骈散之争，还是清末民初时期的桐选之争，包括中国文论史上的"八家文"与"八代文"之争，都是这个问题的具体伸衍而已。因兹事所涉较为广阔，也是清代与民国时期学术论争的重要题目，我们可以在后文中单独论之。这里可以先不妨讨论章太炎所直接提及的两个问题以及由此而引起的"六朝学"之相关问题。

其一，清代阮元与骈散之争。阮元，字伯元，号芸台（或作云台），扬州人，乾隆五十四年（1789）进士，多次出任地方督抚与学政，并著有学术著

---

① 章太炎著，吴永坤讲评：《国学讲演录·文学略说》，凤凰出版社，2008年，第243页。
② 章太炎著，吴永坤讲评：《国学讲演录·文学略说》，凤凰出版社，2008年，第245页。

作多种，《清史稿》本传称其"身历乾、嘉文物鼎盛之时，主持风会数十年，海内学者奉为山斗焉"。① 在当时汉学与宋学之争的大背景下，他力崇骈文，标举六朝文章，作《文言说》《文韵说》《与友人论古文书》以及《书梁昭明太子文选书后》等文，以六朝时期刘勰《文心雕龙》和萧统《文选序》为理论支撑点，认为只有像《文选序》中所说的"事出于沉思，义归乎翰藻"者才有资格称为"文"。而且，为了获得道德的制高点与理论的支持，他拉大旗作虎皮，以传为孔子所作的《易传·文言》为理论依据，故作《文言说》：

　　古人无笔砚纸墨之便，往往铸金刻石始传久远，其著之简策者，亦有漆书刀削之劳。非如今人下笔千言，言事甚易也。许氏《说文》："直言曰言，论难曰语。"《左传》曰："言之无文，行之不远。"此何也？古人以简策传事者少，以口舌传事者多，以目治事者少，以口耳治事者多。故同为一言，转相告语，必有愆误。（《说文》：言，从口，从辛。辛，愆也。）是必寡其词，协其音，以文其言，使人易于记诵，无能增改。且无方言俗语杂于其间，始能达意，始能行远。此孔子于《易》所以著《文言》之篇也。古人歌诗箴铭谚语，凡有韵之文，皆此道也。《尔雅》释训，主于训蒙。子子孙孙以下，用韵者三十二条，亦此道也。孔子于乾坤之言，自名曰文，此千古文章之祖也。为文章者不务协音以成韵，修词以达远，使人易诵易记，而惟以单行之语，纵横恣肆，动辄千言万字。不知此乃古人所谓直言之言，论难之语，非言之有文者也，非孔子之所谓文也。《文言》数百字，几于句句用韵，孔子于此发明乾坤之蕴，诠释四德之名，几费修词之意，冀达意外之言。要使远近易诵，古今易传，公卿学士皆能记诵，以通天地万物，以警国家身心，不但多用韵，抑且多用偶，即如乐行忧违，偶也；长人合礼，偶也；和义干事，偶也；庸言庸行，偶也；闲邪善世，偶也；进德修业，偶也；知至知终，偶也；上位下位，偶也；同声同气，偶也；水湿火燥，偶也；云龙风虎，偶也；潜藏文明，偶也；道革位德，偶也；偕极天则，偶也；隐见行成，偶也；学聚问辨，偶也；宽居仁行，偶也；合德合明，合序合吉凶，偶也；先天后天，偶也；存亡得丧，偶也；余庆余殃，偶也；直内方外，偶也；通理居体，偶也。凡偶皆文也。于物，两色相偶而交错之，乃得名曰文，文即象其形也。然则千

---

① 《清史稿》卷三八四，中华书局，1977年，第11424页。

古之文，莫大于孔子之言《易》。孔子以用韵比偶之法错综其言，而自名曰文，何后人之必欲反孔子之道而自命曰文，且尊之曰古也。①

他认为用韵比偶之文，方可名之曰"文"，故推崇萧统所编《文选》，因为"昭明所选，名之曰文。盖必文而后选也，非文则不选也。经也，子也，史也，皆不可专名之为文也。故昭明《文选序》后三段，特明其不选之故。必沉思翰藻，始名之为文，始以入选也"。② 而自韩柳以来之所谓"古文"，其实只是《文选》所不选录之经子史而已，与萧统所选沉思翰藻之"文"并不相同，"古人于籀史奇字始称古文，至于属辞成篇，则曰文章。……今之为古文者，以彼所弃为我所取，立意之外，惟有纪事，是乃子史正流，终与文章有别"。③ 由于韩愈在文化史上正统的特殊地位，作为清朝大员的阮元尚不能或不敢直接指斥，尤其对于韩愈所标榜的道统论更不愿触碰，但在字里行间，对于韩愈所代表的"古文"传统实是表示不屑。说到底，他要批评的不是韩愈，而是当时的桐城派散文。这种骈散之争，看似是文学流派与文体之争，实则是思想文化上的汉学与宋学之争。故而，从论争策略上考量，以阮元为代表的崇骈派，自然而然地需要标举六朝文章，以其为文章典范。阮元几乎将此观念吸入血脉之中，他在其《研经室集自序》中开端即表明说："余三十余年以来，说经记事不能不笔之于书。然求其如《文选序》所谓'事出沉思义归翰藻'者甚鲜，是不得称之为文也。"④ 这看似自谦，实则是表明"文"之内涵。终其一生，他的这种观念从未改变，在《四六丛话序》等文中也不断地强化此论。即使是意识到六朝文笔论以及有韵无韵之论与他所谓"文"的概念内涵有所扞格，他也不愿改变，而是力图补充解释，《文韵说》便是如此。论者或云："阮元的两大理论支柱之间有个明显的缝隙：即《文心雕龙》论及文笔时以有韵无韵为界，而《文选序》的标准则是'沉思'、'翰

---

　　① 阮元：《文言说》，《研经室三集》卷二，《续修四库全书》第 1479 册，上海古籍出版社，2002 年，第 196–197 页。

　　② 阮元：《书梁昭明太子文选序后》，《研经室三集》卷二，《续修四库全书》第 1479 册，上海古籍出版社，2002 年，第 197–198 页。

　　③ 阮元：《与友人论古文书》，《研经室三集》卷二，《续修四库全书》第 1479 册，上海古籍出版社，2002 年，第 198–199 页。

　　④ 阮元：《研经室集自序》，《续修四库全书》第 1478 册，上海古籍出版社，2002 年，第 527 页。

藻',未有形式上的要求,更严重的是骈文本身就是不押韵的。"① 这个理论缺陷,后来刘师培替他补上了。而在当时来说,阮元的意义不仅仅在于骈散之争中对于骈文与六朝文章的推崇,也是对桐城派文章空言义法而实欲卫道的不满,更是通过对汉学的崇实质朴的推重而达到对宋学空论义理的批评。章太炎持文学复古观念,其"文"的概念属于杂文学观,认为一切用文字记载的都包括在"文"的范畴之内,甚至"无句读文"亦不可偏废,所以对阮元的这种纯文学观自是不以为然。有论者认为"章太炎出于其激烈的'排满'立场,极端排斥清廷重臣阮元。他在《文学总略》中一再批驳阮氏《文言说》、《文韵说》'持论偏颇'"。② 章氏固然"排满",但对阮元的"文言说"倒未必是革命批判式的驳斥,更多的是出于学术立场。但章太炎与阮元毕竟不是同时代人,在当时,真正要面对争论的乃是继承阮元观点的刘师培。而在1906年之前,章、刘两人曾有过一段很深的交往与友谊。即使后来刘师培投靠端方而为士林与革命党人所不齿,章太炎还是怜惜其才华,努力保全之。其实,他们两人虽然对于"文"的观念并不相同,却并没有直接交锋与争论。章氏于此拈出阮元之说,只是说明骈散之争大可不必,骈文与散文各有所长,不可偏废。这也并不是什么新鲜的观点,骈散合一之论也早已有人说过。阮元的崇尚骈文与标举六朝文章,深层的意义也在于提倡汉学,崇尚考据。而其现实意义则在于对桐城派文章的批评,尤其对其空谈"义法"而使"文"的"载道"无所着落,甚至成为"以文害道"而不满。

其二,清末民初时期的桐城派与文选派之争。章太炎与刘师培在学术上相互欣赏而又相互影响,特别是在魏晋南北朝文学与学术研究上,两人桴鼓相应,多有共识,但在关于"文"的概念上却是很不相同。章太炎持杂文学观念,对"文"与"文学"有自己独到的理解,认为:"文学者,以有文字著于竹帛,故谓之文。论其法式,谓之文学。凡文理、文字、文辞,皆称文。"③ 刘师培则取纯文学观念,继承了其乡贤阮元《文言说》的说法,作《广阮氏文言说》,认为:"故三代之时,凡可观可象,秩然有章者,咸谓之文。就事物言,则典籍为文,礼法为文,文字亦为文;就物象言,则光融者

---

① 王风:《刘师培文学观的学术资源与论争背景》,陈平原主编:《中国文学研究现代化进程二编》,北京大学出版社,2002年,第6页。

② 卢毅:《章门弟子与近代文化》,广西师范大学出版社,2009年,第233页。

③ 章太炎:《国故论衡·文学总略》,刘梦溪主编:《中国现代学术经典·章太炎卷》,河北教育出版社,1996年,第45页。

为文，华丽者亦为文；就应对言，则直言为言，论难为语，修词者始为文。文也者，别乎鄙词俚语者也。《左传》曰：'言之无文，行之不远。'又曰：'非文辞不为功。'言语既然，则笔之于书，亦必象取错交，功施藻饰，始克被以文称。故魏晋六朝，悉以有韵偶行者为文，而《昭明文选》，亦以沉思翰藻为文也。两汉之世，虽或以笔为文，然均指典册及文字言，非言文体。如《史记·太史公自序》'《春秋》文成数万，论次其文'，《论衡·超奇篇》'文以万计'是也。不得据是以非阮说。惟阮于许（慎）、张（揖）、刘（熙）诸故训，推阐弗详，故略伸其说，以证文章之必以彣彰为主焉。"[1] 他还花了很大气力论证了"言""语""文""笔""辞""词""文章""彣彰"这些概念的内涵与本义，尤其重视历代文章之流别与演变。钱基博论曰："（刘师培）凡所持论，见《文说》、《广文言说》、《文笔诗笔词笔考》。盖融合昭明（萧统）《文选》、子玄（刘知几）《史通》以迄阮元、章学诚，兼纵博涉，而以自成一家言者也。于是仪征阮氏之《文言》学，得师培而门户益张，壁垒益固。论小学为文章之始基，以骈文实文体之正宗，本于阮元者也。论文章流别同于诸子，推诗赋根源本于纵横，出之章学诚者也。阮氏之学，本衍《文选》，章氏薪向，乃在《史通》。而师培融裁萧、刘，出入章、阮，旁推交勘以观会通。"[2]

章、刘两人虽然对于"文"的理解有差异，但并不妨碍对于整个魏晋六朝学术文化理解上的认同。而章氏弟子黄侃（字季刚）在北京大学任教时，颇受同在北大的刘师培的影响，后来还拜刘为师，尤其是提倡六朝学术与萧统《文选》上，受刘师培的影响或许更为明显。正是在北大任教之时，黄侃撰成《文心雕龙札记》一书作为其理论纲领，颇有与北京大学同事姚永朴、林纾等人争胜的意思。这段公案，学术界将其概括为"桐城派与文选派之争"，周勋初先生论曰：

清朝末年，民国初年，桐城派的最后几位大师马其昶、姚永朴、姚永概和林纾等人先后曾在京师大学堂及其后身北京大学任教，其后章太炎的门人黄侃、钱玄同、沈兼士、马裕藻及周氏弟兄等先后进入北京大学，逐渐取代

---

① 刘师培：《广阮氏文言说》，陈引驰编校：《刘师培中古文学论集》，中国社会科学出版社，1997年，第183页。

② 钱基博：《中国现代文学史》，中国人民大学出版社，2004年，第105页。

了桐城派的势力。……民国二年，北京大学礼聘章太炎到校讲授音韵、文字之学，章氏不往，而荐弟子黄季刚（侃）先生前去任教。这就在桐城派占优势的地盘上楔入了新的成分，引起了散文与骈文之争。[①]

如果说这是一场非常激烈的争论，其实是勉强的。因为双方并没有直接交锋，马其昶与姚氏兄弟本来为人比较低调，与黄侃等章氏弟子相比，也属于前辈学者，根本不愿甚至不屑与之争论。姚永朴为桐城姚范五世孙，虽被视作桐城派正宗传人，但他自己其实对"桐城派"这个说法都有些怀疑，他认为："宗派之说，起于乡曲竞名者之私，播于流俗之口，而浅学者据于自便，有所作弗协于轨，乃谓吾文派别焉耳；近人论文，或以'桐城'、'阳湖'离为二派，疑误后来，吾为此惧。更有所谓'不立宗派之古文家'，殆不然欤！"[②] 他对桐城末流的文章也给予批评，还借用了曾国藩《送周荇农南归序》中的一大段话："天地之数，以奇而生，以偶而成。一则生两，两则还归于一，一奇一偶，互为其用，是以无息焉。……文字之道何独不然？六籍尚已。自汉以来，为文者莫善于司马迁。迁之文其积句也奇，而义必相傅，气不孤伸，彼有偶焉者存焉。其他善者，班固则毗于用偶，韩愈则毗于用奇。蔡邕、范蔚宗以下，如潘（岳）、陆（机）、沈（约）、任（昉）等比者，皆师班氏者也；茅坤所称八家，皆师韩氏者也。转相祖述，源远而流益分，判然若黑白之不类，于是刺议互兴，尊丹者非素。而六朝隋唐以来，骈偶之文，亦已久王而将厌，宋代诸子乃承其敝，而倡为韩氏之文，而苏轼遂称曰'文起八代之衰'。非直其才之足以相胜，物穷则变，理固然也。"[③] 他非常认同曾国藩的这个观点，以为文章当奇偶互用，自然生成，"韩氏之文"与八家文的兴起，乃是文学发展的结果，似乎并不认同苏轼论韩文的起衰之说。他作《文学研究法》，有效法刘勰《文心雕龙》之意，对于骈文与散文的态度，他一并重之，并无轩轾。故论者或云："对于文学的理解，相对而言，假如要确立一家之言，刘（师培）、黄（侃）所代表的《文选》派，突出其个人的趣味嗜好，鼓吹有韵之文，那是无可厚非的。然而从中国文坛历来持杂文学观

[①] 《黄季刚先生〈文心雕龙札记〉的学术渊源》，《周勋初文集》第6卷《当代学术研究思辨》，江苏古籍出版社，2000年，第6页。

[②] 姚永朴：《文学研究法》卷二《派别》，凤凰出版社，2009年，第74页。

[③] 姚永朴：《文学研究法》卷二《派别》，凤凰出版社，2009年，第70-71页。

念，即使《文心雕龙》也论及'有韵之文'与'无韵之笔'来看，更从唐宋八大家文学实绩不容贬低而言，《文选》派比姚永朴持论就显得偏颇一些。所以黄侃起而攻击北大桐城派同事，在尚未知己知彼情况下，显得无的放矢、捕风捉影，他对于姚永朴的批评是站不住脚的。当中国陷于上世纪初的衰乱之中，随着救亡思潮与白话运动的兴起，无论是桐城还是《文选》派，均被历史所'抛弃'，曾经有过的争论也成为刍狗陈迹，文章之学也横遭断裂。"①

但双方对于文章取向的立场确实是相对立的，而且，更重要的是，双方其实代表着不同的文化立场，即新旧之别。相较而言，文选派诸子更愿意崭露锋芒，以与桐城派一较短长。因为即使到了清末民初，桐城派虽然没有刘大櫆、姚鼐这样的核心人物，也受到来自各方面的挑战，但其影响并没有随着清王朝的没落而逐渐变淡，仍然有着十分广泛的影响与强大的生命力。刘声木撰《桐城文学渊源考》，"此书为桐城派作者传记资料之汇编。上溯明代归有光、唐顺之，自方苞、刘大櫆、姚鼐以下，则以一师为一卷，凡其门人与私淑者皆予列入，每一作者记录其名氏、生平、著作数项，且注明材料来源。……此书正编（约成于1919年）十三卷，收录六百四十九人；《补遗》十三卷，收录九百九十九人，其中二百二十五人为正编所已有，但在内容上有所增补；新增者达五百七十四人。两共合计一千二百二十三人。"② 其中所收人物未必尽可列入桐城派，作者或有壮声势甚至拉大旗作虎皮之嫌，但不可否认的是，桐城派的影响确实非常深远，在清末民初的势力依然很大。章太炎自视甚高，也不愿陷入学派之争，对于桐城派中的一些人物还是比较尊重的，但对于桐城末流自是十分不屑，所以告诉其弟子黄侃等人，对于桐城，"诋以末流，自然心服"。在他心目中，所谓的"末流"，主要指的是文章没有学问为根柢，特别是对中国学术的根本——六艺传统和经学典籍不了解。这也是他用以评判桐城末流包括批评清代魏源、龚自珍文章的重要标准。在《检论》卷四《清儒》中，他推崇戴震，却对桐城诸子以及受其影响的魏源等人给予了比较激烈的批评：

---

① 汪春泓：《论刘师培、黄侃与姚永朴之〈文选〉派与桐城派的纷争》，《文学遗产》2002年第4期。

② 刘声木：《桐城文学渊源考》，王水照编：《历代文话》第十册，复旦大学出版社，2007年，第9119页。

震始入四库馆，诸儒皆震竦之，愿敛衽为弟子。天下视文士渐轻。文士与经儒始交恶。而江淮间治文辞者，故有方苞、姚范、刘大櫆，皆产桐城，以效法曾巩、归有光相高，亦愿尸程、朱为后世，谓之桐城义法。震为《孟子字义疏证》，以明材性，学者自是疑程、朱。桐城诸家，本未得程、朱要领，徒援引肤末，大言自壮。故尤被轻蔑。从子姚鼐欲从震学，震谢之，犹亟以微言匡饬。鼐不平，数持论诋朴学残碎。其后方东树为《汉学商兑》，徽识益分。阳湖恽敬、陆继辂，亦阴自桐城受义法。其余为俪辞者众，或阳奉戴氏，实不与其学相容。夫经说尚朴质，而文辞贵优衍；其分涂，自然也。文士既以娿荡自喜，又耻不习经典。于是有常州今文之学，务为瑰意眇辞，以便文士。……

道光末，邵阳魏源夸诞好言经世，尝以术奸说贵人，不遇；晚官高邮知州，益牢落，乃思治今文为名高；然素不知师法略例，又不识字，作《诗、书古微》。凡《诗》今文有齐、鲁、韩，《书》今文有欧阳、大小夏侯，故不一致。而齐、鲁、大小夏侯，尤相攻击如仇雠。源一切捆合之，所不能通，即归之古文，尤乱越无条理。……而湘潭王闿运遍注五经。闿运弟子廖平，自名其学，时有新义，以庄周为儒术，左氏为六经总传，说虽不根，然犹愈魏源辈绝无伦类者。[1]

章氏持论，以古文经学为准的，强调"师法"与"识字"，他自身学问精深，或以所长笑人，然其论证亦非强词夺理，而是前后逻辑一致，故其论敌往往难以敌之。他学问根本上鄙薄桐城方、姚诸子，用"擒贼先擒王"的方式，自是让桐城后学——特别是桐城末流无话可说。同时，他对王闿运及其弟子廖平，倒是高看一眼。廖平其人，亦自视甚高，他"不屑意为词章；然论文则颇申闿运引而未发之旨；谓：……至桐城派古文，天分低者可学之。桐城派文但主修饰，无真学力，故学之者无不薄；其欲求乱头粗服之天姿国色，于桐城派文，不可得也"。[2] 廖平长章太炎二十岁，此谓桐城派"无真学力"，章氏是否袭之不得而知，而观点可谓不谋而合矣。这种情况，其实也说明了清末桐城派的古文势力依旧强大。事实上，即使到了新文化运动之后，甚至白话文已经完全占据主流之后，很多学人在论述古今文学变迁时，对于

---

[1] 刘梦溪主编：《中国现代学术经典·章太炎卷》，河北教育出版社，1996年，第257–258页。
[2] 钱基博：《中国现代文学史》，中国人民大学出版社，2004年，第53–54页。

唐宋八大家的经典地位依然不假思索地表示认同，而对于所谓"八代文"或"六朝文章"的评价基本上还是沿袭唐人史论或持"道丧文敝"之说。我们不妨稍引几例。

唐恩溥《文章学上篇·文章源流》：

（西汉）哀（帝）、平（帝）陵替，光武中兴，虽尚图谶，亦隆儒术。……然浑古雄直之气，逊西京者七八。至于魏晋以还，醇消朴散；宋齐而降，益趋浮靡。然魏之三祖，并工词章，陈思（曹植）之才，尤为杰出。元瑜（阮瑀）、德琏（应场），蜚英声于前；叔夜（嵇康）、嗣宗（阮籍），振芳尘于后。玄虚流正始之音，气质驰建安之体，茂先（张华）摇笔而散珠，太冲（左思）动墨而横锦，潘（岳）、陆（机）耸其文藻，颜（延之）、谢（灵运）舒其清丽，江（淹）、沈（约）聘其才华，何（逊）、刘（峻）蔼其婉雅，郭璞、吴均以清峻拔俗，令昇（干宝）、蔚宗（范晔）以史笔争长，斯皆骛精乎八极之外，运思乎毫芒之内，英辞高义，润金石而薄云天，虽风骨或靡，而文采可观。厥后徐（陵）、庚（信）之流，浮艳相继，绮扬绣合，缛彩彫章，听者神摇，闻者心荡，犹五色之有红紫，八音之有郑卫，道丧文弊，至斯极矣。……以至昌黎（韩愈），布衣崛起，具天降之才，负绝世之学，贯六艺，洞九流，黜异端，崇孔孟，凭陵辐辏，首唱古文，诡然而蛟龙翔，蔚然而虎凤昂，沉冥以之而开塞，幽闷以之而昭宣，廓清摧陷，一洗八代淫哇之习，而泽之仁义道德，炳如也。当是之时，天下翕然尊之，若泰山之与北斗。……

（明代）王（世贞）、唐（顺之）拔起，震川（归有光）辅之，力屏伪体，独宗唐宋，字顺文从，各识厥职，遏横流于错垫，辟正轨于夷坦，有明中叶，其砥柱矣。自是而后，耆宿凋零，后进驰逐，三袁（袁宗道、宏道、中道）趋于纤巧，钟（惺）、谭（元春）益以佻浮，佁规矩，绝绳墨，一代之文，至启、祯而极敝。……乾嘉以还，桐城一派，厥号正宗，溯其渊源，实出望溪（方苞），刘（大櫆）、姚（鼐）衍其薪传，梅（曾亮）、曾（国藩）张其后劲，百余年来，转相祖述，作者众矣。①

① 王水照编：《历代文话》第九册，复旦大学出版社，2007 年，第 8725 - 8728 页。

此书原为著者在清末（1910 年前）于两广高等工业学堂之国文讲义，对于"八代文"不过仍以"道丧文敝"观点视之，而对韩愈的"一洗八代淫哇之习"，以及明七子与桐城派文章的流变，也并没有什么超越时代的新鲜判断。而在上述一段文字之后，对于桐城派，他倒是有所不满：

自乾嘉而后，天下之言古文者，莫不曰桐城派。夫桐城派其先出于方望溪，望溪传古文之学于刘才甫，才甫传之姚姬传。姬传，才甫之高弟也，其学上接望溪，而远过其师，所为《古文辞类纂》一书，示学者文章准的，上辑周秦两汉之文，下至唐宋八家，而以明之归氏、国朝方氏刘氏继之。其意盖以古今文章之传系之于己也。当是之时，其徒伯言（梅曾亮）、异之（管同），相与左右其间，而阳湖恽子居（恽敬）、武进张皋文（张惠言），复倡古文之学以相应和，号曰阳湖派，其实亦桐城派也。于是承学之士，如蓬随风，如川赴壑，翕然以姚氏为正宗，若非由桐城之派即不足以为古文也者，而几忘其导源于唐宋诸家也。呜呼！乌有守一先生之言，暖暖姝姝，自以为足，而可以进于古人者哉？……然则桐城派云者，乃浅学之士，私立门户，互相标榜，诩师承以震流俗，以为自私自利之计，而实于古文一道，未尝果有所窥见也。①

之所以如此批评桐城派，正是看到当时一些"浅学之士"的"互相标榜"，而这也正可以从反面说明了桐城派当时势力之大与影响之深广，让一些不学无术之徒看到了利用价值，故而"诩师承以震流俗，以为自私自利之计"，实则他对于桐城三祖也并没有什么偏见，只是强调桐城文章导源于"唐宋诸家"而已。说到底，他还是关注唐宋八大家的经典地位与不容颠覆的典范意义。如果说，此文作于新文化运动之前，人们的思想观念还不可能很快转变的话，我们可以再看看稍后的一些议论与观点。

陈康黼《古今文派述略》：

两晋文人，尚旷达，贱名教，其学以老庄为宗，如阮籍、嵇康、向秀、刘伶，旨必柱史，词必《太玄》，秕糠六经，尘垢两汉，自谓寄托幽深，然文

---

① 王水照编：《历代文话》第九册，复旦大学出版社，2007 年，第 8735 页。

气苶尔衰矣。自二陆振采于江南，三张挺秀于河北，文气为之一振。士衡、士龙，体大思精，为晋初之冠冕。张载、张协、张元（按：当为"亢"），亦皆抗志曹、王，追踪枚、马，不屑拾老庄之余唾。

…………

齐梁以后，文体益趋整赡，而气则靡矣。其间若谢玄晖之清丽，王元长之博雅，江文通之俊秀，沈休文之疏隽，丘希范之凄婉，任彦昇之工稳，不可谓非深丛孤熊。继之者如温子昇、徐孝穆、庾肩吾父子，遂以集骈体之大成。后有作者，蔑以加矣。其时北方文人，如苏绰之摹《大诰》，谓之优孟衣冠则可，谓之寖馈周秦则未也。

隋承周后，徐陵、庾信之风大盛。徐陵字孝穆，徐摛之子。庾信字子山，庾肩吾之子，仕梁为散骑常侍，聘于魏，遂留邺下，后归北周。文章艳逸，为世所宗，号"徐庾体"。隋文帝独不善之，开皇四年诏天下："公私文翰，务崇质朴，章奏有过于浮华者，付所司治罪。"于是风气为之一变。然如卢思道之《劳生论》，李德林之《天命论》，许善心之《神雀颂》，薛道衡之《老氏碑》，皆冗衍宽缓，无徐庾之藻采，有齐梁之卑弱，既非理胜，又非辞胜。文运渐衰，国祚亦促矣。

…………

自魏晋以来，至于初唐，其文大抵以辞胜。贞元、元和之间，有韩愈者起，而古文之道乃大昌于世。……愈始游京师，闻独孤及、梁肃倡为古文，愈从其游，锐志钻仰，欲自振于一代。每言文章自汉司马相如、太史公、刘向、扬雄后，作者不世出，故深探本原，卓然树立，成一家言。其《原道》《原性》《师说》等数十篇，皆奥衍宏深，与孟子、扬子相表里，可以左右六经。至于他文，造端置词，必务去陈言，戛戛独造，不肯蹈袭前人字句。宋苏老泉称其文"如长江大河，浑浩流转，鱼鼋蛟龙，万怪惶惑，而遏抑掩蔽，不使自露。而人望见其渊然之光，苍然之色，亦自畏避，不敢逼视"（语见《上欧阳内翰书》），可谓善状其文矣。东坡谓其"文起八代之衰"，洵不诬也。

…………

大抵韩柳之文，导源于经，取材于史，极其词华笔势于诸子百家，摹汉人之神而遗其貌，撷六朝之秀而删其芜，说理必精，树论必当，措词必坚，练字必净，千辟万灌，然后下笔，故文品尊而学术端也。①

此作盖作于 1920 年前后，乃作者讲授古文之讲义，虽以"辞胜""理胜"概论骈散二体，似不分轩轾，实则有所抑扬，深受桐城散文理论之影响。于两晋六朝之文派，不过人云亦云，亦并无心得之论。而对于韩柳文，则表示极为尊崇，实则也没有什么新鲜发明，只是缀桐城之余绪，每及古文辄溯源八大家而已。

胡朴安在《历代文章论略》中虽对近代以来之桐城末流以及仿效日本文字之新文体深表不满，而在叙述古代文章发展变迁时，对所谓"八代文"也多引老生常谈之前人史论而加以批判，根本不愿意判断前人评论之对错。其中说：

自孝武立乐府而采歌谣，于是有代赵之讴，秦楚之风。（《前汉书·六艺总序》）文字虽盛，大义未明。故新莽居摄，颂德献符者遍于天下，文学亦自此而衰矣。光武、明、章，尊崇节义，敦励名实，风俗为之一变，而文学亦为之一新。故东汉之文，类多深明治体之言，崔实之《政论》，荀悦之《申鉴》，仲长统之《昌言》，本由中发外之诚，成有体有用之作。至其末造，而党锢之流，独行之辈，议论激昂，文辞俊厉。"故权强之臣，息其窥盗之谋；豪俊之夫，屈于鄙生之议。"（《后汉书·儒林传论》）虽桓荣矜稽古之荣，蔡邕多碑颂之作，要其大致，盖彬彬文学之盛矣。三国分立，战争最烈，生民不见俎豆之容，黔首唯睹戎马之迹，虽承汉末儒术之盛，已乏实地讲习之人，学之不明，文无足采。孟德既有冀州崇奖斯弛之士，于是后生小子不以学问为本，专以交游为业。（董昭疏）虽其时，三祖叶其高韵，七子分其丽则，《翰林》总其菁华，《典论》详其藻绚，然而采庶子之春华，忘家丞之秋实，有文无学，无可观者。迨至正始之际，一二浮诞之徒，骋其智识，蔑周孔之书，习老庄之教，弃礼法而崇放达，竞风流而尚虚无。论者谓讲明六艺，郑（玄）、王（肃）为集汉之终；演说老庄，王（弼）、何（晏）为开晋之始。（顾炎武《日知录》）有晋一代，朝政废弛，学风败坏，衣冠礼乐，扫地俱尽。（《晋书·儒林传序》曰："惠帝缵戎，朝昏政弛，衅起宫掖，祸成藩翰。

---

① 王水照编：《历代文话》第九册，复旦大学出版社，2007 年，第 8159－8164 页。

惟怀逮愍，丧乱弘多，衣冠礼乐，扫地俱尽。"）"虽尊儒劝学亟降于纶言，而东序西庠未闻于弦诵。"观夫史之所录，"张载擅铭山之美，陆机挺焚砚之奇"，"吉甫、太冲，江右之才杰；曹毗、庾阐，中兴之时秀。"（《晋书·文苑列传序》）无非功名势利之人，笔札喉舌之辈，礼义不明于天下，辞藻徒佐其清谈，可怪其相率臣于异族，观故主青衣行酒而不以动其心者乎？"始自中朝，迄于江左，莫不崇饰华竞，祖述虚玄，摈阙里之典经，习正始之余论，指礼法为流俗，目纵诞以清高，遂使宪章废驰，名教颓毁，五胡乘间而竞逐，二京相继以沦胥。"（《晋书·儒林列传序》）文运之衰，国脉随之，可不惧哉！永嘉以后，地分南北，夷狄交驰，文章殄灭。"高才有德之流，自强蓬荜；鸿生硕儒之辈，抱器晦己。"（《魏书·儒林列传序》）"或遁迹江湖之上，或藏名岩石之中。"（《南史·隐逸列传序》）总览南北，文派略分，南朝则士尚浮华，主好风雅。赋诗而赐金帛，献颂而位公卿。（《梁书·文学列传》云："高祖聪明文思，光宅区寓，……"《陈书·文学列传》云："后主嗣业，雅尚文词，……"）流风所播，天下从之。于是放诞之徒，才华之士，淫靡成俗，流荡忘返。"其意浅而繁，其文匿而彩，句尚轻险，词多哀思，格以延陵之听，盖亦亡国之音。"北朝则略趋厚重，韵气高远，……要之，文不关于世道人心，则为无用之文；文不根于三德六艺，则为无本之文，虽有《风》《雅》之名，而无明道之实。故曰："爰自汉魏，硕学多清通；逮乎近古，巨儒必鄙俗。"（《隋书·儒林列传序》）文章不本于学问，无足观焉。[①]

　　此文从文运与世运、文品与人品之关系，引述史论，极论魏晋六朝文章之衰敝，颇多道学之气，在具体论述中实多粗疏之处，如论魏之三祖和正始学风与文风之变迁即是如此。究其实，不过是为了佐证韩愈"文起八代之衰"的传统观点。更何况，在这场并未实际展开的学术论争中，还有一个非常特殊的人物，也就是并非出身桐城派而以桐城正宗自居的林纾。章太炎对于林纾尤其厌恶，在一些文章中极力批之，其文其人均在被批之列。而这当然不仅仅是桐城派与文选派的学术论争，更涉及对韩愈以来文与道关系的理解以及与意识形态的关系。

---

① 王水照编：《历代文话》第九册，复旦大学出版社，2007年，第9093—9095页。

第二节 文与道：崇韩与辟韩的时代选择

虽然"唐宋八大家"之说源于明代，且影响深远，实则在此之前，他们在古文上的地位已成经典，特别是韩愈其人，在中国文学史、文化史与思想史上，均有着十分崇高的地位。他的一篇《原道》将儒家的道统体系化，也成为后世"文以载道"者心目中的经典表述：

> 夫所谓先王之教者何也？博爱之谓仁，行而宜之之谓义，由是而之焉之谓道，足乎己无待于外之谓德。其文：《诗》《书》《易》《春秋》；其法：礼、乐、刑、政；其民：士、农、工、贾；其位：君臣、父子、师友、宾主、昆弟、夫妇；其服：麻、丝；其居：宫室；其食：粟米、蔬果、鱼肉。其为道易明，而其为教易行也。是故以之为己，则顺而祥；以之为人，则爱而公；以之为心，则和而平；以之为天下国家，无所处而不当。是故生则得其情，死则尽其常，郊焉而天神假，庙焉而人鬼飨。曰：斯道也，何道也？曰：斯吾所谓道也，非向所谓老与佛之道也。尧以是传之舜，舜以是传之禹，禹以是传之汤，汤以是传之文、武、周公，文、武、周公传之孔子，孔子传之孟轲。轲之死，不得其传焉。荀与杨也，择焉而不精，语焉而不详。由周公而上，上而为君，故其事行；由周公而下，下而为臣，故其说长。然则如之何其可也？曰：不塞不流，不止不行。人其人，火其书，庐其居，明先王之道以道之，鳏寡孤独废疾者有养也，其亦庶乎其可也。[1]

他将传统思想学术各家皆具之"道"按下不表，确立自己所欲弘扬之"道"为儒家之道，而且是尧舜禹汤文武周孔相传而不辍之道，但自从孔子传之孟轲之后，"轲之死，不得其传焉"。虽然也有荀子与扬雄等人的传述，却"择焉而不精，语焉而不详"，得不到韩愈的认同。自孟子至韩愈，中经千年，道统虽未断却得不到正传。韩愈隐然以孟子继承人自居，欲接续这个儒道之统系。无论韩愈是否能够完成这个任务，这份勇气与担当确属难能可贵，他

---

[1] 《韩愈文集汇校笺注》卷一，中华书局，2010年，第4页。

的一生，无论是"立功"，还是"立言"，其实都是朝着这个方向努力的，他也不断地表述其"文以载道"的职责，《题（欧阳生）哀辞后》云："愈之为古文，岂独取其句读不类于今者耶？思古人而不得见，学古道则欲兼通其辞。通其辞者，本志乎古道者也。"①《答李图南秀才书》曰："然愈之所志于古者，不惟其辞之好，好其道焉尔。"②好"古文"的目的在于好"道"。一千多年后，陈寅恪先生在《论韩愈》中表彰其"建立道统，证明传授之渊源"等六大功绩，特别指出韩愈在当时古文运动中的领袖风范以及在整个唐代文化学术史上承先启后的地位。其云：

> 退之在当时古文运动诸健者中，特具承先启后作一大运动领袖之气魄与人格，为其他文士所不能及。退之同辈胜流如元微之、白乐天，其著作传播之广，在当日尚过于退之。退之官又低于元，寿复短于白，而身殁之后，继续其文其学者不绝于世，元白之遗风虽或尚流传，不至断绝，若与退之相较，诚不可同年而语矣。退之所以得致此者，盖亦由其平生奖掖后进，开启来学，为其他诸古文运动家所不为，或偶为之而不甚专意者，故"韩门"遂因此而建立，韩学亦更缘此而流传也。……退之者，唐代文化学术史上承先启后转旧为新关捩点之人物也。③

在韩愈当时，白居易、元稹等人，其社会地位不低于韩，文学成就与影响也不小，但历史为什么偏偏选择了韩愈作为"文以载道"的代言人，自是与韩愈在个人经历、成就、行为及其有意识的努力相关。其实，韩愈也不仅仅是唐代文化学术史上一个承先启后的人物，同时也是中国思想文化与文学史上最具影响力的人物之一，还可以说是最能引起争议的一个人物。但无论如何，他将文与道的关系发展到一个新的高度，后世不管是认同"文以载道"或"文以明道"，还是认为"文"不必载"道"，都无法绕开韩愈其人及其文。

韩愈及其文章在后世的影响自不待言，而"韩文"在当时其实已成为一

---

① 《韩愈文集汇校笺注》卷十二，中华书局，2010年，第1296页。

② 《韩愈文集汇校笺注》卷六，中华书局，2010年，第725页。

③ 陈寅恪：《论韩愈》，《陈寅恪集·金明馆丛稿初编》，生活·读书·新知三联书店，2001年，第332页。

种"现象"。《旧唐书·韩愈传》曰：

> （韩愈）常以为自魏、晋已还，为文者多拘偶对，而经诰之指归，（司马）迁、（扬）雄之气格，不复振起矣。故愈所为文，务反近体，抒意立言，自成一家新语。后学之士，取为师法。当时作者甚众，无以过之，故世称"韩文"焉。然时有恃才肆意，亦有盭孔、孟之旨。若南人妄以柳宗元为罗池神，而愈撰碑以实之；李贺父名晋，不应进士，而愈为贺作《讳辨》，令举进士；又为《毛颖传》，讥戏不近人情，此文章之甚纰缪者。时谓愈有史笔，及撰《顺宗实录》，繁简不当，叙事拙于取舍，颇为当代所非。①

虽然当时已有"韩文"之称，但终唐之世，韩愈文章的影响并不算大，更没有后世所谓"古文运动"之论云云，《旧唐书》中的这个评价，所谓"恃才肆意""讥戏不近不情""叙事拙于取舍"云云，其实都颇有微词。直到北宋，欧阳修、石介等人，从"文以明道"的角度出发，重新"发现"了韩愈和韩文的价值，给予大力弘扬。同样是在史传中，上引《旧唐书》对韩愈文章评价并不高，甚至《毛颖传》这样的文章属于"甚纰缪者"，而《新唐书·韩愈传》中则基本站在赞扬的立场上：

> （韩愈）每言文章自汉司马相如、太史公、刘向、扬雄后，作者不世出，故愈深探本元，卓然树立，成一家言。其《原道》《原性》《师说》等数十篇，皆奥衍闳深，与孟轲、扬雄相表里而佐佑《六经》云。至它文造端置辞，要为不袭蹈前人者。然惟愈为之，沛然若有余，至其徒李翱、李汉、皇甫湜从而效之，遽不及远甚。从愈游者，若孟郊、张籍，亦皆自名于时。②

《新唐书》作者欧阳修与宋祁的态度对于韩愈的评价非常重要。其实，欧阳修早年受当时风气影响，也是效慕骈体文的，《宋史》本传云："宋兴且百年，而文章体裁，犹仍五季余习。锼刻骈偶，淟涊弗振，士因陋守旧，论卑气弱。苏舜元、舜钦、柳开、穆修辈，咸有意作而张之，而力不足。修游随，得唐韩愈遗稿于废书簏中，读而心慕焉。苦志探赜，至忘寝食，必欲并辔绝

---

① 《旧唐书》卷一百六十，中华书局，1975年，第4203－4204页。
② 《新唐书》卷一七六《韩愈传》，中华书局，1975年，第5265页。

驰而追与之并。"① 所谓"五季余习",也就是自晚唐五代以来崇尚骈体文的文章风气,而这种风气的形成又是与学习六朝文风联系在一起的。这也说明了,韩愈、柳宗元提倡的"古文"虽然在当时产生了一些影响,却并没有彻底地扭转文章创作上的传统惯性。北宋初年虽有苏舜钦、柳开等人力图改变这种状况,却因才力与影响所限,心有余而力不足。石介等人欲以复古宗经而矫之,然"破"或有余而无以"立",他与欧阳修属于同年,文学成就与学术地位不能与欧阳修相比,但就对于韩愈的推崇而言,较之欧阳氏,似有过之而无不及。他作《怪说》上中下三篇,严厉批评了当时以杨亿、刘筠为代表的西昆体文风:"昔杨翰林欲以文章为宗于天下,忧天下未尽信己之道,于是盲天下人目,聋天下人耳,使天下人目盲,不见有周公、孔子、孟轲、扬雄、文中子、韩吏部之道;使天下人耳聋,不闻有周公、孔子、孟轲、扬雄、文中子、韩吏部之道。俟周公、孔子、孟轲、扬雄、文中子、韩吏部之道灭,乃发其盲,开其聋,使天下唯见己之道,唯闻己之道,莫知有他。……今杨亿穷妍极态,缀风月,弄花草,淫巧侈丽,浮华纂组,刓镂圣人之经,破碎圣人之言;离析圣人之意,蠹伤圣人之道,使天下不为《书》之《典》《谟》《禹贡》《洪范》,《诗》之《雅》《颂》,《春秋》之经,《易》之《繇》《爻》《十翼》,而为杨亿之穷妍极态,缀风月,弄花草,淫巧侈丽,浮华纂组。其为怪大矣!"② 他以道视文,发现了韩文,但与其说是发现了韩"文",不如说是发现了韩文中的"道"论。他不但信奉和继承了韩愈的"道统论",甚至在儒道传承的统绪中将韩愈的地位置于孟子与荀子之上。其《尊韩》曰:"噫!伏羲氏、神农氏、黄帝氏、少昊氏、颛顼氏、高辛氏、唐尧氏、虞舜氏、禹、汤氏、文、武、周公、孔子者十有四圣人,孔子为圣人之至。噫!孟轲氏、荀况氏、扬雄氏、王通氏、韩愈氏五贤人,吏部为贤人之卓。不知更几千万亿年复有孔子,不知更几千百数年复有吏部。"③ 他将孔子看作"圣人之至",韩愈乃为"贤人之卓"。针对韩愈《原道》中非常明确的道统论,他给予特别的礼赞,从整个中国思想文化发展史与儒家思想传承的角度来认识其意义:"《书》之《洪范》,《周礼》之六官,《春秋》之十二经,《孟子》之七篇,《原道》之千三百八十八言,其言王道尽矣。箕子、周

---

①　《宋史》卷三一九《欧阳修传》,中华书局,1977年,第10375页。

②　石介:《怪说(中)》,《徂徕石先生文集》卷五,中华书局,1984年,第62-63页。

③　石介:《尊韩》,《徂徕石先生文集》卷七,中华书局,1984年,第79页。

公、孔子之时，三代王制尚在，孟子去孔子且未远，能言王道也，不为艰矣。去孔子后千五百年间，历杨、墨、韩、庄、老、佛之患，王道绝矣。虽曰《洪范》、曰《周官》、曰《春秋》、曰《孟子》存，而千歧万径，逐逐竞出，诡邪淫僻、荒唐放诞之说，恣行于天地间，无有御之者。大道破散消亡，睢盱然惟杨、庄之归，而佛、老之从。吏部此时能言之为难，推《洪范》《周礼》《春秋》《孟子》之书则深，惟箕子、周公、孔子、孟轲之功，则吏部不为少矣。余不敢厕吏部于二大圣人之间，若箕子、孟轲，则余不敢后吏部。"①虽然他迫于传统的压力，尚不敢将韩愈的地位置于孔子之列，实则尊孔是虚，"尊韩"则句句皆实。

石介还有《读韩文》一诗，其不仅揭示了韩愈提倡的"道统论"的文化意义，更可谓是对韩愈崇拜式的总结，其云：

眇焉五帝上，尝观二《典》辞。焕乎三王间，尝观二《雅》诗。道德既淳厚，声光何蒇蕤。烈烈日精散，阂阂雷声施。施焉如飞龙，潜焉如蟠螭。祖述兼宪章，后世唯吾师。永言二《典》往，群言或骙离。亦既二《雅》末，六义多陵迟。寥寥千余年，颠危谁扶持？揭揭韩先生，雄雄周孔姿。披榛启其涂，与古相追驰。沿波穷其源，与道相滨涯。《三坟》言其大，《十翼》畅其微。先生书之辞，包括无孑遗。《春秋》一王法，《曲礼》三千仪。先生载于笔，巨细咸羁縻。杨墨乃沦骨，旷然彰其媸。佛老亦颠隮，茫然复于夷。婉婉平蔡画，淮西获以依。凌凌《逐鳄文》，潮民蒙其禧。心将元化合，功与天地齐。洋洋治世音，磊磊王化基。悖之则幽厉，顺之则轩羲。②

他不但从思想文化的角度，也从实际事功出发，强调韩愈的"心将元化合，功与天地齐"。可以说，石介对韩愈的推崇到了无以复加的程度。然而，无论如何，石介等人虽然强调韩愈通过复古而"与道相滨涯"，他们自己却不能从创作实践与地位影响上扭转当时的文章风气，只有等到欧阳修的出现，凭借欧阳修的文学才华和较高的政治地位及由此产生的影响力，才使得韩愈及其文章的价值得以让世人认同。在《书旧本韩文后》中，欧阳修叙述了自己"发现"韩文的过程及其对当时的影响，他说："予少家汉东，汉东僻陋无

① 石介：《读原道》，《徂徕石先生文集》卷七，中华书局，1984年，第78页。
② 石介：《读韩文》，《徂徕石先生文集》卷三，中华书局，1984年，第36页。

学者，吾家又贫无藏书。州南有大姓李氏者，其子尧辅颇好学。予为儿童时，多游其家，见有弊筐贮故书在壁间，发而视之，得唐《昌黎先生文集》六卷，脱落颠倒无次序，因乞李氏以归。读之，见其言深厚而雄博，然予犹少，未能悉究其义，徒见其浩然无涯，若可爱。是时天下学者杨、刘之作，号为时文，能者取科第，擅名声，以夸荣当世，未尝有道韩文者。予亦方举进士，以礼部诗赋为事。年十有七试于州，为有司所黜。因取所藏韩氏之文复阅之，则喟然叹曰：学者当至于是而止尔！因怪时人之不道，而顾己亦未暇学，徒时时独念于予心，以谓方从进士干禄以养亲，苟得禄矣，当尽力于斯文，以偿其素志。后七年，举进士及第，官于洛阳。而尹师鲁之徒皆在，遂相与作为古文。因出所藏《昌黎集》而补缀之，求人家所有旧本而校定之。其后天下学者亦渐趋于古，而韩文遂行于世，至于今盖三十余年矣，学者非韩不学也，可谓盛矣。"① 欧阳修学韩文，成就具在，不可否认，需要指出的是，他所学之韩"文"也是与"道"联结在一起的，此"道"当然是韩愈所明确之"儒道"，故而在承认柳宗元古文成就的同时，却对柳之崇佛立场表示不满："子厚与退之，皆以文章知名一时，而后世称为韩、柳者，盖流俗之相传也，其为道不同，犹夷夏也。然退之于文章每极称子厚者，岂以其名并显于世，不欲有所贬毁，以避争名之嫌，而其为道不同，虽不言，顾后世当自知欤？不然，退之以力排释老为己任，于子厚不得无言也。"② 他明确地指出韩、柳两者之"为道不同"。欧阳修甚至说："自唐以来，言文章者惟韩、柳。柳岂韩之徒哉？真韩门之罪人也。盖世俗不知其所学之非，第以当时辈流言之尔。"③ 以"韩门之罪人"视柳，并非因其"文"，正在于柳之崇佛"道"。至于"古文"，他其实是两者并崇的。在他与宋祁所修的《新唐书》中，欧阳修不但有意识地尊尚韩、柳古文，甚至还不惜改动原始骈文文体，使之成为散体古文的现象。对于这种现象，于景祥论述说："欧阳修、宋祁在修《新唐书》时，对《旧唐书》中的材料，特别是骈文的文本材料删削太过，如唐德宗奉天之诏，山东武夫悍卒无不感涕；讨李怀光之诏，功罪不相掩，也曲尽事情，不但本纪中不载，而且陆赞传中也不载。列传内如李密《讨隋帝檄文》，是祖君彦所作的骈体名文；《徐敬业讨武后檄文》，为骆宾王之骈体名

---

① 《欧阳修全集》卷七十三，中华书局，2001 年，第 1056 - 1057 页。

② 《唐柳宗元般舟和尚碑》，《欧阳修全集》卷一四一，中华书局，2001 年，第 2276 页。

③ 《唐南岳弥陀和尚碑》，《欧阳修全集》卷一四一，中华书局，2001 年，第 2278 页。

作；太宗徐贤妃《谏伐高丽及兴土木疏》；封常清临死谢表；代宗独孤后崩，帝命常衮为哀册文，等等，当时皆称绝作。再如李克用收复京城后，杨复光所上露布，列诸将功伐最详赡，长期传诵于世，但各传皆不载。然而，对古文家的散体文本材料，《新唐书》的修撰者却表现出明显的偏好，凡可入史者皆采入书中。如《张巡传》用韩愈文；《段秀实传》用柳宗元《书逸事状》；《吴元济传》用韩愈文《平淮西碑》文；《张籍传》又载韩愈《答张籍》一书；《孔戣传》又载韩愈《贞符》和《自儆赋》两篇；《刘禹锡传》载其所自作《子刘子》一篇，有意展现其处境；《杜牧传》载其《罪言》一篇，以见其经世之才等等。……更有甚者，在《新唐书》的本纪和列传中，还有删改文体的现象，相当一部分原始骈体文本材料被删改为散体古文，使其失去了本来面目。"①

可以说，正是由于欧阳修等人对韩愈文章的重新"发现"以及自己在创作上的努力继承，使得韩愈的散文逐渐成为"古文"经典，也由于对"文以载道""文以明道"的强调而让韩愈本人在中国思想史与文化史上彪炳千古。而就对后人的实际影响来说，苏轼在《潮州韩文公庙碑》中的一段话不断地为后人反复引用，成为认定韩愈文章地位与思想文化意义的一种标签，其云：

> 自东汉以来，道丧文弊，异端并起，历唐贞观、开元之盛，辅以房、杜、姚、宋而不能救。独韩文公起布衣，谈笑而麾之，天下靡然从公，复归于正，盖三百年于此矣。文起八代之衰，而道济天下之溺，忠犯人主之怒，而勇夺三军之帅。岂非参天地，关盛衰，浩然而独存者乎!②

这其中，有两句话值得注意，其一，苏轼认为："自东汉以来，道丧文弊"；其二，从"文"与"道"两方面皆给予韩愈极高的评价："文起八代之衰，而道济天下之溺。"

关于"八代"，苏轼具体所指是什么，文中并没有说清楚，但由于前面有"自东汉以来"云云，后世便认为指的是唐代之前的八个历史时段——东汉、魏、晋、宋、齐、梁、陈、隋，也就是传统意义上所谓的"衰世"与"乱

---

① 于景祥：《论欧阳修、宋祁在修〈新唐书〉时对原始骈体文献资料的删改》，《骈文论稿》，中华书局，2012年，第165–166页。

② 《潮州韩文公庙碑》，《苏轼文集》卷十七，中华书局，1986年，第509页。

世"。而韩愈起于中唐，以"古文"鸣世，此前虽有作者，但影响远不及之。可以说，正是自东汉时期开始，文章追求文采，逐渐走向骈俪，骈体之作，至南朝徐、庾而达到极盛，直到初唐时期，骈俪之作虽然受到一些人的批判，但并不能改变这种风气。韩愈之前，李华、萧颖士、独孤及等人虽以复古宗经相号召，倡导古文创作，也无法撼动骈体文在当时的主流地位。只有到了韩愈，他以顽强的意志和巨大的魄力，加上柳宗元等人的相助，才逐渐改变了这种状况。因此，如果说韩柳古文是在摒除"八代"以来占据主流地位的骈体文的基础上而兴起的，这是可以成立的。至于是不是"起八代之衰"，当然可以见仁见智。但自此之后，"文起八代之衰"便似乎成了韩愈的千古定论，特别是"唐宋八大家"之说兴起后，与"八家文"经典地位之形成相对应的，恰恰是对"八代文"衰敝论的认同。

苏轼之说，本是为了突出韩愈的成就，有破有立，也是从"文"与"道"关系的两个方面而言之，一是"自东汉以来，道丧文弊"，亦即"八代文"的"弊"与八代世之"丧"与"衰"；二是韩愈的"文起八代之衰，而道济天下之溺"，这本来是对韩愈功绩与地位的评价，但在中国文学史与文化史上却影响深远。苏轼之弟苏辙在《欧阳文忠神道碑》中亦有此论，稍后的张耒在《韩愈论》亦云："文章自东汉以来，气象则已卑矣。分为三国，又列为南北，天下大乱，士气不振，而又杂以蛮夷轻淫靡嫚之风，乱以羌胡捍鲁鄙悖之气，至于唐而大坏矣。虽人才众多如贞观，风俗平治如开元，而惟文章之荒未有能振其弊者。愈当正（贞）元中独却而挥之。上窥典谟，中包迁固，下逮骚雅，沛然有余，浩乎无穷。"① 虽然对于韩愈的道德品行历来都有争议，但也并不能否认他提倡"儒道"的历史文化功绩。南宋时朱熹曾说："如韩退之虽是见得个道之大用是如此，然却无实用功处。它当初本只是要讨官职做，始终只是这心。他只是要做得言语似六经，便以为传道。至其每日功夫，只是做诗，博弈，酣饮取乐而已。观其诗便可见，都衬贴那《原道》不起。至其做官临政，也不是要为国做事，也无甚可称，其实只是要讨官职而已。"② 这个评论有些情绪化了，也过于苛求，要求韩愈的当世行迹能够符合其《原道》的宏大目标，实是强人所难。但说到底，他还是承认韩愈与诸

---

① 张耒：《韩愈论》，《张右史文集》卷五六，四部丛刊初编集部，商务印书馆，1936 年，第 18 页。

② 《朱子语类》卷一三七，中华书局，1986 年，第 3260 页。

葛亮和杜甫等人一样，"然求其心则皆所谓光明正大，疏畅洞达，磊磊落落而不可掩者也。"① 其实，如果要找出"道丧文弊"说的源流，初唐时期的卢藏用在《右拾遗陈子昂文集序》中已经说过类似的话，他在表彰陈子昂的文学史功绩时说：

> 汉兴二百年，贾谊、马迁为之杰；宪章礼乐，有老成之风。长卿、子云之俦，瑰诡万变，亦奇特之士也。惜其王公大人之言，溺于流辞而不顾。其后班、张、崔、蔡，曹、刘、潘、陆，随波而作，虽大雅不足，其遗风余烈，尚有典型。宋、齐之末，盖憔悴矣。逶迤陵颓，流靡忘返，至于徐、庾，天之将丧斯文也。后进之士，若上官仪者，继踵而生，于是风雅之道，扫地尽矣！《易》曰："物不可以终否，故受之以泰。"道丧五百岁，而得陈君。②

这其中已有"道丧"之说，而"文弊"之意实已涵盖在其论述中。明清两代，特别是"唐宋八大家"之文成为古文经典之后，也由于苏轼的影响之大，对于六朝"道丧文弊"与韩愈的"起衰"之说多被认同。方东树之《切问斋文钞书后》可为代表。其云："魏晋以降，道丧文敝，日益卑陋，至唐韩子始出而复于古，号为起八代之衰。八代者，东汉、魏、晋、宋、齐、梁、陈、隋也。故退之论文，自六经、左、史、庄、屈、相如、子云数人而外，其他罕称焉。"③ 虽然韩愈自称"始者非三代两汉之书不敢观，非圣人之志不敢存"④，他当然并不是真的不读六朝文章，甚至还从六朝文中吸收了很多营养。只是，韩愈在理论上不会推崇六朝文章，在策略上也可以对以六朝文章——尤其是六朝骈文给予批评。至于"八代"，究竟是东汉至隋的八个朝代，还是其他八代，甚或五代、六代、七代等，这在唐宋时期其实并不重要。罗联添梳理了相关资料，认为苏轼"文起八代之衰"云云有其来历，乃源自韩愈死后唐代官方对他的评价，他又举了韩愈自己的《进学解》及其两个弟子李翱《祭吏部韩侍郎文》与李汉《昌黎先生文集序》的例子，说明"此可证

---

① 朱熹：《王梅溪文集序》，《晦庵先生朱文公集》卷七十五，四部丛刊初编集部，商务印书馆，1936年，第36页。

② 《全唐文》卷二三八，上海古籍出版社，1990年，第1061页。

③ 方东树：《切问斋文钞书后》，《仪卫轩文集》卷六，晚清四部丛刊（第五编），文听阁图书公司，2011年，第235页。

④ 《答李翊书》，《韩愈文集汇校笺注》卷六，中华书局，2010年，第700页。

韩愈'文起八代之衰'说法，原其根本，乃出于韩门弟子"。① 当然，无论是断自东汉还是魏晋，也不管是不是下探到隋代还是韩愈之前的唐代，其实都在表明一个文学史的事实，即韩愈倡导的"古文"是针对东汉以来逐渐走向华丽的文章，其极致是骈体文。其实，即使到了明代茅坤编《八大家文钞》时，他在总序中所云："魏、晋、宋、齐、梁、陈、隋、唐之间，文日以靡，气日以弱。……昌黎韩愈首出而振之。"② 对于"八代"具体所指仍与"自东汉以来"有所差异。但这丝毫不影响他以及后来桐城派诸子对唐宋古文传统的继承与倡导。到了清末民初，对于"八代"的理解，特别是章太炎对"八代"的别有所解，却标示着对于"文"与"道"的关系之理解不仅仅是个别学术派别或者个人之间的争议，而是一个原则性的大问题，涉及对于六朝文章甚至整个六朝文化的评判，涉及"八家文"与"八代文"的优劣之比较，甚至涉及对整个传统学术资源的借鉴之问题。

在《国学概论》第四章《文学之派别》中，章太炎说："宋苏轼称韩文公'文起八代之衰'，人们很不佩服。他所说八代，也费端详。有的自隋上推，合南朝四代及晋、汉为八代，这当然不合的；有的自隋上推合北朝三代及晋、汉、秦为八代，那是更不合了。因为司马迁、贾谊是唐人所极尊的，东坡何至如此胡涂？有的自隋上推南朝四代、北朝三代为八代，这恰是情理上所有的"。③ 苏轼所认为韩愈的"文起八代之衰"，为什么"人们很不佩服"，虽然他没有明说原因，考察其对整个中国文学与文化的看法与理解，可以认为，"不佩服"的正是章太炎自己。对于苏轼，他不但"很不佩服"，甚至很不喜欢，在一些讲演与文章中常常给予批评，有时还是非常激烈的、带有情绪式的批评。至于"八代"，他认为乃是南朝四代加上北朝三代与隋代，而且"恰是情理上所有的。"其实，这种观点在"情理上"并不一定合适，前人也大多不会认同，这只是代表他自己的一种观点。按此说法，这"八代"，也就是南北朝与隋时期，不但没有东汉，连魏晋（包括东晋）也不在其内。这与章太炎对汉魏六朝文学的评价大致相同，他需要借助对魏晋六朝的学术文化的弘扬与认同，来对抗几百年来一直占主流地位的"文以载道"的思潮。对于魏

① 罗联添：《论韩愈古文几个问题》，《唐代文学研究》第三辑，广西师范大学出版社，1992年，第344页。

② 茅坤：《八大家文钞总序》，《茅鹿门先生文集》卷一四，《续修四库全书》第1344册，上海古籍出版社，2002年，第648页。

③ 章太炎讲演，曹聚仁记录：《国学概论》，巴蜀书社，1987年，第92页。

晋六朝学术文化的认同，章太炎的选择是主动的，自觉的，也是始终一以贯之的，也是有破有立的。所欲"破"者，乃是唐宋八家所代表的"道"；所欲"立"者，正是"六朝学"。其实，早在1895年3月，严复在天津《直报》上发表《辟韩》一文，已对韩愈所提之道统给予了全面批判。

> 往者吾读韩子《原道》之篇，未尝不恨其于道于治浅也。……夫自秦以来，为中国之君者，皆其尤强梗者也，最能欺夺者也。窃尝闻"道之大原出于天"矣。今韩子务尊其尤强梗，最能欺夺之一人，使安坐而出其唯所欲为之令，而使天下无数之民，各出其苦筋力、劳神虑者，以供其欲，少不如是焉则诛，天之意固如是乎？道之原又如是乎？……且韩子亦知君臣之伦之出于不得已乎？有其相欺，有其相夺，有其强梗，有其患害，而民既为是粟米麻丝、作器皿、通货财与凡相生相养之事矣，今又使之操其刑焉以锄，主其斗斛、权衡焉以信，造为城郭、甲兵焉以守，则其势不能。于是通功易事，择其公且贤者，立而为之君。其意固曰，吾耕矣织矣，工矣贾矣，又使吾自卫其性命财产焉，则废吾事。何若使子专力于所以为卫者，而吾分其所得于耕织工贾者，以食子给子之为利广而事治乎？此天下立君之本旨也。是故君也臣也，刑也兵也，皆缘卫民之事而后有也；而民之所以有待于卫者，以其有强梗欺夺患害也。有其强梗欺夺患害也者，化未进而民未尽善也。是故君也者，与天下之不善而同存，不与天下之善而对待也。今使用仁义道德之说，而天下如韩子所谓"以之为己，则顺而祥；以之为人，则爱而公；以之为心，则和且平。"夫如是之民，则将莫不知其性分之所固有，职分之所当为矣，尚何有于强梗欺夺？尚何有于相为患害？又安用此高高在上者，腏我以生，出令令我，责所出而诛我，时而抚我为后，时而虐我为仇也哉？故曰：君臣之伦，盖出于不得已也！①

他所辟之"韩"，并非韩之"文"，而是韩之"道"。因为在严复看来，韩愈所欲捍卫之道乃是君之道，是独裁之道，在此"道"之下，民与百姓毫无自由，完全任君驱使，失去了社会分工的意义，这自然是与他所受西方新思想相仿的。当然，严复的思想是复杂的，后来也越来越趋于保守。对于韩

---

① 《严复全集》卷七，福建教育出版社，2014年，第37–39页。

"文"，《辟韩》中并无涉及，其实他后来还是喜欢的。在阅读了姚鼐所编《古文辞类纂》时，他做了四百多条批语，其中，对韩愈《原道》一文，评曰："此篇文最可玩者莫如转接衔递处。入后几处直接，不用关捩虚字，故笔笔不测，而意境闳奥。"①对其文学技法是颇为赞许的，他自己所译西文的笔调未尝不受其影响，所以后来在新文化运动中作为译介西学的先驱者反而越来越不适应时代了。1928 年，陈子展作《最近三十年中国文学史》，其中云：

> 古文家爱说"文者贯道之器"、"文以明道"、"文以载道"等等体面话头。可是自从韩愈以来，值得称为载道或说道之文的，实在不多。每一个有名的古文家的集子里，差不多总有几篇关于性与天道、宗经卫圣的大文章，或是所谓体国经野以及尚论古人的大议论，杂在一大堆赠序谀人、传志诳鬼的文字里。但大都是装点门面的，甚或十分迂腐荒谬。……这个时期的严复，不独不满意于韩愈的所谓"道"，而作《辟韩》，还居然用古文翻译了西洋说理邃颐之文，弥补了自韩愈以来古文不宜说理的缺陷——这许是严复在古文史上的一种大贡献。②

这说法对韩愈以来之"文以载道"之说早已视作敝屣，似乎还能承认严复的古文成绩，其实这已是新文化运动胜利后新派人士以胜利者的姿态所说的一种恕词。与之相较，林纾在西学造诣上远远不若严复，虽然也看到时代发展的不可逆转，但他不仅要继承八大家与桐城文，还要以卫道士自居。陈平原论曰：

> 就在离开北京大学的这一年（1913 年），林纾撰《送大学文科毕业诸学士序》，对古文未来的命运忧心忡忡："欧风既东渐，然尚不为吾文之累。敝在俗士以古文为朽败，后生争袭其说，遂轻蔑左、马、韩、欧之作，谓之陈秽文，始辗转日趣于敝，遂使中华数千年文字光气一旦暗然而熸，斯则事之至可悲者也。"（《畏庐续集》）此文体现出来的忧患意识与卫道热情，已经蕴

---

① 《严复全集》卷九，福建教育出版社，2014 年，第 295 页。
② 陈子展：《中国近代文学之变迁　最近三十年中国文学史》，上海古籍出版社，2000 年，第 197 页。

涵着日后与五四新文化人的直接冲突。至于文章结尾之呼吁"彬彬能文"的"同学诸君"奋发图强,"力延古文之一线,使不至于颠坠",与其表彰左、马、韩、欧的《春觉生论文》之开始连载(1916年由都门印书局出版单行本时改题《春觉斋论文》)),大概并非纯粹的偶合吧?[①]

或许正因为如此,林纾一直遭到新文化运动者的痛批,章太炎及其弟子更是对其嘲弄不已。就西学而言,章太炎的了解自是不若严复之深,但对传统文化的体认则远过于严,在严复逐渐落后于时代思潮之后,不但不会认同其思想,连其文笔也被视为桐城派之"谬种流传"了。在《〈社会通诠〉商兑》中,章太炎说:"就实论之,严氏固略知小学,而于周、秦、两汉、唐、宋先儒之文史,能得其句读矣。然相其文质,于声音节奏之间,犹未离于帖括。申夭之态,回复之词,载飞载鸣,情状可见。盖俯仰于桐城之道左,而未趋其庭庑者也。"[②] 认为严复文章甚至不入桐城之堂,更遑论其他。"载飞载鸣"之语后来还成为章氏弟子鲁迅讥笑严复的口实。可以说,章太炎虽然没有像严复那样深受西学影响,却借用中国传统的自身力量或"复古"力量对"文以载道"给予了彻底的清算。在他当时,新旧文化激烈对立,传统的惯性依然强大,一些道学色彩浓厚的士人依然对六朝学术文化以"道丧文弊"的态度敌视之。章太炎初见张之洞时,便碰到这个令其措手不及的问题。钱基博《中国现代文学史》载曰:

之洞自负在当日督抚中,恢廓有意量,能汲引天下士;见炳麟所为《左氏书故》,谓有大才,可治事。其幕客侯官陈衍又力为言。之洞曰:"此君信才士。然文字谲怪。余生平论文最恶六朝;盖南北朝乃兵戈分裂,道丧文敝之世,效之何为?凡文章无根柢词华,而号称六朝,以纤仄拗涩字句,强凑成篇者,必斥之。书法不谙笔势结字,而隶楷杂糅,假托包派者亦然。嗟嗟,此辈诡异险怪,欺世乱俗,习为愁惨之象,举世无宁宇矣!"衍力为解曰:"虽然,终是能读书人。"[③]

① 陈平原:《作为学科的文学史》,北京大学出版社,2011年,第17页。
② 《章太炎全集·太炎文录初编》别录卷二,上海人民出版社,2014年,第336页。
③ 钱基博:《中国现代文学史》,中国人民大学出版社,2004年,第58页。

张氏颇为自负，亦有学问根柢，所著《书目答问》亦曾颇获时誉，但他是清廷封疆大吏，终究需要站在卫道士的立场上，因而将南北朝视为"道丧文敝之世"，六朝文学艺术与思想学术均在其排斥之列，学习与研究六朝者自亦难入其眼。张之洞还有《哀六朝》一诗，曰：

古人原逢舜与尧，今人攘臂学六朝。白昼埋头趋鬼窟，书体诡险文纤佻。上驷未解昭明《选》，变本妄托安吴包。始自江湖及场屋，两汉唐宋及迁祧。神州陆沉六朝始，疆域碎裂羌戎骄。鸠摩神圣天师贵，末运所感儒风浇。《玉台》陋语纨袴斗，造象别字石工雕。亡国哀思乱乖怼，真人既出归烟销。今日六合幸清晏，败气胡令怪民招？睢水妖祠日众盛，蜡丁文字烦邦交。笛声流宕伶叹乐，眉鬟愁惨民兴谣。河北老生喜常语，见此虇客如闻枭。政无大小皆有雅，凡物不雅皆为妖。愿告礼官与祭酒，輶轩使者颁科条：文艺轻浮裴公摈，字体不正汉律标；中声九寸黄钟贵，康庄六达经涂遥。宝篆绵绵亿万纪，吾道白日悬青霄。①

但张之洞无法选择历史，只能作为历史选择的背景，他以"诡异险怪"而斥章太炎，而这正是章太炎所喜魏晋六朝之象及其文，是章氏最为重要的传统文化资源。从表面上看，章太炎倚重的传统文化资源乃是"复古"，但他的"复古"只是一种形式，内容上则是创新，是以复古求新变。龚鹏程认为："从章太炎所影响的新旧派门人身上，我们都不应忽略这独崇魏晋、上追六朝文风乃至学风的意义。例如旧派的黄侃，对《文选》极为用功，又作《文心雕龙札记》，写骈俪文，撰《汉唐玄学论》，显然浸淫五朝学至深。新派的鲁迅，也是以'魏晋文章'著名，对《嵇康集》及六朝碑拓等，下过很多功夫。甚至整个五四文学革命，刘大杰都曾表示它与魏晋文学具有相同的精神。因此，艰深雅练的文风与主张白话浅俗，在效法魏晋这一点上，却是可以相通的。"② 无论是文体的艰深化还是白话文的浅俗化，五四文学与魏晋六朝文似乎找到了一个共通之处，即"相同的精神"。如果从这"相同的精神"追索下去，或许能够将六朝与五四之间的内在联系说得更加清楚。但龚氏又从

---

① 《张之洞诗文集》卷二，上海古籍出版社，2008 年，第 78 页。
② 龚鹏程：《传统与反传统——以章太炎为线索论晚清到五四的文化变迁》，中国古典文学研究会主编：《五四文学与文化变迁》，台湾学生书局，1990 年，第 8 页。

所谓"文化世代"的变迁与代换来解释说：

> 文体的艰深化，基本上是一种反对时代的表示；是对现存文风不满之后的变革。为了达成这种变革，思变者往往必须跨越一个文化世代，去寻找他所需要的典范为支持他的新变。

> 在中国史上，汉末至唐朝初期，可算是一个世代，即章太炎所说的六代或五朝学的时代。唐朝中叶之后，直到清末，可算另一个文化世代。唐宋元明清各朝，在改革其时代文风时，往往都会上溯其前一世代。例如唐朝中叶的古文运动，是要跨越六朝，上追秦汉；明初馆阁体"文章尚宋庐陵氏"，复古派遂上溯至"为文法秦汉，其为诗法汉魏李杜"；导致后来公安派出来，"辩欧韩之极冤"（袁中郎《答李元善书》）；但复社继起，又认为"宋文最不足法"，而欲上溯秦汉。桐城以后，唐宋文的势力逐渐巩固，到了清末，思变者乃又跨越唐宋，上追汉魏六朝以变革之。文学当然也就比较古奥了。

> 这种文学艺术变迁的模式，在书法上也是相同的。晚清在帖学长期笼罩下，阮元开始提出北魏碑刻的书风来寻求改革，到康有为而发展成一个严密庞大的理论体系。主张"卑唐"，力贬唐以下书风，而上溯南北朝。书法遂摆脱了妍美姿媚的风格，而趋向于艰深化，表现出一种"艰难的美"。……

> 他们不能追得太远，因为太远了又与自己那个时代隔阂太甚。适当地从上一个文化世代中撷取某些价值，才可以安心地对身处的时代与传统做一番改革。①

以"文化世代"之相替来解释清末民初的这股崇尚魏晋六朝之文化思潮，这固然是可以自圆其说的。但或许问题并非如此简单，而是有着更为深刻的社会文化背景。事实上，正是由于章太炎与刘师培等人的努力，掀起的这股"六朝学"兴盛的文化思潮，不但破了桐城末流的单弱之风与"文以载道"的思想观念，也给后来的五四文学和整个新文化运动带来了生生不息的传统资源与理论支撑。故论者曰："章太炎、刘师培几乎完全是在中国传统学术的

---

① 龚鹏程：《传统与反传统——以章太炎为线索论晚清到五四的文化变迁》，中国古典文学研究会主编：《五四文学与文化变迁》，台湾学生书局，1990年，第8-9页。

基础上，从史学、文学的角度对魏晋六朝之学作出了具有翻案性质的肯定评价。"① 这个判断基本上是准确的。我们以《五朝学》为切入口，便可明白为什么章太炎与刘师培等人那么大力弘扬六朝学术文化，借助这个传统的学术资源，以崭新的、振聋发聩的方式看待六朝，为六朝学术文化翻案，从而开创了现代"六朝学"。

---

① 汤一介、胡仲平：《在西方学术背景下的魏晋玄学研究》，见氏编：《魏晋玄学研究》，湖北教育出版社，2008 年，第 3 页。

第二章　章太炎和刘师培对现代"六朝学"的开拓之功及其传承

"六朝学"当然包括对六朝时期的哲学、思想、社会、历史、文学、学术等各方面的研究。在章太炎、刘师培之前，"六朝学"方面的研究自是有许多成果，但都是传统学术意义上的研究。事实上，与章、刘同时甚至其后，这种旧式的传统"六朝学"研究仍然存在。但章、刘的"六朝学"研究是建立在现代学术视野下的，与旧式研究迥然有别。这种区别，并不是体现在学术语言的新旧或文白之上。章、刘所使用的语言其实基本上还是文言体的，章氏语言甚至多用古字而不便俗读，但他们却用新的视角来看待六朝的学术文化，替六朝学术文化翻案。他们虽然受到西学东渐的影响，在自己的学术生涯中尝试使用过进化论等西方学说解释中国传统文化，但最终还是回到自己熟悉的文化立场，只是不会回到传统论证的原点，不是重复着前人的循环论争，而是使用旧的文献材料，系统地梳理，证明自己的学术观点，以"求真""求是"的方式来做"致用"的事业。他们的所作所为，既符合时代需求，又适于学术逻辑，所以才能在筚路蓝缕的开拓之后得到认同与继承。

第一节　章太炎《五朝学》的学术史意义

1910年，章太炎撰《五朝学》一文，从社会习俗、学术文化（包括经学、玄学、文学等）、气节操守、社会影响等不同角度论述"五朝"士人之得失。所谓"五朝"，指的是东晋与南朝的宋齐梁陈五个朝代，实际上也就是汉族政权真正偏安江左的五朝，是常为后人视为"衰世""乱世"的历史时期。虽名为"五朝"，而为了论述和行文操作的方便，章氏实际上论述的对象包括了汉末、三国与西晋，因此准确地说，所谓"五朝学"当是"魏晋六朝之学"或传统所谓之"六朝学"。但章氏摒弃人们熟知的"六朝",而偏偏使用前人并未当作历史习语的"五朝",并非故意求新,除了其论证内容的需要之外,还自有其现实的考量与当下的文化关怀。就其中具体的一些学术观点而言,有些当源于刘师培的影响。章长于刘约十五岁,一度关系非常密切,《五朝学》刊发之时,两人关系已经破裂,但从他们文章面世的时间顺序及其论述内容来看,并不能否认章氏在魏晋六朝学术研究上对刘师培学术观点的借鉴,这在下文具体论述中可以见出。也正是因为章、刘两人对于魏晋六朝之学的极力提倡,特别是章太炎《五朝学》的出现,不但颠覆了传统以来对于"五朝"的观点,赋予传统的魏晋六朝之学以新的视角,又因章氏巨大的文化影响力和人格魅力,影响了当时及后来很长一段时期的学术思潮,使"五朝学"几乎成为一门"显学"。他的观点,既是对传统的"承先",又是对后来的"启后",其学术史意义不言而喻。那么,章太炎何以名之"五朝学"而不曰"魏晋六朝之学"或"六朝学"呢?此文又是如何颠覆传统以来对于"五朝"的观点呢?在看似客观的学术评论中,章氏又有哪些暗寓的现实考量与当下文化关怀呢?

六朝,作为一个历史名词,所指的历史时段其实有所分歧,或指三国东吴、东晋及宋齐梁陈六个建都于南京的朝代,或谓魏晋南朝,或代指整个魏晋南北朝。在章太炎之前,并没有人刻意地将西晋与其后的五朝区别开来,特标"五朝"的历史名称。但章氏特意将东晋与西晋区分开来,并不统称为"晋",其实是另有深意的。这其中深意之一即为五朝辩诬。因为这五朝偏安江左,与前后的汉唐帝国相比,不但时期短暂,战乱频繁,国力亦不足,确实可算是"衰世"和"乱世",加上清谈之风兴盛,士人对改朝换代的司空见惯,历来便有"清谈误国"之论,史家和学者对其风俗习惯与士人节操往往持批评态度。而对于两汉风俗,史家多予赞美之词,特别是东汉时期的党锢名士,在气节操守上多获美誉,南朝时期的范晔在《后汉书》中已为之不遗余力地鼓吹,《后汉书·党锢传序》:

及汉祖杖剑,武夫勃兴,宪令宽赊,文礼简阔,绪余四豪之烈,人怀陵上之心,轻死重气,怨惠必仇,令行私庭,权移匹庶,任侠之方,成其俗矣。自武帝以后,崇尚儒学,怀经协术,所在雾会,至有石渠分争之论,党同伐异之说,守文之徒,盛于时矣。至王莽专伪,终于篡国,忠义之流,耻见缨

绋，遂乃荣华丘壑，甘足枯槁。虽中兴在运，汉德重开，而保身怀方，弥相
慕袭，去就之节，重于时矣。逮桓、灵之间，主荒政谬，国命委于阉寺，士
子羞与为伍，故匹夫抗愤，处士横议，遂乃激扬名声，互相题拂，品核公卿，
裁量执政，婞直之风，于斯行矣。[1]

　　他从西汉建国开始说起，谈到尊崇儒学对整个社会风气的蓄养，将士人
的讲究节操归之于儒学之兴，对于士人阶层敢于“品核公卿，裁量执政”的
“婞直之风”给予礼赞。在李固、杜乔等深受儒家思想影响的名士传记中，他
的笔调也是充满了赞赏的感情。而对于李膺、范滂等党锢名士，范晔更是毫
不吝惜地挥洒其艳羡与赞美之词。当陈蕃身居高位，却为了正义而牺牲自我
时，在《后汉书·陈蕃传论》中，范晔评论说：“桓、灵之世，若陈蕃之徒，
咸能树立风声，抗论惛俗。而驱驰崄陀之中，与刑人腐夫同朝争衡，终取灭
亡之祸者，彼非不能絜情志，违埃雾也。愍夫世士以离俗为高，而人伦莫相
恤也。以遁世为非义，故屡退而不去；以仁心为己任，虽道远而弥厉。及遭
际会，协策窦武，自谓万世一遇也。憬憬乎伊、望之业矣！功虽不终，然其
信义足以携持民心。汉世乱而不亡，百余年间，数公之力也。”[2] 他将儒学士
大夫的救世行为提升到文化自觉的高度。事实上，东汉党锢名士在魏晋时期
也一直颇受好评，甚至被当作美好的道德品行的标签。与范晔大约同时的刘
义庆撰《世说新语》，其开篇之《德行》所记载的便是以党锢士人为开头：
“陈仲举（蕃）言为士则，行为世范，登车揽辔，有澄清天下之志。”[3]“李元
礼（膺）风格秀整，高自标持，欲以天下名教是非为己任。”[4] 这种以天下为
己任的精神也确实得到后人的不断礼赞，范仲淹的“先天下之忧而忧，后天
下之乐而乐”的精神也未始不是其隔代嗣响。到了明末清初，顾炎武因为刻
意强调士人的精神力量及其反对清廷的需要，自是非常认同范晔之论，因而
对东汉党锢名士大加赞赏，将其提升到民族精神的高度。他在《日知录·两
汉风俗》中说：“汉自孝武表章六经之后，师儒虽盛，而大义未明，故新莽居
摄，颂德献符者，遍于天下。光武有鉴于此，故尊崇节义，敦厉名实，所举

---

① 《后汉书》卷六十七，中华书局，1965 年，第 2184－2185 页。
② 《后汉书》卷六十六，中华书局，1965 年，第 2171 页。
③ 《世说新语·德行》第 1 则，《世说新语笺疏》，上海古籍出版社，1993 年，第 1 页。
④ 《世说新语·德行》第 4 则，《世说新语笺疏》，上海古籍出版社，1993 年，第 6 页。

用者，莫非经明行修之人，而风俗为之一变。至其末造，朝政昏浊，国事日非，而党锢之流，独行之辈，依仁蹈义，舍命不渝，风雨如晦，鸡鸣不已。三代以下，风俗之美，无尚于东京者。故范晔之论，……可谓知言者矣。使后代之主，循而弗革，即流风至今，亦何不可。而孟德既有冀州，崇奖跅驰之士。观其下令再三，至于求负污辱之名，见笑之行，不仁不孝而有治国用兵之术者。于是权诈迭进，奸逆萌生。故董昭太和之疏，已谓'当今年少，不复以学问为本，专更以交游为业。国士不以孝悌清修为首，乃以趋势求利为先。'至正始之际，而一二浮诞之徒，骋其智识，蔑周、孔之书，习老、庄之教，风俗又为之一变。夫以经术之治，节义之防，光武、明、章数世为之而未足，毁方败常之俗，孟德一人变之而有余。后之人君，将树之风声，纳之轨的，以善俗而作人，不可不察乎此矣。光武躬行俭约，以化臣下，讲论经义，常至夜分。一时功臣如邓禹有子十三人，各使守一艺，闺门修整，可为世法。贵戚如樊重，三世共财，子孙朝夕礼敬，常若公家。以故东汉之世，虽人才之倜傥不及西京，而士风家法，似有过于前代。"① 顾炎武如此称美东汉风俗，实则主要就是表彰士大夫的尊崇节义，以天下为己任的担当精神，所以认为范晔之论"可谓知言者矣"。同时，他又对汉魏之际曹操的人才政策大加贬斥，认为其不以儒家道德标准为齐，致使风衰俗怨。其后的正始之际，玄学兴起，士人"蔑周、孔之书"，清谈之风盛行几百年，顾炎武为之痛心疾首，比之于"亡天下"。《日知录·正始》中先说唐人还有企羡"正始"之风者，紧接着引录了《晋书·儒林传序》对清谈的批评，然后说：

　　此则虚名虽被于时流，笃论未忘乎学者。是以讲明六艺，郑（玄）、王（肃）为集汉之终，演说老庄，王（弼）、何（晏）为开晋之始。以至国亡于上，教沦于下，羌、戎互僭，君臣屡易，非林下诸贤之咎，而谁咎哉！

　　有亡国，有亡天下。亡国与亡天下奚辨？曰：易姓改号，谓之亡国；仁义充塞，而至于率兽食人，人将相食，谓之亡天下。魏晋人之清谈，何以亡天下？是孟子所谓杨、墨之言，至于使天下无父无君，而入于禽兽者也。②

　　顾炎武处于明清易代之际，持反清意识，故欲发扬士气，讲求节操，反

────────────

① 顾炎武著，陈垣校注：《日知录校注》卷十三，安徽大学出版社，2008 年，第 718－720 页。
② 顾炎武著，陈垣校注：《日知录校注》卷十三，安徽大学出版社，2008 年，第 721－722 页。

对空言，所以对历来的"清谈误国"之说加以放大。本来，章太炎对于顾炎武是十分敬仰的，甚至颇有崇拜之情，取名"太炎"已示此意。但对顾氏之言也是有所分别的，对此处之非难魏晋玄学，尤其是对"清谈误国论"表示不同意见。在《五朝学》中，章太炎首先就对世人颂美汉德而痛斥魏晋之俗表示相反的看法：

俗士皆曰：秦、汉之政，踔踔异晚周；六叔之俗，子尔殊于汉之东都。（六叔：指魏、晋、宋、齐、梁、陈）其言虽有类似，魏晋者，俗本之汉，陂陀从迹以至，非能骤溃。济江而东，民有甘节，清劲中伦，无曩时中原偷薄之德，乃度越汉时也。言魏、晋俗敝者，始干宝《晋纪》，葛洪又胪言之。观洪《汉过》《刺骄》二篇，汉俗又无以愈魏晋。[①]（第66页）

　　他认为，魏晋风俗从东汉而来，不是突然出现的，而现在世人褒美东汉却贬斥魏晋，这是奇怪之谈。而且，东晋直至南朝四代，"民有甘节，清劲中伦"，民风淳朴，士人亦有美行，与西晋时有"偷薄之德"是不同的，甚至比汉朝风俗更好。也正因为如此，他把这篇文章命名为"五朝学"，而非"六朝学"或"魏晋六朝学"。但人们为什么有这种看法呢？章氏以为这是受了干宝与葛洪之言的影响。确实，干宝是东晋初年人，对于西晋的灭亡而朝廷不得不偏安江左，他是非常痛心的，他将其归之于西晋时期的清谈与风俗之衰，在《晋纪总论》中说：

风俗淫僻，耻尚失所，学者以《庄》《老》为宗，而黜《六经》，谈者以虚薄为辩而贱名俭，行身者以放浊为通而狭节信，进仕者以苟得为贵而鄙居正，当官者以望空为高而笑勤恪。是以目三公以萧杌之称，标上议以虚谈为名，刘颂屡言治道，傅咸每纠邪正，皆谓之俗吏。其倚杖虚旷，依阿无心者，皆名重海内。……其妇女庄栉织纴，皆取成于婢仆，未尝知女工丝枲之业、中馈酒食之事也。先时而婚，任情而动，故皆不耻淫逸之过，不拘妒忌之恶。有逆于舅姑，有反易刚柔，有杀戮妾媵，有黩乱上下，父兄弗之罪也，天下

---

　　① 《五朝学》初刊于《学林》第一册，后收入《太炎文录初编》文录卷一，今据《章太炎全集》（徐复点校，上海人民出版社，2014年）而引之。本节引用《五朝学》一文皆据此本，为免烦琐，仅括注页码，不一一作注。

莫之非也。又况责之闻四教于古，修贞顺于今，以辅佐君子哉！礼法刑政，于此大坏，如室斯构而去其凿契，如水斯积而决其堤防，如火斯畜而离其薪燎也。国之将亡，本必先颠，其此之谓乎！①

风俗如此之薄，名教毁弃，虚谈盛行，在上者不问实事，在下者崇尚淫逸，国之根本已失，焉能不亡！这是干宝亲身经历之事，故以历史学家的眼光实录之。与其相距不远的葛洪在《抱朴子·外篇》中也多有记载，其《刺骄》篇有云："抱朴子曰：世人闻戴叔鸾、阮嗣宗傲俗自放，见谓大度。而不量其材力，非傲生之匹，而慕学之：或乱项科头，或裸袒蹲夷，或濯脚于稠众，或溲便于人前，或停客而独食，或行酒而止所亲。此盖左衽之所为，非诸夏之快事也。"②葛洪认为阮籍等人的放诞行为给当时的社会风俗带来了较坏的影响，致使礼教沦丧。在章太炎看来，干宝与葛洪所言当然都是真实的，也是值得肯定的。但他提醒人们，不要仅仅看到魏与西晋这段时期的风俗衰乱，东汉时期的风俗其实并不比此美好。葛洪在《抱朴子》里也用大量笔墨描写了汉末的衰乱情形。其《疾谬》篇云："世故继有，礼教渐颓，敬让莫崇，傲慢成俗，俦类饮会，或蹲或踞，暑夏之月，露首袒体。盛务唯在摴蒲弹棋，所论极于声色之间，举足不离绮繻纨袴之侧，游步不去势利酒客之门。不闻清谈讲道之言，专以丑辞嘲弄为先。以如此者为高远，以不尔者为骇野。"③《交际》篇和《汉过》篇更是直刺东汉风俗：

往者汉季陵迟，皇辔不振，在公之义替，纷竞之俗成。以违时为清高，以救世为辱身，尊卑礼坏，大伦遂乱。在位之人，不务尽节，委本趋末，背实寻声。王事废者其誉美，奸过积者其功多。莫不飞轮兼策，星言假寐，冒寒触暑，以走权门，市虚华之名于秉势之口，买非分之位于卖官之家。或争所欲，还相屠灭。④（《交际》）

历览前载，逮乎近代，道微俗弊，莫剧汉末也。当途端右、阉官之徒，操弄神器，秉国之钧，废正兴邪，残仁害义，蹲踏背憎，即声从昧，同恶成

---

① 《文选》卷四十九，上海古籍出版社，1986年，第2186－2188页。
② 《抱朴子外篇校笺》下册，中华书局，1997年，第29页。
③ 《抱朴子外篇校笺》上册，中华书局，1991年，第601页。
④ 《抱朴子外篇校笺》上册，中华书局，1991年，第446－447页。

群，汲引奸党，吞财多藏，不知纪极。而不能散锱铢之薄物，施振清廉之穷俭焉。①（《汉过》）

　　同时，葛洪也对党锢之祸后士林分化而相互标榜之风作了批评，其《自叙》篇曰："汉末俗弊，朋党分部。许子将之徒，以口舌取戒，争讼论议，门宗成仇，故汝南人士无复定价，而有月旦之评。"② 以上所言与顾炎武所说的"两汉风俗"之淳美形成天壤之别。顾氏之言，本为批判魏晋清谈，兼之要表彰党锢名士的操行节义，故将汉俗之美与晋俗之衰作了对比。但章太炎不以为然，虽然也承认魏晋时期的风衰俗怨，却认为东汉同样如此，甚至有过之而无不及。接着，章太炎又举了王符《潜夫论》和傅玄《傅子》中相关指斥汉末风俗的例证，以此说明，魏晋风俗中，恶的部分，东汉亦有；东汉风俗中，好的部分，魏晋亦有。但为什么世人偏偏颂汉而贬魏晋呢？章氏认为：

　　傅玄、葛洪去汉近，推迹魏、晋之失，自汉渐染，其言公。范晔离于全汉，固已远矣，徒道其美，不深迹其瑕眚。诸子非人所时窥，而范氏书日在细旟指爪之间，近习之地。是以责盈于后，而网漏于前也。（第 68 页）

　　这是说，傅玄、葛洪距离东汉时间较近，他们认为"魏、晋之失"源于前朝，这是出于公平之论，是合情合理的。而范晔乃是南朝刘宋时人，距离汉朝之灭亡已有几百年之久。但是，傅玄与葛洪的著作"非人所时窥"，并不是手头案边之作，常人未必能够看到或经常读到他们的书，而范晔《后汉书》流传甚广，后来还成了正史，也就格外引人注目，他的书常在"近习之地"，是人们容易读到的，自然而然为世人所熟悉。这样，傅玄与葛洪等人对"汉过"的指责容易为人忽略，而范晔对党锢名士的记载与赞美也就让人印象深刻，以至于影响了人们的价值判断。需要指出的是，章氏此言，不无道理。据《晋书》记载，晋武帝司马炎初登皇位时，傅玄曾上疏说："近者魏武好法术，而天下贵刑名；魏文慕通达，而天下贱守节。其后纲维不摄，而虚无放诞之论盈于朝野，使天下无复清议，而亡秦之病复发于今。"③ 他也把社会风

①　《抱朴子外篇校笺》下册，中华书局，1997 年，第 121 页。
②　《抱朴子外篇校笺》下册，中华书局，1997 年，第 680 页。
③　《晋书》卷四十七《傅玄传》，中华书局，1974 年，第 1317－1318 页。

气的转变以及当时的"虚无放诞之论"归罪于曹氏父子。这段话由于是《晋书》的正史记载，在梳理汉魏社会风气时常被引用。而傅玄也曾指责过东汉时期的社会风气："汉末一笔之柙，雕以黄金，饰以和璧，缀以随珠，发以翠羽。……公卿大夫刻石为碑，镌石为虎，碑虎崇伪，陈于三衢。妨功丧德，异端并起，众邪之乱正若此，岂不哀哉！"① 这段话今见载于《群书治要》所引之《傅子》，确实不常被引用，也少被人注意到。以此来印证章太炎的上述判断，在逻辑上与学理上的确是可以成立的。

自东晋偏安江左后，直到南朝宋齐梁陈，亦即章氏所谓"五朝"，国势自是衰弱，战乱也很频繁，进入所谓的"乱世"与"衰世"，也就是"道丧"之世，加上"清谈误国论"的影响，世人对此"五朝"更是多予负面评价。但章太炎认为：

> 粤晋之东，下讫陈尽，五朝三百年，往恶日渐，而纯美不怃。此为江左有愈于汉。徒以江左劣弱，言治者必暴摧折之。不得其征，即以清言为状，又往往訾以名士，云尚辞不责实。汉世朴学，至是委废而为土梗。（第68页）

也就是说，自东晋以来的五朝，"往恶日渐"，人们总是给予"恶评"，几乎成了一种惯性，"而纯美不怃"，对其美好的一切却视而不见。其原因只是因为"江左劣弱"，不是人们心目中的太平盛世，所以"言治者必暴摧折之"，将政治污水泼向五朝。但在批评五朝风俗时，却往往"不得其征"，找不到具体的历史证据，故而"即以清言为状，又往往訾以名士，云尚辞不责实"。只能笼统地批评玄学名士们的"清言"，认为他们耽于清谈之辞，浮华不实，将"汉世朴学"的儒学传统"委废而为土梗"，完全丢弃，终至亡国。其实，清谈是否"误国"，这在五朝当时已经有所争论，东晋时清谈风气最盛，《老子》和《庄子》自是受到较多的关注，社会上下兴起一股崇尚"放达"之风，当时的名士范宁、戴逵与王坦之等都曾著文激烈地批评过。

戴逵"性高洁，常以礼度自处，深以放达为非道，乃著论曰：'夫亲没而采药不反者，不仁之子也；君危而屡出近关者，苟免之臣也。而古之人未始以彼害名教之体者何？达其旨故也。达其旨，故不惑其迹。若元康之人，可

---

① 傅玄：《傅子》，《群书治要》引，此据《全晋文》卷四十七，中华书局，1958 年，第1728 页。

谓好遁迹而不求其本，故有捐本徇末之弊，舍实逐声之行，是犹美西施而学其颦眉，慕有道而折其巾角，所以为慕者，非其所以为美，徒贵貌似而已矣。夫紫之乱朱，以其似朱也。故乡原似中和，所以乱德；放者似达，所以乱道。然竹林之为放，有疾而为颦者也；元康之为放，无德而折巾者也。可无察乎！'"① 他虽然对竹林名士之放达尚有恕词，却将西晋元康名士之放达斥为东施效颦，实则表达对东晋名士放达的不满。王坦之更将清谈之兴与名教衰微直接归罪于庄子，故作《废庄论》曰："若夫庄生者，望大庭而抚契，仰弥高于不足，寄积想于三篇，恨我怀之未尽，其言诡谲，其义恢诞。君子内应，从我游之方外，众人因藉之，以为弊薄之资。然则天下之善人少，不善人多，庄子之利天下也少，害天下也多。故曰鲁酒薄而邯郸围，庄生作而风俗颓。"② 这其实仍然只是魏晋以来"孔老优劣论"的继续争议而已，在理论上并无发明，只是一种情绪上的表达。东晋中期的两大名士——谢安与王羲之也曾为此争论过。《世说新语·言语》载曰："王右军与谢太傅共登冶城，谢悠然远想，有高世之志。王谓谢曰：'夏禹勤王，手足胼胝；文王旰食，日不暇给。今四郊多垒，宜人人自效。而虚谈废务，浮文妨要，恐非当今所宜。'谢答曰：'秦任商鞅，二世而亡，岂清言致患邪？'"③ 从王、谢之争可以看出，清谈是否误国这个问题，在当时已为世人关注，并且各有不同理解。而范晔之祖父范宁则将清言误国嫁祸于王弼与何晏。《晋书》本传曰：

时以浮虚相扇，儒雅日替，宁以为其源始于王弼、何晏，二人之罪深于桀纣，乃著论曰："……王、何蔑弃典文，不遵礼度，游辞浮说，波荡后生，饰华言以翳实，骋繁文以惑世。播绅之徒，翻然改辙，洙泗之风，缅焉将坠。遂令仁义幽沦，儒雅蒙尘，礼坏乐崩，中原倾覆。……王、何叨海内之浮誉，资膏梁之傲诞，画螭魅以为巧，扇无检以为俗。郑声之乱乐，利口之覆邦，信矣哉！吾固以为一世之祸轻，历代之罪重，自丧之衅少，迷众之愆大也。"④

他认为正始玄学的领军人物王弼与何晏"二人之罪深于桀纣"，将后来

---

① 《晋书》卷九十四《戴逵传》，中华书局，1974年，第2457－2458页。
② 《晋书》卷七十五《王坦之传》，中华书局，1974年，第1966页。
③ 《世说新语笺疏》，上海古籍出版社，1993年，第129页。
④ 《晋书》卷七十五《范宁传》，中华书局，1974年，第1984页。

"礼坏乐崩，中原倾覆"的总账也算在王、何头上，说他们"蔑弃典文"。其实，王弼、何晏喜欢老庄与《周易》，只是以思辨性的义理阐释替代越来越烦琐的汉代经学，是学术发展本身的内在要求。况且，他们也并不曾对儒家经典与道统论中的儒家圣人有什么"蔑弃"之举。何晏虽喜好老庄，也对儒家经典有过精深的研究，作《论语集解》，颇多胜义，《十三经注疏》犹存而用之。而其品行在魏晋时期的一些史料记载中常多负面的原因，实则正是与司马氏争权失败的结果。直到多年以后，站在客观历史的角度，学者方可冷静地看待他在魏晋易代之际的遭遇。王夫之为其鸣不平曰："史称何晏依势用事，附会者升进，违忤者罢退，傅嘏讥晏外静内躁，皆司马氏之徒，党邪丑正，加之不令之名耳。……当是时，同姓猜疏而无权，一二直谅之臣如高堂隆、辛毗者，又皆丧亡，曹氏一线之存亡，仅一何晏，而犹责之已甚，抑将责刘越石之不早附刘渊，文宋瑞之不亟降蒙古乎？呜呼！惜名节者谓之浮华，怀远虑者谓之铦巧，《三国志》成于晋代，固司马氏之书也。后人因之掩抑孤忠，而以持禄容身、望风依附之逆党为良图。公论没，人心蛊矣。"① 王夫之认为，《三国志》等史书对何晏的记载颇多歪曲之处，原因很明显在于其作者处于晋世，自是要附和皇家意旨，后世若因此而责何晏，就好像责备刘琨为什么不早点投降刘渊、文天祥为什么不投降元朝一样。钱大昕在《廿二史考异》也持这样的观点，认为《三国志》对何晏等人的记载"初非实录，其亦异于良史之直笔矣"。② 为此，他还专门写了一篇《何晏论》为其辩诬：

昔范宁之论王辅嗣、何平叔也，以为二人之罪深于桀、纣，《晋书》既载其文，又以"崇儒抑俗"称之。乌呼，宁之论过矣！史家称之，抑又过矣！方典午之世，士大夫以清谈为经济，以放达为盛德，竞事虚浮，不修方幅，在家则丧纪废，在朝则公务废。而宁为此论以箴砭当世，其意非不甚善，然以是咎嵇、阮可，以是罪王、何不可。……宁奈何不考其本末，而辄以"膏粱傲诞，利口覆邦"诋二人哉！自古以经训专门者列于儒林，若辅嗣之《易》，平叔之《论语》，当时重之，更数千载不废；方之汉儒，即或有间，魏、晋说经之家，未能或之先也。宁既志崇儒雅，固宜尸而祝之，顾诬以罪深桀、纣，吾见其蔑儒，未见其崇儒也。

① 王夫之：《读通鉴论》卷十，中华书局，1975 年，第 283 - 284 页。
② 钱大昕：《廿二史考异》卷十五，上海古籍出版社，2004 年，第 290 页。

论者又以王、何好《老》、《庄》,非儒者之学。然二家之书具在,初未尝援儒以入《庄》、《老》,于儒乎何损?且平叔之言曰:"鬻庄躯,放玄虚,而不周于时变,若是,其不足乎庄也。"亦毋庸以罪平叔矣。陈寿之徒,徒以平叔与司马宣王有隙,而辅嗣说《易》与王肃父子异;晋武,肃之外孙也,故传记于二人不无诬辞,而宁复倡为大言以諆之,恐后人惑于其说,爰著论以驳其失矣。①

他认为范宁之论有失偏颇,甚至很不公平。王弼有《周易注》《周易略例》等著作,《周易》难道不是儒家的重要典籍吗?何晏对《论语》注解的贡献也是不可否认的,他们俩应该说也是儒学的功臣,何以竟然被罪以"深于桀、纣"?究其因,钱大昕以为,一方面是《三国志》作者陈寿在入晋之后的曲笔;另一方面,王弼的《周易注》与王肃的《周易注》有所冲突,而王肃是晋武帝司马炎的外公,地位与身份的不同,自然在晋人所撰史书中反映出来。而范宁之说并无学理依据,只是"大言"欺世而已,所以,钱大昕撰此论以正视听。应该说,与晋人的情绪化书写相比,清人当然已是冷静的分析。清初朱彝尊也特意写了《王弼论》替王弼鸣不平,其云:

毁誉者,天下之公,未可以一人之是非偏听而附和之也。孔颖达有言:"传《易》者更相祖述,惟魏世王辅嗣之注,独冠古今。"盖汉儒言《易》,或流入阴阳灾异之说,弼始畅以义理。此伊川程子语其徒,学《易》先看王弼注也。惟因范宁一言,诋其罪深桀纣,出辞太激,学者过信之。读其书者,先横"高谈理数,祖尚清虚"八字于胸中,谓其以《老》、《庄》解《易》。然弼既注《易》,别注《老子》,义不相蒙,未尝以《老》、《庄》解《易》也。吾见横渠张子之《易说》矣,开卷诠乾四德,即引"迎之不见其首,随之不见其后"二语,中间如"谷神"、"刍狗"、"三十辐为一毂"、"高以下为基",皆老子之言。在宋之大儒,何尝不以老庄言《易》,然则弼之罪亦何至深于桀纣邪?②

---

① 《潜研堂文集》卷二,《嘉定钱大昕全集》第九册,江苏古籍出版社,1997 年,第 28 – 29 页。
② 朱彝尊:《曝书亭集》卷五十九,《清代诗文集汇编》第 116 册,上海古籍出版社,2010 年,第 459 页。

他主要从学术角度出发，高度认可王弼注解《周易》的历史功绩，同时也认为范宁之言"出辞太激"。其实在六朝时期，人们似乎达成一个默契的共识：论学术之精则褒嘉何、王，言风俗之衰则归罪其开创玄学。刘勰《文心雕龙·论说》中称赞"辅嗣之两《例》，平叔之二论，并师心独见，锋颖精密，盖论之英也。"[1] 而颜之推《颜氏家训·勉学》则曰："何晏、王弼，祖述玄宗，递相夸尚，景附草靡，皆以农、黄之化，在乎己身，周、孔之业，弃之度外。而平叔以党曹爽见诛，触死权之网也；辅嗣以多笑人被疾，陷好胜之阱也。"[2] 这已是因人废言了。

替何晏、王弼辩诬与鸣不平的，乃是时过境迁后的理性分析。而自《三国志》以来，直到唐人所编的前世史书中，出于"资治"的政治目的，对所谓的"清谈误国论"还是保持着高度警惕，特别是对魏晋六朝以来朝代的频繁更替，诗文方面也愈趋藻丽，总是给予批评。《晋书·儒林传序》中的一段话可为代表：

> 有晋始自中朝，迄于江左，莫不崇饰华竞，祖述虚玄，摈阙里之典经，习正始之余论，指礼法为流俗，目纵诞以清高，遂使宪章驰废，名教颓毁，五胡乘间而竞逐，二京继踵以沦胥，运极道消，可为长叹息者矣。[3]

这是代表唐朝官方的意见，不但是对前代看法的综合，也深深地影响了后世，一直到清末民初，甚至现今。对于东汉与魏晋社会风俗的变迁，章太炎当然非常熟悉。应该说，前人对于魏晋的批评或有过分之处——尤其是范宁认为王弼、何晏"罪过桀纣"之说，但章太炎何以对魏晋偏有恕词而不恕东汉名士——包括一向被视为正义担当的党锢名士呢？这其实与当时的社会现实密切联系在一起，更与他的民族主义观点相关。至少，我们可以看出以下几点：其一，他认为汉代党人结党标榜，有阿私之嫌，类似于他当时所不满的所谓"新党"；其二，出于自己的民族主义与种族思想，他赞赏曹操的行为，不愿深迹其罪；其三，他认为诸人将清谈归罪于王、何，实是找错了源头，清谈之风本自东汉名士的相互标榜；其四，章太炎非常欣赏王弼的说理

---

① 范文澜：《文心雕龙注》，人民文学出版社，1958 年，第 683 页。
② 《颜氏家训集解》，中华书局，1993 年，第 186 页。
③ 《晋书》卷九十一，中华书局，1974 年，第 2346 页。

论文，以为可作论体文的典范。以下可一一释之。

其一，章太炎对于汉代党锢名士的不满，来自于现实中的政治挤压。当时，康梁新党颇具声势，其中多有浮华世俗之徒，高谈阔论，实则为自己追名逐利制造舆论而已。故章太炎深恶之，以为此辈"党人"并无什么名节操守。在《五朝学》发表的同一年（1911 年），他在《学林》第一册上撰《思乡原》，中云："猥俗之论，多以晚明方比后汉，此未得其情。后汉可慕，盖在《独行》《逸民》诸传，及夫雅俗孝廉之士而已，其党锢不足矜。（党锢起于甘陵，其后连及天下善士，此乃奄宦所为。终之，甘陵非善士，善士亦非甘陵之党。善士可慕，不得以是并慕甘陵也。）然则孝弟通于神明，忠信行于蛮貊，居处齐难，坐起恭敬，道途不争险易之利，冬夏不争阴阳之和，见利不亏其义，见死不更其守，此后汉贤儒所立，著于乡里，本之师法教化者也。晚明风烈，独有直臣，直臣可式，独有杨继盛，其余琐琐，皆党人矣。党人者，市朝之士，立行于朝，亦各政化文质所致。忿悁之心迎其前，圈属之议驱其尾，虽桀、跖则可以为烈士，非程、朱之化渐之也。"[1] 他并不认同世人一直颂扬的所谓"党锢名士"，甚至认为汉末魏晋风俗之衰与他们至有关系。这本是他一贯的观点。在此之前的 1906 年 12 月 20 日之《民报》第十号上，他撰《箴新党论》一文，从东汉党人之相互标榜，到唐宋元明各代的朋党之争，顺流而下，论及当今所谓"新党"人物：

综观十余年之人物，其著者或能文章矜气节，而下者或苟贱不廉与市侩伍，所志不出交游声色之间。人心不同，固如其面，吾亦不敢同类而共非之，特其竞名死利则一也；其所以异于诸耆老者，挟术或殊，其志则非有高下也。……

夫其所操技术，岂谓上足以给当世之用，下足以成一家之言耶？汗漫之策论，不可以为成文之法；杂博之记诵，不可以当说经之诂；单篇之文笔，不可以承儒、墨之流；匦采之华辞，不可以备瞽蒙之颂；淫哇之赋咏，不可以瞻国政之违。既失其末，而又不得其本，视经方陶冶之流，犹尚弗及，亦曰以哗世取宠而已！若夫前世党人，未尝涉历幕府以为藉也，未尝交通禁掖以行媚也，未尝逢迎驵侩以营利也；而今之新党，则泊然不以为耻。均之

---

[1] 《思乡原》下，《章太炎全集·太炎文录初编》，上海人民出版社，2014 年，第 134 页。

竞名死利，其污辱又较前世为甚。幸其用事日短，秽行不彰。不然，而康氏事成，诸新党相继柄政，吾知必无叶向高、高攀龙辈，而人为谦益，家效延儒，可无待著龟而决矣。故曰：今之新党，与古人絜长则相异，与古人比短则相同也。①

　　他认为此辈"新党"人物，无论是从个人名节上还是学问与文章上，皆不足论，各人行为秉性或有不同，但共同的特点则是"竞名死利"与"哗世取宠"而已。本来，他对康、梁"新党"曾寄予希望，但后来走向决裂，有学者指出："促使章炳麟思想转变的第一件事，是他 1896 年 6 月离开台湾来到日本，和流亡日本的梁启超及其他一些康门弟子相处了一段时间，发现许多号称新党的人物，热衷于追名逐利，互相攻讦，并没有多少现代化意愿及素质。'新耶复旧耶，等此一丘貉。'（章《西归留别中东诸君子》，见《清议报》第 28 册，1899 年 9 月出版。）对这些人，他深感失望，发现依靠他们而成事，几乎全无可能。"② 无论他对康、梁的评价是否准确，当时他是欲借此文提醒革命党人警惕"新党"之为清廷所役使。另外，梁启超曾于 1902 年在《新民丛报》上撰《论中国学术思想变迁之大势》一文，对于三国六朝时期之"老学时代"颇为不满，其论王弼、何晏曰："范宁谓王弼、何晏二人之罪深于桀、纣，卞壶斥王澄、谢鲲，谓悖礼伤教，中朝倾覆，实由于此，非过言也。平心论之，若著政治史，则王、何等伤风败俗之罪，固无可假借；若著学术思想史，则如王弼之于《老》、《易》，郭象、向秀之于《庄》，张湛之于《列》，皆有其所心得之处，成一家言，以视东京末叶咬文嚼字之腐儒，殆或过之焉。"③ 虽然在学术史承认王、何之"成一家言"，但主要还是批判其"伤风败俗"。章氏此论或亦有暗斥之意。在这个意义上，章太炎将"新党"一直溯源到东汉党锢名士，自然不会对党锢名士有什么高的评价了。这也可理解《五朝学》中为什么如此不愿颂汉而疾魏晋的原因之一。

　　其二，众所周知，章太炎思想中有着根深蒂固的民族主义和种族革命的思想，处于清朝摇摇欲坠的末期，始终以饱满的热情歌颂"革命"，宣传反清思想。在他看来，清朝是满族统治，而满族属于"蛮夷"。所以，在他宣传反

---

① 《箴新党论》，汤志钧编：《章太炎政论选集》上册，中华书局，1977 年，第 332 页。
② 姜义华：《章炳麟评传》，南京大学出版社，2002 年，第 33 - 34 页。
③ 刘梦溪主编：《中国现代学术经典·梁启超卷》，河北教育出版社，1996 年，第 67 页。

清思想的学术文章中，传统的"攘夷"思想经常得到认同，一些驱逐"蛮夷"或维护中原传统文化的历史人物，总能得到他较高的评价。其名著《检论》脱胎于先前的《訄书》，有改动者，亦有未改动者。而在《许二魏汤李别录》一文中，为元之许衡，清之魏象枢、魏裔介、汤斌、李光地作传略，较之原来《訄书·别录乙》，内容上变动不大，只是在他们的谥号前加上一个"伪"字，对他们降身异族、不能坚守气节表示自己的不满与鄙夷。

魏晋六朝本来就是中国各民族大融合的一个时期，在这个过程中，自是出现过不少民族间的战争。而章太炎对于其中的几个重要历史人物，如曹操、桓温、刘裕的评价，基本上都是本着种族革命和民族主义的思想态度。如东晋桓温这样的人物，其功过历来都有争议，章太炎作《伸桓》以颂之，认为他力主北伐，欲移都洛阳，保存汉土，其志可嘉，功虽未成，但"追观桓公之流，晚世足与颉颃者，独宋时李纲、宗泽耳"。[①] 把他提高到与南宋时期抗金名将李纲、宗泽一样的地位。对于桓温后来的谋反之事，他是这样看待的："桓公既失意，初废海西，晚乃求九锡，为即真阶。陈兵新亭，将移晋室，而终不诛王、谢，志未尝不衔也，徒以衰耄垂陨，终后非谢安莫与支外患者，宁屈私忿，不使中国毙于异类。斯尤枭雄之所难能。及会稽王道子用事，追发前过，诸吏启其罪状，章奏旁午。独有谢安当国一纪，未尝片言及于桓公旧恶。以安、玄故皆桓公掾佐，知其光复之志，治戎之略；淮肥克捷，若弟子受法于先师焉。故始沮九锡，而卒未尝有所贬损，斯盖三代直道之遗也。"[②] 他认为桓温最后虽有异志，却并没有趁机杀害谢安，是因为将谢安视作可以安社稷的人才，在北方尚存"异类"强敌的时代背景下，桓温"宁屈私忿，不使中国毙于异类"，抛弃个人恩怨，维护整个国家与民族的利益。所以，桓氏之心值得嘉许，属于"三代直道之遗也"。这是典型的中国文化本位论的立场。

他又作《宋武帝颂》："惟初永嘉，五胡枪囊，嫚我提封。王赫冯怒，跋驾戎车，北临青雍。师旅用命，兵不血刃，灭姚、慕容。沟封黄河，西起大白，东暨岱宗。日月所照，截削左衽，无有羯戎。黎民诵德，上荐天球，践

---

① 《检论》卷九《伸桓》，刘梦溪主编：《中国现代学术经典·章太炎卷》，河北教育出版社，1996年，第390－391页。

② 《检论》卷九《伸桓》，刘梦溪主编：《中国现代学术经典·章太炎卷》，河北教育出版社，1996年，第393页。

升法宫。大布之衣，大帛之冠，土屏葛笼。放极佞人，遏绝音乐，返质还忠。千四百岁，观仰城阙，咸思元功。天下神器，有号天王，严不可干。"① 表彰宋武帝刘裕北伐之功，特别是击灭"羯戎"的功绩。对于曹操，章太炎一向评价甚高。当袁世凯欲称帝而自拟于曹操时，他作《魏武帝颂》："宣哲惟武，民之司命。禁暴止戈，威谋靡竞。……桓、文以一匡纪功，尧、舜以耿介称望。苟拟人之失伦，胡厚颜而无赧？"② 称赞曹操戡定北方的历史功绩，同时认为袁氏"拟人之失伦"，乃是厚颜无耻之举。曹操北征乌桓一事，本来只是历史上的一场普通战斗而已，章氏却突出曹氏此功。因为在他看来，满族正是乌桓遗裔，所以曹操此功是需要特别表彰的。直到章氏晚年，对于曹操的这个看法，他始终没有改变。据曹亚伯《谈章太炎先生》记载：

> 予因姓曹，相见太炎先生必以家祖曹操为戏论。有时篆一曹操名片，上款丞相魏王，下款孟德谯，予至今宝存焉。有时借曹操事功，发抒政见，谓汉末君臣，淫溺宦官，上无道揆，下无法守，以致诸侯各据一方，鱼肉百姓，汉末人种，仅存千万。若无曹操，人种灭矣。曹操用兵，不事掠敌，兵过秋毫无犯，不入民居。自奉极俭，临终遗嘱，不过皮衣数袭，粗履数双而已。待人甚厚，即陈琳之骂其祖宗，从不咎其既往。读书精博，著作等身。家教尊严，魏文帝、陈思王之才，古今奇绝。尤难能者，不盗汤武革命之名，行救国救民之实，使后世小说家名之为篡位奸雄，实即曹操之最安分处也。太炎先生之所见如是，予于太炎先生死后终身不能忘也。③

他对曹操及其子曹丕、曹植均有好评，所以，这就不难理解，为什么在《五朝学》中对魏晋风俗多有恕词，却不愿称颂东汉名士了。

其三，章太炎认为清谈源于东汉名士的相互标榜与人物品藻，与重视思辨的王弼、何晏其实并不相同，更不能将放达傲诞之风归罪于王、何。所以，在《五朝学》中，他认为因清谈而废事者，正源于东汉名士："汉季张邈从政，号为坐不窥堂，孔伷亦清谈耳。孔融刺青州，为袁谭所攻，流矢雨集，

① 《章太炎全集·太炎文录初编》文录卷二，上海人民出版社，2014年，第237页。
② 《章太炎全集·太炎文录初编》文录卷二，上海人民出版社，2014年，第236页。
③ 原载1936年9月《制言》半月刊第25期；此据陈平原、杜玲玲编：《追忆章太炎》，生活·读书·新知三联书店，2009年，第55页。

犹隐几读书，谈笑自若，城陷而奔。阮简为开封令，有劫贼，外白甚急，简方围棋，长啸曰：局上有劫，甚急！斯数子者，盖王导、谢安所从受法。及夫蓬发裸服，嘲弄蚩妍，反经诡圣，顺非而博，在汉已然。"（第68页）后来，陈寅恪撰《陶渊明之思想与魏晋清谈之关系》等文章，认为清谈之风"起于郭林宗，成于阮嗣宗"，基本成为学界共识。也就是说，由东汉党人的相互标榜，到清谈的由政治评论到人物品藻，东汉大名士郭泰（字林宗）正是其中转捩之关键人物，而此君在范晔《后汉书》中受到很高的评价，得到社会上下的一致推崇。其实，葛洪《抱朴子·外篇》有《正郭》一篇，对他已有批评，却并没有得到关注。章太炎在《五朝学》中也列举了《正郭》篇，以为自己说法之依据。

其四，章太炎非常欣赏王弼的玄学论文。无论是在玄学的义理上，还是就文章学的角度而言，他认为王弼之文都达到了很高的水准。在他不少的讲演与文章——包括与人书信往来中，他都提到了这一点。这一点本书后面还将谈到，兹不赘述。

在此需要指出的是，《五朝学》中对魏晋玄学的看法与时人颇异，却自有其逻辑思理与文献依据。自古至今的学界，对于玄学的思辨与义理，自亦认同，却更多地以为其是对老庄之学的阐发，而将清谈以及世道之衰乱也一并归罪于玄学。而章太炎却认为："夫驰说者，不务综终始，苟以玄学为诟。其惟大雅，推见至隐，知风之自。玄学者，固不与艺术、文、行忤，且翼扶之。"（第69页）这是说，人们总是没有仔细地辨析玄学兴起及其本质，一味地"以玄学为诟"，并将后世许多不实之词加之于玄学。只有像他这样的"大雅"之才方可探求其深层的隐而不见的学术因素，知道玄风之渊源。并且，在他看来，玄学与当时的艺术、文学以及名士们的行为并没有什么格格不入的地方，而且还是相互扶持的。因为文学艺术以及技艺礼仪法律，在章太炎看来，都属于六艺传统。而六艺有大艺与小艺之别，"凡言六艺，在周为礼、乐、射、御、书、数，在汉为六经。此自古今异语，各不相因，言者各就便宜，无为甘辛互忌"。[1] 自汉之后，六艺传统虽然继承下来，但能够讲哲理的却少了，而魏晋玄学恰恰是最讲哲理的。在"论教育的根本要从自国自心发出来"的东京讲演中，他说："本国没有学说，自己没有心得，那种国，那种

---

　　① 《检论》卷四《清儒》，刘梦溪主编：《中国现代学术经典·章太炎卷》，河北教育出版社，1996年，第254页。

人，教育的方法，只得跟别人走。本国一向有学说，自己本来有心得，教育的路线自然不同。……汉朝以后，懂六艺的人虽不少，总不如懂历史政事的多。汉朝人的懂六艺，比六国人要精许多。哲理又全然不讲。魏、晋、宋、齐、梁、陈这几代，讲哲理的，尽比得上六国。"① 这也是他为什么在中国哲学史上重视战国诸子与魏晋玄学的原因。因为魏晋玄学的思辨性，重视独创，有自己的独立见解。而六朝名士大都是受到玄学思维浸淫之士，无论是礼法之士的守礼，还是放达之士的貌似旷达不经，实则对传统技艺皆有继承。所以，章太炎在《五朝学》中为之礼赞曰：

> 昔者阮咸任达不拘，荀勖与论音律，自以弗逮。宗少文达死生分，然能为金石弄。戴颙述庄周大旨，而制新弄十五部，合《何尝》、《白鹄》二声以为一调。殷仲堪能清言，善属文，医术亦究眇微。雷次宗、周续之，皆事沙门慧远，尤明三礼。关康之散发，被黄巾，申王弼《易》，而就沙门支僧纳学算，眇尽其他，又造《礼论》十卷。下逮文儒祖冲之，始定圆率，至今为绳墨。其缀术文最深，而史在《文学传》。谢庄善辞赋，顾尝制木方文，图山川土地，各有分理，离之则州郡殊，合之则宇内一。徐陵虽华，犹能草《陈律》，非专为美言也。（第 69 页）

从阮咸到徐陵，他只是举了几个代表性的例子，意在说明，这些士人不仅仅善于属文，对于其他技艺，或通音律，或擅医术，或长于算术，或精于图理，即使如徐陵，虽文章华丽，也能够为陈朝草撰律法。而这些所谓的"方技"，本来就是古代六艺传统的一部分，并非"小道"，更关涉到辨名析理，与经学的章句注疏应是同样的地位。所以下文接着进行总结道：

> 夫经莫穷乎《礼》、《乐》，政莫要乎律令，技莫微乎算术，形莫急乎药石。五朝诸名士皆综之。其言循虚，其艺控实，故可贵也。凡为玄学，必要之以名，格之以分，而六艺方技者，亦要之以名，格之以分。……故玄学常与礼律相扶。（第 69 页）

---

① 本文原载《教育今语杂志》第三期，1910 年 5 月 8 日在日本出版，署名"独角"。此据汤志钧编：《章太炎政论选集》上册，中华书局，1977 年，第 502 页。

　　前人论史，多因玄学之兴而责难清谈误国，又将放达之风归于清谈，从而又把世之混乱更替之责归于放达之风。这样一来，魏晋六朝社会中的所有被视为负面的因素——如世之混乱、文之丽华、行之放诞等似乎都应该由玄学来负责了。顾炎武之言就是本着这样的思路，也是几千年来的主流看法，但章太炎却反其道而行之，也同样从学术梳理的角度，推导其玄学不但与"艺术文行"不相忤逆，而且"与礼律相扶"。而且，更进一步，他还认为，玄学本身也是传统六艺的一部分，且义理精深，六朝玄学名士们正是因为有了玄学的滋养，才使得他们内在充盈，能够坚守气节，不但继承了六艺传统，还能坚守美好的道德节操。所以，"五朝有玄学，知与恬交相养，而和理出其性。故骄淫息乎上，躁竞弭乎下。"（第70页）"知与恬交相养，而和理出其性"，这句话出自《庄子·缮性》篇："古之治道者，以恬养知；知生而无以知为也，谓之以知养恬。知与恬交相养，而和理出其性。夫德，和也；道，理也。"① 庄文本意是说，恬静是人的本性，知也是人本来所有，但要任其自为，不要伤害了恬静之性，两者不是相妨，而是相养，这样的话，"和理"也就出自本性了。章太炎非常重视先秦诸子，对《庄子》尤为推崇，曾撰《齐物论释》，认为其义理精深，文笔宏雅，并一直为之自信而骄傲，其论文中也常常引用其文。此处"和理"自是指人的中正平和而合于自然天性的道德修养，这种修养自是君子之道，而在章氏看来，却正是玄学的涵养所致。这是对魏晋六朝玄学名士们在道德修养上的推崇，在其《国故论衡·论式》一文中，他又以"和理"论魏晋的论体文，云："魏晋之文，大体皆埤于汉，独持论仿佛晚周。气体虽异，要其守己有度，伐人有序，和理在中，孚尹旁达，可以为百世师矣。"② 但此处所说的"和理在中"的"和理"，已不是仅指人的道德，更确切地说，是指文章中所包含的内在的逻辑思维的思路，一种一以贯之的理性认识，即内在之理。有了这些"和理"在内后，然后"孚尹旁达"，外在地表现出来。"孚尹旁达"一词，出于《礼记·聘义》："孚尹旁达，信也。"郑玄释曰："孚读为浮，尹读如竹箭之筠。浮筠谓玉采色也。采色旁达，不有隐翳，似信也。"③ 这本是古人一种比德于玉的说法。也就是说，"孚尹旁达"就像人的诚信这种品德一样。用在这里，表示魏晋文章的特色，

---

① 郭庆藩撰：《庄子集释》，中华书局，1961年，第548页。
② 刘梦溪主编：《中国现代学术经典·章太炎卷》，河北教育出版社，1996年，第78页。
③ 《礼记正义》卷六十三，《十三经注疏》，清嘉庆刊本，中华书局，2009年，第3679页。

其意是：文章有文采，可以直接表现出来，并不隐晦，因而显明。换句话说，因为玉有温润之性，又有美丽的外在之形，给人赏心悦目之感，但它美好的品性可以透过美丽的形式表现出来，却是自然呈现，而不是刻意的张扬。这种文质彬彬的文章，以学问为根柢，追求内在义理的精微阐发，不刻意追求外在形式之美而华丽自在，只有魏晋文章——尤其是魏晋玄理之文能够体现。后来侯外庐先生在《中国近代启蒙思想史》中认为章氏对魏晋玄学的评价过高，对章氏之评不以为然，在引用了《五朝学》关于"玄学常与礼律相扶"那一段之后，他说：

> 按太炎所云之"玄学"，并非严格意义的 Metathysics，其内容即一般的哲学，而自由研究，不拘一宗，则是他所推崇的精神，故这一种研究与文艺科学相互为功，所谓循虚控实，以名与分为要领。五朝学术的解放部分，归结于封建危机一点，所以在清谈之中容有一部分向现实抗议的东西，太炎即夸大了这部分。惟五朝学术的厌弃现实的世界观和讽刺现实的方法论之间却有裂痕，太炎因贵其名理，颇有估价过高之处。[①]

其实，侯氏似乎对章太炎的看重玄学颇不以为然，当是受著作时风气影响所致。玄学与清谈在 1949 年以来至 20 世纪 80 年代的学术背景中，一向是负面形象，以"形式主义""空谈""清谈"面目出现，故侯氏云"世谓太炎颇重魏晋之学，其实不然"。看似为太炎辩诬，实则是自己先存价值预设而已。因为侯氏认为章太炎哲学是主观唯心论，而且是佛教大乘与庄子《齐物论》的混血产儿。而玄学与唯心论在当时的学术话语中是"犯忌"的，故侯氏努力为其辩护，亦用心良苦矣。在总结章氏哲学思想的时候，侯外庐像写宣言书那样写道："在这临结尾的场合，我们知道：'从粗杂的，单纯的形而上学的唯物论见地看来，哲学的唯心论不过是单纯的愚妄。反之，然从另一方面看来，则哲学的唯心论乃从物质或自然脱节的认识的一个小特征、一个侧面、一个界限之向神化的绝对者发展的结果，乃是一面的、夸张的、盲目的发展的结果。'这是评价章氏哲学的思想的唯一尺度。"[②] 本书虽是 1949 年前旧著《中国近世思想学说史》下卷重新编订而来，然其中不少是 1983 开始

---

① 侯外庐：《中国近代启蒙思想史》，人民出版社，1993 年，第 197 页。

② 侯外庐：《中国近代启蒙思想史》，人民出版社，1993 年，第 306 – 307 页。

陆续修订与补入的，考虑到那个时代的学术氛围及其刚刚经历过的社会背景，他作宣言式的说明也就不难理解了。

这样，通过对魏晋玄学义理——魏晋文章（尤其是论体文）——魏晋风俗——名士人格的梳理，章太炎在《五朝学》中得出结论说："世人见五朝在帝位日浅，国又削弱，因遗其学术行义弗道。五朝所以不竞，由任由贵，又以言貌举人，不在玄学。"（第70－71页）为玄学开脱责任，其实也是对传统的"道丧文弊"之说的驳斥。紧接着，他又回答了顾炎武《日知录》中所谓清谈"亡天下"的问题："顾炎武粗识五朝遗绪，以矜流品为善，即又过差。五朝士大夫，孝友醇素，隐不以求公车征骋，仕不以名势相援为朋党，贤于季汉，过唐、宋、明益无訾。其矜流品，成于贵贱有等，乃其短也。（自注：如刘惔既贵，不受旧识小人馈赠。殷仲堪为给使之母治病，即焚经方。此其矜慎流品，乃使人道大殽。顾氏反以为善，真倒见矣。）"（第71页）他承认六朝名士们在"矜流品"方面的缺陷，也就是六朝贵族社会中等级制的陋习。而就个人道德与节操而言，他认为六朝玄学名士大都完美，并无什么值得诟病之处，在朝者不结朋党，不攀援富贵，在野者甘心垄亩，是真正的隐士，与后世唐代的"终南捷径"大相径庭。而后世之所以批评五朝者，只是因为朝代短促，国势较弱的原因。这些观点，就如《五朝学》中认为玄学至唐而绝一样，以学术论证的方式为六朝学术翻案，同时又开启了他的"卑唐"观。

需要提出的是，《五朝学》中的一些观点，包括《五朝法律索隐》中强调的几点，特别是对于魏晋六朝社会风俗的论述，及其赞美的态度，在很大程度上，应该是受到刘师培相关文章的影响。这在后文中将会谈及。

《五朝学》从社会风俗、魏晋玄学、士人道德品行、清谈习俗、文学艺术等不同角度，论述了传统主流学术中对整个六朝学术文化的负面认识的差失，表彰了"五朝士大夫"的节操与道德品行，对魏晋玄学的义理及其所涵养的社会风俗给予高度评价，也褒赞了整个六朝的文学艺术。同时，与众不同的是，他对唐代的社会风俗包括唐代的学术文化评价不高，这其中，既与其一贯的学术观点相关，也与其民族主义及种族革命的思想一脉相承。但无论如何，《五朝学》一文，几乎全面地替六朝学术文化翻案，这在中国学术史上是绝无仅有的。也因为章太炎本身巨大的学术影响与人格魅力，使得"六朝学"在清末民初乃至此后几十年都成为"显学"而引人注目，体现了《五朝学》承先启后的学术史意义。

第二节　章太炎"先梁文学论"与卑唐观发微

在中国文学史上，唐代文学取得过辉煌的成就，唐诗可谓达到中国古典诗歌之顶峰。这几乎是古今学人的共识。但章太炎却并不认同这样的观点，他在很多文章与讲演中对唐代文学在总体上评价不高，甚至有卑视之倾向。且不论被他视为"始造意为巫蛊媟嬻之言"①的唐人小说，即使被他视作文学正宗的诗文方面，在他看来，唐代亦并无多少突出成就。虽然唐代诗人辈出，大家众多，诗歌成就亦为后人交口赞誉，而章太炎认为，唐诗并无情性，即使公认的大诗人如李白、杜甫等，亦有可议之处；而以韩愈为代表的唐代文章虽然对后世散文影响甚大，但除了刘知几、杜佑以及陆贽等人的政史论文颇得章氏称许外，其他则少有获赞者。尽管他在民国之前出于"排满"革命的需要和民族主义情绪，对唐代整个社会习俗颇多不满，在评价唐人（如王勃）时或过甚其词，晚年观点渐趋平实，但终其一生，他对唐代文学的整体评价都并不高，批评远远多于赞扬，甚至可以说，他有较强的卑唐观念。这在中国古代文学学术史上是个较为独特而值得注意的现象。

作为民国时期的国学大师，章太炎的持论虽不无偏颇，但却并不是无的放矢，也不可能仅以空言相詈，而自有其独特的理由。这些理由，既有其个人的原因，也有其时代文化氛围之故。从文学观念上说，他持"文学复古"论，但他的"复古"是以南朝梁武帝为时间断限，认为自梁武帝之后的文学逐渐趋新，诗歌只是追求形式技巧，性情渐少，散文发展也没有了梁代之前"淡雅""闳雅"之度，学问根柢更不足道。至于"唐宋八大家"云云，对韩、柳尚有恕词，对于"宋六家"则颇多情绪化的批评。对于这些较为独特的文学观点，我们不妨先从其褒奖的"先梁文学"说起。

一、"先梁文学论"的内涵与意蕴

1936 年 9 月，《制言》第 25 期"太炎先生纪念专号"上刊载章太炎的

① 《与人论文书》，《章太炎全集·太炎文录初编》文录卷二，上海人民出版社，2014 年，第172 页。

《自述学术次第》，对自己的学术生涯作大致的回顾，并阐明了相关的学术观点。在谈及自己的文学趣味与学术取向时，同时也对古代文章学史作了一个简单的梳理。其中云：

> 余少已好文辞，本治小学，故慕退之造词之则。为文奥衍不驯，非为慕古，亦欲使雅言故训，复用于常文耳。犹凌次仲之填词，志在协和声律，非求燕语之工也。时乡先生有谭君者，颇从问业。谭君为文，宗法容甫（汪中）、申耆（李兆洛），虽体势有殊，论则大同矣。三十四岁以后，欲以清和流美自化。读三国、两晋文辞，以为至美，由是体裁初变。然于汪、李两公，犹嫌其能作常文，至议礼论政则踬焉。仲长统、崔寔之流，诚不可企。吴、魏之文，仪容穆若，气自卷舒，未有辞不逮意，窘于步伐之内者也。而汪、李局促相斯，此与宋世欧阳、王、苏诸家务为曼衍者，适成两极，要皆非中道矣。匪独汪、李，秦、汉之高文典册，至玄理则不能言。余既宗师法相，亦兼事魏晋玄文。观夫王弼、阮籍、嵇康、裴頠之辞，必非汪、李所能窥也。尝意百年以往，诸公多谓经史而外，非有学问，其于诸子、佛典，独有采其雅驯，撷其逸事，于名理则深恭焉。平时浏览，宁窥短书杂事，不窥魏、晋玄言也。其文如是，亦应于学术耳。余又寻世之作奏者，皆知宗法敬舆（陆贽）。然平彻闲雅之体，始自东汉，讫魏、晋、南朝诸奏，则可以无是过矣。由此数事，中岁所作，既异少年之体，而清远本之吴、魏，风骨兼存周、汉，不欲纯与汪、李同流。然平生于文学一端，虽有所不为，未尝极意菲薄。下至归（有光）、方（苞）、姚（鼐）、张（裕钊）诸子，但于文格无点，波澜意度，非有昌狂僭规者，则以为学识随其所至，辞气从其所好而已。今世文学已衰，妄者皆务为骫骳，亦何暇訾议桐城义法乎？①

韩愈古文喜欢造词，喜欢全新，"惟陈言之务去"，对后世文章影响甚大。章太炎承认自己开始亦颇慕而效之，但后来受到谭献（即上文所云"乡先生谭君"）的影响，宗法清代的汪中、李兆洛。汪、李皆重六朝文章，他们的骈文创作水平足以代表清代骈文的成就。但在章太炎眼中，他们的文章虽美，却不能与三国两晋文辞相比。何以然也？因为他们只能运其辞作六朝式的

---

① 刘梦溪主编：《中国现代学术经典·章太炎卷》，河北教育出版社，1996年，第647－648页。

"常文"，亦即王湘绮式的淳雅典丽之作。故章太炎推崇当时文人中王氏之"能尽雅"，不过以此而已。更进一步的"议理论政"及"玄理"之文，不仅要"平彻闲雅"，还要"仪容穆若，气自卷舒"，这种高标准的文章，清世及当时均未能见，只能求之于古人；与六朝文章相比，他又看出汪中、李兆洛之文之不足，更不用说唐宋八大家中的欧阳、王、苏等人了。兼之章氏当时"宗师法相"，耽于思辨之乐与精深义理的阐释，更加觉得"师心遣论"之可贵，加上自己的写作实践，悟到以古雅典丽之辞阐发高深义理之不易，所以认为古今文人中，惟"王阮嵇裴"之属为不可及也。刘师培也非常欣赏清代的汪中，除了有乡贤之嫌外，自是与其重视骈俪有关。同时，刘师培也重东汉文，特别以蔡邕文章作为典范，欣赏其"渊穆之光""渊懿有光"。他"论文章宜调称"，说："试观魏晋之文，每篇皆有言外之意。如孙绰、袁宏之碑铭何尝仅在字句间尽文章之能事？于字里行间以外固别饶意趣。善学魏晋者，务宜由此入手。东汉之文皆能含蓄。如《鲁灵光殿赋》非纯由僻字堆成，且含有渊穆之光。善学东汉之文者亦必烛见及此。蔡中郎文每篇皆有渊穆之光，今日能得其气厚者已不多见，更何有于渊穆？……清代各家文集中均难免不称之弊。如汪容甫之《自序》及《汉上琴台铭》，全篇固甚相称，余则一篇之中或学汉魏，或学六朝，或学唐宋以下，斑驳陆离，殊欠调和。可知文章求称之不易矣。降及洪北江（亮吉）、王湘绮（闿运）辈，虽为一时所宗，而不称之弊尤多。"[①] 刘氏此处所论与章太炎正相呼应，但章太炎之重"东京文学"，乃在其议礼议政之文，尤重其论战之功用，所以青睐崔寔、仲长统等人的政论文；刘师培之重东汉文，乃是从文学史上着眼，尤其重视文章变迁之迹，故而班固、蔡邕之辈常见其称述。两人相较，一为政论家，一为文学史家。

在章太炎生活的清末民初时期，虽然受西方影响的"纯文学"观念逐渐为更多学人接受，但他却始终秉持"杂文学"观，将一切文字记载（甚至"无句读文"）皆归入"文"之范畴，反对将学说与文辞分立。就狭义的无韵之文而言，他对清代以来的骈散之争持较为宏通的态度，也并不仅仅关注抒情类的散文，更重视那些议礼论政以及论述经史典章的学术文章。庞俊《章先生学术述略》说："近代论文，若阮文达则以《文选》为主，于经史子三

---

① 《汉魏六朝专家文研究》，陈引驰编校：《刘师培中古文学论集》，中国社会科学出版社，1997年，第 147 页。

部，皆格之文章之外；若李申耆（兆洛）则主耦丽；若姚惜抱（鼐）则主散行。而海外文家，复有以文辞与学说对立者。先生皆无所取，以为'文者，包络一切著于竹帛者而为言'。不主耦丽，亦不主散行，不分学说与文辞，其规摹至闳远，足以摧破一切狭见之言。衡论古今，则推汉世之韵文记事，而持论则独尊魏晋。若唐若宋，则以为文学之衰。"① 他将唐宋视为"文学之衰"，自是他的一家之言，未必能为人认同。但若就古代文学的发展来看，他重视说理文，特别是那些议礼论政以及经史述学的论著，将其当作古代散文的重要方面，这在先唐时期甚至包括唐代也都是符合实际的。

当然，章太炎重视说理文，还有其当时的现实意义。因为在他生活的当时，无论是要"排满"革命，还是"爱国保种"，都需要以文章进行宣传，与其他各种不同声音的论辩当然更需要雄辩的说理之文。而说理之文不但要析理精微，论证时须有很强的逻辑性和思辨性，还要有充分的论据以及独立思考的能力，自由解放的思想。在他看来，"文辞的本根，全在文字，唐代以前，文人都通小学，所以文章优美，能动感情。若是提倡小学，能够达到文学复古的时候，这爱国保种的力量，不由你不伟大的。"② 他自己精通小学，学识渊博，所作文字古雅，能够符合这个要求。以此标准来看待古代文章，最令他心仪的自然是先秦诸子之文，其次则是魏晋玄理之文。这也是章太炎经过不断探索而得到的结论。1902 年，他叙述自己的创作历程说："初为文辞，刻意追蹑秦汉，然正得唐文意度。虽精治《通典》，以所录议礼之文为至，然未能学也。及是，知东京文学不可薄，而崔寔、仲长统尤善。既复综核名理，乃悟三国两晋间文诚有秦汉所未逮者，于是文章渐变。"③ 说明自己开始作文时，刻意学的乃是貌似古雅的秦汉古文，但结果得到的只是"唐文意度"。所谓"唐文意度"，其实指的是以韩愈为代表的古文风貌。这与东汉末年仲长统等人"综核名理"的政论文大异其趣。

唐人文章，他比较推崇的是陆贽的奏议文，而陆文在唐代当时却并不被看重，因为"大凡文品与当时国势不符者，文虽工而人不之重。燕许庙堂之文，当时重之，而陆宣公论事明白之作，见重于后世者，当时反不推崇。萧颖士之文，平易自然。元结始为谲怪，独孤及、梁肃变其本而加之厉。至昌

---

① 章念驰编：《章太炎生平和学术》，生活·读书·新知三联书店，1988 年，第 21 页。
② 《革命的道德》，汤志钧编：《章太炎政论选集》，中华书局，1977 年，第 310 页。
③ 《太炎先生自定年谱》"光绪二十八年"，香港龙门书局，1965 年，第 9 页。

黎始能言词必己出，凡古人已用之语，必屏弃不取，而别铸新词。昌黎然，柳州亦然，皇甫湜、孙樵，无不皆然。风气既成，宜乎宣公奏议之不见崇矣。"① 陆贽之文明白晓畅，不重华辞，而唐人崇尚的是气势壮大、别铸新词的壮美之风，追求文采斐然，故陆文"不合时宜"。他虽赞赏陆文，但若将陆贽之文与三国两晋文辞相比，则又认为高下立判。

正是由于重视说理，章太炎特别青睐古代"论"体文，钱基博《现代中国文学史》说："炳麟论文，右魏、晋而轻唐、宋，于古今人少许多迕。顾盛推魏、晋之论，谓汉与唐、宋咸不足学；独魏、晋为足学而最难学；述《论式》。"②《论式》为其《国故论衡》中卷之一篇，通论古代论体文的发展。他于古代散文中本重说理文，而论体文又是古代说理文中的精粹，作者既可展示文士驰骋文采的优势，又可表现学者的学术底蕴，所以说："夫持论之难，不在出入风议，臧否人群，独持理议礼为剧。出入风议，臧否人群，文士所优为也。持理议礼，非擅其学莫能至。自唐以降，缀文者在彼不在此。观其流势，洋洋纚纚，即实不过数语。又其持论不本名家，外方陷敌，内则亦以自偾，惟刘秩、沈既济、杜佑，差无盈辞。持理者，独刘、柳论天为胜，其余并广居自恣之言也。"③"出入风议，臧否人群"，也就是放言高论，品藻人物，此类之言随意性较大，善于夸饰的"文士"自是擅长。但如果要"持理议礼"的话，则需要以学问为底蕴，讲究严谨的逻辑，先秦名家之文是其典型。而整个唐代能够合此者不过寥寥数家而已。为什么呢？因为"缀文者在彼不在此"。也就是说，唐文过于重视华彩之辞，文章写得洋洋洒洒，似乎潇洒自若，实则内容干枯，"即实不过数语"，大段文字其实表达的不过几句话而已，内在早已"自偾"（自我覆败），自己都难以说服自己，更无法令他人信服了。根本原因在于此类文章"非擅其学莫能至"，唐人学术既疏，自然不能于此争胜了。章太炎谓魏晋文"持论仿佛晚周"，因其能言玄理（他视玄理为"微言"），见解深刻，独抒己见，不依傍他人，这是其内容上的深刻之处。同时，这也与魏晋人士在精神人格上的独立相关，正因其贵我之见，从不轻意步趋他人，又能唯真理为是，不屈于权贵，亦不以权贵骄人，故可自持己

---

① 章太炎著，吴永坤讲评：《国学讲演录·文学略说》，凤凰出版社，2008 年，第 253 页。
② 钱基博：《现代中国文学史》，中国人民大学出版社，2004 年，第 69 页。
③ 《国故论衡·论式》，刘梦溪主编：《中国现代学术经典·章太炎卷》，河北教育出版社，1996 年，第 78 页。

见。又因魏晋人物处于文化转型时期，非惟通脱为人，亦因扫汉人象数之学，为文典丽淳雅，故能运气为文，文质彬彬相符。然才有高下之分，性有紫黄之别，若仅有才情，不过能够"出入风议，臧否人物"而已。若欲说理透彻，条分缕析而不乱，如嵇康之"师心遣论"，则"非擅其学莫能至"。所以章太炎尤喜魏晋"持理议礼"之文，以其与己之"论政"之理相通，观其对自己论学论政之文若《文始》之类的高自标持，不难窥其深旨。

他在上文中所提到的唐代刘、沈、杜几家，稍见称许，其实只是由于他们的"史才"所致，此"史才"体现于其史论中，稍能说理，故章太炎称之"差无盈辞"。至于唐代散文，当然还是以韩、柳最有代表性。这也是章太炎所认同的。他说："唐人散体，非始于韩柳。韩柳之前，有独孤及、梁肃、萧颖士、元结辈，其文渐趋于散，唯魄力不厚。至昌黎乃渐厚耳。譬之山岭脉络，来至独孤、萧、梁，至韩柳乃结成高峰也。"① 在 1910 年所作的《与人论文书》中虽然也批评了韩、柳之文，但还是认为："今夫韩、吕、刘、柳所为，自以为古文辞，纵材薄不能攀姬、汉，其愈隋、唐末流猥文固远。宋世吴、蜀六士，志不师古，乃自以当时决科献书之文为体，是岂可并哉?"② 到底还是承认韩吕刘柳之文在唐文中的地位。但即便是韩柳，其文章仍然短于说理，因为"秦汉高文，本非说理之作，相如、子云，一代宗工，皆不能说理。韩柳为文，虽云根柢经、子，实则但摹相如、子云耳。持韩较柳，柳犹可以说理，韩尤非其伦矣。……然则古人之文，各类齐备，后世所学，仅取一端。是故，非古文之法独短于说理，乃唐宋八家下逮归、方之作，独短于说理耳。"③ 韩、柳为唐宋八家之首，也是后世"古文"的典范，他们学的乃是司马相如、扬雄那样的"秦汉高文"，其范文已不以说理取胜，本身也无"根柢经子"的学术底蕴，因而他们的文章既无唐初的"轻清之气"，更无法像魏晋文那样气象雅淡。这在其 1922 年的国学讲演中表述得更加清楚：

唐初文也没有可取，但轻清之气尚存，若杨炯辈是以骈兼散的。中唐以后，文体大变，变化推张燕公、苏许公为最先，他们行文不同于庾（信）也不同于陆（机），大有仿司马相如的气象。在他们以前，周时有苏绰，曾拟大

---

① 章太炎著，吴永坤讲评：《国学讲演录·文字略说》，凤凰出版社，2008 年，第 252 页。

② 《章太炎全集·太炎文录初编》文录卷二，上海人民出版社，2014 年，第 171 页。

③ 章太炎著，吴永坤讲评：《国学讲演录·文字略说》，凤凰出版社，2008 年，第 242 页。

诰，也可说是他们的滥觞。韩、柳的文，虽是别开生面，却也从燕、许出来，这是桐城派不肯说的。中唐萧颖士、李华的文，已渐趋于奇。德宗以后，独孤及的行文，和韩文公更相近了。后此韩文公，柳宗元，刘禹锡，吕温，都以文名。四人中以韩、柳二人最喜造词，他们是主张词必己出的。刘、吕也爱造词，不过不如韩、柳之甚。韩才气大，我们没见他的雕琢气，柳才小，就不能掩饰。韩之学生皇甫湜、张籍，也很欢喜造词。晚唐李翱别具气度，孙樵诘屈聱牙，和韩也有不同。骈体文，唐代推李义山，渐变为后代的"四六体"，我们把他和陆机一比，真有天壤之分。①

他认为韩、柳等中唐以后的文章已无法与初唐相比，而初唐文源于六朝却不足以承其美。他认可美不胜收的晋人文章："彼其修辞安雅，则异于唐；持论精审，则异于汉；起止自在，无首尾呼应之式，则异于宋以后之制科策论；而气息调利，意度冲远，又无迫笮塞吃之病，斯信美也。"② "观晋人文字，任意卷舒，不加雕饰，真如飘风涌泉，绝非人力。"③ 陆机之文是他心目中古代散文（当然也包括论体文）的典范，得到他自始至终的推崇，所以将李商隐的四六文与之相比称为"天壤之分"，在其他很多地方也一再表示艳羡。《国学概论》中又说："陆家父子（逊，抗，凯，云，机）都以文名，而以陆机为尤，他是开晋代文学之先的。晋代潘、陆虽并称，但人之尊潘终不如陆，《抱朴子》中有赞陆语，《文中子》也极力推尊他，唐太宗御笔赞也只有陆机、王羲之二人，可见人们对他的景仰了。自陆出，文体大变，两汉壮美的风气，到了他变成优美了。他的文，平易有风致，使人生快感的。"④

可以说，他对唐文的批评也与其心目中的"魏晋情结"相关，在哲学、文学以及学术与社会风俗等方面他皆给予魏晋以高评。而论体文则尤以魏晋文章为典范，因为"魏晋之文，大体皆坿于汉，独持论仿佛晚周。气体虽异，要其守己有度，伐人有序，和理在中，孚尹旁达，可以为百世师矣。"⑤ 魏晋

① 章太炎讲演，曹聚仁记录：《国学概论》第四章《文学之派别》，巴蜀书社，1987年，第91-92页。

② 章太炎：《菿汉微言》，虞云国校点：《菿汉三言》，上海书店出版社，2011年，第66页。

③ 《菿汉闲话》，《章太炎全集·太炎文录续编》卷一，上海人民出版社，2014年，第104页。

④ 章太炎讲演，曹聚仁记录：《国学概论》，巴蜀书社，1987年，第90页。

⑤ 《国故论衡·论式》，刘梦溪主编：《中国现代学术经典·章太炎卷》，河北教育出版社，1996年，第79页。

文在很多方面皆承继汉代——主要是东汉（即章氏所谓"东京文学"），"独持论仿佛晚周"，在说理论辩方面则可以与晚周诸子相媲美。虽然时过境迁，两者"气体"（气调体制）有异，风格与语言皆已不同，但魏晋文之说理似乎臻于美轮美奂之境。"守己有度"，就是阐述自己思想时候有理有据，不给论敌有机可乘，可以充分而恰当地阐明自己的见解。"伐人有序"，即批评别人或与他人辩论时，有自己的逻辑次序，析理绵密，进退自如，有张有弛。"和理在中"，即"和理"包含在内在的心中而通过文章表现出来。"和理"，是借用《庄子》中的原文，已见上节所述。

　　一旦文学新变，作者有意识地追求华辞，却没有学问作为根柢，文章也就不再"平彻闲雅"了。章太炎将这个文学变化的时限定之于梁武帝时期。梁武之后，自其子简文帝始，文学真正开始"声色大开"，他以为："仆以下姿，智小谋大，谓文学之业，穷于天监。简文变古，志在桑中，徐、庾承其流化，平典之风，于兹沫矣。燕、许有作，方欲上攀秦、汉。逮及韩、吕、柳、权、独孤、皇甫诸家，劣能自振，议事确质，不能如两京；辩智宣朗，不能如魏晋。晚唐变以谲诡，两宋济以浮夸，斯皆不足劭也。"[1] 这段话在其之前的《与人论文书》中也曾说过："来书疑仆持论褒大先梁，而捐置徐、庾以下。又称中唐韩、吕、刘、柳诸家，次及宋世宋祁、司马光等。然上不取季唐，下不与吴蜀六士。……先梁杂记，则随俗而善，文尽雅。陈已稍替，及南北捆合，其质大浇。"[2] "天监"是梁武帝年号，自此之后，文学趋新，简文帝梁纲及其弟萧绎与庾信、徐陵一起，诗文皆崇华艳，所以"平典之风，于兹沫矣"。所谓"平典"，即平正典雅，亦即其所云"平彻闲雅"——平实深彻而造就的典雅。盛唐的"燕许大手笔"已然不逮，中唐时最有代表性的韩、柳等人仅仅"劣能自振"，成就上已自身难保，更不用说晚唐与两宋了。于是，他得出结论："夫雅而不核，近于诵数，汉人之短也；廉而不节，近于强钳，肆而不制，近于流荡，清而不根，近于草野，唐宋之过也；有其利无其病者，莫若魏晋。……效唐宋之持论者，利其齿牙，效汉之持论者，多其记诵，斯已给矣；效魏晋之持论者，上不徒守文，下不可御人以口，必先豫

　　① 《国故论衡·论式》，刘梦溪主编：《中国现代学术经典·章太炎卷》，河北教育出版社，1996年，第78页。
　　② 《章太炎全集·太炎文录初编》文录卷二，上海人民出版社，2014年，第170页。

之以学。"① 他认为，汉文持论明白准确，但过于质朴，文采不足；唐宋论文则过于流荡，只能"利其齿牙"，以浮滑之辞炫人耳目而已。只有魏晋论文既能谨守法度，又免于浮滑无实之讥，其根本原因还是在于"必先豫之以学"，须以学问为根柢。论者常引这段话以说明章太炎的文学观，而深会其意的则是章氏弟子许寿裳。许氏在 1945 年为其师作传时引而申论曰："'必先豫之以学'这句话，最为切要。世人但知道魏、晋崇玄学，尚清谈，而不知道玄学常和礼乐的本原、律令的精义，彼此相扶。玄学者其言虽系抽象，其艺则切于实际，所以是难能可贵。"② 而批评者虽然承认章氏的学问精湛，却认为不能以此要求他人，如胡适在 1923 年《五十年中国之文学》中就说过："'必先豫之以学'六个字，谈何容易？章炳麟的文章，所以能自成一家，也并非因为他模仿魏晋，只是因为他有学问做底子，有论理做骨格。"③ 胡适之论有当时特殊的历史背景，是非得失可另当别论，其实他们俩所说的"必先豫之以学"不是同一个问题。胡适所云是对今人文章创作的问题，许寿裳所说乃是章太炎对古代论体文写作的学术底蕴的要求。

关于诗歌，章太炎持诗本"情性"观。《国故论衡·辨诗》曰："论辩之辞，综持名理，久而愈出，不专以情文贵，后生或在陵轹古人者矣。韵语代益陵迟，今遂涂地，由其发扬意气，故感慨之士擅焉，聪明思慧，去之则弥远。……故中国废兴之际，枢于中唐，诗赋亦由是不竞。"④ 他认为文与诗在文体上的不同，而要求也不同，文——特别是论体文，需要"综持名理"，把道理剖析清楚，不以"情"之发抒为主。而诗则是"吟咏情性"的，需要强烈的情感。古人情感真诚强烈，天然而不矫作，所以，越是能发扬意气的，越能写出好诗，反而是那些"聪明思慧"的，写不出什么好诗。而他判断中唐时期是诗赋"废兴"的关键，也是从诗人的抒发情性为标准。他举了荆轲、项羽、李陵、曹操、刘琨这些人及其诗为例，说他们并不以诗人为职，却往往做出好诗。以其情性观来观照整个中国诗歌发展史，他虽认识到诗势代迁、

---

① 《国故论衡·论式》，刘梦溪主编：《中国现代学术经典·章太炎卷》，河北教育出版社，1996 年，第 80 页。

② 许寿裳：《章太炎传》，百花文艺出版社，2004 年，第 75 页。

③ 《胡适文集》第 4 卷，人民文学出版社，1998 年，第 362 页。本篇最初发表于 1923 年 2 月上海《申报》五十周年纪念刊《最近之五十年》，但行文恐作于 1922 年。

④ 《国故论衡·辨诗》，刘梦溪主编：《中国现代学术经典·章太炎卷》，河北教育出版社，1996 年，第 83 页。

一代自有一代之诗,但他的认识却是:"古诗断自简文以上,唐有陈(子昂)、张(九龄)、李(白)、杜(甫)之徒,稍稍删取其要,足以继《风》、《雅》,尽正变。……要之,本情性,限辞语,则诗盛;远情性,憙杂书,则诗衰。"① 从情性出发,"限辞语",亦即无须什么华丽辞藻,更不要什么新奇斗巧的形式,发之天然,就是好诗。所以,自从简文帝张大"宫体诗"以后,"古诗"便一代不如一代了。他的这种比较偏激的"文学复古"观,未必能够为时人接受,但他从情性观出发,始终坚持此论。在1922年的上海国学讲演中也说过:"语曰:'在心为志,发言为诗'。可见诗是发于性情。三国以前的诗,都从真性情流出,我们不能指出某句某字是佳;他们的好处,是无句不佳无字不佳的。"② 1928年11月,他在《治平吟草序》又说:"诗以道性情,六义衰,性情之间始有伪饰者,然唐以上犹少是,隐遁则有长往有辞,军旅则有不可犯之色。荣辱得失,亦各如其所遇。以形于言,虽乾没如宋之问辈,亦举念不忘富贵而已。自宋以后,诗与性情离,怙权而称恬退,冯生而言任达,得意恣欲而为牢愁之声,虽有名章曼辞,为世所称道者,欲依咏以观其志,则不能已。"③ 后世人多伪态,诗与性情分离,也就难说诗可以观其志了。

那么,诗歌如何发扬意气,挥洒性情呢? 章氏认为,性情发自天然,与人之学问无关,因而作诗应当少用典故,所以提出"发情止义"之创作观念。"'发情止义'一语,出于《诗序》。彼所谓'情'是喜怒哀乐的'情',所谓'义'是礼义的'义'。我引这语是把彼的意义再推广之:'情'是'心所欲言,不得不言'的意思,'义'就是'作文的法度'。……杜以前诸诗家,很少无情之作,即王、孟也首首有情的。至古代诗若《大风歌》、《扶风歌》全是真性情流出,一首便可传了!"④ 由此而言,四言诗自《诗经》以后自是难复再盛,五言诗则以魏晋为则,至多认可到梁武帝之时。需要指出的是,章太炎这种卑唐观,似乎比较独特,而王夫之亦曾有类似说法:"悲夫! 六代之作,世称浮艳,乃取唐音与之颉颃,则唐益卑矣。卑其所高,而高其所卑,韩退之始之,而宋人成之也。至文之于天壤,初终条理,自无待而成,因自

---

① 《国故论衡·辨诗》,刘梦溪主编:《中国现代学术经典·章太炎卷》,河北教育出版社,1996年,第85-86页。
② 章太炎讲演,曹聚仁记录:《国学概论》,巴蜀书社,1987年,第103页。
③ 《章太炎全集·太炎文录续编》卷二之下,上海人民出版社,2014年,第159页。
④ 章太炎讲演,曹聚仁记录:《国学概论》,巴蜀书社,1987年,第114-116页。

然而昭，其象则可仪矣。设仪以使象之必然，是木偶之机，日动而日死也。余既谂其不然，因溯自西晋，迄乎陈、隋，采诗若干，著近体之所自出。如使节以清浊，傅以经纬，则岂不高于王（勃）、骆（宾王），雅于沈（佺期）、宋（之问）哉?"① 王夫之不满时人目六代为"浮艳"，以唐音与之相较，以为六代古诗当胜唐音一筹，章太炎对王夫之多所推崇，其古诗观念及其卑唐观，与此异曲同工，不知是否暗袭王氏此论。

当然，章太炎的这种复古文学观念，在当时已经受到胡适等人的批评，直到当今，学术界依然有争议。或云："《辨诗》一文，以广义诗歌为对象，所辨析者包括了诗赋和乐府，然而主要是辨析诗歌。论述了诗的源流、体裁特征，阐述了基本取舍原则。简单说，这一原则就是：诗以发抒性情为贵，与文章'综持名理'形成截然不同的趋向。实际上，章太炎评价诗歌，明显倾向于悲壮古朴的风格。这种审美倾向已构成另一重取舍原则。根据以上两重取舍原则，他推崇古体诗，轻视近体诗；推崇汉魏诗作，轻视唐宋以下作品。对历代具体作品的评价中，有厚古贱今的倾向，但其依据却不是复古主义眼光，而是根据上述两重标准得出。"② 此于客观叙述中加以肯定之意。而姜义华认为："章太炎所倡导的'文学复古'，中心就是反对重形式、轻内容的旧习气，反对雕琢、浮华、颓败、陈腐的旧文风，而要求树立形式与内容相统一的新风尚，树立立诚、质朴、抒情、新鲜的新文风。他不仅要求狭义的文学领域必须这么做，而且要求哲学、历史、公牍、典章等也必须这么做，以便在各个文化领域进行一场全面的变革。"③ 这是肯定其"文学复古"观的现实意义，同时，又指出其存在着三个严重的弱点。那么，无论褒贬，我们可以看出，章太炎的"先梁文学论"及其卑唐观其实有着现实的文化关怀，并不仅仅是单纯的个人兴趣与爱好。

于此，我们梳理出章太炎看待唐代文学的逻辑思路是：唐代学术中衰，文士学问疏薄，以此为基础和底蕴的文章不能辨名析理，无法做到舒卷自如，失去了"平彻闲雅"的气度，只能依靠文饰之辞而作浮夸之游谈，从而形成汗漫之文。最有代表性的韩柳刘吕之伦亦复如是。根据"修辞立诚"的原则要求，这是非常恶劣的文风。唐代诗歌与魏晋古诗相比，已经很少性情之作，

---

① 王夫之:《古诗评选》，文化艺术出版社，1997年，第298页。
② 姚奠中、董国炎:《章太炎学术年谱》，山西古籍出版社，1996年，第168页。
③ 姜义华:《章太炎思想研究》，中国人民大学出版社，2009年，第356页。

实是走向衰微。之所以有这种认识，一方面是他认为唐人的学术已疏陋，另一方面又与章太炎的民族主义与种族革命的思想有关，特别是他对王勃的批评，更是非常独特的。那么，章太炎何以判断唐人学术之疏呢？这便涉及他对中国学术的认识。

二、唐人学术之疏：六艺之学的中衰

作为清代朴学的殿军，章太炎虽然并不排斥当时的外来之学，还对进化论之类西学颇感兴趣，但他心目中的"学"自然还是指中国固有的传统学术。他认为，中国学术源于先秦六艺，"汉人所谓六艺，与《周礼·保氏》不同。汉儒以六经为六艺，《保氏》以礼、乐、射、御、书、数为六艺。六经者，大艺也。礼、乐、射、御、书、数者，小艺也。语似分歧，实无二致。"① 魏晋玄学虽似老庄形名之论，实则是对传统六艺之学的继承，而且恪守名家辨名析理之分。"自唐以降，玄学绝，六艺方技亦衰。（原注：唐初犹守六代风，颜、孔、陆、贾之说经，李淳风、祖孝孙之明算，孙思邈、张文仲之习医，皆本六代。贾公彦子大隐，本以传礼得名，而作《老子述义》十卷，注《公孙龙子》一卷，则经师犹审形名也。中唐以降，斯风绝矣。）"② 玄学名士之清谈在六朝时已有批评者，后世的"清谈误国"几为价值判断之定谳，但章太炎却为之彻底翻案，"推见至隐"，掘其微旨，发现了玄学乃是涵盖六艺传统中经政技形诸端的深层意义。就玄学之"理"而言，为六经之"大艺"，故"不与艺术文行忤"；就其学之"用"或"术"来说，为"小艺"，故"与礼律相扶"，玄学名士多技艺。玄学名士的辨名析理与"六艺方技""要之以名，格之以分"完全相符，故其文章析理明晰，逻辑谨严，无须华辞而风华自在，这种内在的修养也使得玄学名士的气质平易不躁竞，故而"和理出其性"。而唐人文章之所以不及之，原因也在于此，所以"及唐，名理荡荡，夸奢复起，形于文辞。"（《五朝学》第76页）唐人不崇玄学，不讲"名理"，无学问为根柢，自然无法做到晋人文章的优游自在，只能以"夸奢"之辞炫人耳目。在《检论·通程》中，章太炎又说："魏、晋间，知玄理者甚

---

① 章太炎著，吴永坤讲评：《国学讲演录·小学略说》，凤凰出版社，2008 年，第 2 页。
② 《五朝学》，《章太炎全集·太炎文录初编》文录卷一，上海人民出版社，2014 年，第 69 页。

众。及唐，务好文辞，而微言几绝矣。"① 他认为唐初诸儒尚有六艺方技之一端，故文章中犹存"轻清之气"，中唐时学术更衰，文章亦随之而变，不能以形名之学守之，只能济以华辞了。在《检论·案唐》中，他论证道："唐初《五经正义》，本诸六代，言虽烦碎，宁拙不巧，足以观典型。其后说经，务为穿凿。啖助、赵匡于《春秋》，施士匄于《诗》，仲子陵、袁彝、韦彤、韦茝于《礼》，蔡广成于《易》，强蒙于《论语》，皆自名其学，苟异先儒，而于诸子名理甚疏。韩、李之徒，徒能窥见文章华采，未有深达理要、得与微言者。"② 从唐代传统学术之衰微说起，颇有"一代不如一代"的思路，最后将韩愈、李翱等人的"文章华采"与"未有深达理要、得与微言"联系起来，两者看似为并列关系，若结合章氏其他文章及其论唐的一贯思路来看，其实是因果关系。即：韩、李之徒之所以"文章华采"，正是由于他们的学术之衰，不能"深达理要、得与微言"。

章氏高足黄侃深受其影响，在《汉唐玄学论》中步趋其说曰："唐世学术中衰，而玄言尤为稀简。三教并立，实则皆无异观。浮屠之伦，舍昌明自教，掊击他宗外，殆无余暇。其于和会众说，自立门庭，有所未能。假令舍弃梵言，彰立殊义，弥不敢已。今论唐氏玄学，于此悉从删焉。……王通《中说》，盖有善言，而多夸饰，即其谠论，犹是老生常谈。流波及于韩愈、柳宗元、刘禹锡、吕温之伦，文章华采郅优，而持论不可检核以形名之学。"③ 他认为唐代学术中衰，不识名理微言，故哲学上亦无创见，影响及于文章，最有代表性的韩柳刘吕之伦不能如魏晋文章那样谨守形名之义以论理，只能以"华采"自炫，其结果便形成了章太炎常常批评的所谓"汗漫之文"。汗漫者，调和而无主见，貌似折中，实则皮相，毫无主见，不过人云亦云，左右逢源，四处讨好。此辈之学，既无定见，其为人亦可知矣。故章太炎说："盖中国学说，其病多在汗漫。春秋以上，学说未兴，汉武以后，定一尊于孔子，虽欲放言高论，犹必以无碍孔氏为宗。强相援引，妄为皮傅，愈调和愈失其本意，愈附会者愈违其解故。故中国之学，其失不在支离，而在汗漫。"④ 故

① 《检论·通程》，刘梦溪主编：《中国现代学术经典·章太炎卷》，河北教育出版社，1996年，第236页。

② 《检论·案唐》，刘梦溪主编：《中国现代学术经典·章太炎卷》，河北教育出版社，1996年，第234页。

③ 刘梦溪主编：《中国现代学术经典·黄侃卷》，河北教育出版社，1996年，第388－389页。

④ 《诸子学略说》，《章太炎政论选集》，中华书局，1977年，第285页。

太炎深恶"汗漫"之学，而喜好晚周诸子与魏晋玄学。至于唐人，在他看来，学术既疏，又不能辨名析理，自是不能作独立自由之论，因而在文章与行为上只能哗世取宠而已。

　　无论是传统的六艺之学，还是后来分类的经史之学，古人最为重视的是礼学。刘师培曾撰文《典礼为一切政治学术之总称考》曰："礼训为履，又训为体，故治国之要，莫善于礼。三代以前，政学合一，学即所用，用即所学。而典礼又为一切政治学术之总称。故一代之制作，悉该入典礼之中，非徒善为容仪而已。试观成周之时，六艺为周公旧典，政治学术悉为六艺所该，而周礼实为六艺之通名。"[①] 后世政学分途，而典章制度、法规律令、礼仪规范乃至学术文化其实都是典礼的一部分。当时学人中持此见者不少。章太炎作为清代学术的"押阵大将"（胡适语），对刘氏此论莫逆于心，故论及古代学术文化时十分重视当时的礼学。而礼学又与社会风俗密切相关，章太炎一贯坚守"学""人"一致的论证思路，而为人为学又关涉到一个时代的政俗风气，所以强调学术与社会风气的密切关系。这也是他与刘师培相互影响且相互欣赏的原因。两人定交于1903年，刘氏虽年少于章氏十五岁左右，但学术精湛，深为太炎所重。他们俩桴鼓相应，对于六朝学术的观点大致相同，刘氏虽少，实则许多文章阐发在前，章太炎反而受其影响。如刘师培1907年在《国粹学报》上发表《中国美术学变迁论》一文，认为："魏晋之士则弗然，放弃礼法，不复以礼自拘，及宅心艺术，亦率性而为，视为适性怡情之具。且士矜通脱，以劳身为鄙，不以玩物丧志为讥，加以高门贵阀雅善清言，兼矜多艺，然襟怀浩阔，宅心事外，超然有出尘之思，由是见闻而外，别有会心。诗语则以神韵为宗，图画则以传神为美。"[②] 同样作于1907年的《论古今学风变迁与政俗之关系》，刊于《政艺通报》，文章引征史实，立足于"自立自强"之论，认为六朝名士受益于玄学思潮的熏陶，因崇尚自然而不重名利，在个人的精神层面上"宅心高远"，追求超功利之美，而在学术思想上则"学贵自得"，注重个性和独立思考。在前人每以两晋六朝学风为非的前提下，刘师培论证说：

　　不知两晋六朝之学，不滞于拘墟，宅心高远，崇尚自然，独标远致，学

①《左盦外集》卷十，《刘申叔遗书》，凤凰出版社，1997年，第1543页。
②《左盦外集》卷十三，《刘申叔遗书》，凤凰出版社，1997年，第1631页。

贵自得，此其证矣。故一时学士大夫，其自视既高，超然有出尘之想，不为浮荣所束，不为尘网所撄，由放旷而为高尚，由厌世而为乐天。朝士既倡其风，民间浸成俗尚，虽曰无益于治国，然学风之善犹有数端，何则？以高隐为贵则躁进之风衰，以相忘为高则猜忌之心泯，以清言相尚则尘俗之念不生，以游览歌咏相矜则贪残之风自革，故托身虽鄙立志则高，被以一言，则魏晋六朝之学不域于卑近者也，魏晋六朝之臣不染于污时者也。故当时之士风，知远害而不知趋利。明杨慎有言，六朝风气，论者以为浮薄，败名检，伤风化，固亦有之然。予核其实，复有不可及者数事：一曰尊严家讳，二曰矜尚门地，三曰慎重婚姻，四曰区别流品，五曰主持清议。盖当时士大夫虽祖尚玄虚，师心放达，而以名节相高、风义自矢者，咸得径行其志。至于冗末之品凡琐之材，虽有陶猗之赀，不敢妄参乎时彦，虽有董邓之宠，不敢肆志于清流。而朝议之所不及，乡评巷议犹足倚以为轻重。故虽居偏安之区，当陆沉之后，而人心国势犹有与立，非此数者补救之功哉。杨氏之言如此，则世之以正始遗风为非者，毋亦轻于立言矣。盖魏晋以下名士竞用之时代也，以之振民气则不足，以之矫贪鄙则有余，则当时之风尚又岂后世所可及哉。六朝以降，至于隋唐，而士风一变。自科举途开，士人欲求进身不得不出于科举之一途，故真挚之诚逊于两汉，高尚之风又逊于六朝。[①]

刘氏此言，为魏晋玄风翻案，谓其虽无时用，但士大夫敦厉气节，不趋利，不屈世，"不域于卑近者也"，人心固尚在，足以矫贪鄙之风。最后将高尚士风之变化归于科举之兴起。如此激情之论，或者出于刘氏落第之后愤激之言，兼之失望于当时现实，故所例举虽出于史实，立论则"将以有为也"。然他综论魏晋六朝之学，知其世，论其人，考其思，及其文，乃是其一以贯之之论。这又与章太炎氏同道。钱基博论曰："二人者，皆书生好大言，负所学以自岸异，不安儒素，而张皇国学，诵说革命，微词讽谕，托之文字。又假明故，以称排满。"[②]在"革命""排满"时期，两人曾一度关系亲密，学术观点上有同有异。就"六朝学"而言，他们俩基本一致，上引论文中，替魏晋六朝学术文化翻案，由其学术，到士人节操，再到整个社会风俗，完全

　　① 《论古今学风变迁与政俗之关系》，原载《政艺通报》1907 年，今见《左庵外集》卷九，《刘申叔遗书》，凤凰出版社，1997 年，第 1527 页。
　　② 钱基博：《现代中国文学史》，中国人民大学出版社，2004 年，第 94 页。

是肯定的立场。这与章太炎《五朝学》中替玄学及玄学名士辩诬的观点几乎完全一致。而且，对于玄学名士的讲究名节以及为后世"不可及者数事"的五个方面，同样为章太炎所接受，章氏1908年所作的《五朝法律索隐》说："五朝之法，信美者有数端：一曰重生命，二曰恤无告，三曰平吏民，四曰抑富人。"① 这里的"五朝"指的是魏晋宋齐梁，与《五朝学》中所指时间稍有不同，但大多重合。这是从法律的角度论五朝风俗之美，又与刘论异曲同工。从文章面世的时间上看，刘师培文章是1907年，章太炎《五朝法律索隐》刊载于1908年，《五朝学》为1910年，很明显，刘氏文章发表在前，自然不能说受了章氏的影响，只能说章氏的说法借鉴了刘氏的文章。

他们皆是从社会风俗、学人气节入手，论述学术与文学风尚，因而得到唐代风习之衰的结论。只不过，他们的"文学"观念有所不同，文论之所及，章氏卑唐，刘氏则稍弘通。他们认为，社会的风习之衰是礼教衰微的结果，而文辞的厚薄又是从习俗风尚中来。故章太炎《菿汉微言》曰："观世盛衰者，读其文章辞赋，而足以知一代之性情。……唐世国威复振，兵力远届，其文应之，始自燕、许，终有韩、吕、刘、柳之伦，其语瑰玮，其气壮驵，则与两京相依。"② 他虽然承认唐代属于盛世，唐文属于"壮美"之畴，但由于礼教之衰微，盛世之中实多巧诈。故其《检论·本兵》曰："礼教益息，文辩益盛，而怀杀之心衰。其政又一于共主，民有老死不见兵革者。唐虽置府兵，其民固弗任，故有征役悲痛之诗；又设重法，诸临军征讨，而巧诈以避征役，若有校试，以能为不能。"③ 既然唐代"真挚之诚逊于两汉，高尚之风又逊于六朝"，世风及于学风，学风自然影响文风，在学术之疏与习俗之衰的前提下，章、刘很容易得出这样的结论：唐文不能说理而只能济以华辞，无法与析理精微而又卷舒自如的魏晋六朝文相比拟。

以中国古代学术思潮而论，传统的六艺之学和讲究哲理的玄论，唐代自是式微，但隋唐佛学却向为人所称，而章太炎却说："隋唐时候，佛教的哲理，比前代要精审，却不过几个和尚。寻常士大夫家，儒道名法的哲理就没有。数学、礼学，唐初都也不坏，从中唐以后就衰了。"④ 而中唐正是以韩愈

---

① 《章太炎全集·太炎文录初编》文录卷一，上海人民出版社，2014年，第73页。
② 虞云国校点：《菿汉三言》，上海书店出版社，2011年，第55页。
③ 刘梦溪主编：《中国现代学术经典·章太炎卷》，河北教育出版社，1996年，第227页。
④ 《教育的根本要从自国自内发出来》，《章太炎的白话文》，辽宁教育出版社，2003年，第37页。

文章为代表的时期。韩愈不但是中唐文章的代表，也是唐代文章与诗歌以及学术文化的代表者与转型者，对后世文学文化包括学术思想的影响都很大。章太炎虽也一再承认韩的才气与影响，却往往凭借直觉对韩愈进行批评。且无论对韩愈文章与学术，甚至对其为人之气节德行都有过怀疑。《菿汉昌言》曰："韩退之笃于故旧，见人有技，休休乎若己有之，视前世诸文士诚贤。然其戚于贫贱，耽于饮博，去居易俟命能节制者盖远，而便栩栩欲拟孟子，亦不自度甚矣。"① 这是从个人志节品行上予以非议。至于从文章风格和"文以载道"的角度来批评韩愈，后来他的学生周作人将此发挥得淋漓尽致，当与其不无关系。

中唐如是，即使是初唐，在章太炎看来，传统的六艺方技之学也已处于若断若续之际。其实，无论是从哲学、佛教以及文章的论理角度而言，唐代与魏晋六朝在社会文化环境上已颇有差异，尤其在影响文士甚大的取士制度上，一持门阀，一以科举，士人的出身不同，取径相异，也不可避免地影响到文章的风格及其各自特长。汤用彤先生曾较而论之曰："盖魏晋六朝，天下纷崩，学士文人，竞尚清谈，多趋遁世，崇尚释教，不为士人所鄙，而其与僧徒游者，虽不无因果福利之想，然究多以谈名理相过从。及至李唐奠定宇内，帝王名臣以治世为务，轻出世之法。而其取士，五经礼法为必修，文词诗章为要事。科举之制，遂养成天下重孔教文学，轻释氏名理之风，学者遂至不读非圣之文。故士大夫大变六朝习尚，其与僧人游者，盖多交在诗文之相投，而非在玄理之契合。文人学士如王维、白居易、梁肃等真正奉佛且深切体佛者，为数盖少。"② 他认为，魏晋六朝名士与名僧相互交游，喜谈名理，当世以此相高，故士人对佛理钻之甚深，发之于文，能析理精微；唐代士人乃以"文词诗章为要事"，不能专心于释氏名理，又以治世为要务，即便如韩愈《原性》之类论理文，不过气盛言宜而已，实则论理甚浅。汤用彤是用客观的表述方式，冷静地进行学理分析，这便可解释唐代文士何以对佛理不能精审以及文章在辨名析理上不能与魏晋争胜的原因了。而章太炎的呵唐，正是自其卑唐观出发，还常举出实例以证明唐人的学术之疏，特别是对唐代开国者多有苛求。《菿汉微言》曰："魏玄成谏净剀切，至学术则非其所知。所集《群书治要》，有古书十余种，为今世所无有，故其书因以见重。若在当

---

① 虞云国校点：《菿汉三言》，上海书店出版社，2011 年，第 57 页。
② 汤用彤：《隋唐佛教史稿》，江苏教育出版社，2007 年，第 30 页。

时，盖不足道。观其截削文句，多令塞吃难通，至于编次经典，卦取一爻，象存半语，割裂诬谬，令人失意。其《类礼》五十篇，盖亦此之流也。孙炎之书已废，而魏书代之，元行冲为作疏，张说尼焉有以也。唐初名相，虽被服儒雅，实无根柢，观房玄龄所注《管子》，妄陋如此。兹二公者，固非汉初张苍、陆贾之伦学有归趣者比也。"① 从表面上看，这种结论是学术性的论证，也有理有据，似可成一家之言。但这种学理上的论证实则带着较强的个人的民族主义情绪。当然，章太炎的学术文章强调以"求是"为"致用"，在为其现实关怀目的的学术论证中，仍以史实为据，因而这种带有"民族主义情绪"和"种族革命思想"的立论即使到了民国以后仍然可以自圆其说。他对唐代文章的诸多观点，终其一生，基本上是前后一致的。那么，唐代在时间上已远离清末，为何章太炎这种民族主义情绪会影响到他对唐代文章的立论呢？究其实，乃因李唐之习多沿于鲜卑，染于胡俗，类于清人之夷狄，又有闺门失礼与兄弟阋墙之事，在气节与德行方面皆有所亏。在章氏强调"学""人"一致的学术思想中，传统的夷夏之辨正好是可以利用与发挥的宣传工具，卑唐实即是呵清。

三、唐人习俗之衰：夷夏之辨的推衍

李唐兴于西北，胡汉杂陈，相互通姻，此为史实。陈寅恪尝论唐代政治制度及其习俗之渊源曰："《朱子语类》——六《历代类》三云：'唐源流出于夷狄，故闺门失礼之事不以为异。'朱子之语颇为简略，其意未能详知。然即此简略之语句亦含有种族及文化二问题，而此二问题实李唐一代史事关键之所在，治唐史者不可忽视者也。……若以女系母统言之，唐代创业及初期君主，如高祖之母为独孤氏，太宗之母为窦氏，即纥豆陵氏，高宗之母为长孙氏，皆是胡种，而非汉族。故李唐皇室之女系母统杂有胡族血胤，世所共知。"② 所谓"闺门失礼"，不过指武则天及杨贵妃与唐帝室之复杂关系，朱子将其归于"唐源流出于夷狄"，但后世应者寥寥。陈寅恪从"中国文化本位论"出发，论此主要是从客观立场出发，甚至带有褒扬之意，故陈氏对唐代文学文化及韩愈在文化史上的地位颇为推崇。其《论韩愈》一文固然如是，

① 虞云国校点：《菿汉三言》，上海书店出版社，2011 年，第 69 页。
② 《陈寅恪集·唐代政治史述论稿》，生活·读书·新知三联书店，2001 年，第 183 页。

即便是章太炎颇为轻蔑的唐代小说，陈寅恪亦著《韩愈与唐代小说》予以表彰，并许其对唐代文章的贡献，对韩愈《毛颖传》之类"似小说"的文章给予正面评价。面对着同样的问题，章太炎则站在完全不同的立场，不止一次批评韩愈此类文章，并曾将"唐人小说"作为贬词来评价林纾的古文。在《与人论文书》中，章氏嘲讽道："下流所抑，乃在严复、林纾之徒。复辞虽饬，气体比于制举，若将所谓曳行作姿者也。纾视复又弥下，辞无涓选，精采杂污，而更浸润唐人小说之风。夫欲物其体势，视若蔽尘，笑若龋齿，行若曲肩，自以为妍，而只益其丑也。"① 如此评论林纾，颇带主观情绪。这一段公案，后来学界也议论纷纷，但章氏以"唐人小说"作为一负面名词以评林纾，亦可见其对唐代小说的评价之低。

章、陈其实皆持"中国文化本位论"，同一问题却得出相反的结论，可见章氏之说乃由其卑唐观的习惯思维所致。也因此而可明了，他何以把唐室的"闺门失礼"当作德行有亏和风俗之衰的证据，且对唐太宗及其开国大臣多有呵斥。

唐太宗号为一代明君，文治武功历来为世所称。但章太炎对于他的诛兄杀弟而登帝位，颇有微词，在《国学讲演录·史学略说》说道："唐太宗之事，新、旧《唐书》之外，有温大雅之《大唐创业起居注》在。温书称建成为大郎，太宗为二郎。据所载二人功业相等，不若新、旧《唐书》归功于太宗一人也。"② 他认为两唐书之类正史所依据的资料都曾经过了唐太宗的过目检视，所以只留下了对其有利的记载，"史载太宗命房玄龄监修国史，帝索观实录，房玄龄以与许敬宗等同作之高祖、太宗实录呈览，太宗见书六月四日事，语多隐讳，谓玄龄曰：'周公诛管、蔡以安周，季友鸩叔牙以存鲁，朕之所为，亦类是耳，史官何讳焉？'即命削去浮词，直书其事。观此，则唐初二朝实录，经太宗索观之后，不啻太宗自定之史实矣。开国之事，尚有温大雅《起居注》可以考信，其后则无异可考，温公（司马光）亦何能再为考校哉！"③ 章太炎一向推崇司马光及其《资治通鉴》，但他认为由于很多资料已被唐太宗作了选择性的处理，所以司马光也无法考校唐太宗兄弟争位时的血腥细节了。其实，对温大雅《大唐创业起居注》所载唐太宗兄弟争位之事，

---

① 《章太炎全集·太炎文录初编》文录卷二，上海人民出版社，2014 年，第 171 页。
② 章太炎著，吴永坤讲评：《国学讲演录》，凤凰出版社，2008 年，第 161 页。
③ 章太炎著，吴永坤讲评：《国学讲演录》，凤凰出版社，2008 年，第 163 页。

《四库全书总目提要》已经说过："俱据事直书，无所粉饰。则凡与唐史不同者，或此书反为实录，亦未可定也。"① 章氏之评不知是否从此而来，但因此而责唐太宗之"不义"以及房玄龄、杜如晦等佐命大臣之气节有亏。《菿汉昌言》曰："汉楚王英谋逆，明帝徙英丹杨，未尝罪其妻子。唯楚狱连及者广，袁安则以死自任，为理出之。唐太宗杀太子、齐王，亦可已矣，而又诛其十子，房、杜于此无一言。岂非明帝之举以义，故不患楚嗣之报复；太宗之举以不义，故深患二嗣之报复乎？玄龄欲子孙师汉袁氏，未思己之得比袁安否也？"② 当然，在他心目中，由于"唐室闺门失礼，其时诗人亦多荡佚"。③ 虽然他也承认"唐士"如刘知几、杜佑、陆贽等人的质信与文章，表彰过元德秀、颜真卿等人的德行，但总体而言，正是由于清王朝出于外族，使得章太炎论学时常常将民族主义思想与情绪融入其中。这一点，学界论之已多。陈平原曾说："章氏论人衡文，常以政治立场及气节高下为第一前提，尤其是在提倡种族革命时更是如此。评述时人尚且不能局限于道德判断，更何况情况更为复杂的古人。章氏论学因政治偏见而出现较大误差的，当推其对清代学术思想的评论：就因为当中横着一个章太炎力图推翻的满清王朝。"④ 姜义华也分析说，在《訄书》初刻本《原人》中，"章太炎把世界诸民族分作文明民族与野蛮民族两类。他说，华夏民族与欧美民族'皆为有德慧术知之氓'；而欧美的生蕃，亚洲的戎狄，'其化皆晚，其性皆犷'，其种类不足民，其酋豪不足君'，都还没有真正脱离动物状态。他这里所贬斥的，其实主要是指满族。……章太炎将满族斥为'索虏'、'戎狄'、'乌桓遗裔'，以满族原先在经济上、政治上和文化上较为落后为理由，将满族列入'野蛮民族'之列，断言满族对全国的统治违背了历史的合理性，阻碍了中华民族的进化，致使中国在世界各文明民族的生存竞争中处于劣势。"⑤ 也就是说，当他"论人衡文"时，特别是处于"革命""排满"时期，不可避免地带有民族主义情绪。但同时我们也须看到，他始终将民族主义带上文化色彩，而非一味詈骂。在《答铁铮》中，他说："故仆以为民族主义，如稼穑然，要以史籍所载人物制度、地理风俗之类，为之灌溉，则蔚然以兴矣。不然，徒知主义之可贵，而

---

① 《四库全书总目提要》卷四十七《史部三》，中华书局，1965 年，第 420 页。
② 虞云国校点：《菿汉三言》，上海书店出版社，2011 年，第 142 页。
③ 虞云国校点：《菿汉三言》，上海书店出版社，2011 年，第 146 页。
④ 陈平原：《中国现代学术之建立》，北京大学出版社，1998 年，第 57 页。
⑤ 姜义华：《章太炎思想研究》，中国人民大学出版社，2009 年，第 87-88 页。

不知民族之可爱，吾恐其渐就萎黄也。孔氏之教，本以历史为宗，宗孔氏者，当沙汰其干禄致用之术，惟取前王成迹可以感怀者，流连弗替。《春秋》而上，则有六经，固孔氏历史之学也，《春秋》而下，则有《史记》、《汉书》以至历代书志、纪传，亦孔氏历史之学也。若局于《公羊》取义之说，徒以三世、三统大言相扇，而视一切历史为刍狗，则违于孔氏远矣！"①他是古文经学者，故视孔子为历史学家，与诸子同类，在《自述学术次第》中亦谓"孔子即史家宗主"，其等同孔子于诸子，视其价值在于"依自不依他"，即独立思想之可贵，也可借此对康有为今文学派的公羊三世说作了批判。

当然，作为一个"有学问的革命家"，也作为中国传统文化的守护者，章太炎在论述唐代文学文化时将唐人染于胡俗的史实放大了，从而影响了他对学术问题的客观判断。《菿汉微言》有曰："唐承周隋之绪，戕杀萧铣，泯毒汉宗，斯胡戎之嗣子也。李延寿作《南北史》，《南史》书北主则曰崩，《北史》书南主则曰殂。王通《中说》殆亦唐人所拟，其言'戎狄之德，黎民怀之；三才其舍诸'，弃亲昵而媚豺狼，悖逆至此，迄于宋初，鴂音未改，《御览·帝王部》揭举魏周，而江左则入僭伪焉。唐时独有一皇甫湜能正南朝江陵既陷，始归周统，可谓鸡鸣知旦者矣。"② 称唐室为"胡戎之嗣子"，自是带有很强的民族主义的主观情绪，亦因此而不满唐修史书中对南北正统地位的记载以及称呼的错位。上引文中对王通及其《中说》的强烈批评，终其一生皆未改变，1907 年，他撰《讨满洲檄》，言辞激烈，目王通为"奸人"，因王通以《元经》为"索虏"争正统，也就为唐之登帝位提供了历史与理论的依据。而他对唐太宗及其佐命功臣如魏徵、房玄龄、杜如晦等人的批评亦正与王通其人其书密切相关。

王通，号称隋末大儒，但《隋书》无传，《旧唐书·王勃传》载曰："王勃，字子安，绛州龙门人。祖通，隋蜀郡司户书佐。大业末，弃官归，以著书讲学为业。依《春秋》体例，自获麟后，历秦、汉至于后魏，著纪年之书，谓之《元经》。又依《孔子家语》、扬雄《法言》例，为客主对答之说，号曰《中说》。皆为儒士所称。义宁元年卒，门人薛收等相与议谥曰文中子。"③ 此

① 本文原刊于 1907 年 6 月《民报》第 14 号，后收入《太炎文录初编》别录卷二，此据《章太炎全集·太炎文录初编》，上海人民出版社，2014 年，第 388－389 页。

② 虞云国校点：《菿汉三言》，上海书店出版社，2011 年，第 57 页。

③ 《旧唐书》卷一百九十上，中华书局，1975 年，第 5004－5005 页。

人虽不及唐，但传说唐代诸多名臣皆为其门人，又俨然以孔子自比。不过，他的事迹及《中说》《元经》的著作权一直颇有争议。《元经》今存十卷，前九卷旧题王通撰，末一卷题其门人薛收续，但宋人已疑其伪托，《四库全书总目提要》亦然，并谓其无所取。但伪托者为谁，伪托的动机何在，则见仁见智。章太炎认为伪撰《中说》及《元经》的始作俑者皆为王通之孙王勃。《全唐文》卷一三五今存杜淹《文中子世家》，谓文中子"续诗书，正礼乐，修《元经》，赞易道"①云云，王勃《续书序》、杨炯《王勃集序》、皮日休《文中子碑》皆有类似之言，而章太炎认为《文中子世家》之类文章其实也是王勃伪造的，虽然他也认同作为"初唐四杰"之一的王勃的文学才华，但在事关诚实与作伪这样的名节与德行上，他认定王勃是有亏的。且不论《中说》中的前后抵牾，《元经》仿《春秋》体例，以史书形式颂"戎狄之德"，也就为唐之正统地位作了理论与史料上的证明。如此为"索虏"张目，清廷恰恰又是章氏认作"乌桓遗裔"的"索虏"之一，这自然是章太炎所无法容忍的。作为一个理论家与宣传家，他需要且必须在学术上予以批驳。可以说，他对王通的所谓"拟经"，自始至终都表示厌恶。当他读到王阳明《传习录》上表彰文中子的"拟经"以"明道"时，他加以批语曰："诸语纯是乱道。"②而集中加以批驳的体现在其《检论》卷四《案唐》一文中。由于文中子其人事迹不详，章太炎认为其著作均为王勃伪造，故此文以对王勃的批判为主要线索，集中地对唐代学风与文章乃至整个风习作了比较彻底的负面评价。郭象升非常推崇章太炎，其《文学研究法》中历数中国文学之发展，也常以章氏之言为理据，标举"先梁文学论"，但对于王通《文中子》是否伪托也难以定夺，其云：

　　王通《文中子》一书，真伪难定。朱彝尊《经义考》，具列众说，论之已详。世儒或云："《文中子》依仿《论语》，文词高妙，非他人所能伪作。"然自魏晋以来，潘勖《加魏公九锡文》、夏侯湛《昆弟诰》、苏绰《大诰》，并能摹画古人，得优孟衣冠之似；梅赜伪《古文尚书》亦起于是时；乌在《文中子》一书，不能伪托耶？其论文之言曰："谢灵运，小人也，其文

---

①《全唐文》卷一三五，上海古籍出版社，1990年，第602页。
②《章太炎藏书题跋批注校录》，齐鲁书社，2012年，第325页。按：章太炎所读《王文成公全书》，现藏暨南大学图书馆，该语即题其上。

傲；……江总，诡人也，其文虚。"（《事君》篇）又曰："内史薛公谓子曰：'吾文章可谓淫溺矣。'文中子离席而拜曰：'敢贺文人之知过也。'"（《述史》篇。）其高自标置如此，然颇中南北朝人之失。疑以传疑，勿深论焉可矣。①

虽然他说《文中子》"真伪难定"，但其语气还是否定的较多。且观其全文，多处转引章太炎之说，亦可见其取向。

《检论·案唐》开头先称赞了隋唐以科举取士的进步意义，但马上话锋一转："及乎风俗淫泆，耻尚失所，学者狃为夸肆，而忘礼让，言谈高于贾、晁，比其制行，不逮楼护、陈遵。章炳麟曰：尽唐一代，学士皆承王勃之化也。"他认为唐代"风俗淫泆"，学者好为夸诞而不实诚，而王勃是始作俑者，并且给整个唐代风习及文章均带来了恶劣的影响。王勃这样的目的是什么呢？章氏曰："由今验之，《中说》与《文中子世家》，皆勃所谰诬也。夫其淫为文辞，过自高贤，而又没于势利，妄援隋唐群贵，以自光宠。"（《案唐》）他认为，王勃伪造的动机出于"势利"，欲借重其祖王通的身价，将唐代许多开国功臣如房玄龄、杜如晦等都说成是王通的弟子，因而攀援"隋唐群贵"。由于王勃为"初唐四杰"之首，其夸肆而不实诚的学风与行为给唐代学风和文章带来了恶劣的影响，其论曰：

终唐之世，文士如韩愈、吕温、柳宗元、刘禹锡、李翱、皇甫湜之伦，皆勃之徒也。其辞章骈耦不与焉，犹言魏晋浮华，古道湮替，唐世振而复之。不悟魏晋老庄形名之学，覃思自得亦多矣。然其沐浴礼化，进退不越，政事堕于上，而民德厚于下，固不以玄言废也。加其说经守师，不敢专恣，下逮梁陈，义疏烦猥，而皆笃守旧常，无叛法故。何者？知名理可以意得，世法人事不可以苟诬也。扬搉其人，色厉而内荏，内冒没而外言仁义，夫非勃《中说》之流欤？且夫《中说》所称"记注兴而史道诬"，其言鉴燧也。而勃更僭其言，矫称诬辞，增其先德。唐世学士慕之，以为后世可绐，公取宠赂，盛为碑铭；穷极虚誉，以诬来史。此又勃之化也。魏、晋虽衰，中间如裴松之禁断立碑，法制所延，江表莫敢私违其式。此何可得于唐世耶？……勃之言文，取陆机而已。……夫不务质诚，而徒彰其气泽，虽《尧典》、《商颂》，

---

① 郭象升：《文学研究法》，余祖坤编：《历代文话续编》，凤凰出版社，2013年，第1989页。

犹为浮华也。勃之言，虽中取陆机，已又离于陆机逾远。要其憙自矜大，转益恢郭，不效法苏绰不止。（《案唐》）

他论学衡文，恪守“修辞立诚”之古训，既然唐代最有代表性的韩吕柳刘之伦“皆勃之徒”，在道德品行上已有不实诚之亏缺，自然也就不必论其“辞章觭耦”了。但他们还偏说“魏晋浮华”，是唐人自己重新振作。而在章太炎看来，将唐代与魏晋的经学和学术相比，魏晋的“不敢专恣”而“笃守旧常”自是实诚而不浮华，且“覃思自得”，而唐代的“夸肆而忘礼让”当然是浮华了。所谓的“魏晋老庄形名之学”，即指魏晋玄学，而玄学使得社会风气纯良，“民德归厚”。这样，唐代从文章到学术风气，乃至社会风习，其不诚之心皆由“王勃之化”。其中所谓“盛为碑铭，穷极虚誉”云云，虽未点名，实是暗讥韩愈等人。“绐”者，欺骗也。“以为后世可绐”，即指唐人碑铭之欺世不诚，实即暗讥韩愈碑铭的“谀墓”之嫌。这与魏晋的“禁断立碑”相比，非仅关乎文章，更是人之德行与社会风习问题。而王勃之文，虽曰学习陆机，但由于先存“不务质诚”之心，气貌上已然不逮。更何况，陆机是章太炎最为看重的魏晋文的典范作家，王勃若此之行，其人其文，较之于陆，判若云泥。文章最后，“章炳麟曰：若夫行己有耻，博学于文，则可以无大过。隋唐之间，其惟《颜氏家训》也。”引用顾炎武强调的“行己有耻，博学于文”之言，始终强调人之道德文章的一致性，甚至因颜之推《颜氏家训》而褒美其唐代后裔颜师古与颜真卿。又联系其当代情形，暗讥康有为等人，将“不质诚”之风称为“此复返循王勃《中说》之涂”。论者或评述此文曰：“结尾又论述从文章上看，韩柳古文运动与王勃的骈俪似乎是不同的，但是从其精神实质上看，实际也是一致的。也都证明了太炎述学文章结构是严谨的，而逻辑性也是很强的。”① 实际上，这有“为尊者讳”之嫌。我们认为，章太炎论学文章确有较强的逻辑性，但此文以批判王勃为主线，虽然前后呼应，结论却过于武断。王勃虽才华横溢，但卒时不足三十，其影响至多只是处在六朝与唐代文学之间的一个承接点，对后来的唐代文章与学风的影响并无如此之大，更谈不上对整个唐代社会风俗的影响。况且，王通其人其书，是否为王勃伪撰，实际上是有争议的。章太炎断为王勃伪撰，实际上也

① 任访秋：《章太炎文学简论》，《中国近代文学论文集·诗文卷》，中国社会科学出版社，1984年，第604页。

是揣测之辞，并没有坚实的事实佐证。退一步说，即使《中说》《元经》等皆为王勃伪造，就其动机而言，固然是不实诚的，但其影响也绝无如此巨大。所以，《案唐》一文虽前后呼应，但往往以假设为立论前提，不能说"逻辑性也是很强的"。如果说，此文名为"案唐"，毋宁说是"案清"，其最后一段将其当下的现实关怀与王勃联系在一起，说："然夫文质相变，有时而更。当清之世，学苦其质，不苦其文矣！末流矫以驰说，操行更污，乃更以后圣涣号。此复返循王勃《中说》之涂。"可见其着眼点乃在于对"当清之世"学风的批判。他的《讨满洲檄》云："迄于新都、季汉之世，胡祚世衰，边庭少事。晋道凌夷，授权降虏，刘元海、石勒之徒，凭藉晋威，乘时僭盗，则我中华之疆土，自是幅裂，五胡麕聚，甲覆乙起。江左建国，不出荆扬，然犹西殛姚泓，东诛慕容。徒以燕、冀未靖，又资拓跋，崔浩、魏收，腾其奸言，明朔方之族，出于黄帝。奸人王通复以《元经》张虏，乃云黎民怀戎，三才不舍。由是言之，非虏之能盗我中华，顾华人之耽于媚虏也。"[①] 认为王通造《元经》替"索虏"张目，称之为"奸人"，其痛恨之情跃然纸上。其实，清人末流的"操行更污"已与王通没有任何关联，与王勃更是毫不相关了，章太炎只是抓住"不质诚"一点将两者联系起来，与其说是学术论证，不如说是对传统的夷夏之辨的推衍了。这一点，其实周予同先生早就明白地说过：

顾炎武的提倡经学，是为了保存民族意识，章炳麟又作了进一步的发挥，他说："故仆以为民族主义如稼穑然，要以史籍所载人物、制度、地理、风俗之类为之灌溉，则蔚然以兴矣。不然，徒知主义之可贵，而不知民族之可爱，吾恐其渐就萎黄也。"（《答铁铮》，《太炎文录初编》"别录"卷二）这里说得很清楚：民族主义"如稼穑"，而史籍所载却能起灌溉作用。"灌溉"的是民族主义，而民族主义也依存于史籍的"灌溉"。那么，乾嘉学派所回避或阉割的顾炎武经学思想中的实践内容，到了章炳麟，又适应了新的时代特点，为"排满"革命服务了。

这样，章炳麟便披着古人的服装，热衷宣传满、汉矛盾，强调"华戎之辨"，援引顾炎武所说"知耻"、"重厚"、"耿介"而益以"必信"，以阐明"革命之道德"；搬用顾炎武所述"师生"、"年谊"、"姻戚"、"同乡"等

---

① 《章太炎全集·太炎文录初编》文录卷二，上海人民出版社，2014年，第194－195页。

"旧染污俗"，以箴砭资产阶级改良派。所谓"引致其途"，"朽腐化为神奇"，对当时的资产阶级革命运动来说，确是起了很大的宣传鼓动作用。

乾嘉时代，一些学者继承了顾炎武的治学方法，纵然外表很相像，但精神气骨却一无是处。清朝末年章炳麟"继承"了顾炎武的"经世"内容，发挥了他的民族主义思想。同一学派，而"继承"关系却自不相同。①

换句话说，章太炎以"求是"为"致用"，当时过境迁，"致用"目的已达或已过时，"求是"的内容仍以学术的方式存在，却也未必过时。况且，章太炎的民族主义思想是从文化角度来说的，并非完全着眼于种族。这一点，钱穆洞烛其微，将章太炎称为真正的民族文化爱好者，曾说："昔顾亭林有言：'目击世趋，方知治乱之关，必在风俗人心，而所以转移人心，整顿风俗，则教化纪纲为不可缺。'太炎早岁即慕亭林，其严种姓，重风俗，皆与亭林论学之旨相近。而其评论历代风俗、人物进退得失之故，则颇有不与亭林同者，亦各据其世而为言也。谓东汉可慕在《独行》、《逸民》诸传，其《党锢》不足矜；独有范滂、李膺，已近标榜，张俭辈无可道矣。而盛推五朝，……其于民族文化，师教身修，则其论常峻常激。然亦不偏尊一家，轻立门户，盖平实而能博大，不为放言高论，而能真为民族文化爱好者，诚近世一人而已矣。"② 说到底，章太炎之研究历史文化，更关注现实的世道人心。所以，尽管他痛恨清室而将满族归之于"野蛮民族"之列，实则是针对清朝的上层统治者而言。其所论学往往立足于史实，即使在情绪上带有主观意愿，角度上有所偏颇，却可以自成一家之言。这也是《案唐》一文及其卑唐观念下的相关文章可自圆其说以及为人所尚的背景与原因。

综上所述，可以看到，章太炎对唐代文学——尤其是中唐以后的文学基本上持批评的态度，既有其文学观念上的原因，也受其现实关怀目的的影响。就前者而言，他重视论理文，有着较强的"魏晋情结"，并以此而卑视唐文；对于诗歌，当永明体越来越趋向近体诗时，他持"吟咏情性"的观念推崇魏晋古诗，以梁武帝之前的"先梁文学"为认可的对象，认为唐诗渐乏性情。

① 周予同：《从顾炎武到章炳麟》，原载《学术月刊》1963 年第 12 期，今据《周予同经学史论著选集》，上海人民出版社，1983 年，第 767 页。

② 此稿草于 1936 年，刊载于 1937 年 6 月 10 日天津《大公报·图书副刊》第 185 期。今见钱穆：《中国学术思想史论丛》第八册，生活·读书·新知三联书店，2009 年，第 390–391 页。

同时，他持"杂文学"观，本身又学问精湛，故而重视文章的学术底蕴。而唐代学术，无论是经学与义理之学，还是六艺余绪下的技艺，在他看来皆属浅疏，故唐文无学术根柢而只能饰以华辞。就后者来说，他论学衡文时需关怀现实，持有强烈的民族主义情绪，因清廷出于外族，而将唐室染于胡俗的史实放大了。他又强调道德与文章的一致性，关注社会风习的变迁对于文章的熏染，由有争议的王通其人其书说起，判断其孙王勃伪托之"不质诚"对唐代学风及社会风习的不良影响，实则是对传统的夷夏之辨的推衍。因此，唐代文学尽管取得了辉煌的成就，但章太炎以学术论证的方式给予较强的批评，其观点或可自圆其说，在学术史上自有其意义，而对于具体问题时可具体分析，了解其立论的历史语境。这样，方可理解他对唐代文学的批评态度，也可对其学术观点作出较为客观的判断。

第三节　刘师培的"六朝学"与中古文学情结

1905 年初，邓实、黄节与刘师培等人在上海发起成立革命学术团体——国学保存会，同年 2 月，创《国粹学报》，为其机关刊物。刊物发行到 1911 年底，共八十二期。七年间，为刊物撰稿者共约五十多人，各种思想倾向者均有，但以当时的资产阶级革命派人士为主，如章太炎、刘师培、黄节、邓实、田北湖、马叙伦等。该刊物的创办目的与动机是爱国、保种、反满、存学。在当时清政府虽然奄奄一息却尚未垮台的大背景下，刊物上以"国粹"研究为主，崇尚《春秋》"尊王攘夷"的思想，常常表彰古代一些仁人志士不屈服于"异族"的民族气节。潘博《国粹学报叙》云：

　　昔顾亭林先生有言：有亡国，有亡天下。夫等是亡矣，何以有国与天下之分？盖以易朝者，一家之事，至于礼俗政教渐灭俱尽，而天下亡矣。夫礼俗政教，固皆自学出者也。必学亡而后，礼俗政教乃与俱亡。然则，学顾不重耶？吾中国二千余年，圣哲之所贻授，诸儒之所传述，固已炳然若日星矣，虽其间更衰乱，或至熄灭，然而二三儒生，抱持保守，卒使熄而复明，灭而更炽。故自三代以至今日，虽亡国者以十数计，而天下固未尝亡也。何也？以其学存也。而今则不然矣。举世汹汹，风靡于外域之所传习，非第以其持之有故，言之成理也。又见其所以施于用者，富强之效彰彰如是，而内视吾国，萎苶颓朽，不复振起，遂自疑其学为无用，而礼俗政教将一切舍之以从他人。循是以往，吾中国十年后，学其复有存者乎？夫吾中国，开化最早，持其学以与外域较其间，或有短长，得失则有之矣，而岂谓尽在淘汰之例耶？国之衰也，乃学之不明，而非学之无用。而嚚嚚者方持是以为口实，不亦愦哉！嗟乎！国不幸而至于亡，即亦已矣，奈何并其学而亡之，而使天下随之以亡也。夫一命之士，国亡犹与有责，而况系于天下者乎！然则，救亡图存，抑亦二三君子之责也。友人邓君枚子、刘君申叔，因创为此报，欲以保全吾国一线之学。其心苦，其力艰，其志卓矣。

夫六籍之厄，莫大秦火。汉初诸儒，厥功伟焉。然亦掇拾残阙而已，非如今日，震于十数强国之威，眩于万有新奇之论，以与吾学说竞扬其波者。且方遍天下也，而独以眇然儒生支柱其间，不惑不惧，毅然以保全为己任。呜呼，天下之不亡，其赖是乎！其赖是乎！《诗》曰：风雨如晦，鸡鸣不已。《易》曰：硕果不食。夫冒举世所不趋，而独行其志者，烈士之用心也。不必其为世用，守此以有待者，贤者之所志也。况乎风俗之所积，常起于一二人，持是以为倡，安见天下无与应者。且将与海内贤哲修明而光大之，宁仅暖暖姝姝封已，抱残而已乎？是则诸君子为此之意也。①

他也援引了顾炎武之言，强调"礼俗政教"对于民族文化的重大意义，表明其目的在于"救亡图存"。何以救亡？唯以"学"救之。所以他们创办此刊，提倡国粹之学。这在《国粹学报》发刊辞其实已有说明："海通以来，泰西学术输入中邦，震旦文明，不绝一线。无识陋儒，或扬西抑中，视旧籍如苴土。天下之理，穷则必通。士生今日，不能藉西学证明中学，而徒炫晰种之长。……惟流俗昏迷，冥行索途，莫为之导，虽美弗彰。不揣固陋，拟刊发报章，用存国学，月出一编，颜曰《国粹》。虽夏声不振，师法式微，操钟鼓于击壤之乡，习俎豆于被发之俗，易招覆瓿之讥，安望移风之效。然钩元提要，括垢磨光，以求学术会通之旨，使东土光明广照大千神州，旧学不远而复。是则下士区区保种爱国存学之志也。知言君子，或亦有取于斯。"②其中表示，在此"震旦文明"危若游丝之际，一些"无识陋儒"不顾本土传

---

① 潘博：《国粹学报叙》，《国粹学报》第 3 册，广陵书社，2006 年，第 11–12 页。
② 《国粹学报发刊辞》，《国粹学报》第 3 册，广陵书社，2006 年，第 2–3 页。

统文化，"扬西抑中"，所以此刊的文章在于使"旧学不远而复"。正因为如此，虽然刊物也登载各类文章，但主要取向还是保存国粹，宣传革命。此发刊辞没有署名，但从措辞用语的风格来看，颇类刘师培，亦有学人认为如是。事实上，在这些文章中，数量最多而又质量最高的也当属刘师培的文章。《国粹学报》第九期上，刊载邓实的《古学复兴论》，倡导与鼓吹"古学"的复兴。此"古学"狭义是指周秦诸子之学，广义则指受周秦诸子之学影响的传统学术文化。但正如论者所云："若从古学复兴的实践来看，可以说邓（实）、黄（节）二人都不是主角，作为主角的章太炎、刘师培则对汉宋调和派都持批评态度。但无论如何，古学复兴的真正旨趣之一就是恢复周秦时代'各是其是'、独立自主的学术精神，对国学保存会诸子来说，则是一致的。"[1] 章太炎不仅有《诸子学说略》《庄子解故》与《齐物论释》等著述，更将学术指向下达于魏晋诸子及其文章，其用意实即在此"各是其是"的学术精神。章氏以"文学复古"为武器，更以魏晋文章相尚，且不论对其学生若鲁迅辈之影响，即以其自身而论，其重汉魏议礼之文，重何晏、王弼玄理之文，包括对徐干、仲长统政论文的重视，皆是此意。可以说，章氏重魏晋文，动机出于"子学"思想的复活及其独立自主的精神，却以文学形式相号召，使人以为其崇魏晋文之高古淡雅。刘师培亦复如此，或者说变本加厉，他虽然也有《周末学术史序》等表彰先秦诸子的文章，对《春秋左氏传》也有精深的研究，但他最为重视的乃在于汉魏六朝的文学与文化，尤其是"中古"文学，也就是自建安开始的魏晋南北朝文学。罗检秋论述清末民初时期一些代表性的诸子学成就时，认同章、刘的突出之处，说："从世纪之交到五四，梁启超、严复、章太炎、刘师培、王国维、胡适等人代表了此期诸子学的最高成就。然而，他们的政治归依、思想倾向、学术特色各有差异。严复、梁启超是世纪之交的启蒙思想家。严译名著和梁氏'别有一种魔力'的文章对晚清思想的进步功绩卓著。他们或多或少与戊戌维新运动有所关联，而且又是当时接受西学较多的知识分子。这些决定了他们的学术特色不同于晚清的汉学家们。他们的诸子研究一开始就具有明显的经世致用倾向和浓厚的西学色彩。章太炎、刘师培则与此不同。他们在政治上都参加过反清革命阵营，而学术根柢上则继承清学的古文经学传统。在中西文化交汇的潮流中，他们既汲取

---

① 王东杰：《〈国粹学报〉与"古学复兴"》，《四川大学学报》2000 年第 5 期。

某些西学因素，又熔传统学术与民族主义于一炉，构成其国粹主义的文化主张。在诸子学领域，他们既保留了清代汉学家的考据风格，又具有较为贯通的学术思想，也不同程度地留下了西学的印迹。"①

　　刘师培1884年6月出生于扬州的一个经学世家，祖籍江苏仪征，曾祖刘文淇，祖父刘毓崧，伯父刘贵曾，皆以经学闻名，尤精《春秋左氏传》，《清史稿·儒林传》皆有传。刘师培于1902年十八岁时乡试中举，少年得意，但第二年会试时却落第，颇受打击，归家途中滞留上海，在此结识章太炎与蔡元培等人，加入中国教育会，受到革命思想的影响，从此绝意科举，且改名"光汉"，又加入光复会，致力于"攘除清廷，光复汉族"的排满革命运动中，在《国粹学报》《警钟日报》《政艺通报》等刊物上发表了大量文章，宣传革命。当然，他的宣传并非直白的口号，而是通过对中国传统文化的弘扬，从中寻求与发现有利于现实革命的学术理据。虽然在1908年刘师培与章太炎交恶而投靠清廷大员端方，但他在学术上的贡献仍然有目共睹。终其一生，可以看到，他在经学、史学、文学、学术史等方面均有著述，而最能代表其学术成就者乃在其中古文学与文化的研究。其代表性成果主要体现为《中国中古文学史》《汉魏六朝专家文研究》《搜集文章志材料方法》《〈文心雕龙〉讲录二种》《论古今学风变迁与政俗之关系》《中国美术学变迁论》《文说》《文章源始》以及《论文杂记》数则等等。尹炎武《刘师培外传》称"其为文章则宗阮文达（元）文笔对之说，考型六代而断至初唐。雅好蔡中郎（邕），兼嗜 洪适《隶释》、《隶续》所录汉人碑版之文，以竺厚古雅为主。"②也就是崇尚阮元文笔之说，以骈文文学为正宗，所以尤其爱好魏晋六朝文学。钱基博也称："师培与章炳麟并以古学名家，而文章不同。章氏淡雅有度而枵于响，师培雄丽可诵而浮于艳。章氏云追魏晋，与王闿运文为同调。师培步武齐梁，实阮元文言之嗣乳。此其较也。师培于学无所不窥，而论文则考型六代，探源两京。"③ 所谓"考型六代"，指的是刘师培崇尚六朝文学，特别是六朝骈文。因为他继承了其乡贤阮元的观点，作《广阮氏文言说》，又特意撰写了《文说》与《文章源始》，论证有韵、偶对而富于藻采者方可为"文"，因而骈文才是中国文学之正宗。与章太炎相比，章氏持杂文学观，刘

---

①　罗检秋：《近代诸子学与文化思潮》，中国社会科学出版社，1998年，第108页。

②　《刘申叔遗书》上，江苏古籍出版社，1997年，第17页。

③　钱基博：《现代中国文学史》，中国人民大学出版社，2004年，第99页。

氏持纯文学观。同样崇尚魏晋六朝的学术文化，但章氏将自己崇尚的文学断限于梁武帝时期，对于永明体以来的新体诗与宫体文学皆持否定态度，甚至对萧统《文选》中体现出的"沉思翰藻"也颇有微词，而刘氏则较为弘通，对于整个魏晋六朝的文学皆予高评，对章氏所批评的庾信、徐陵之文深所叹服。他不仅崇尚魏晋六朝的文学，还从哲学、史学、艺术、社会风俗等不同角度进行论证，对于整个魏晋六朝的学术文化都作了一次翻案，可以说，正是他与章太炎的共同努力，一扫传统以来对于魏晋六朝学术文化与社会风俗的负面评价，使"六朝学"得到当时学界异乎寻常的关注。有论者曾撰文，认为 20 世纪中国出现过两次魏晋思想研究的高潮①，一次是三四十年代，一次是八九十年代，都想从魏晋的思想文化中吸取传统资源。这两次魏晋思想研究的高潮固然存在，但如果没有章太炎与刘师培在二十世纪初期的开拓之功，恐怕很难说魏晋六朝的学术文化能够为自己"正名"，甚至一直处于"道丧文敝"的千古定谳之中。

1907 年 6—7 月间，刘师培在《国粹学报》上连载《中国美术学变迁论》，此"美术学"相当于现在的"美学"，包括绘画、书法、文学等具有审美特征的领域。虽然名为"中国美术学变迁论"，但其中重点所论的乃在魏晋六朝的美学。他强调魏晋士人新的审美风貌，认为汉人拘于礼法，"魏晋之士则弗然，放弃礼法，不复以礼自拘，及宅心艺术，亦率性而为，视为适性怡情之具，且士矜通脱，以劳身为鄙，不以玩物丧志为讥，加以高门贵阀雅善清言，兼矜多艺，然襟怀浩阔，宅心事外，超然有出尘之思，由是见闻而外，别有会心。诗语则以神韵为宗，图画则以传神为美。二王书法，间逞姿媚，遂开南派之先。推之奏音、审曲、调琴、弄筝，亦必默运神思，独标远致。旁及博弈，咸清雅绝俗，以伸雅怀。美术之兴，于斯为盛。盖汉人重庄严，晋人则崇疏秀；汉人贵适度，晋人则贵自然；汉人戒求新，晋人则崇自得。并举以观，可以知晋代美术之进矣"。②

刘师培论述魏晋六朝玄学对于社会风俗之纯及士人气节之高的影响，在《古今学风变迁与政俗之关系》中阐扬之，可谓孤明先发，章太炎《五朝学》受其影响，本文前已明之。正因为章太炎与刘师培强调周秦诸子独立自主的

① 参见李建中、马良怀：《本世纪魏晋思想研究的两次高潮》，《东方文化》2000 年第 1 期。
② 《中国美术学变迁论》，《左盦外集》卷十三，《刘申叔遗书》下，江苏古籍出版社，1997 年，第 1631 页。

学术精神，而此独立自主不仅是学术思想的体现，也是不依他人的民族思想，故章、刘两人相互欣赏。而他们之所以都同时选择了魏晋六朝学术文化，也是因为此时不但思想解放与周秦诸子时期相同，更有"文的自觉"和"人的觉醒"——即追求个性与思想解放的整体时代氛围。于是，魏晋六朝文学文化至少在以下几个方面都获得了资源性意义：自由之思想与独立之精神，时代氛围的相似性——乱世与非秩序性，魏晋六朝文学本身的成就与文化转型意义（这又与章、刘等人所处时代有着惊人的相似性，正如他们选择周秦学术作为阐述对象一样。另外，黄节之撰《黄史》，表彰遗民，亦是此意），文学的个性化抒写与审美化追求。

在他们生活的当时，即使在《国粹学报》上，当然也不乏对于魏晋六朝文学文化的研究与探讨，但章、刘两人之所以卓迈一世，超出侪辈，正在于他们以传统文献为基础，运以精湛的学术素养，虽为魏晋六朝翻案，却非空喊口号，而是实际撰文，前后逻辑分明，自成一家之言。我们比较一下邓实1905年3月在《国粹学报》发表的《国学通论》一文，便可看出其与章、刘之间的差别。文曰：

（晋）当途草创，深务兵权，而主好斯文，朝多君子。武帝受终，修立学校，临幸辟雍。而荀𫖮以制度赞维新，郑冲以儒宗登保傅，茂先以博物参朝政，子真以好礼居秩宗，虽魄明扬，亦非遐弃。惠帝缵承，朝昏政驰，惟怀逮愍，丧乱弘多，衣冠礼乐，扫地俱尽。元帝中兴，贺荀刁杜诸贤，并稽古博文，财成礼度，虽尊儒劝学，亟降于纶言，东序西膠，未闻于弦诵。有晋始自中朝，迄于江左，莫不崇饰华竞，祖述虚言，摈阙里之典经，习正始之余论，指礼法为流俗，目纵诞以清高，遂使宪章驰废，名教颓毁。五胡乘间而竞逐，二京继踵以沦胥，运极道消，可为长叹矣（《晋书·儒林传》序）。盖儒学之衰，至晋而极。故王肃逞伪说而作《家语》，王弼宗老庄而注《周易》，杜预废服、贾而释《春秋》，梅赜乃至以其伪古文书，窜乱经籍，则当时之经学可知矣。此其所以国亡于上，教沦于下，羌戎互僭，君臣屡易，举中国之天下而亡之也，悲夫！……

王通教授河汾，续《诗》、《书》，正《礼》、《乐》，修元经，赞易道，九年而六经大就，门人自远而至，一时如唐之佐命，房、杜、魏、薛，咸称师北面，受王佐之道。其往来受业者，盖千余人，亦可谓盛矣。①

可以看出，邓实之论"清谈误国"，本于唐人史论与顾炎武氏，甚至语句也多用原文，可谓卑之无甚高论。其言王通教授河汾，亦只是沿袭传统之言，自己并未深究，而章太炎则深恶王通，并恶及其孙王勃，《检论·案唐》已明之。刘师培与章太炎也分别论此，却自风俗节义而褒赞玄学名士，文献材料依旧，然结论与立场迥异，也可见邓实主编《国粹学报》，亦欲保存国粹，弘扬民族主义，但在学术上自身却难以真正突破。这也可见章太炎与刘师培为六朝学术文化翻案的学术史意义。而就更加具体的魏晋六朝文学研究的实绩来看，刘师培的研究更有学术价值，其影响甚至一直至今。

《汉魏六朝专家文研究》为北京大学教授时讲义，赖其弟子罗常培等笔录而存。他以自己的研究实践与写作实践，对汉魏六朝文章条分缕析，既有理论上的提炼，也有具体作家的分析。他重视东汉文，以为"汉文气味，最为难学，只能浸润自得，未可模拟而致"②，以班固与蔡邕文为典范，而尤为推崇蔡邕文章。蔡邕之后，则以陆机文章为典范。其论曰：

今观士衡文之作法大致不出"清新相接"四字。"清"者，毫无蒙混之迹也；"新"者，惟陈言之务去也。士衡之文，用笔甚重，辞采甚浓，且多长篇。使他人为之，稍不检点，即不免蒙混或人云亦云。蒙混则不清，有陈言则不新，既不清新，遂致芜杂冗长。陆之长文皆能清新相接，绝不蒙混陈腐，故可免去此弊。他如嵇叔夜之长论所以独步当时者，亦只意思新颖，字句不蒙混而已。故研究陆士衡文者，应以清新相接为本。

至于蔡中郎之文亦绝无繁冗之弊，《文心雕龙·才略篇》云"蔡邕精雅"，实为定评。研治蔡文者应自此入手。精者，谓其文律纯粹而细致也；雅者，谓其音节调适而和谐也。今观其文，将普通汉碑中过于常用之句，不确切之词，及辞采不称，或音节不谐者，无不刮垢磨光，使之洁净。故虽气味相同，而文律音节有别。凡欲研究蔡文者，应观其奏章若者较常人为细；其碑颂若者较常人为洁；音节若者较常人为和；则于彦和所称"精雅"当可体

---

① 邓实：《国学通论》，《国粹学报》第 3 册，广陵书社，2006 年，第 46－49 页。
② 陈引驰编校：《刘师培中古文学论集》，中国社会科学出版社，1997 年，第 113 页。

味得之。[①]

　　此等文字，非深味于中古文学者难以道出。而刘师培将"中古"文学定型于建安时期，却又溯源班固与蔡邕之辈，其实也正是对"八代文"的正本清源，也可以视为对"八代文"与"八家文"之争的一个实际回应。所以，他常常借着推崇"八代文"之机，把骈文正宗的观念贯彻到底，对唐宋八大家和桐城派文章也时有批评。比如，他论"学文四忌"，第一便是："文章最忌奇僻。凡学为文章，宜自平正通达处入手，务求高古，反失本色。如明之前后七子，李梦阳、王弇洲辈，为文远拟《典》、《谟》，近袭秦、汉。斑驳陆离，虽炫惑于俗目，而钩章棘句，实乖违于正宗。宜极力戒除，以免流于奇僻。"将蔡邕、陆机、范晔之文与明前后七子相互比较，则高下立判。当他认为夹叙夹议之文以《史记》最为擅长时，马上又说："唐宋以降，盛行议论之文，徒骋空言，不顾事实，求其能如《史记》于记事中自见是非曲直者盖寡。明清而还，斯体益昌。论史但求翻新，议政惟骛高远，文变迁腐，意并空疏：其弊皆由评论与事实不相比附也。"甚至，他还下断语说："今之谓中国文学不善写实者，责之唐宋以后固然，但不得据此以鄙薄隋唐以前之文学也。中国文学之弊，皆自唐宋以后始。"[②]在其同期所作的《中国中古文学史》中，其第一课《概论》便开宗明义，表明自己对于"文"的一贯见解："物成而丽，交错发形：分动而明，刚柔判象；在物金然，文亦犹之。……远国异人，书违颉、诵，翰藻弗殊，侔均斯逊。是则音泮轻轩，象昭明两，比物丑类，泯迹从齐，切响浮声，引同协异，乃禹域所独然，殊方所未有也。"并接着解释说："此一则明俪文律诗为诸夏所独有；今与外域文学竞长，惟资斯体。"[③]他持纯文学观，认为"非偶词俪语，弗足言文"，强调华夏文学的独特性与优越性，虽然只是其早年《文说》《文章源始》等观点的重复，此时却更带有与"外域文学竞长"的文化关怀。此时的新文化运动已经兴盛，清王朝也已不复存在，科举亦是明日黄花，然其论文重视流别，对于文学的演变体会尤深，只能于讲学中展现其学术功底，抛弃功利目的，做一个单纯而

　　① 陈引驰编校：《刘师培中古文学论集》，中国社会科学出版社，1997 年，第 127–128 页。
　　② 以上三例，分别见陈引驰编校：《刘师培中古文学论集》，中国社会科学出版社，1997 年，第 115、143、138 页。
　　③ 刘师培著，舒芜校点：《中国中古文学史　论文杂记》，人民文学出版社，1959 年，第 5 页。

低调的学者了。尽管他年纪不大，但此时身体健康状况极差，对政治已无热情，故论学反而更为客观冷静了。多年以后，尚有不少听过其课的学生常常回忆其上课情形，叹服其学术之精湛。据杨亮功回忆："刘申叔先生教中古文学史，他所讲的是汉魏六朝文学源流与变迁。他编有《中国中古文学史讲义》，但上课时总是两手空空，不携带片纸只字，原原本本地一直讲下去。声音不大而清晰，句句皆是经验之言。""刘先生教我们于汉魏六朝文学史中每人任选择一两家作专题研究。他认为研究任何一家文学必须了解其师承所自、时代背景及其个人身世。我所研究的是徐陵（孝穆）庾信（子山）两家。有一时期我专致力于魏晋六朝文学，这也是受了刘先生的影响。"①

刘师培《论文杂记》是他 1905 年陆续发表在《国粹学报》上的论学文字，当时年方二十，血气方刚，虽崇六朝文学，却也能够与时俱进，接受外来观念。如其第二则云：

英儒斯宾塞耳有言："世界愈进化，则文字愈退化。"夫所谓退化者，乃由文趋质，由深趋浅耳。及观之中国文学，则上古之书，印刷未明，竹帛繁重，故力求简质，崇用文言。降及东周，文字渐繁；至于六朝，文与笔分；宋代以下，文词益浅，而儒家语录以兴；元代以来，复盛兴词曲。此皆语言文字合一之渐也。故小说之体，即由是而兴，而《水浒传》、《三国演义》诸书，已开俗语入文之渐。陋儒不察，以此为文字之日下也。然天演之例，莫不由简趋繁，何独于文学而不然？故世之讨论古今文字者，以为有浅深文质之殊，岂知此正进化之公理哉？故就文字之进化之公理言之，则中国自近代以来，必经俗语入文之一级。昔欧洲十六世纪，教育家达泰氏以本国语言用于文学，而国民教育以兴。盖文言合一，则识字者日益多。以通俗之文，推行书报，凡世之稍识字者，皆可家置一编，以助觉民之用。此诚近今中国之急务也。然古代文词，岂宜骤废？故近日文词，宜区二派：一修俗语，以启沦齐民；一用古文，以保存国学，庶前贤矩范，赖以仅存。若夫矜夸奇博，取法扶桑，吾未见其为文也。②

① 杨亮功：《早期三十年的教学生活》，黄山书社，2008 年，第 19－20 页。
② 刘师培著，舒芜校点：《中国中古文学史　论文杂记》，人民文学出版社，1959 年，第110 页。

可见刘师培虽赞赏六朝文字，然并不泥古，且受进化之影响，以为俗语入文乃自然进化之势。当文白之争趋于激烈之际，既不崇古，亦不贵今，而主张区分二派，以俗语白话以"启沦齐民"，以古文"保存国学"，而不主张当时报刊之体若梁启超辈之"取法扶桑"。故与章太炎氏之文学复古论调颇为殊调，而尤为阔通。舒芜在《校点后记》中对此作了这样的解释：

为汉魏六朝之文者，固未必皆载反封建、非封建之道；而要载反封建、非封建之道者，趋向于汉魏六朝之文，却往往而然。两派纷争，亘元、明、清以至"五四"文学革命之前，迄未停止，清初以至中叶，桐城派以"唐宋八大家"的嫡嗣，为"清真雅正"之文，为所谓"康、雍、乾之盛""鼓吹休明"，成一代正宗。仪征阮元继起，大声疾呼，倡"文笔之辨"，斥韩、欧之文不得为"文"，只能称"笔"，而六朝有韵排偶之作，才合于"文"的古训。于是，仪征派形成，与桐城对垒。……到了"谈学术而兼涉革命"的《国粹学报》（鲁迅语）出来，主要撰稿人之一、当时负有盛誉的青年学者刘师培，出身于仪征一个"三世传经"的"名门"，自幼习闻"文笔"之论，便在《论文杂记》中大大加以发挥。《论文杂记》中把历代作家都归于《汉书·艺文志》论列先秦诸子的"九流十家"中的某一家，今天看来，有些实在牵强附会；但在当时，这是要载"异端"之道，以抗孔、孟之道；加上他反覆阐说的"文笔之辨"，根本排斥八家于"文"的领域之外，这是企图从文学上破桐城派的专制，都有相当的进步意义。[①]

尽管舒芜的解释还带有那个时代的意识形态烙印，但对刘氏此文的学术史意义还是了解得比较清楚的。明白了以上这些，我们方可理解黄侃与鲁迅辈何以推崇刘氏之因：非唯其早年"光汉""排满"之思想，更因其对中古学术文化的系统梳理与学理阐明。鲁迅作为新文化运动的先驱与积极参与者，对于北大时期的刘师培在政治上极为不满，而在中古文学与学术文化的研究方面，还是非常推崇他的。据学者考述，1918 年夏天，刘师培等"慨然于国学沦夷"，准备重新恢复《国粹学报》和《国学荟编》。对此，鲁迅痛加鞭挞。7 月 5 日，鲁迅致信钱玄同，云：

---

① 刘师培著，舒芜校点：《中国中古文学史 论文杂记》，舒芜"校点后记"，人民文学出版社，1959 年，第 144 – 145 页。

中国国粹，虽然等于放屁，而一群坏种，要刊丛编，却也毫不足怪。该坏种等，不过还想吃人，而竟奉卖过人肉的侦心探龙做祭酒，大有自觉之意。即此一层，已足令敝人刮目相看，而歆欷羞哉，尚在其次也。敝人当衰朝时，曾戴了冕帽出无名氏语录，献爵于至圣先师的老太爷之前，阅历已多，无论如何复古，如何国粹，都已不怕。但该坏种等之创刊屁志，系专对《新青年》而发，则略以为异。初不料《新青年》之于他们，竟如此其难过也。然既将刊之，则听其刊之，且看其刊之。看其如何国法、如何粹法，如何发昏，如何放屁，如何做梦，如何探龙，亦一大快事也。国粹丛编万岁！老小昏虫万岁！①

信中称刘为"侦心探龙""坏种"，频爆粗口，可见鲁迅当时的愤怒心情。尽管如此，1927 年夏天，鲁迅在广州做"魏晋风度及文章与药及酒之关系"的著名讲演时，还是对刘师培的著作大加赞赏。他说研究魏晋时期的文学，现在比较方便了，因为有了三种最基本的文献材料，一是严可均的《全上古三代秦汉三国晋南北朝文》，一是丁福保的《全汉三国晋南北朝诗》，另一个便是刘师培的《中国中古文学史》，并且声明："我今天所讲，倘若刘先生的书里已详的，我就略一点；反之，刘先生所略的，我就较详一点。"② 他将汉末魏初的文章特色概括为"清峻、通脱、华丽、壮大"，这显然来自于刘著中所谓"清峻、通脱、骋词、华靡"的说法。1928 年，在与台静农的信中，鲁迅又一次提到："中国文学史略，大概未必编的了，也说不出大纲来。我看过已刊的书，无一册好。只有刘申叔的《中古文学史》，倒要算好的。"③ 可见鲁迅对刘氏此著的衷心佩服。这当然也不仅仅是鲁迅的个人看法，实际上也是当时学术界对刘师培学术素养的一致认同。在他为士林所不耻，甚至走投无路时，蔡元培怜惜其才，邀请他到北京大学任教，章太炎设法保全之，以尽其才。1911 年 11 月，端方为革命党人所杀，刘师培下落不明，章太炎于12 月 1 日发表宣言曰："昔姚少师语成祖云：'城下之日，弗杀方孝孺。杀孝孺，读书种子绝矣。'今者文化陵迟，宿学凋丧。一二通博之材，如刘光汉

---

① 参见万仕国：《刘师培年谱》，广陵书社，2003 年，第 266 页。此信今见《鲁迅全集》第十一卷，人民文学出版社，2005 年，第 363 – 364 页。

② 《而已集·魏晋风度及文章与药及酒之关系》，《鲁迅全集》第 3 卷，人民文学出版社，2005 年，第 524 页。

③ 《鲁迅全集》第 12 卷，人民文学出版社，2005 年，第 103 – 104 页。

辈，虽负小疵，不应深论。若拘执党见，思复前仇，杀一人无益于中国，而文学自此扫地，使禹域沦为夷裔，谁之责耶?"希望不要以党派之争而杀刘师培。1912 年 1 月 11 日，章太炎、蔡元培联名刊登《求刘申叔通信》，查寻刘师培下落。云："刘申叔学问渊博，通知古今。前为宵人所主，陷入范笼。今者民国维新，所望国学深湛之士，提倡素风，保载绝学。而申叔消息杳然，死生难测。如身在他方，尚望先通一信于国粹学报馆，以慰同人眷念。章太炎、蔡元培同白。"① 章、蔡可谓当时士林领袖，其怜才如此，可见时人对刘氏学问的推崇。

章氏高足黄侃年岁与刘师培相仿，且自视甚高，却因佩服刘氏学问而拜其为师。而章太炎的另一弟子钱玄同作为新文化运动的主将，在刘师培死后也为刊行其全集而奔走，且在序言中说：

最近五十余年以来，为中国学术思想之革新时代。其中对于国故研究之新运动，进步最速，贡献最多，影响于社会政治思想文化者亦最巨。此新运动当分两期：第一期始于民元前二十八年甲申（公元一八八四），第二期始于民国六年丁巳（一九一七）……第一期之开始，值清政不纲，丧师蹙地，而标榜洛闽理学之伪儒，矜奇宋元椠刻之横通，方且高踞学界，风靡一世，所谓"天地闭，贤人隐"之时也，于是好学深思之硕彦、慷慨倜傥之奇材，嫉政治之腐败，痛学术之将沦，皆思出其邃密之旧学与夫深沉之新知，以启牖颛蒙，拯救危亡。在此黎明运动中最为卓特者，以余所论，得十二人，略以其言论著述发表之先后次之，为南海康君长素（有为），平阳宋君平子（衡），浏阳谭君壮飞（嗣同），新会梁君任公（启超），闽侯严君几道（复），杭县夏君穗卿（曾佑），先师余杭章公太炎（炳麟），瑞安孙君籀庼（诒让），绍兴蔡君子民（元培），仪征刘君申叔（光汉），海宁王君静庵（国维），先师吴兴崔公觯甫（适）。此十二人者，或穷究历史社会之演变，或探索语言文字之本源，或论述前哲思想之异同，或阐演先秦道术之微言，或表彰南北戏曲之文章，或考辨上古文献之真赝，或抽绎商卜周彝之史值，或表彰节士义民之景行，或发舒经世致用之精义，或阐扬类族辨物之微旨，虽趋向有殊，持论各异，有壹志于学术研究者，亦有怀抱经世之志愿而兼从事于政治之活

---

① 　两者参见万仕国：《刘师培年谱》卷三，广陵书社，2003 年，第 207 页，第 204 页。

动者，然皆能发舒心得，故创获极多。此黎明运动在当时之学术界，如雷雨作而百果草木皆甲坼，方面广博，波澜壮阔，沾溉来学，实无穷极。①

　　他将刘师培视为与康有为、章太炎、蔡元培等十二人"最近五十年"（亦即清末民初）对于社会政治思想文化影响最大的学者之一，称其为"黎明运动"者，赞许其启蒙救亡之功。就后来的影响与实际情形来看，钱玄同所言或许不止此十二人，但这十二人行迹虽异，而他们"出其邃密之旧学与夫深沉之新知，以启膈颙蒙，拯救危亡"之功确实是历史无法绕过的客观事实。这其中，章太炎与刘师培所开创的"六朝学"正具备了思想自由与个性解放的传统资源性意义。

　　而就魏晋六朝文学与文化研究的具体实践与学术成就而言，刘氏实为翘楚。其开拓与光大之功，非他人所能望其项背，所谓衣被之功，非一代也。

第四节　章门弟子的继承

　　众所周知，章太炎一生数次讲演，弟子众多，且有不少人在学术界与文学界均取得极高成就，具有重要而深远的影响。如黄侃、钱玄同、鲁迅、周作人等。他自己生前曾在《自定年谱》中说过："弟子成就者，蕲黄侃季刚、归安钱夏季中、海盐朱希祖逷先。季刚、季中皆明小学，季刚尤善音韵文辞。逷先博览，能知条理。"② 这只是偶尔认同黄侃、钱玄同与朱希祖在文字音韵这些古典学问上的成绩。在他身后，众弟子有不少回忆，说法不一。据其弟子汪东《寄庵谈荟》载："先生晚年居吴，余寒暑假归，必侍侧。一日戏言：余门下当赐四王。问其人。曰：季刚尝节《老子》语'天大，地大，道亦大'，丐余作书，是其所自命也，宜为天王。汝为东王。吴承仕为北王。钱玄同为翼王。余问：钱何以独为翼王？先生笑曰：以其尝造反耳。越半载，先生忽言：以朱逷先为西王。"③《朱希祖日记》所载大略相同。章氏逝世后，弟子们从不同角度回忆缅怀，且无论是否认同他的学术观点与政治观点，但

① 钱玄同：《刘申叔先生遗书序》，《刘申叔遗书》上，江苏古籍出版社，1997年，第28页。
② 汤志钧编：《章太炎年谱长编》上册，中华书局，2013年，第317页。
③ 庄华峰编纂：《吴承仕研究资料集》，黄山书社，1990年，第294页。

对他一生为了资产阶级革命和中国学术的鞠躬尽粹深表敬意。许寿裳在《纪念先师章太炎先生》中说:"至于先师学术之大,前无古人,以朴学立根基,以玄学致广大。批判文化,独具慧眼,凡古近政俗之消息,社会都野之情状,华梵圣哲之义谛,东西学人之所说,莫不察其利病,识其流变,观其会通,穷其指归。千载之秘,睹于一曙。"① 鲁迅也称其为"有学问的革命家"。这些弟子中,性情各异,来源不一,年龄相距也较大。即使是早年的一些弟子,在五四新文化运动兴起且取得胜利之后,对新旧文化立场也有不同。但往往有个共同的特点,也就是受到章太炎对"五朝学"的提倡,对魏晋六朝的学术文化较为关注。有论者认为"章太炎的汉魏六朝文学观是在外六朝文学而内魏晋玄学这样两个层面上对其弟子门生同人产生影响"。② 问题当然可以继续讨论。但无论是在内外哪个层面,可以看出,魏晋六朝学术文化中的诸多因子,如相似的乱世,审美的文学,自由与解放,等等,经由章太炎与刘师培发掘后,成为 20 世纪上半叶在文学革命与思想革命中重要的学术资源。有些弟子似乎不知不觉地对魏晋文化感到亲切。如朱希祖以明史与史学史研究见长,而在汉魏六朝学术文化研究中,有《王昭君考》《琴操考》《汉魏镌碑姓名录》《陆机年谱》《陆云年谱》《潘岳年谱》《杭世骏〈汉书疏证〉考》《〈陌上桑〉考》《王先谦注汉铙歌考》《梁事杂记》《萧梁杂记》《〈诗品〉校》等。即使是"造反"的钱玄同,后来投身于新文化运动,也在文章中不自觉地有了乃师的语言风格。如其《反对用典及其他》中云:"一文之中,有骈有散,悉由自然。凡作一文,欲其句句相对与欲其句句不相对,皆妄也。桐城派人鄙夷六朝骈偶,谓韩愈作散文为古文之正宗。然观《原道》一篇,起闽'仁''义'二句,与'道''德'二句相对,下文云'仁与义为定名,道与德为虚位',又云'故道有君子小人,而德有凶有吉',皆骈偶之句也。阮元以为孔子《文言》为骈文之祖,因谓文必骈俪。则当诘之曰:然则《春秋》一万八千字之经文,亦孔子所作,何缘不作骈俪?岂文才既竭,有所谢短乎?"③ 关于这段论述,论者以为不但在观点上,连一些语句(如"有所谢

① 此文撰于 1936 年 8 月 14 日,原载 1936 年 9 月《制言半月刊》第 25 期;今据许寿裳:《章太炎传》,百花文艺出版社,2004 年,第 129 – 130 页。

② 陈方竞:《多重对话:中国新文学的发生》,人民文学出版社,2003 年,第 148 页。

③ 《钱玄同文集》第一卷,中国人民大学出版社,1999 年,第 6 – 7 页。

短")都源于章太炎。①

　　章门弟子中,章太炎自己最为看重的是黄侃,黄氏可谓章门大弟子,其他弟子对此也无异辞。事实上,章、黄师生非仅性情投缘,对魏晋文学与文化也有许多共同的体认。黄侃撰有《汉唐玄学论》,其实承继的正是章太炎《五朝学》之端绪。章氏《国故论衡》成文后,黄氏《〈国故论衡〉赞》:

　　又文辞之部,千绪万端,仲任(王充)、彦和(刘勰),独明经略。萧嗣(萧统)《文选》,上本挚君(挚虞),盖乃钞选之常科,非尽文辞之封域。伯元(阮元)所论,涤生(曾国藩)所钞,奔侈殊涂,悉违律令。俗师末士,醒醉不分,以所知为秘妙。自非胡犇之器,卓尔之材,其孰不波荡者哉!侃昔属文,颇得统绪,比从师学,转益自信。念文学之敝,悼知者之难,请著篇章,以昭末叶。尔乃顺解旧文,匡词例之失;甄别今古,辨师法之违。持论议礼,尊魏晋之笔;缘情体物,本纵横之家,可谓博文约礼深根宁极者焉。②

　　黄侃这段话,非惟自矜,亦见其尊师"魏晋之笔"之笃。他说《文选》"非乃文辞之封域",乃从章师"文始"之说,自今日言,乃为"杂文学"观念。所以他不认同伯元(阮元)文笔之论,更不信曾国藩选文之旨(曾氏有《经史百家杂钞》),而从王充、刘勰之言。王、刘"文辞"之论,即为"杂文学"也,非尽指骈词韵语,与刘师培氏异趣。故黄侃沿其师说,谓其"持论议礼,尊魏晋之笔",实即太炎先生对魏晋子部诸公政论文(特别是魏晋玄文)之尊崇。1934年9月,黄侃在中央大学任教,虽学问湛深,然不会奉迎,谨守学术尊严,命其室为"量守庐",取陶渊明《咏贫士》诗"量力守故辙,岂不寒与饥"之意,表示甘于寂寞而守学术本分,章太炎深赏其意,作《量守庐记》,赞曰:

　　中央大学有师曰黄侃季刚,六年教成,筑室九华邨,命之曰量守庐,取

---

　　① 吴文祺:《论章太炎的文学思想》,见章念驰编:《章太炎生平与学术》,生活·读书·新知三联书店,1988年,第397页;另参卢毅:《章门弟子与近代文化》,广西师范大学出版社,2009年,第91页。

　　② 刘梦溪主编:《中国现代术经典·章太炎卷》,河北教育出版社,1996年,第3-4页。

陶靖节诗义也。靖节自知饥寒相燔，然不肯变故辙以求免。今季刚生计虽绌，抚图书厌饮食自若也，其视靖节穷罷为有间。犹为是言何哉？……

夫季刚之不为，则诚不欲以此乱真诬善，且逮于充塞仁义而不救也。靖节不可见矣，如季刚者，所谓存豪末于马体者也。虽然，靖节，沮、溺之伦也，于慧远之事佛，周续之之说礼，犹有所不满焉。季刚于靖节，未也，抑犹在陶、周之间欤？①

章太炎一方面批评了当时一些不学无术者的"明星"行为，另一方面又赞赏了黄侃的气节。可以说，章、黄的师生之遇非仅性情之遇，也非惟学术之遇，同时也是道德操守之遇。而讲求气节，坚持操守，本身也是作为学者大师的一部分。在道德操守与个人气节这方面，章太炎自己首先是个道德表率。鲁迅在《关于太炎先生二三事》中写道："我以为先生的业绩，留在革命史上的，实在比在学术史上还要大。""考其生平，以大勋章作扇坠，临总统府之门，大诟袁世凯的包藏祸心者，并世无第二人；七被追捕，三入牢狱，而革命之志，终不屈挠者，并世亦无第二人：这才是先哲的精神，后生的楷范。"② 当然，章太炎给弟子作了表率，而他自己在传统学者所追求的道德文章合二为一方面也受到了前辈老师的影响，正如论者所说："俞樾所撰《群经平议》与《诸子平议》，黄以周所撰《礼书通故》，都给章炳麟以深刻影响。谭献使章炳麟从模拟秦汉文辞转向宗法魏晋文章；高学治行义卓绝，操行不衰，给章炳麟作为治朴学者应如何作人树立了表率。"③ 黄侃本为性情中人，虽治古学，行文文字古雅，但一向热爱民主自由，有着强烈的爱国精神，若干年后，其弟子有忆云："二人（苏玄瑛，黄侃）者，英年壮志，哀恫宗邦，咏拜轮之诗，长歌当哭，林樾激响，天地变色，不啻荆轲之去燕，渐离之击筑。于是译异域之哀音，浇胸中之块垒，心驰故国，神厉九霄，沁纸墨痕，莫非血泪，宁复有著作之情，人我之见存乎其间哉！"④

正因如此，可以理解为什么章太炎与刘师培在为魏晋玄学翻案时要坚持为魏晋六朝士人的气节而辩诬。后来的事实其实也证明了这一点。程千帆先

① 《章太炎全集·太炎文录续编》卷六之下，上海人民出版社，2014 年，第 407 页。

② 《且介亭杂文末编》，《鲁迅全集》第 6 卷，人民文学出版社，2005 年，第 565、567 页。

③ 姜义华：《章炳麟评传》，南京大学出版社，2002 年，第 302 页。

④ 潘重规：《蕲春黄季刚先生译拜伦诗稿读后记》，《黄侃纪念文集》，湖北人民出版社，1989 年，第 146 页。

生曾回忆过黄侃的一些生活逸事，并认为"大师之大"并不仅仅体现在学问上，更在于人品与气节，所以说：

　　季刚老师之所以成为一代大师，也是和他热爱祖国、热爱人民的思想分不开的。他早年在家乡曾经领导过推翻清朝政府的武装起义，在日本时又参与过章太炎先生领导的资产阶级民主革命运动。后来他虽一心做学问，不再参加政治活动了，但是对祖国和人民的命运还是经常深切地关怀着。日本帝国主义的侵略和国民党政府的腐败，给他精神上带来很大的痛苦。这些思想感情反复地出现在他晚年的文学创作中。……在这些诗里，反映了他对国家现状、民族前途的深切忧虑，对当时反动政权的无比愤慨。但是他手上并未握有改变这种现状的权力，他所能做的，只能是像王夫之、顾亭林和章太炎先生等人所做的一样，以维护并发扬祖国的传统学术、民族文化为己任。①

　　当黄侃在北京大学任教时，刘师培正好也在此。刘氏在北京大学教学不过两年时间左右，但其传统学问如经学上的学养丰厚为世所公认，在中古文学研究上所取得的成就也影响甚远，以至于与他年岁相仿的黄侃拜他为师。当时正值新旧文学转型之际，新文学革命尚未完全兴起，北京大学作为全国学术界的风向标，桐城派学人及其势力还是占据上风的。正是在北京大学期间，黄侃撰写了《文心雕龙札记》一书，也可以认为是章、刘"六朝学"学术影响下的结晶。

　　《文心雕龙》是刘勰对中国文学发展在理论上的总结，以通变的观点看待自先秦两汉以来的文学的发展变化。与此同时，萧统所编《文选》则以选集的方式彰显了文学发展的态势。它们虽然所论与所选是自先秦到齐梁时期，但更注重当时的"近代"文学，其实也就是认同文章的流别与文学的发展。对这两者的认同，实际上正代表了对于魏晋六朝文学发展成就的承认。黄侃《文心雕龙札记》的撰写，正是当时北大内部文选派与桐城派之间学术纷争的产物。就《文心雕龙》本身来说，在此之前，注者已多，研究者也不少，但黄侃此著不仅是标举魏晋六朝的学术文章，也是向当时的桐城末流坚守"文以载道"的驳论。在《文心雕龙札记·丽辞》中，针对当时的骈散之争，他

---

　　① 程千帆：《黄季刚老师逸事》，《薪火九秩——南京大学中文系九十周年系庆纪念文集》，南京大学出版社，2004 年，第 95 页。

说："近世褊隘者流，竞称唐宋古文，而于前此之文，类多讥诮，其所称述，至于晋宋而止。不悟唐人所不满意，止于大同已后轻艳之词；宋人所诋为俳优，亦裁上及徐庾，下尽西昆，初非举自古丽辞一概废阁之也。自尔以后，骈散竞判若胡秦，为散文者力避对偶，为骈文者又自安于声韵对仗，而无复迭用奇偶之能。"① 虽然他对章太炎与刘师培两位老师在关于"文"的内涵方面的差异非常了解，在本书中也极力弥合两者之间的分歧，但主要目的还是针对"近世褊隘者流"。故周勋初先生在《黄季刚先生〈文心雕龙札记〉的学术渊源》中释曰："自永明声律说兴起后，齐梁文人普遍采用这项新的研究成果写作美文，由是文学的形式技巧得到了迅速的发展，人们对我国语言文字的特点了解得更清楚了。《文选》派重视六朝文学这一方面的新成果，桐城派则对此持否定态度，于是季刚先生诋斥之为'褊隘者流'。"② 如果我们不了解此著的学术背景，将其视作众多的龙学研究著作之一的话，将会埋没其隐含的学术史价值。且看周勋初先生在上文中为之抉微：

　　季刚先生的批判桐城派，要求突破正统思想的束缚，具有思想解放的意义。《通变》篇的札记中重申了这一重要见解。他在解释"龌龊于偏解，矜激于一致"时说："彦和此言，为时人而发，后世有人高谈宗派，垄断文林，据其私心以为文章之要止此，合之则是，不合则非，虽士衡、蔚宗不免攻击，此亦彦和所讥也。嘉定钱君有《与人书》一首，足以解拘挛，攻顽顿，录之如左。"随后他就录引了钱大昕书的全文。众所周知，钱氏的这一文字，乃是批判桐城派的力作。钱大昕以朴学大师的身份猛烈攻击桐城派的宗师方苞，可以说是一种"擒贼先擒王"的手段。《文选》派中人物援此讨伐桐城，又可看到他们与朴学之间的密切联系。③

　　黄侃在学术界其实是以文字音韵等小学研究而著名的，文学研究其实并非其着力之处。尽管如此，从以上的论述中也可以看到，章太炎与刘师培所开创的"六朝学"在他的学术研究中产生了明显的影响。当然，黄侃拜刘师培为师，只是一个意外或是一段佳话。在 20 世纪的"六朝学"研究中，特别

①　黄侃：《文心雕龙札记》，华东师范大学出版社，1996 年，第 208 页。
②　周勋初：《周勋初文集》第 6 卷《当代学术研究思辨》，江苏古籍出版社，2000 年，第 15 页。
③　周勋初：《周勋初文集》第 6 卷《当代学术研究思辨》，江苏古籍出版社，2000 年，第 19 页。

是在现代学术视野下的"六朝学"研究，刘师培个人的成就与章太炎相较，或不遑多让，而影响则远不及章。这当然是与章太炎的多位弟子在这方面的继承密切相关。除了黄侃之外，在这方面最为出色的便是新文学运动的两面旗帜——鲁迅与周作人兄弟俩。

鲁迅与周作人是章太炎早年在东京讲学时的学生，尽管从学的时间并不算长，但对周氏兄弟来说，其影响却基本贯彻一生。有不少论者从地域文化与地域渊源的角度，认为周氏兄弟与章太炎之间的关系，系浙东文化的一脉相承。这固然是可以解释的一条思路。而就具体的影响而言，章太炎对于他们的影响，首先在于人格，尤其是章太炎追求"依自不依他"的"大独人格"。① 其次才是文章爱好与学术趣味方面的影响。尽管后来他们与章太炎之间的联系并不紧密，甚至许多观点也有分歧，但从其一生的行为与学术实践来看，这种影响是深刻而无处不在的，甚至在他们自己的学生辈中也能看到其痕迹。

相较而言，章太炎的六朝学研究对于鲁迅的影响更加明显。从表面上看，这体现在鲁迅对于古代学术文化某些具体观点与兴趣爱好上，特别是魏晋论体文方面；更深入一步而言，鲁迅在人格建设与行为选择上往往有太炎先生"大独人格"的影子。鲁迅早年受西方文化影响，特别是托尔斯泰与尼采的影响，而对于中国传统文化，则以魏晋文学为其最为心仪者。故刘半农尝以"托尼学说，魏晋文章"概之。在六朝学的具体研究实践中，其《魏晋风度及文章与药及酒之关系》已为学术经典，1924 年整理的《嵇康集》也是 20 世纪最早对嵇康集进行整理的一部著作，至今仍是研究嵇康的重要参考书，后来又不断为《嵇康集》进行辑补佚文等考证工作。对于古代作家，嵇康应该算是鲁迅情有独钟的一个。

《魏晋风度及文章与药及酒之关系》，本是 1927 年夏天应广州教育局之邀所作的一次讲演，后收入其《而已集》中，却成为 20 世纪一直至今研究魏晋六朝文学与学术的一篇经典文章。鲁迅在文中虽然明确提到过刘师培《中国中古文学史》的意义，并赞许其学术价值，但没有提及其师章太炎《五朝学》等文。但仔细读之，不难发现，其中的一些评价实与章太炎大有关联。该文从社会风俗与政治影响等入手，谈论"魏晋风度"形成的社会背景及其对当

---

① 参见顾琅川：《周氏兄弟与浙东文化》，人民出版社，2008 年。

时士人的影响，自然有刘师培《论古今学风变迁与政俗之关系》与章太炎《五朝学》论之在前。在论及曹操时，他说："我们讲到曹操，很容易就联想起《三国志演义》，更而想起戏台上那一位花面的奸臣，但这不是观察曹操的真正方法。……其实，曹操是一个很有本事的人，至少是一个英雄，我虽不是曹操一党，但无论如何，总非常佩服他。"① 今天看来，这个观点似乎不值得奇怪，而在当时还是需要学术勇气的。但如果我们了解其师章太炎有《魏武帝颂》和《五朝学》在前，这便可顺理成章地解释鲁迅的说法了。关于其中最为著名的"中国文学自觉"论观点，他先谈到曹丕《典论·论文》中"诗赋欲丽""文以气为主"等，然后说："他说诗赋不必寓教训，反对当时那些寓训勉于诗赋的见解，用近代的眼光看来，曹丕的一个时代可说是'文学的自觉时代'，或如近代所说是为艺术而艺术的一派。"② "为艺术而艺术"，还用英语"Art for Art's Sake"翻译了一遍，这观念明显源于西方。而文学"自觉"的概念更可能来源于日本学者铃木虎雄《中国诗论史》。而为什么将"文学的自觉时代"定于建安时期曹丕的时代，除了曹丕因《典论·论文》中的相关观点之外，应该还是与刘师培《中国中古文学史》的影响密切关联。因为刘氏书中以建安为"中古"文学的起点，明确了这个时期文学转型的意义："建安文学，革易前型，迁蜕之由，可得而说：两汉之世，户习七经，虽及子家，必缘经术。魏武治国，颇杂刑名，文体因之，渐趋清峻。一也。建武以还，士民秉礼，迨及建安，渐尚通侻；侻则侈陈哀乐，通则渐藻玄思。二也。献帝之初，诸方棋峙，乘时之士，颇慕纵横，骋词之风，肇端于此。三也。又汉之灵帝，颇好俳词，下习其风，益尚华靡；虽迄魏初，其风未革。四也。"③ 鲁迅在讲演中所总结的建安文学的四个特点基本上与此相同。而且，刘师培所云"建安文学，革易前型"，较之传统的自东汉以来的"八代"文学是有区别的，因而对鲁迅大有启发。现在学界已基本认同这篇讲演的学术史意义，而汤一介、胡仲平更从社会背景的角度挖掘其存在的文化关怀：

鲁迅这篇关于中古文学史的学术演讲之所以被人们广为传诵并产生深远的社会影响，一方面固然是由于它对魏晋时期的文学风格和特征作了准确的

①　《而已集》，《鲁迅全集》第 3 卷，人民文学出版社，2005 年，第 523 – 524 页。
②　《而已集》，《鲁迅全集》第 3 卷，人民文学出版社，2005 年，第 526 页。
③　刘师培著，舒芜校点：《中国中古文学史　论文杂记》，人民文学出版社，1959 年，第 11 页。

把握和生动的描述，并且对造成这种文学风格和特征的社会政治背景和各位作者的个人作风、生活态度作了深入的分析和合理的揣测，因而具有很高的学术价值，已成为中国文学史研究的典范；另一方面则是因为它发表于第一次国共合作破裂，革命处于危急的关头，而演讲的地点又是在曾经是刚过去的革命高潮的中心而现在正处于白色恐怖之中的广州，因而这篇饱含着演讲者对现实生活的沉痛感受的演讲，也必然充满着对同样受着黑暗的社会政治现实压迫的魏晋士人的同情，并且这篇演讲还不失时机、语含机锋地对黑暗的社会现实进行了讽刺和揭露，具有鲜明的战斗风格，故极易引起人们的共鸣，其影响远远超出了文学史研究的范围。①

　　关于鲁迅偏爱魏晋文章与嵇康及其与章太炎之间的关系，五四时期已经有人说过，后来基本成为共识，冯雪峰、侯外庐等也早已阐明，学界论之已多，无须赘述。较早而又能全面深刻地理解这一点的，当以王瑶先生相关论述为代表。他在《鲁迅作品论集》中有好几篇文章皆指出了这些，如《论鲁迅作品与中国古典文学的历史联系》《鲁迅与中国古典文学》《从鲁迅所开的一张书单说起》等。综而论之，鲁迅所重太炎先生者，一为其人格，即其战斗的精神与革命思想，二为其战斗的文章，这也是鲁迅一生始终所属意的。而"战斗的文章"还是自其"战斗的精神"中来，故鲁迅始终将其"革命家"一面放在最前，而对于《章氏丛书》中将"驳难攻讦"之文删去倒感到有些失望，甚至不满意。这也是鲁迅为什么尤喜嵇康的原因：嵇康既有"战斗的精神"，又有"战斗的文章"，而且"师心遣论"，文采飞扬而善于"驳难攻讦"。至于玄学思想，太炎所属意者，鲁迅则未必如此。

　　而周作人所受章太炎的影响较之鲁迅似乎更加曲折而隐晦一些。② 1926年，章太炎误信军阀孙传芳等人，参加投壶闹剧，全国舆论哗然，连其处世态度一向平和的弟子周作人也发表《谢本师》一文，表示不理解，说："对于国学及革命事业我不能承了先生的教训有什么供（贡）献，但我自己知道受了先生不少的影响，即使在思想与文章上没有明显的痕迹。虽然有些先哲做过我思想的导师，但真是授过业，启发过我的思想，可以称作我的师者，实

---

　　① 汤一介、胡仲平：《在西方学术背景下的魏晋玄学研究》，见氏编：《魏晋玄学研究》，湖北教育出版社，2008年，第4页。

　　② 《名人和名言》，《鲁迅全集》第6卷，人民文学出版社，2005年，第362页。

在只有先生一人。"① 他说自己在思想和文章方面都受了章氏的影响，也始终以章氏为师，但最后表示"先生现在似乎已将四十余年来所主张的光复大义抛诸脑后了。我想我的师不当这样，这样的也就不是我的师。先生昔日曾作《谢本师》一文，对于俞曲园先生表示脱离，不意我现今亦不得不谢先生，殆非始料所及"。尽管"谢"绝"本师"，但言辞中还是充满了敬意。

与鲁迅一样，周作人也是新文化运动的积极参与者，且成就斐然。对于六朝文学与学术文化，周作人最为看重的是陶渊明与颜之推。但周作人并非一开始就是这样，而是有个逐渐认识与认同的过程。五四时期，周作人更关注的是"平民的文学"和"人的文学"，而且这个关注点是切合时代且给他带来巨大学术声誉的。"周作人的《人的文学》刚在《每周评论》（1918年12月7日）上刊出，傅斯年立刻在《新潮》上发表文章，将其与胡适的《易卜生主义》、《建设的文学革命论》，以及陈独秀的《文学革命论》，同列为'文学革命的宣言书'。"② 所谓"人的文学"的对立面当然就是"非人的文学"，也就是压抑人性的文学。他认为，照此标准，中国古代文学中的大部分都属于不合格的"非人的文学"。1919年1月，他又针对"贵族文学"而提出"平民的文学"这个口号。可以说，前者关注文学的内容，后者更关注文学的载体形式，即古文与白话文的关系。这个时候尚属五四文学革命基本取得胜利而正需要理论建设的阶段，因此这两个口号是非常富于理论价值的，也就无怪乎成为"文学革命的宣言书"了。当五四文学革命和新文化运动彻底胜利之后，文学界与学术界需要反思五四新文学的理论渊源，寻找五四文学存在的历史依据时，周作人写出《中国新文学的源流》，认定五四新文学的源流在于明末公安派、竟陵派所提倡的小品文。

《中国新文学的源流》是1932年3—4月间在辅仁大学讲学时的讲稿。其中引人注目的是，周作人提出中国文学发展的一条主线是"言志派"与"载道派"的彼起此伏。

这两种潮流的起伏，便造成了中国的文学史。我们以这样的观点去看中国的新文学运动，自然也比较容易看得清楚。

---

① 原载1926年8月28日《语丝》第94期，此据钟叔河编订：《周作人散文全集》第四卷，广西师范大学出版社，2009年，第743页。

② 钱理群：《周作人传》，北京十月文艺出版社，1990年，第214页。

中国的文学，在过去所走并不是一条直路，而是像一道弯曲的河流，从甲处流到乙处，又从乙处流到甲处。遇到一次抵抗，其方向即起一次转变。……

民国以后的新文学运动，有人以为是一件破天荒的事情，胡适之先生在他所著的《白话文学史》中，他以为白话文学是文学唯一的目的地，以前的文学也是朝着这个方向走，只因为障碍物太多，直到现在才得走入正轨而从今以后一定就要这样走下去。这意见我是不大赞同的。照我看来，中国文学始终是两种互相反对的力量起伏着，过去如此，将来也总如此。①

接着，他便从整个中国文学史的发展说起，说明这两者是如何的起伏。他认为，"言志"就是言自己之志，也就是抒发个人的情感，发扬自己的个性，自然是他赞许的，而社会不太安定的时候，文学多是"言志"，如晚周与魏晋六朝时期。反之，"载道"，即"文以载道"，多是社会大一统之时，文学自然要载儒家之道，也就需要为政治服务，难言自己之志，难抒自己之情了，如西汉与唐代时期。在谈及魏晋六朝与唐代文学时，他说：

魏时三国鼎立，晋代也只有很少年岁的统一局面因而这时候的文学，又重新得到解放，所出的书籍都比较有趣一些。而在汉朝已起头的骈体文，到这时期也更加发达起来。更有趣的是这时候尚清谈的特别风气。后来有很多人以为清谈是晋朝的亡国之因，近来胡适之，顾颉刚诸先生已不以为然，我们也觉得政局的糟糕绝不能归咎于这样的事情。他们在当时清谈些什么，我们虽不能知道，但想来是一定很有趣味的事。《世说新语》是可以代表这时候的时代精神的一部书，另外还有很多的好文章，如六朝时的《洛阳伽蓝记》，《水经注》，《颜氏家训》，等书内都有。《颜氏家训》本不是文学书，其中的文章却写得很好，尤其是颜之推之思想，其明达不但为两汉人所不及，即使他生在现代，也绝不算落伍人物。对各方面他都具有很真切的了解，没一点固执之处。《水经注》是讲地理的书而里边的文章也特别好。其他如《六朝文絜》内所有的文章，平心静气地讲，的确都是很好的，即使叫现代的文人写，怕也很难写得那样好。

---

① 周作人：《中国新文学的源流》，江苏文艺出版社，2007年，第17－18页。

　　唐朝，和两汉一样，社会上较统一，文学随又走上载道的路子，因而便没有多少好的作品。这时代的文人，我们可以很武断地拿韩愈作代表。虽然韩愈号称文起八代之衰，六朝的骈文体也的确被他打倒了，但他的文章，即使是最有名的《盘谷序》，据我们看来，实在作得不好。仅有的几篇好些的，是在他忘记了载道的时候偶尔写出的，当然不是他的代表作品。

　　自从韩愈好在文章里面讲道统而后，讲道统的风气遂成为载道派永远去不掉的老毛病。文以载道的口号，虽则是到宋人才提出的，但他只是承接着韩愈的系统而已。①

　　这虽然是比较粗略的文学发展简史，但我们却明显地看出，许多观点与章太炎如出一辙。比如，其中对魏晋清谈的辩护，对《洛阳伽蓝记》《水经注》《颜氏家训》文章的推崇，本来就是章太炎的独特发现。而他对韩愈"号称文起八代之衰"的不以为然，以及他将韩愈作为载道派代表人物的看法，也与他一直不断地批判韩愈相符合，也可以说是对章太炎卑唐观的进一步论证。当然，这篇讲演的目的并不在此，所以这些仅一带而过，重点在于为五四新文学寻找历史依据。他循此思路，找到了明末的公安派与竟陵派，以及将公安竟陵结合起来的张岱等人的小品文，最后得出结论：

　　那一次的文学运动，和民国以来的这次文学革命运动，很有些相像的地方。两次的主张和趋势，几乎都很相同。更奇怪的是，有许多作品也都很相似。胡适之、冰心，和徐志摩的作品，很像公安派的，清新透明而味道不甚深厚。好像一个水晶球样，虽是晶莹好看，但仔细的看多时就觉得没有多少意思了。和竟陵派相似的是俞平伯和废名两人，他们的作品有时很难懂，而这难懂地正是他们的好处。同样用白话写文章，他们所写出来的，却另是一样，不像透明的水晶球，要看懂必须费些功夫才行。然而更奇怪的是俞平伯和废名并不读竟陵派的书籍，他们的相似完全是无意中的巧合。从此，也更可见出明末和现今两次文学运动的趋向是相同的了。②

　　《中国新文学的源流》发表后，尽管青年钱锺书并不同意其观点而与之争

---

① 周作人：《中国新文学的源流》，江苏文艺出版社，2007年，第19－20页。
② 周作人：《中国新文学的源流》，江苏文艺出版社，2007年，第27页。

论，但周作人并未回复，却引起林语堂等人的热烈呼应，从而引出当时的小品文创作热潮。

对于韩愈的批判，周作人自始至终地坚持，从"文"到"道"，似乎韩愈所有的说法皆不值一哂。他说："我对于韩退之整个的觉得不喜欢，器识文章都无可取，他可以算是古今读书人的模型，而中国的事情有许多却就坏在这班读书人手里。他们只会做文章，谈道统，虚骄顽固，而又鄙陋势利，虽然不能成大奸雄闹大乱子，而营营扰扰最是害事。"[①] "韩愈的那篇《原道》，即使不提他那封建思想，单看文章也就够恶劣的，如云：'呜呼，其亦幸而出于三代之后，不见黜于禹汤文武周公孔子也，其亦不幸而不出于三代之前，不见正于禹汤文武周公孔子也。'完全是滥八股调，读了要觉得恶心。"[②] 之所以如此厌恶韩愈，原因当然在于他将八股文与桐城派文章的根源算在唐宋八大家头上，而韩愈是八大家之首，所以，批判韩愈，无论是就文学革命还是思想革命而言，实在是"擒贼先擒王"的一种方法。关于这些，舒芜《周作人的是非功过》、钱理群《周作人论》、陈平原《中国现代学术之建立》等著作中皆有论述，大可参看。

周作人后来逐渐认同六朝时期的陶渊明与颜之推，对于前者，自然赏其"平淡自然"，对于后者，主要看中其"气象渊雅"，说到底，都是从"性情"出发，文章倒是其次。况且，他一生读书较多，且喜欢的古今中外的文学也多有变化，在当时的混乱时世中，他的情绪也往往变化不定。1934 年作《五十自寿诗》，已颇露消沉之思，给其学生俞平伯的信中也说自己从早年五四时期的"浮躁凌厉"，变成现在的"思想消沉"了。曹聚仁还写了一篇《从孔融到陶渊明的路》，说："周先生备历世变，甘于韬藏，以隐士生活自全，盖势所不得不然，周先生十余年间思想的变迁，正是从孔融到陶渊明二百年间思想变迁的缩影，我们读了《自寿诗》更可以明白了。"[③] 他对陶渊明的喜爱，应该更多地与陶诗本身的自然平淡及其对时世的判断相关。但他对六朝文章"质雅可诵"的推崇，虽明说受了伍绍棠的启发，其实更多的是自其老师章太

---

①《谈韩退之与桐城派》，钟叔河编订：《周作人散文全集》第 6 卷，广西师范大学出版社，2009 年，第 535 页。

②《中学读古诗的意见》，钟叔河编订：《周作人散文全集》第 12 卷，广西师范大学出版社，2009 年，第 3 页。

③ 原载《申报·自由谈》，1934 年 4 月 24 日。此据《周作人研究资料》上册，天津人民出版社，1986 年，第 336 页。

炎那里来。而他的这种态度又影响了自己的学生，尤其是俞平伯与废名（冯文炳）对六朝文章的热爱即与之相关。故论者云："平心而论，20世纪30年代的学术文章，对俞平伯来说，服膺周作人的成分更多些，俞氏直溯六朝文章为自己散文的本家，与周氏应该不无关系，而与章太炎的学重根柢、溯求往古的复古主义学术思路，则属同一谱系。"① 至于废名，他对六朝文章的喜爱几乎到了狂热的地步。1936年，他在《三竿二竿》中有一段精彩论述：

中国文章，以六朝人文章最不可及。我尝同朋友们戏言，如果要我打赌的话，乃所愿学则学六朝文。我知道这种文章是学不了的，只是表示我爱好六朝文，我确信不疑六朝文的好处。六朝文不可学，六朝文的生命还是不断的生长着，诗有晚唐，词至南宋，俱系六朝文的命脉也。在我们现代的新散文里，还有"六朝文"。我以前只爱好六朝文，在亡友秋心居士笔下，我才知道人各有其限制，"你不能做我的诗，正如我不能做你的梦"，此君殆六朝才也。秋心写文章写得非常之快，他的辞藻玲珑透澈，纷至沓来，借他自己"又是一年芳草绿"文里形容春草的话，是"泼地草绿"。我当时曾指了这四个字给他看，说他的泼字用得多么好，并笑道，"这个字我大约用苦思也可以得着，而你却是泼地草绿。"庾信文章，我是常常翻开看的，今年夏天捧了《小园赋》读，读到"一寸二寸之鱼，三竿两竿之竹"，怎么忽然有点眼花，注意起这几个数目字来，心想，一个是二寸，一个是两竿，两不等于二，二不等于两吗？于是我自己好笑，我想我写文章决不会写这么容易的好句子，总是在意义上那么的颠斤簸两。因此我对于一寸二寸之鱼三竿两竿之竹很有感情了。我又记起一件事，苦茶庵长老曾为闲步兄写砚，写庾信行雨山铭四句，"树入床头，花来镜里，草绿衫同，花红面似。"那天我也在茶庵，当下听着长老法言道，"可见他们写文章是乱写的，四句里头两个花字。"真的，真的六朝文是乱写的，所谓生香真色人难学也。②

他觉得六朝文章是"乱写"，却又如此的"生香真色"，令人无法学及。这已到了崇拜的地步了。而他又写《陶渊明爱树》，充满了感情，未始与周作

---

① 毛夫国：《现代文学史上的"晚明文学思潮"论争》，文化艺术出版社，2011年，第34－35页。

② 《冯文炳选集》，人民文学出版社，1985年，第342－343页。

人之爱陶没有关系。这便正如刘师培与黄侃等人在北京大学讲授魏晋六朝学术文化的巨大影响一样，后来骆鸿凯作《文选学》，范文澜作《文心雕龙注》，陈中凡作《汉魏六朝文学》，包括冯友兰作《论风流》等文章，其实都是这条线索影响下的产物。陈平原教授认为："现代作家对于六朝文章的借鉴，不再顶礼膜拜，而是有选择的接纳。王闿运、刘师培、黄侃、李详等雅驯古艳的骈文，经由新文化运动的冲击，已经退居一隅，不再引领风骚。而太炎先生对于六朝文的别择，经由周氏兄弟的发扬光大，产生巨大而深远的影响。经历一番解构、挑选、转化、重建，六朝文作为重要的传统资源，正滋养着现代中国散文。"① 此由"散文"一路说去，若以学术研究而言，包括六朝诗、人、时世等资源，加上陈寅恪氏，正可勾勒出一条魏晋六朝在现代学术研究中的资源性意义之线索。另外，"王纲解纽"之乱世，对于他们来说，不是选择，而是时代认同。因为乱世是客观事实，乱世中的思想自由才是他们的欣赏。也正因乱世，故六朝人之"一往情深"中带有深衷巨痛，发而为文，若庾子山辈，则为孤艳，尤足以动人，此即所谓"悲美"者也。周作人之以"苦"为名，苦雨，苦茶，品味苦涩，欣赏陶渊明与颜之推，如人之赏庾信"老成"之作正同一心理因素。故陈寅恪选择"中古"为研究对象，与其晚年"颂红妆"一样，皆是"以述为作"。再略微向前推进一步，从整个晚清民国时期的大背景来看，学问，人品，性情，文章，如果再加上思想，则晚清现代学者对于六朝之推崇大体可推，只不过各有偏重而已。章太炎重其"学"与"思"，刘师培重其"学"与"文"，黄侃则综其二师者，鲁迅重其"思"与"人"，周作人由"性情"而及"文章"，冯文炳由"人品"而及于"文章"，陈寅恪尤重其"思"而及于"史"之意义。李详则多重其"文章"，由"文"而及"学"，其称行骈文者须"自然高妙"，又自矜己之"子部杂家之学"及"子部杂家之文"。实则李详先重"子部杂家之文"，然后及于"子部杂家之学"，但为免人口实，故意颠倒为之，且引陈衍、沈曾植等人为同调，自高其价。除李氏外，上述诸公之共同点在于，重视六朝人思想之独立自主，绝无依傍。也正是这一点，使得魏晋六朝文学在现代学术研究中获得了资源性意义。即便是重视"六朝人物晚唐诗"之现代派诗歌，所重六朝人之"颓唐"之美，仍在于"自由"和"乱写"，没有拘束，无依傍中适成绝美。

---

① 陈平原：《中国现代学术之建立——以章太炎、胡适之为中心》，北京大学出版社，1998 年，第 392 页。

第三章　六朝学的特质与现代学术的关联

以魏晋六朝思想文化与学术文化为研究对象的六朝学，在此前的唐宋元明清时代自是有涨有落，起伏不定。即使是与章太炎、刘师培约略同时的六朝学，仍然有新有旧，而且，属于传统的旧式六朝学研究甚至还大有人在，且颇有成就。这自然与六朝学本身的特色相关。而章、刘所开拓的现代学术视野下的六朝学，不仅与同时代的旧学有别，更与以往的传统意义上的六朝学迥然不同。其中的原因，当然是处于清末民初那个特殊的、在学人们看来属于千年未有之大变局时代。在此天崩地裂的亘古未有之大变动时代，学人们的心理受到前所未有的震动。而且，西方的"文艺复兴"与"自然主义"的概念输入进来，虽然与中国古代的六朝时期未必可以画上等号，却可以很容易地相互比附，使得六朝学容易搭上时代的快车。那么，究竟六朝学有什么特别之处，何以能够顺利地成为学人们关注的对象呢？我们不妨从西学东渐的大背景说起，以探寻六朝学的轨迹。

第一节　西学东渐背景下的六朝学

自鸦片战争以来，清王朝贫弱之势逐渐显现。一些有识之士开始担忧中国社会的前途，并思考是否需要向西方学习以及如何学习的问题。其实龚自珍、魏源、姚莹、冯桂芬、王韬等人早已探讨这些问题，只不过，他们至多只把学习西学止于"器"之一面，对于中学之"道"还是视作至宝的。但西学东渐已成为不可阻挡的时代潮流，在此背景下，清王朝已奄奄一息，作为传统的"中学"还能否复活，成为挽救民族危亡的希望，这是当时不少有识之士首先需要考虑的问题。而甲午战争的失败，全国上下尤为震动，知识阶层深感忧虑。梁启超于1920年作《清代学术概论》，时间距离稍近，对此问题看得更加清楚。其中说：

> "鸦片战役"以后，渐怵于外患。洪杨之役，借外力平内难，益震于西人之"船坚炮利"。于是上海有制造局之设，附以广方言馆，京师亦设同文馆，又有派学生留美之举，而目的专在养成通译人才，其学生之志量，亦莫或逾此。故数十年中，思想界无丝毫变化。惟制造局中尚译有科学书二三十种，李善兰、华蘅芳、赵仲涵等任笔受。其人皆学有根柢，对于所译之书，责任心与兴味皆极浓重，故其成绩略可比明之徐、李。而教会之在中国者，亦颇有译书。光绪间所为"新学家"者，欲求知识于域外，则以此为枕中鸿秘。盖"学问饥饿"，至是而极矣。
>
> 甲午丧师，举国震动，年少气盛之士，疾首扼腕言"维新变法"，而疆吏若李鸿章、张之洞辈，亦稍稍和之。而其流行语，则有所谓"中学为体，西学为用"者，张之洞最乐道之，而举国以为至言。盖当时之人，绝不承认欧美人除能制造能测量能驾驶能操练之外，更有其他学问，而在译出西书中求之，亦确无他种学问可见。康有为、梁启超、谭嗣同辈，即生育于此种"学问饥荒"之环境中，冥思枯索，欲以构成一种"不中不西即中即西"之新学派，而已为时代所不容。盖固有之旧思想，既深根固蒂，而外来之新思想，又来源浅觳，汲而易竭，其支绌灭裂，固宜然矣。①

他把自己也当作清代学术上的一个环节，并且否定了自己与其师康有为当年的改良主义。他提出清末民初是个"学问饥荒"时期，也就是知识阶层对于中西文化的吸收，处于饥荒时代，甚至有饥不择食之感。这也确实符合当时的现实情形。

这其中，作为既有中学根柢，又对西学知之甚深的人物，严复的危机感非常强烈，他不断地发出呐喊。1895 年 2 月，他在天津《直报》上连载长文《论世变之亟》，感叹道："呜呼！观今日之世变，盖自秦以来未有若斯之亟也。夫世之变也，莫知其所由然，强而名之曰运会。运会既成，虽圣人无所为力，盖圣人亦运会中之一物。既为其中之一物，谓能取运会而转移之，无是理也。彼圣人者，持知运会之所由趋，而逆睹其流极。唯知其所由趋，故

---

① 梁启超：《清代学术概论》，上海古籍出版社，1998 年，第 97 页。

后天而奉天时；唯逆睹其流极，故先天而天不违。于是裁成辅相，而置天下于至安。后之人从而观其成功，遂若圣人真能转移运会也者，而不知圣人之初无有事也。即如今日中倭之构难，究所由来，夫岂一朝一夕之故也哉！尝谓中西事理，其最不同而断乎不可合者，莫大于中之人好古而忽今，西之人力今以胜古；中之人以一治一乱、一盛一衰为天行人事之自然，西之人以日进无疆，既盛不可复衰，既治不可复乱，为学术政化之极则。"① 他认为这是自秦始皇以来中国社会变动最为剧烈的时代，也不相信有什么"圣人"出现可拯救之，对于历史的循环论也颇不以为然。那么，如何救亡而图存呢？1895 年 5 月，同样在天津《直报》上，他又撰文《救亡决论》，要求变法："天下理之最明而势所必至者，如今日中国不变法则必亡是已。然则变将何先？曰：莫亟于废八股。夫八股非自能害国也，害在使天下无人才。其使天下无人才奈何？曰：有大害三。"② 这三大害分别是"锢智慧""坏心术""滋游手"。他认为要救亡，必须"变法"，而要变法，又必须先废八股文。因为八股文的害处在于"使天下无人才"。其《原强》《辟韩》等文也是基于同样的背景，而他所译赫胥黎《天演论》，倡进化论，确实给了当时中国学术界耳目一新而又非常深远的影响。

面对着"亡国亡种"的现实，知识阶层更愿意从深层的"道"的角度来考虑问题，社会上下基本达成了一个共识，即社会需要"变"。如何"变"呢？是改良还是革命？如果要"变"，以什么为资源，是从传统文化中挖掘还是完全接受西方文化，或者如梁启超所说的"不中不西即中即西"，这正是时代给知识阶层的一个课题。但即使是对西学体之甚深且对当时思想界颇有影响的严复，在具体实践中也未能给予一个明确答案，而且在时代大潮中逐渐趋向保守。而开创了现代六朝学的章太炎、刘师培，与当时的大多数知识分子如康有为等人一样，他们的根柢在于中国的传统学术，尽管也接受过西学影响，但要想从西学中吸取资源以救亡图存，在理论上既不可能，在情感上也无法接受，只能回到自己擅长的传统学术中寻求资源。就刘师培而言，他可以接受进化论，也确实在《中国民约精义》《中国民族志》等文中引用过，但不可能将西学作为自己论文的理论支撑。有学者曾比较严、刘两者说："严复是当时寥寥无几的翻译大师之一，他的教育背景和对西学的理解程度几乎

---

① 《严复全集》卷七，福建教育出版社，2014 年，第 11 页。
② 《严复全集》卷七，福建教育出版社，2014 年，第 45 页。

无人能及，所以很难具有普遍意义。而刘师培对西学较严复为浅之理解，却恰好代表了当时多数士子接受西学的程度，因他们与刘氏一样，既不通外文，又受过多年中国旧式教育，差不多有共通的知识基础，尽管在具体知识领域内每个人各有短长，但明显具有共性。在中国古典学术逐步与西学融合从而迈向现代形态的过程中，刘师培等人看似简单、肤浅的中西学比附因更具中国色彩和较易为人接受，恰恰发挥了更重要的作用。"① 从后来的事实看，刘师培从传统学术中寻根，更容易得到认同，因而更具有可操作性与可模仿性。更不用说章太炎本身的巨大人格魅力及其传统学术的精深功底所产生的影响了。而就章、刘所开创的现代学术视野下的六朝学而言，其本身所具有的思想自由、人性解放以及六朝"美文"不仅为新派学者所喜爱，即使是旧式学者，也同样有不少人耽于此间。特别是六朝文学，其追求华美的形式与缘情的内容，本身就很具吸引力。我们不妨先来看看与章、刘大约同时而心仪六朝的一些学者。

钱基博《现代中国文学史》将清末民初的文学分为"古文学"与"新文学"，而"古文学"之"文"又很不对称地分为"魏晋文""骈文"和"散文"，其中，前两者的代表人物基本上都是崇尚魏晋六朝的，如王闿运、廖平、吴虞、章太炎、黄侃、苏玄英、刘师培、李详、孙德谦等。他先从王闿运说起："方民国之肇造也，一时言文章老宿者，首推湘潭王闿运。"② 王氏年长章太炎三十多岁，自属前辈，他不但在"文"上推崇魏晋六朝文与骈文，诗歌上也同样如此，与其乡人邓辅纶等结社，形成汉魏六朝诗派。他们对六朝的绮靡之诗深为喜爱，相信陆机的"诗缘情而绮靡"，王闿运《论诗文体式》说："晋人浮靡，用为谈资，故人以玄理。宋、齐游宴，藻绘山川；梁、陈巧思，寓言闺闼，皆知情不可放，言不知肆，婉而多思，寓情于文，虽理不充周，犹可讽诵。"③ 他还编了《八代诗选》，这个"八代诗"实是套用"八代文"的概念而来的。他又编《八代文粹》，"要以截断众流，归之淳雅。使词无鄙倍，学有本根"。④ 王氏也影响了他的学生杨度、曾广钧等人。应该说，在晚清时期，汉魏六朝诗派还是颇有影响力的，其流风余韵直至民初。

　　① 李帆：《中国古典学术向现代的迈进——严复、刘师培吸纳西学之比较》，《江海学刊》2004年第6期。

　　② 钱基博：《现代中国文学史》，中国人民大学出版社，2004年，第27页。

　　③ 王闿运：《王志》卷二，《湘绮楼诗文集》第二册，岳麓书社，2008年，第46页。

　　④ 王闿运：《八代文粹序》，《湘绮楼诗文集》第一册，岳麓书社，2008年，第74页。

至于"文"，王闿运"发为文章，乃萧散似魏晋间人；大抵组比工夫，隐而不现，浮枝既削，古艳自生"。① 他极力模仿六朝文字，尤其是庾信的文章，即所谓"淳雅"之文。同时，王闿运也认为骈文是"文之正宗"，并因之而批评和贬低韩愈的古文，说韩愈文章乃是"凡近之词"，以至于"似小说"。很明显，后来章太炎也有这类说法，当自王氏而来。因为章太炎眼界甚高，古今文章能入其眼者并不多，就连苏轼、欧阳修这样的大家也常遭其批评，但他却对王闿运文章比较推崇，甚至予以"能尽雅"的高评。而且，"凡近之词""似小说"这样的词句也被章氏用来作为评文的批判话语。

与章、刘同时的一些文人中，尚有不少人对于六朝文非常留恋。这当然与六朝文本身的藻采闳雅有关。其实谭嗣同与梁启超等人也都表示他们对六朝文的喜爱。谭嗣同《三十自纪》云："嗣同少颇为桐城所震，刻意规之数年，久自以为似矣。出示人，亦以为似。诵书偶多，广识当世淹通专一之士，稍稍自惭，即又无以自达。或授以魏、晋间文，乃大喜，时时籀绎，益笃耆之。由是上溯秦汉，下循六朝，始悟心好沉博绝丽之文，子云所以独辽辽焉。旧所学，遗弃殆尽。"② 有学人论曰："谭嗣同少时之文，现已难概见，全集中所收之文，多为二十以后之作。其三十以前之作绝多，大都效魏、晋文及骈文，往往骈散杂糅，以骈为主，气势磅礴，辞藻华美，情感充溢。"③ 六朝文"沉博绝丽"，又气势磅礴，确实让许多人着迷。梁启超也曾自我解剖道："启超夙不喜桐城派古文，幼年为文，学晚汉魏晋，颇尚矜炼，至是自解放，务为平易畅达，时杂以俚语韵语及外国语法，纵笔所至不检束，学者竞效之，号新文体。老辈则痛恨，诋为野狐。然其文条理明晰，笔锋常带情感，对于读者，别有一种魔力焉。"④ 他后来的文章为报章体，需要煽动性，所以必须用新文体，但还是承认自己早年喜欢的是"晚汉魏晋"，也就是八代文。有论者说："梁启超将骈文的特点改造后融入报章体中，加强了'报章体'的艺术性，促使'报章体'气势磅礴、文采飞扬，富于激情、富于感染力。"⑤ 也即就此而言。

---

① 钱基博：《现代中国文学史》，中国人民大学出版社，2004 年，第 27 页。
② 谭嗣同：《寥天一阁文卷第二·三十自纪》，蔡尚思、方行主编：《谭嗣同全集》，中华书局，1981 年，第 55 页。
③ 孙海洋：《湖南近代文学》，东方出版社，2005 年，第 323 页。
④ 梁启超：《清代学术概论》，上海古籍出版社，1998 年，第 85–86 页。
⑤ 袁进：《中国文学的近代变革》，广西师范大学出版社，2006 年，第 106 页。

在 20 世纪上半叶的旧派学人之中，迷恋于六朝文学而又取得较高成就者，李详与孙德谦可为代表人物。在学术上，当然还有一些学者研究"文选学"，如高步瀛、周贞亮、骆鸿凯等，均取得了不俗的成就，但基本上属于纯粹的学理性研究。① 另外，民国以后，一些自命为清朝遗民的文士退居深斋，以学自娱，汉魏六朝诗歌——特别是汉魏晋宋诗歌的高古自然颇契其心，他们追求所谓的"学人之诗"，在学问中徜徉，自得其乐。沈曾植最为其人。他虽号为"宋诗运动"的代表人物，而钱仲联先生论之曰："沈乙庵诗深古排戛，不作一犹人语。人谓其得力于山谷，不知于楚骚八代，用力尤深也。"② 陈衍评其《秋斋杂诗》八首"以平原（陆机）、康乐（谢灵运）之骨采写景纯（郭璞）、彭泽（陶渊明）之思致"。③ 可见他对六朝诗的浸淫之深。他提出的诗学"三关"说，也可见出其衷心所尚。在《与金潜庐太守论诗书》中说：

> 吾尝谓诗有元祐、元和、元嘉三关，公于前二关均已通过，但着意通第三关，自有解说月在。元嘉关如何通法？但将右军《兰亭诗》与康乐山水诗打并一气读。刘彦和言："庄老告退，而山水方滋。"意存轩轾，此二语便堕齐、梁人身份。……康乐总山水庄老之大成，开其先支道林。此秘密平生未尝为人道，为公激发，不觉忍俊不禁，勿为外人道，又添多少公案也。……湘绮虽语妙天下，湘中《选》体，镂金错采，玄理固无人能会些子也。其实两晋玄言，两宋理学，看得牛皮穿时，亦只是时节因缘之异，名文身句之异，世间法异，以出世法观之，良无一异也。就色而言，亦不能无决择，奈何？不用唐后书，何尝非一法门。无如目前境事，无唐以前人智理名句用之，打发不开，真与俗不融，理与事相隔，遂被人呼伪体。其实非伪，只是呆六朝，非活六朝耳。④

他将诗的最后一关落实在刘宋时期的"元嘉关"上，看中的是以谢灵运为代表的六朝诗中的"玄理"与"智理名句"。"三关论"或许有其现实的文

---

①　参见王立群：《现代〈文选〉学史》，中国社会科学出版社，2003 年。

②　钱仲联：《梦苕庵诗话》，张寅彭主编：《民国诗话丛编》第六册，上海书店出版社，2002 年，第 205 页。

③　陈衍：《石遗室诗话》卷二十六，商务印书馆，1929 年，第 4 页。

④　郭绍虞主编：《中国历代文论选》第四册，上海古籍出版社，1980 年，第 291－292 页；亦见王元化主编：《学术集林》卷三，上海远东出版社，1995 年，第 116－117 页。

化关怀，但也可见他对六朝古诗的认同与体味之深。

李详对汉魏六朝文学情有独钟，尤喜六朝骈文。在理论上，他以萧统《文选序》和阮元《文言说》为依据，创作上先以清代汪中骈文为模拟对象，后渐渐归依六朝骈文。其《骈文学自序》云："古之文皆偶也。自六经以及诸子，何尝不具偶体。魏晋之后，稍事华腴之词，积而为骈四俪六，然犹或散或整，畅所欲言，情随境生，韵因文造。昭明所谓沉思翰藻，诚据自然之势，导源流之正，而文与笔划为二区，由是成焉。笔为驰驱纪事之言，文为奇耦相生之制。昭明之前，则有陆机《文赋》，稍示梗概。至刘勰《文心》，则尽泄秘藏，独标宗旨，如父兄之诏子弟，如匠石之督绳墨焉。大矣，至矣，蔑以加矣！此体自以六朝为准，北朝三姓统之。"① 他将六朝骈文视为骈文正宗，表明自己以此为尚。对于当时的桐城末流，特别是林纾的文章，他作《论桐城派》一文予以呵斥，先论古无"派"字，次云"桐城派"之成"派"，姚鼐自己亦不敢坦然居之。再论今之所谓"桐城派"不过承曾国藩及其四大弟子之余荫，然曾氏只是湘乡派，实与桐城古文颇有距离。最后说："余于今之能治桐城古文者，皆在相知之列，其学又皆有余于古文之外，未尝不爱之重之。余之此言，系专为奉桐城一先生之言而发，不惮为之正告曰：古文无义法，多读古书，则文自寓法。古文无派，于古有承者，皆谓之派。期无负于古人斯已矣；于桐城何尊焉，而于桐城又何病焉！"② 他表示自己与当时一些真正"治桐城古文者"相知甚深，这些真正的桐城学人也并不标榜什么派别，所以此话只是针对一些标榜桐城而实非真正桐城古文者，也就是"专为奉桐城一先生之言而发"，据钱基博《现代中国文学史》所云，即专门针对林纾而言。

孙德谦作《六朝丽指》，对六朝"丽辞"（骈文）大加赞赏，开篇第一条就认为："骈体文字，以六朝为极则。作斯体者，当取法于此，亦犹诗学三唐，词宗两宋，乃为得正传也。"③ 他也确实对此体味深切，文中颇多精到之言。略观几条，即可知之。

---

① 李详：《学制斋骈文钞》卷一，《李审言文集》，江苏古籍出版社，1988 年，第 898 页。
② 李详：《学制斋骈文钞》卷一，《李审言文集》，江苏古籍出版社，1988 年，第 888 页。
③ 孙德谦：《六朝丽指》，王水照编：《历代文话》第九册，复旦大学出版社，2007 年，第 8424 页。

有论六朝骈文，其言曰："上抗下坠，潜气内转。"于是六朝真诀，益能领悟矣。盖余初读六朝文，往往见其上下文气似不相接，而又若作转，不解其故，得此说乃恍然也。试取刘柳之《荐周续之表》为证："虽汾阳之举，辍驾于时艰；明扬之旨，潜感于穷谷矣。"上用"虽"字，而于"明扬"句上，并无"而"字为转笔，一若此四语中，下二语仍接上二语而言，不知其气已转也。所谓"上抗下坠，潜气内转"者，即是如此。每以他文类推，无不皆然。读六朝文者，此种行文秘诀，安可略诸？[①]

六朝文之可贵，盖以气韵胜，不必主才气立说也。《（南）齐书·文学传论》曰："放言落纸，气韵天成。"此虽不专指骈文言，而文章之有气韵，则亦出于天成，为可知矣。余尝以六朝骈文譬诸山林之士，超逸不群，别有一种神峰标映、贞静幽闲之致。其品格孤高，尘氛不染，古今亦何易得？是故作斯体者，当于气韵求之，若取才气横溢，则非六朝真诀也。夫骈文而不宗六朝，拟之禅理，要为下乘。使果知六朝之妙，试读彼时诸名家文，有不以气韵见长者乎？[②]

他认为骈文须散朗，疏逸，讲求气韵，勿尚才气，六朝文工于炼字，又有"质朴之美"，后世骈文每不及之。这是孙德谦深切体会之语，确实颇有见地。但是，当他回到整个中国文学史的大格局中，再来看待六朝文学史时，所使用的文献材料与评价之语又回到了唐人史论的框架之中，即使对骈文艺术性很高的徐、庾文章，还是以"亡国之音"论之。对于六朝文章的道德性评价与学术史意义，丝毫没有突破。这也正是这些旧式学人与章、刘之间的根本性区别。

当时此类学人尚为数不少，如孙雄、冯煦等。钱基博《现代中国文学史》云：

冯煦论近世能为汉魏六朝文者，自李详及德谦外，尤称闽县黄孝纾警炼傲诡，后来居上。孝纾灵悟天挺，弱而好文，通习训诂，多识奇字，根柢经

---

①　孙德谦：《六朝丽指》，王水照编：《历代文话》第九册，复旦大学出版社，2007年，第8432页。

②　孙德谦：《六朝丽指》，王水照编：《历代文话》第九册，复旦大学出版社，2007年，第8435页。

史，皋牢百家，瑰辞奥义，亭蓄万有。于清代喜汪中、洪亮吉，因以上窥六朝，尤致力于范晔、郦道元、庾信诸家。尝与冯煦书论文曰："……尝以六朝人士祖尚玄学，吐属清拔，高在神境。譬夫车子转喉，有声外不言之悟；湘灵鼓瑟，得曲终无人之妙。以才雄者，类物赋形；以情胜者，言哀已叹。"①

要之，晚清民国时期崇尚汉魏六朝文者，大抵有"淳雅""淡雅""古艳""疏逸""散朗""气韵"等目。无论骈体散体，非自语言形式而论，亦不皆尚其华藻与丽靡之辞，而多从格调与整体风貌言之。其"古艳""散朗""疏逸"之气者，得自当时士人之玄学。故可知六朝文为后世之不可得者，既非其"时"，亦非其"才"，以其"学"也。而此"学"乃弥漫一时思潮之玄学，顾非某人凭借才气与性质所得。故可曰：有六朝人方有六朝学，有六朝学乃有六朝文。但这些人身处晚清民国，基本上属于传统学者，他们对六朝学的推崇，与古代骈散之争中偏爱六朝骈文的一派并无明显的区别，主要还是就"文"与"学"而言，与时代本身关系不大。而章太炎、刘师培所开创的现代学术视野下的六朝学，所关注的则是其时代意义，特别是六朝学所含内容中与现代社会相符的因子，如思想解放、独立自由、个性、自然，甚至"文艺复兴"等——尽管有些属于比附的性质。这就不难理解，除了一些文学史与骈文史叙述六朝文学之外，还有一些学者以专著或专文论述六朝的思想等学术文化。如容肇祖有《魏晋的自然主义》，刘大杰有《魏晋思想论》，贺昌群有《魏晋清谈思想初论》，陈寅恪有一系列"不古不今之学"的专文。

第二节　"选学妖孽"与"桐城谬种"的历史命运及其所指

在现代学术史和文学史上，"选学妖孽"一向与"桐城谬种"并论，但两者的历史命运似乎并不相同。这个口号是钱玄同首先提出来的，事情的起因是这样的：1917年1月，胡适在《新青年》第2卷第5号上发表《文学改良刍议》一文，反对文言文，提倡白话文，批判了统治当时文坛的三大学术权威流派：桐城派、江西派（或称西江派）、文选派，还提出了"文学改良八

---

① 钱基博：《现代中国文学史》，中国人民大学出版社，2004年，第119页。

事"的主张。胡适当时还在国外，其主张新颖，而行文措辞尚不算尖锐。紧接着，在《新青年》第 2 卷第 6 号上，陈独秀发表了《文学革命论》，也锋芒毕露地批判了这三大学术流派，而且将批判的重点指向了桐城派，把清代的桐城三祖（方苞、刘大櫆、姚鼐）及明代前后七子与桐城派尊奉的归有光并称为"十八妖魔"，而且说："此十八妖魔辈，尊古蔑今，咬文嚼字，称霸文坛，反使盖代文豪若马东篱，若施耐庵，若曹雪芹诸人之姓名，几不为国人所识。若夫七子之诗，刻意模古，直谓之抄袭可也。归、方、刘、姚之文，或希荣誉墓，或无病而呻，满纸之乎者也矣焉哉。每有长篇大作，摇头摆尾，说来说去，不知道说些甚。"① 陈独秀的态度非常激烈而决绝，颇有"革命"意味。不但如此，在《新青年》的同一期上还刊载了钱玄同致陈独秀的一封信，信中表达了对胡适和陈独秀观点的坚定支持。他特别表示胡适主张的白话文"最精辟"，而且，在他看来，"具此识力，而言改良文艺，其结果必佳良无疑。惟选学妖孽，桐城谬种，见此又不知若何咒骂。虽然得此辈多咒骂一声，便是价值增加一分也"。② 这便是"选学妖孽""桐城谬种"说法的第一次出现。后来，钱玄同一直坚持这个说法，并甚为得意。在新文化运动胜利后，这个口号几乎成为普通名词，人们惯常以"选学妖孽"代指心仪文选学者，特别是喜欢骈文甚至用骈文创作者，以"桐城谬种"指称讲究"义法"的桐城古文学者。总之，将它们都归于旧文学和旧文化的行列，作为新文学和新文化的对立面。

　　一直以来，"桐城谬种"与"选学妖孽"究竟是泛指还是有所特指，似乎没有人关注，似乎不认为是个问题。其实，就钱玄同那封信的具体语境来看，应该是有所特指的。有论者撰文考辨，认为"桐城谬种"当指林纾，而"选学妖孽"则可能暗指黄侃。③ 应该说，这个说法是有一定道理的，但还需要仔细辨析。而后来钱玄同又不止一次地提到这两个口号式的名词，其他人也常常借此说法，则情况又不一样了。具体地说，钱玄同第一次所说的"桐

---

　　① 原刊于 1917 年 2 月 1 日《新青年》第 2 卷第 6 号，此据《独秀文存》卷一，东亚图书馆，1922 年，第 138 页。

　　② 原刊于 1917 年 2 月 1 日《新青年》第 2 卷第 6 号，此据《钱玄同文集》第一卷，中国人民大学出版社，1999 年，第 1 页。

　　③ 潘务正：《"桐城谬种"考辨》，《安徽师范大学学报》2008 年第 1 期。潘文较早提出"选学妖孽"或指黄侃这个问题，但也许是"为尊者讳"的缘故，没有过多地展开论述。后来郭宝军撰《"选学妖孽"口号的生成及文化史意义》（《河南大学学报》2018 年第 5 期）一文，对此作了进一步的阐述，基本将此坐实。

城谬种"与"选学妖孽",是因个人的好恶与恩怨,前者一般认为指的是林纾,后者不易确定,很有可能暗指黄侃,甚至刘师培,或者樊增祥、易顺鼎之类的"遗老""遗少";而他后来说的这两者与其他人所借用的说法,则只能是泛指,不是特指林、黄之个人。

关于钱玄同第一次所说的"桐城谬种"当特指林纾的说法,应是比较容易理解的。因为林纾虽然并非正宗的桐城传人,却因某种机缘而成了桐城文的代表,而他恰恰又与章太炎及其弟子很是不睦,相互之间还互有讥讽。章太炎在与康有为等人论战时,尽管语言犀利,但均以文章的逻辑与理据而取胜,态度多是冷静而理性的。但他却对林纾其人极端厌恶,谈到林纾时往往使用厌弃式的语词。在《与人论文书》中说:

> 下流所仰,乃在严复、林纾之徒。复辞虽饬,气体比于制举,若将所谓曳行作姿者也。纾视复又弥下,辞无涓选,精采杂污,而更浸润唐人小说之风。夫欲物其体势,视若蔽尘,笑若龋齿,行若曲肩,自以为妍,而只益其丑也。与蒲松龄相次,自饰其辞,而祗敬之曰:此真司马迁、班固之言!(自注:纾自云:"日以左、国、史、汉、庄、骚教人。"未知其所教者,何语也?以数公名最高,援以自重。然曩日金人瑞辈,亦非不举此自标。盖以猥俗评选之见,而论六艺诸子之文,听其发言,知其鄙倍矣。纾弟子记师言,援吴汝纶言以为重。汝纶既没,其言有无不可知。观汝纶所为文辞,不应与纾同其谬妄,或由性不绝人,好为奖饰之言乎?)……夫蒲松龄、林纾之书,得以小说署者,亦犹《大全》、《讲义》诸书,傅于六艺儒家也。①

他虽然也承认林纾为"下流所仰",也就是为层次较低的人所欢迎,但语言中充满了不屑,极尽挖苦之能事,甚至带有人身攻击的意味。林纾当然颇为不忿,经常在文章中或明或暗地称章太炎为"庸妄巨子"或"妄庸巨子",甚至杜撰黑幕小说攻击之。据徐一士《太炎琐话》记载:

> 林琴南(纾)所为小说《畏庐笔记》(民初所作),其《马公琴》一则有云:"客曰:……由考据而入古文,如某公者,从游不少,亦可云今日之豪

① 《章太炎全集·太炎文录初编》文录卷二,上海人民出版社,2014年,第171–172页。

杰。且吾读其文，光怪陆离，深入汉魏之域，子云相如不过如是。足下苟折节与交，沾其余沈，亦足知名于世。'生笑曰：'此真每下愈况矣。某公者，捋扯恒钉之学也。记性可云过人，然其所为文，非文也，取古子之文句，一一填入本文，如尼僧水田之衣，红绿参错照眼。又患其字之不古，则逐一取换，易常用之字以古字，令人迷惑怪骇，不敢质问，但惊曰博，私诧其奇。夫古人为文，焉有无意境义法可称绝作者。汉文之最宏丽者，无如《封禅文》，《典引》及《剧秦美新》，然细按之，皆有脉络可寻。即《三都》、《两京》之赋，中间亦有起伏接笋之笔。某氏但取其皮，不取其骨，一味狂奔。余恒拟为商舶之打货，大包巨篓，经苦力推跌而下，货重而舱震。又益以苦力之呼叫，似极喧腾，实则毫无意味。于是依草附木者尊如亚圣，排斥八家，并集矢于桐城矣。此种狂吠，明之震川固遭其厄。试问弇州晚年何以屈服于震川！天下文字，固有正宗，不能以护法弟子之呐喊，及报馆主笔之揄扬，即能为蜉蝣之撼也。'"

意有所指，似即谓太炎耳。然多非中肯之谈。太炎之文，虽非无可议及不可为训处，而大体无愧卓荦大手笔，固非林氏所能及也。至意境义法之说，章文格老气劲，义蕴闳深。不取摇曳生姿，而意境韵致自具。特未可以桐城义法绳之而已。林氏此论，对太炎加遗一矢。盖含有报复性质，太炎对林凤尝轻鄙也。①

《马公琴》虽云小说，但明眼人一看便知，几乎是照着章太炎的形象而写的。新文学革命兴起之后，他还写了《荆生》《妖梦》之类的小说来影射现实中的人物。如《荆生》登在 1919 年 2 月 17 日和 18 日的上海《新申报》上，其中以"田其美"影射陈独秀，以"金心异"影射"钱玄同"，以"狄莫"影射"胡适"。而《妖梦》中又以"元绪"影射蔡元培，以"田恒"影射陈独秀，以"秦二世"影射胡适，攻击他们推崇白话文，并且认为他们破坏了传统的伦理纲常，幻想着有如"罗睺罗王"的出现将这些新文化运动者置之死地。如此赤裸裸地用小说来攻击人，自是为世人所轻，加上章氏弟子众多，且在文学界与文化界多为名人，影响很大，这就更加难免招致他们对林纾的攻击了。林纾后来投靠军阀徐树铮，所作小说中颇有借武力而平文斗

---

① 徐一士：《一士类稿》，中华书局，2007 年，第 116－117 页。

之嫌，这种做法在学界很是招忌。所以，舒芜论之曰："于是，桐城派在'五四'时期的现实形象，便是仗着'两杆子'来把守大门：一是国人皆曰可杀的徐树铮的枪杆子（他另一只手也拿着批点《古文辞类纂》的笔杆子），一是行家所轻视的理细辞穷，胡搅蛮缠的林纾的笔杆子（他也恨不得亲手拿起枪杆子）。今天稍有科学和民主精神的论者，都应该承认当时新文化运动者说的'桐城谬种'，已经是很克制的说法。"①

更何况，林纾不是桐城传人，却莫名其妙地成了桐城文派的代言人，在新文化运动胜利之后，桐城文不仅已为明日黄花，而且成了旧文学、旧文化、旧思想的代表。尽管胡适有时候对桐城文尚有恕词，但也只是说它文章做得通而已，其实也就是说桐城文章还算浅易，不算难懂。更为关键的是，桐城文派在新文化运动之后虽然已不成派，但其传人其实还是很多，潜在影响还是很大，只是有的人积极投身到新文化运动中，有的人则墨守成规，在古文中自得其乐。我们看刘声木《桐城文学渊源考》中所网罗的人数之多便可见一斑。李详在与陈含光的信中也说道："自《论桐城派》一首，著于《国粹学报》，为海内仇视久矣。详所恨者，渠辈概不读书，专致意于起结伏应，守为义法，稍溢一分，不啻失父母之欢，犯大不敬。"② 他认为桐城派末流的弊病正在于"不读书"，也就是没有什么学问，所以喜欢讲什么"义法"，故弄玄虚，这与章太炎的看法完全一致。李详生于 1859 年，较章太炎年长近十岁，两人并无什么特殊关系。但李详与桐城派学者如马其昶、姚永概等人均有交往，且交情不薄。他认为马氏与他论文宗旨不同，但"尚有识见"，与崇尚六朝文学的孙德谦、古直等人自是惺惺相惜，称孙氏有"雅人深致"，对桐城学者姚永概也给予高评："桐城姚叔节解元，余游皖始识之。出示《慎宜轩笔记》稿本，考证经史，率于微眇处契勘。其味悠然以长，文笔之洁，又其后矣!"③ 可见李详并非对桐城文派有什么偏见，以为可以意见不同，不妨各有所好。但他对林纾却偏偏不予宽恕，每有呵斥之言。《论桐城派》似专为林氏而发，在与钱基博的信函中，他说："弟于姚郎中学问，亦所宗仰。但一世不求姚郎中（姚鼐）学问所出之途，惟执其选本，尊为金科玉条，更有畏庐（林纾）执戈而前，呵禁不祥，多方拥护，致类宋人捬搎义山之病，弟于是寻

---

① 舒芜：《"桐城谬种"问题之回顾》，《读书》1989 年第 11 期。
② 《李审言文集》，江苏古籍出版社，1988 年，第 1056 页。
③ 《愧生丛录》卷六，《李审言文集》，江苏古籍出版社，1988 年，第 560 页。

斧畏庐，伤其本根。"① 似乎林纾在不知深浅中闯入桐城文中，又莫名其妙地成了代表，只能东拉西扯，不知所云。而钱基博在回信中也说："畏庐文章，本非当家气局，褊浅又非能者。"② 看来，在"桐城派"为已死之虎时，很多学者其实并不愿加矢，只是林纾不断出面以所谓"义法"及桐城文的捍卫者自居，从而引起了新旧学人的反感与厌恶，这才招致当世学人的群殴。

另外，桐城文总是与"载道"联系在一起，崇尚文选学的旧式学人以其"不读书"而无学问底蕴厌弃之，新文学学人因重视思想革命与宣传效果，更是对所谓"文以载道"非常警惕，以其为旧文化与旧式文学的典型代表。周作人之所以不断地批判韩愈，其道理也正在此。而文选学在新文学运动者眼中自然也是旧思想、旧道德以及旧文学、旧文化的代表，所以在讨伐旧文化时，可以笼统地以"桐城谬种""选学妖孽"共同指称之。钱玄同第一次提出这个口号，在当时自是有革命意义，同时言辞激烈辛辣，又整齐上口，容易成为口号与标语。在五四新文化运动时期，出于策略性的考虑，这是很具有煽动性的口号。值得注意的是，傅斯年紧接着在《新青年》第 4 卷第 1 号上发表《文学革新申义》一文，对于桐城派作了仔细而深入的分析与批判，认为称其为"谬种"是非常适合的，"非过情之言也"。其云：

今世流行文派，得失可略得言。桐城家者，最不足观，循其义法，无适而可。言理则但见其庸讷而不畅微旨也；达情则但见其陈死而不移人情也；纪事则故意颠倒天然之次序，以为波澜，匿其实相，造作虚辞，曰不如是不足以动人也。故析理之文，桐城家不能为，则饰之曰：文学家固有异夫理学也。疏证之文，桐城家不能为，则饰之曰：文章家固有异夫朴学也。抒感之文，桐城家不能为，则饰之曰：古文家固有异夫骈体也。举文学范围内事，皆不能为，而忝颜曰文学家。其所谓文学之价值，可想而知。故学人一经瓣香桐城，富于思想者，思力不可见；博于学问者，学问无由彰；长于情感者，情感无所用；精于条理者，条理不能常。由桐城家之言，则奇思不可为训，学问反足为累。不崇思力，而性灵终归泯灭。不尚学问，而知识日益空疏。托辞曰："庸言之谨"，实则戕贼性灵以为文章耳。桐城嫡派无论矣，若其别支，则恽子居异才，曾涤生宏才，所成就者如此其微，固由于桎梏拘束，莫

---

① 《学制斋书札》上卷，《李审言文集》，江苏古籍出版社，1988 年，第 1050 页。
② 《学制斋书札》上卷，《李审言文集》，江苏古籍出版社，1988 年，第 1051 页。

由自拔。钱玄同先生以为"谬种"，盖非过情之言也。世有为桐城辩者，谓桐城义法，去泰去甚。明季末流文弊，一括而去之。余则应之曰：桐城遵循矩矱，自非张狂纷乱者所可诃责。然吾不知桐城之矩矱果何矩矱也。其为荡荡平平之矩矱，后人当遵之弗畔。若其为桎梏心灵戕贼性情之矩矱，岂不宜首先斩除乎？①

　　在所谓的旧学三大派中，西江派早已式微，无须加矢。而桐城派与文选派中，他只对桐城派作了比较全面的分析，几乎认为桐城派一无是处，既不能纪事，也不能抒情，既没有学问，也没有思想。这在今天看来，对桐城派自是有些过情之言，但当时则是文学革命的策略性需要，所以他认为称桐城派为"谬种"，"盖非过情之言也"。在此文中，他对骈文作过这样的分析：

　　中国本为单音之语文，故独有骈文之出产品。论其外观，修饰华丽，精美绝伦。用为流连光景凭吊物情之具，未尝无独到之长也。然此种文章，实难能而非可贵，又不适用于社会。将来文学趋势大迁，只有退居于"历史上艺术"之地位，等于鼎彝，供人玩好而已。且骈文有一大病根存，即导人伪言是也。模棱之词，含糊之言，以骈文达之，恰充其量。告言之文，多用骈体，利其情之易于伸缩，进退皆可也。今新文学之伟大精神，即在篇篇有明确之思想，句句有明确之义蕴，字字有明确之概念，明确而非含糊，即与骈文根本上不能相容。尚旨而不缛辞，又与骈文性质上渺不相涉。况含糊模棱，无信之词也。专用譬况，遁辞之常也。骈文之于人也，教之矜伐，诲之严饰，启其意气，泯其懿德。学之而情为所移，便将与鸟兽、草木、虫鱼为群，而不与斯人之徒相与。欲其有济于民生，作辅于社会，诚万不可能之事。而况六朝文人，多是薄行，鲜有令终。诵其诗，读其文，与之俱化。上焉者，发为游仙之想；中焉者，流成颓唐之气；下焉者，浸变淫哇之风。今欲崇诚信而益民德，写人生以济群类，将何用此骈体为也？②

　　他认为骈文在当时社会已经没有实用价值了，且易于饰以伪言，至多只

---

① 《傅斯年全集》第一卷，湖南教育出版社，2003年，第10–11页。
② 《傅斯年全集》第一卷，湖南教育出版社，2003年，第11页。

能居于"历史上艺术"之地位,但并没有对所谓的"选学妖孽"做什么深入的分析与批判。不知道他是否了解钱玄同当时所说的"选学妖孽"可能暗指黄侃,若知之,他是黄侃学生一辈的,自不便回应;若不知之,则恐因"选学"与"桐城"实有区别的缘故。不过,值得注意的是,在《文学革新申义》的最后,对于陈独秀与钱玄同所批判的三大旧文学流派,他是这样表述的:"平情论之,纵使今日中国犹在闭关之时,欧土文化犹未输入,民俗未丕变,政体未革新。而乡愿之桐城,淫哇之南社,死灰之闽派,横塞域中。独不当起而剪除,为末流文弊进一解乎!"①他似乎把"文选派"或"选学妖孽"换成了"南社"。这又使得"选学妖孽"之所指变得有些复杂了。

钱玄同第一次提出"选学妖孽"口号时,正值年轻气盛之际,又是他与黄侃关系最恶之时。他们俩虽然都是章太炎的弟子,却性格不合,脾气也较大,爆发过一些矛盾和口角。据当时在北大听过课的学生回忆说:"黄季刚先生教文学概论以《文心雕龙》为教本,著有《文心雕龙札记》。他抨击白话文不遗余力,每次上课必定对白话文痛骂一番,然后才开始讲课。五十分钟上课时间,大约有三十分钟要用在骂白话文上面。他骂的对象为胡适之、沈尹默、钱玄同几位先生。他嘲笑新诗,他讥评沈忘恩负义,他骂钱尤为刻毒。他说:他一夜之发现,为钱赚得一辈子之生活。他说:他在上海穷一夜之力,发现古音二十八部,而钱在北大所讲授之文字学就是他一夜所发现的东西。"②后来周作人回忆,两人确实争吵过,甚至不止一次。而且,能够有资格成为"选学妖孽"的,在当时有影响、有成就、好骂人,对钱氏了解较深者,也确实只有黄侃。黄侃早年也积极投身革命,此时则专注于学术研究,且在北京大学讲授"文心雕龙"等课程,对于六朝学术《文选》等有较深的研究与理解,还坚持文言写作。就在新文化运动如火如荼的1918年,黄侃写了一首《北海怀古》的词,其中有"何年翠辇重归"之句,《新青年》编辑中有人认为这恐怕是某些"遗老""遗少"式的人物所写,似乎有希望"复辟"之意,这引起黄侃极大的不满与愤怒。钱玄同借此话题,在1919年3月15日《新青年》第6卷第3号上以"玄同"之名发了一篇较长的"随感录":

　　昨天在一本杂志上,看见某先生填的一首词,起头几句道:"故国颎阳,

---

① 《傅斯年全集》第一卷,湖南教育出版社,2003年,第13页。
② 杨亮功:《早期三十年的教学生活　五四》,黄山书社,2008年,第22页。

坏宫芳草，秋燕似客谁依？箝咽严城，漏停高阁，何年翠辇重归？"我是不研究旧文学的，这首词里有没有什么深远的意思，我却不管。不过照字面来看，这"故国颓阳，坏宫芳草"两句，有点像"遗老"的口吻；"何年翠辇重归"一句，似乎有希望"复辟"的意思。我和几个朋友谈起这话，他们都说我没有猜错。照这样看来，填这首词的人，大概总是"遗老""遗少"一流人物了。

可是这话说得很不对；因为我认得填这首词的某先生；某先生的确不是"遗老""遗少"，并且还是同盟会里的老革命党。我还记得距今十一年前，这位某先生的这一篇文章，其中有几句道："借使皇天右汉，俾其克绩旧服，斯为吾曹莫大之欣。"

当初希望"绩旧服"，现在又来希望"翠辇重归"，无论如何说法，这前后的议论总该算是矛盾罢。

有人说："大约这位某先生今昔的见解不同了。"我说：这话也不对。我知道这位某先生当初做革命党，的确是真心；但是现在也的确没有变节。不过他的眼界很高，对于一班创造民国的人，总不能满意，常常要讥刺他们。他自己对于"选学"工夫又用得很深；因此对于我们这班主张国语文学的人，更是嫉之如仇。去年春天，我看他有几句文章道：

"今世妄人，耻其不学。己既生而无目，遂乃憎人之明；己则陷于横溷，因复援人入水；谓文以不典为宗，词以通俗为贵；假于殊俗之论，以陵前古之师；无愧无惭，如虀如沸。此真庚子山所以为'驴鸣狗吠'，颜介所以为'强事饰辞'者也。"

但是这种嬉笑怒骂，都不过是名士应有的派头。他决非因为眷恋清廷，才来讥刺创造民国的人；他更非附和林纾、樊增祥这班"文理不通的大文豪"，才来骂主张国语文学的人。我深晓得他近来的状况，我敢保他现在的确是民国的国民，决不是想做一"遗老"，也决不是抱住"遗老"的腿想做"遗少"。

那么，何以这首词里有这样的口气呢？

这并不难懂。这个理由，简单几句话就说得明白的，就是：中国旧文学的格局和用字之类，据说都有一定的"谱"的。做某派的文章，做某体的文章，必须按"谱"填写，才能做得像。像了，就好了。要是不像，那就凭你文情深厚，用字的当，声调铿锵，还是不行，总以"旁门左道""野狐禅"

论。——所谓像者，是像什么呢？原来是像这派文章的祖师。比如做骈文，一定要像《文选》；做桐城派的古文，一定要像唐宋八大家；学周秦诸子，一定要有几个不认得的字，和佶屈聱牙很难读的句子。要是做桐城派古文的人用上几句《文选》的句调，或做骈文的人用上几句八家的句调，那就不像了；不像，就不对了。——这位某先生就是很守这戒律的。他看见从前填词的人对于古迹，总有几句感慨怀旧的话；他这首词意的说明，是："晚经五棵桥……因和梦窗'西湖先贤堂感旧'韵，以写伤今怀往之情"，即当然要用"故国……"这些字样才能像啊！

有人说："像虽像了，但是和他所抱的宗旨不是相反对吗？"我说：这是新文学和旧文学旨趣不同的缘故：新文学以真为要义，旧文学以像为要义。既然以像为要义，那便除了取销自己，求像古人，是没有别的办法了。比如现在有人要造钟鼎，自非照那真钟鼎上的古文"依样葫芦"不可。要是把现行的楷书行书草书刻上去，不是不像个钟鼎了吗？①

这一大段话说得不卑不亢，语气也很平常，却不难体会出其中的讥讽之意。这只能说明两人此时情感上的破裂与相互不满。当然，钱玄同也确实是深知黄侃的，所以称其为同盟会的老革命党，不会是"遗老""遗少"一类人物，这倒是真心的。黄侃逝世后，钱玄同写了一副挽联曰："小学本师传，更绌绎韵纽源流，黾勉求之，于古音独明其真谛。文章宗六代，专致力沉思翰藻，如何不淑，吾同门遽丧此隽才！"发表于1936年1月《制言》第7期，并加说明："与季刚自己酉年订交，至今已二十有六载，平日因性情不合，时有违言。惟民国四、五年间商量音韵，最为契合。二十一年之春，于余杭师座中一言不合，竟致斗口。岂期此别，竟成永诀！"② 这说明两人之间的矛盾是公开而真实的，而钱玄同对黄侃的评价也是客观的。所以，钱玄同在一时情绪的感染下，以"选学妖孽"暗指黄侃当是十分可能的。

况且，在新文学革命初期，为了这项革命运动的受关注与成功，陈独秀等人是宁愿把话说得过分一些，是一种策略性的需要，当然也是可以理解的。实则他本人对于选学与骈文及其学者并无敌意，当他任国立师大系主任时，还聘请高步瀛来讲授骈文。钱玄同也是如此，为了当时文学革命的策略需要，

---

① 《钱玄同文集》第二卷，中国人民大学出版社，1999年，第23－26页。
② 《钱玄同文集》第二卷，中国人民大学出版社，1999年，第333页。

他将此两个影响最大的学术流派并列而咒骂，并且正好又各自有一个影射对象可以作为咒骂的代表，又何乐而不为。但他可能没有预料到这个口号会大获成功与大受欢迎，于是，趁着五四新文学革命的强劲之势，在《新青年》上干脆一鼓作气，又几次使用"桐城谬种"与"选学妖孽"。先看看他后来几次提及的这个口号：

选学妖孽所尊崇之六朝文，桐城谬种所尊崇之唐宋文，则实在不必选读。（学周秦两汉者，其人尚少，间或有之，亦尚无选学妖孽，桐城谬种之臭架子，故尚不讨厌。）（《新青年》第3卷第5号）

而彼选学妖孽与桐城谬种，方欲以不通之典故，与肉麻之句调戕贼吾青年。（《新青年》第3卷第6号）

玄同对于用白话说理抒情，极端造成独秀先生之说，亦以为"其是非甚明，必不容反对者有讨论之余地，必以吾辈所主张者为绝对之是，而不容他人之匡正。"此等论调，虽若过悍，然对于迂谬不化之选学妖孽与桐城谬种，实不能不以如此严厉面目加之。（《新青年》第3卷第6号）

目桐城为谬种，选学为妖孽。（《新青年》第4卷第3号）

除了那选学妖孽，桐城谬种，要利用此等文字，显其能做"骈文""古文"之大本领者，殆无不感现行汉字之拙劣。（《新青年》第4卷第4号）

至于"桐城派"与"选学家"，其为有害文学之毒菌，更烈于八股试帖，及淫书秽画。（《新青年》第4卷第6号）

这是他在五四时期一直坚持不变的话语。最后一例，虽然没有使用"谬种"与"妖孽"的语词，但批判的锋芒毫不逊色。但是，在这些语境中，我们细细体味，已经不是单指林、黄个人了，否则也就纯粹成了个人恩怨的发泄，从而有缺乏涵养之嫌，更没有了宣传的革命意义。很明显，他已经将此两者类型化了，作为旧思想、旧文化与旧文学的典型代表来进行批判。在新文化运动已彻底胜利，启蒙运动亦已完成，白话文已成为通用语言的情况下，钱玄同还是坚持这个口号，其实是对自己五四时期历史功绩的自矜与追忆。五四之后的1934年，周作人作《五十自寿诗》，钱玄同本年1月22日给周氏一封信，率先和之，诗云："但乐无家不出家，不叛佛教没袈裟。腐心桐选诛邪鬼，切齿纲伦打毒蛇。读史敢言无舜禹，谈音尚欲析遮麻。寒霄凛冽怀三友，蜜桔酥糖普洱茶。"诗后说："我诌了五十六字自嘲，火气太大，不像诗而像标语，真要叫人齿冷。"① 过几天又给周作人一封信，将上首诗中的"佛教"改为"佛法"，"腐心"改为"推翻"，"切齿"改为"打倒"。这个时期，钱玄同已经退而为理性宁静的学者，没有五四时期那样年轻气盛了，所以对于自己这种口号标语式的语言觉得有些"火气太大"，聊以自嘲。其实，与五四时期相比，他这时候的火气已经不是太大了。只是，他之所以继续坚持这个口号，还是觉得"桐""选"两者是"邪鬼"，是与旧的纲常伦理密切联系的，所以需要去"诛"，去"打"。鲁迅作为新文化运动的积极参与者，对此口号的来龙去脉及其蕴含自然是清楚的，所以后来也说："五四时代的所谓'桐城谬种'和'选学妖孽'，是指做'载飞载鸣'的文章和抱住《文选》寻字汇的人们的，而某一种人确也是这一流，形容惬当，所以这名目的流传也较为永久。"② "载飞载鸣"的文章本来指的是严复，但这里也并非单指严氏个人，而是"某一种人"的群体性称呼了。五四之后，桐城派末流尚有势力，为肃清其影响，新文化运动者自是提高警惕，不断批判之。至于"选学"，五四之后，白话文成为日常语言，已无须批判了，本身也没有可以作为典型代表的个体，况且，当初高喊"选学妖孽"，痛恨的只是骈体文的对偶辞藻与喜欢用典。在1912年至1919年之间，骈文也曾出现过一次小高潮。那个时期是社会权力的真空之际，社会上许多人看不清前途，出现一种感伤情绪，往往留恋于旧式的美，骈文形式之美正好被当作精神鸦片，甚至出现过以骈体文写小说这种奇怪的文学现象。刘纳《嬗变——辛亥革命时期至五四时期的中国文学》一书多所述之，并评论说："（胡适甚至作出了"骈体文有欠文明"的结论。）胡适的阐释和结论或许有些匪夷所思，我们却能从中知道，胡适等五四先驱是把骈文作为古典文学的代表来看待的。作为中国古典文学的一个独特品种，骈文确实反映着古典文学的某些被发展到了极致的特征。这样，我们便能理解五四先驱对骈文的贬斥，也能理解1912—1919年间文人们对骈文的偏爱。已经感受到古典文学仅剩落日余晖的人们不约而同地表现出了对古典词语美的慕恋和依恋，他们将剩余的才情赋予最具古典特色

---

① 《钱玄同文集》第六卷，中国人民大学出版社，1999年，第81页。
② 鲁迅：《五论"文人相轻"——明术》，《鲁迅全集》第6卷，人民文学出版社，2005年，第396页。

的文体，去实现对古典性审美情趣的难以割舍的追求。"① 南社中人物也有这种倾向，不但表现在他们的文学创作中，甚至也体现在其行为上的颓废。这样看来，傅斯年以"淫哇之南社"来替代"选学"，恐怕就不仅仅是"为尊者讳"的缘故了，也有其现实的依据。

在这个特殊时期，以感伤式的审美留恋过去，出现骈文小说这类怪物，称之为"妖孽"其实也不为过。这当然也就不再单指一个个体的人了。所以，钱玄同第一次提出的"选学妖孽"暗射黄侃只是个人恩怨的纠结，其他人即使明知也不会认同。因为黄侃虽然喜欢《文选》和骈体文，但本身并不守旧，也曾经为推翻清政府而做过积极的革命工作，自己学问也好，个人品行道德也好，在学界地位也高，其治学的路径其实也是现代性的，完全与时代节拍同奏，不可能是旧学派和旧文学的代表。这样，五四之后，骈体文作为文学主流早已退出时代，也没有什么代表性的人物了，如果还不断地批判什么"选学妖孽"，就好像挥拳击空，完全找不到目标。而且，骈体文作为"选学"的特征，往往在某些特殊时刻还能够派上用场。特别是"选学"讲究辞藻，六朝文章用语亦颇谨严而华美，至少可以作为基础的语文训练而使用。1923年，在新文化运动高涨且新文学革命已然成功之际，沈石民为王文濡《骈体文作法》作序，或许顾忌到社会上对旧体骈文的看法，他先对骈文与散文的发展作了简单交代，然后强调当今之世骈文仍不可废，说："唐以前，文无骈散之分也。自韩愈氏出，起衰八代，号为古文，学者乃区六朝为骈文，于是骈文之势力，远不及散文之高张。因陋就简之流，利散文之可以空疏应也，至诋研究骈文为玩物丧志。一孔之论，岂得为乎？夫绚空有星日之耀，绣壤有草木之观；文章之道，发于自然，唐开博物宏词科，试文多为骈体，宋则增至十二体，上而诏、诰、制书，下而赞、颂、记、序，无一非妃四俪六之词。元明文学退化，骈文渐至衰歇，然亦有一二作家，为之维持于不坠。至清则以骈文名家者，指不胜屈，彬彬郁郁，洵足绍六朝而轶唐宋。近者公家文移、社会应酬，竞尚此体；揆诸前范，偭越良多。莘莘学子，于何取法？本局有鉴于此，爰请骈文专家数人，于精选历代骈文读本外，特编此书。"② 他认为"近者公家文移、社会应酬，竞尚此体"，也就是说骈文还有现实功

① 刘纳：《嬗变——辛亥革命时期至五四时期的中国文学》，中国人民大学出版社，2010年，第159页。

② 余祖坤编：《历代文话续编》，凤凰出版社，2013年，第1169页。

用，因而编为此书，乃是为了让后生学子有所借鉴与取法。这就无怪乎施蛰存于1933年为文学青年们进行写作指导时，劝他们可以读一读《庄子》和《文选》。当然，他本来只是强调古代文学和语言辞藻对青年写作的意义，可能没有全面地考虑这个建议的效果，以至于引来鲁迅的警惕与批评。

作为新文学革命和新文化运动的积极分子，鲁迅自己虽然很喜欢魏晋文学，并在自己的文章创作中可以见出其影响，但对旧文学、旧文化的复辟却始终保持着高度警惕。所以，在施蛰存这个建议后，他马上以"丰之余"的笔名于1933年10月6日的《申报·自由谈》上发表《感旧》一文，提醒人们说："近来有一句常谈，是'旧瓶不能装新酒'。这其实是不确的。旧瓶可以装新酒，新瓶也可以装旧酒，倘若不信，将一瓶五加皮和一瓶白兰地互换起来试试看，五加皮装在白兰地瓶子里，也还是五加皮。这一种简单的试验，不但明示着'五更调''攒十字'的格调，也可以放进新的内容去，且又证实了新式青年的躯壳里，大可以埋伏下'桐城谬种'或'选学妖孽'的喽罗。"①

文章刊发的第三天，施蛰存马上在《申报·自由谈》上作了回复：

现在我并不想对于丰先生有什么辩难，我只想趁此机会替自己作一个解释。

第一，我应当说明我为什么希望青年人读《庄子》和《文选》。近数年来，我的生活，从国文教师转到编杂志，与青年人的文章接触的机会实在太多了。我总感觉到这些青年人的文章太拙直，字汇太少，所以在《大晚报》编辑寄来的狭狭的行格里推荐了这两部书。我以为从这两部书中可以参悟一点做文章的方法，同时也可以扩大一点字汇（虽然其中有许多字是已死了的）。但是我当然并不希望青年人都去做《庄子》、《文选》一类的"古文"。

第二，我应当说明我只是希望有志于文学的青年能够读一读这两部书。我以为每一个文学者必须要有所借助于他上代的文学，我不懂得"新文学"和"旧文学"这中间究竟是以何者为分界的。在文学上，我以为"旧瓶装新酒"与"新瓶装旧酒"这譬喻是不对的。倘若我们把一个人的文学修养比之为酒，那么我们可以这样说：酒瓶的新旧没有关系，但这酒必须是酿造出

---

① 鲁迅：《重三感旧》，《鲁迅全集》第5卷，人民文学出版社，2005年，第343页。

来的。

我劝文学青年读《庄子》与《文选》，目的在要他们"酿造"，倘若《大晚报》编辑寄来的表格再宽阔一点的话，我是想再多写几部书进去的。

这里，我们不妨举鲁迅先生来说，像鲁迅先生那样的新文学家，似乎可以算是十足的新瓶了。但是他的酒呢？纯粹的白兰地吗？我就不能相信。没有经过古文学的修养，鲁迅先生的新文章决不会写到现在那样好。所以，我敢说：在鲁迅先生那样的瓶子里，也免不了有许多五加皮或绍兴老酒的成分。①

就这件事本身来说，施蛰存的辩解不无道理，他也看出了鲁迅自己文章中内含的"古文学的修养"。而鲁迅的着眼点并不在此，他与钱玄同一样，关注的乃是从"文学革命"到"思想革命"，后者则尤其重要。所以后来周作人便说："鲁迅对于文学革命即是改写白话文的问题当时无甚兴趣，可是对于思想革命却看得极重，……钱君也是主张文学革命的，可是他的最大的志愿如他自己所说，乃是'打倒纲伦斩毒蛇'，这与鲁迅的意思正是一致的，所以简单的一场话便发生了效力了。"②

施蛰存关注的是文学青年们的用语与词汇问题，鲁迅则是警惕旧思想旧文化的卷土重来以及对青年们的不良影响。而周作人对此十分清楚，并且，他在五四时期提倡"平民文学"和"人的文学"，对于旧的思想文化当然也是持批判态度的，但他对于时过境迁后的选学与骈偶，意见倒也与施蛰存相仿，所以也说过："至于骈偶倒不妨设法利用，因为白话的语汇少欠丰富，句法也易陷于单调，从汉字的特质上去找出一点妆饰性来，如能用得适合，或者能使营养不良的文章增点血色，亦未可知。……假如能够将骈文的精华应用一点到白话文里去，我们一定可以写出比现在更好的文章来。"③ 又曾说道："我们一面不赞成现代人的作骈文律诗，但也并不忽视国语中字义声音两重的对偶的可能性，觉得骈律的发达正是运命的必然，非全由于人为，……这个

---

① 原载《申报·自由谈》1933 年 10 月 8 日，此据《鲁迅全集》第 5 卷附录，人民文学出版社，2005 年，第 348－349 页。

② 周作人：《鲁迅的故家》，河北教育出版社，2002 年，第 355－356 页。

③ 周作人：《药堂杂文·汉文学的传统》，原刊于 1940 年 5 月 1 日《中国文艺》第 2 卷第 3 期，此据钟叔河编订：《周作人散文全集》第八卷，广西师范大学出版社，2009 年，第 413 页。

自然的倾向也大可以利用，炼成音乐与色彩的言语，只要不以词害意就好了。"① 正是由于骈文和选学还有现代利用的价值，也没有某个旧式学人拼命维护之，以与新文学革命为敌，只要它"不以词害意"，不妨碍"文学革命"和"思想革命"，便不妨"旧瓶装新酒"。所以，五四之后的学人对此多有恕词。其实，即使是五四文学革命正酣之时，革命态度坚决如陈独秀，他将桐城三祖视为"妖魔"，但对选学的重要特征——骈文与用典其实也并不反感，或者还没有意识到这些有什么害处。在 1916 年 12 月《新青年》第 2 卷第 4号的"通信"栏目的《答常乃德》中，他说："惟鄙意固不承认文以载道之说，而以为文学美文之为美，却不在骈体与用典也。结构之佳，择词之丽，（自注：即俗语亦丽，非必骈与典也。）文气之清新，表情之真切而动人，此四者，其为文学美文之要素乎？应用之文，以理为主；文学之文，以情为主。骈文用典，每易束缚情性，牵强失真。六朝之文，美则美矣，即犯此病。后人再蹈为之，将日惟神话妄言是务；文学之天才与性情，必因以汨没也。又如足下所谓高文典册颂功扬德之文，二十世纪之世界，其或可以已乎？行文偶尔用典，本不必遮禁。胡君所云，乃为世之有意用典者发愤而道耳。"② 虽然出于文学革命的需要，他不提倡骈文与用典，但并不否认美文的价值，还认为行文"偶尔用典，本不必遮禁"。对于胡适的文学主张，他自是支持，同时也解释了胡氏为什么对于骈文与用典态度的策略性的需要。

正是由于桐城文与选文之间的这些差异，决定了"桐城谬种"和"选学妖孽"不同的历史命运。在当初北大内部"选学派"与"桐城派"之争中，"选学派"何以大获全胜，对此，陈平原教授解释说："对比刘、黄与林、姚在北大的同类讲义，前者推崇六朝，后者独尊唐宋；前者学养丰厚，后者体会深入，本该各有千秋。可为何前者一路凯歌，而后者兵败如山倒？除了时局的变迁、人事的集合，更有两点值得注意：一是六朝的文章趣味与其时刚传入的西方文学观念比较容易会通；二是朴学家的思路与作为大学课程兼著述体例的'文学史'比较容易契合。因而，此后几十年的'中国文学史学'，走的基本上是刘、黄而不是林、姚的路子。"③ 其实，这不仅可以解释当时的

---

① 周作人：《自己的园地·国粹与欧化》，原刊于 1922 年 2 月 12 日《晨报副镌》，此据钟叔河编订：《周作人散文全集》第二卷，广西师范大学出版社，2009 年，第 517 页。
② 任建树等编：《陈独秀著作选》第一册，上海人民出版社，1984 年，第 250 页。
③ 陈平原：《作为学科的文学史》，北京大学出版社，2011 年，第 21－22 页。

两派之争，也可以解释"桐城谬种"与"选学妖孽"同时作为旧文化却得到不同历史命运的原因。只是，这两种不同的历史命运，又因其蕴含的特征不同以及偶然的个人因素，将必然的原因变成有些偶然的因素。也就是："桐城谬种"因被讥为"无学问"而失去语文利用的价值，又因将"文"与"道"联系在一起，成了旧思想文化的典型代表，还因林纾在当时的表现为学界群殴，所作所为引起不少新旧学人的反感；而"选学妖孽"却因在辞藻与语汇上尚有可利用的剩余价值，也没有什么代表人物令人反感，反而因六朝学中本身的思想解放与人格自由容易得到认同。于是，"桐城谬种"与"选学妖孽"的不同历史命运，既有必然的自身因子，也有偶然的个人因素。

第三节　"文艺复兴"："文学自觉"与 "人的觉醒"的联想及推衍

自西学东渐，大批学者出国，了解了整个世界大势，用西方文化来看待与审视中国文化，特别希望将西方人文精神中对当时现实有用的文化介绍进来。这其中，除了进化论、丹纳艺术三要素等之外，最为典型的当是清末民初对"文艺复兴"的理解。文艺复兴，本是十四世纪从意大利兴起的一股人文思潮，出现了一大批文学与艺术方面的天才人物，如但丁、米开朗基罗等，后来逐渐扩散到整个欧洲。他们以文学或艺术创作，冲破了欧洲中世纪的神学统治。这种思潮迅速席卷了整个欧洲，给西方文化带来了新的飞跃式的变化。其最重要的特征便是，强调人文精神，注重人的觉醒，特别是承认人的感性生活的意义与价值，尊重人权与个性。意大利文艺复兴的时间，正是中国明朝时期。那个时候，虽然明末也有利玛窦等人来到中国，明代徐光启等人也曾了解西学的一部分，但还不可能全面接受这些。清代的前中期基本上处于闭关锁国状态，以"天朝"自居，更不会受到文艺复兴的影响。只有到了清末民初，尤其是新文化运动兴起时，一些学者认为中国需要进行一场启蒙运动时，西方文艺复兴的概念正好与此相契合，于是，他们惊奇地发现，中国原来也有"文艺复兴"。但由于"文艺复兴"是个纯粹的外来概念，国人对它的理解也不尽相同。

文艺复兴对西方文化或者说对整个人类文化的重要贡献在于人文主义与

人文精神。顾毓琇论曰："根据一种定义，文艺复兴是古代文化的再生，尤其是古代思想方式、人生方式、艺术方式的再生。在欧洲所谓古代文化，主要的是指希腊。1204 年，君士坦丁堡为十字军占领，西方学者始得窥希腊的宝藏。后来诗人但丁和小说家薄伽丘都热心提倡希腊文学。1453 年君士坦丁堡陷落，许多古典学者逃亡意大利，意大利乃成了近代文艺复兴的大本营。在18 世纪后半叶，古典雕刻、古典艺术史、古典艺术理论，都经学者重新整理出来。到 19 世纪前半叶，古典建筑亦经发掘。文艺复兴运动主要的收获，是探知了希腊古代文化之最内在、最永久的部分。这就是人性之调和，自然与理性之合而为一，精神与肉体之应当并重，善即在美之中，人格必须完善等等。总起来说，就是人文主义（Humanism）——健康、和谐、完善、充实。"[①] 文艺复兴之对待历史文化，本有两个向度，一个向前，一个往后。向前，即是"复古"，从前代的传统文化中寻找精神资源；往后，即是创新，重估一切价值，打破传统，拥抱新的文化。

清末民初，一些热心寻找救国救世良方的知识分子，正是在内忧外患的局面下了解并接受文艺复兴。正如论者所云："中国知识分子最初之所以对意大利文艺复兴进行观摩、译介和研究，与中华文明在 19 世纪末 20 世纪初遭遇的危机息息相关。被迫打开眼界的知识分子意识到，危机乃是由于西方各民族通过一项名为'文艺复兴'（Renaissance）的运动先于东方步入近代文明；而彼时的中国，相比之下不仅国力衰颓，而且深处内忧外患的零散局面。所以一开始，'文艺复兴'就是作为一种他者的文明系统被引入的，学人们以此为参照，谋求同等效果的振兴。"[②] 由于"文艺复兴"本身具有向前看——回归古典文化的意蕴，作为深受中国传统文化影响且对西方"文艺复兴"似懂非懂的知识分子而言，他们首先想到的乃是"古学复兴"。钱玄同在 1918年 7 月 15 日《新青年》第 5 卷第 1 号发表的一篇"随感录"中说："两三个月以来，北京的戏剧忽然大流行昆曲；听说这位昆曲大家叫做韩世昌。自从他来了，于是有一班人都说，'好了，中国的戏剧进步了，文艺复兴的时期到了。'我说，这真是梦话。"[③] 于此可以看出当时的民众包括大多数知识阶层

---

① 顾毓琇：《中国的文艺复兴》，科学出版社，2011 年，第 6 页。

② 高薪：《他者的想象——意大利文艺复兴在中国（1840—2000）》，周宪、乔纳森·纳尔逊主编：《意大利文艺复兴与中国》，中国社会科学出版社，2017 年，第 62 页。

③ 《钱玄同文集》第二卷，中国人民大学出版社，1999 年，第 13 页。

对于"文艺复兴"的认识还是处于比较浅层的阶段。

中国的知识分子，在清末民初的特定时期，在五四新文化运动之前，"古学复兴"意味着从传统的学术文化中寻找切合当今现实的资源。"古学复兴"很容易使我们联想到晚清国粹派的主张。事实上，晚清国粹派正是希望通过对"国粹""古学"的复兴来达到新文化的建设。对此，郑师渠教授论曰："国粹派是革命派队伍中的一个派别。他们多是一些具有传统学术根柢的资产阶级小资产阶级知识分子，不仅主张从中国的历史与文化中汲取精灵，以增强排满革命宣传的魅力；而且强调在效法西方改革中国政治的同时，必须立足于复兴中国固有文化。所以，他们一身二任：既是激烈的排满革命派，又是热衷于重新整理和研究传统学术、推动其近代化著名的国学大家。他们追求中国社会的民主化，但更关切传统文化的命运，孜孜以复兴中国文化自任。也惟其如此，他们倡言的国粹思潮不是独立的思潮，而是民主革命思潮的一部分；只是因经受中国历史文化更多的折光，而呈现出古色古香独异的色彩罢了。"[1] 国学保存会的成立和《国粹学报》的出版便是这样的产物。《国粹学报》的两位主编邓实、黄节也都曾在刊物上撰文表达过这个意思。邓实在《国粹学报》上撰《古学复兴论》说："道咸至今，学者之爱读诸子，尊崇诸子，不谋而合，学风所转，各改旧日歧视之观。其解释诸子之书，亦日多一日，或甄明诂故，或论断得失，或发挥新理，如孙氏（诒让）之《墨子间诂》、俞氏（樾）之《诸子平议》、刘氏（师培）之《周末学术史》，其著也。"[2] 这里的"古学"相当于后来的"国学"，亦即中国传统文化中的精华部分。由于急于复兴"古学"，当时的知识阶层还不可能对"古学"的内涵作明确的表述，只是根据每个人对传统文化的理解，希望从中找到"复兴"和可以继承的部分，所谓"发潜德之幽光"，因此，在"文艺复兴"的感召之下，"复兴"的内容可以各不相同。邓实与《国粹学报》诸子所尚的"周秦学派"，欲借先秦诸子的自由思想与智慧，为当日创造"百家争鸣"的自由环境，从而各抒己见。章太炎既重视先秦诸子，亦欲"使魏晋诸贤尚在，可与对谈"。[3]

① 郑师渠：《晚清国粹派思想文化研究》，北京师范大学出版社，2014 年，第 8 页。
② 邓实：《古学复兴论》，《国粹学报》第 3 册，广陵书社，2006 年，第 115 页。
③ 章太炎：《致国粹学报社》，《国粹学报》第 11 册，广陵书社，2006 年，第 7490 页。

　　黄节在《国粹学报叙》解释他们创立此报的动机与初衷，其中云："同人痛国之不立，而学之日亡也，于是瞻天与火，类族辨物，创为《国粹学报》一编，以告海内曰：昔者欧洲十字军东征，驰贵族之权，削封建之制，载吾东方之文物以归。于时，意大利文学复兴，达泰氏以国文著述，而欧洲教育遂进文明。昔者，日本维新，归藩覆幕，举国风靡，于时欧化主义，浩浩滔天，三宅雄次郎、志贺重昂等撰杂志，倡国粹保全，而日本主义卒以成立。"①他明确地将"保存国粹"与意大利"文艺复兴"以及日本的明治维新进行类比，其目的当然是通过国粹的保存与复兴以强大国家。事实上，日本明治维新也是学习了西方的先进文化而获得成功，这也使清末民初中国的知识分子受到很大的启发，更让他们产生了一种紧张感与迫切感。"国粹"的概念也是借鉴日本而来，许多关于"文艺复兴"的知识其实也是通过日本的第二手材料。对此，葛兆光是这样论述的：

　　由于明治日本的成功崛起，也因为人们相仿"文艺复兴"是"走向近代"的必经之路，因而日本的这一文化策略，似乎可以作为东亚诸国在废墟中崛起的共同方略，给了东亚各国知识分子很大刺激。曾在日本居住并且常常经由日本转手引进西方思想的中国思想家，如梁启超、章太炎等，都是明治中期之后才到日本的，所以，在接受日本转手的西方文化同时，也受到明治中期以后日本这一思潮之影响，把"文艺复兴"历史理解的重心，放在基于欧洲近代史的一个事实上，这就是欧洲文艺复兴之兴起，在于重回希腊罗马古典世界。他们相信，通过中古之前的古典文献和古典艺术的再发现，可以超越笼罩和压抑思想文化的中世纪神学时代，同时也可以保存本国的文化传统，所谓"中世纪神学时代"的一个特征，据他们的理解，就是思想、信仰、政治与社会的垄断性和整体化。所以，梁启超1902年在《论学术势力左右世界》中说，"凡稍治史学者，度无不知近世文明先导之两原因，即十字军东征与希腊古学复兴是也"；而刘师培也指出，中国应当像欧洲那样发掘和保存古典，也应当像日本那样用古代智慧一面变制更新，一面延续传统，"欧民振兴之机，肇于古学复兴之世；倭人革新之端，启于尊王攘夷之礼。"（刘师培：《论中国应建设藏书楼》，《国粹学报》第7期。）为此，当时的很多学

---

① 《国粹学报》第3册，广陵书社，2006年，第10页。

者，如康有为、梁启超、章太炎、马君武、邓实、黄节、刘师培，无论是尊崇今文还是古文，无论是所谓"保皇派"还是"革命派"，都大体上赞同这个看法。因此在学术史上，他们往往把重视考据、诠释古典、批判宋学（中世纪神学）的清代学术，和欧洲重返希腊罗马古典的"文艺复兴"类比。[①]

1902 年，梁启超撰《论中国学术思想变迁之大势》时，似乎还没有把文艺复兴与中国某个朝代相类比，直到 1904 年，他为上书补写《近世之学术》一节时，认为"本朝学者以实事求是为学鹄，颇饶有科学的精神，而更辅以分业的组织；惜乎其用不广，而仅寄诸琐琐之考据"。[②] 对于日本明治维新之成功得益于西学，他表示思想界大有贡献，因而对当今中国思想界之沉闷表示常常的遗憾。此中已开始将欧洲文艺复兴与清学相比拟。1920 年为蒋方震《欧洲文艺复兴史》作序，因序言太长而后单行为著名的《清代学术概论》，至此而观点更为明确，说："'清代思潮'果何物耶？简单言之：则对于宋明理学之一大反动，而以'复古'为其职志者也。其动机及其内容，皆与欧洲之'文艺复兴'绝相类。而欧洲当'文艺复兴期'经过以后所发生之新影响，则我国今日正见端焉。"[③] 他将清代汉学的"复古"与欧洲文艺复兴相类比，朱维铮认为可能是受到章太炎的影响。因为两人在日本曾有过密切的合作与学术交流，虽然后来分道扬镳，但相互间的影响还是存在的。所以朱维铮说："人所共知，'保存国粹'说，在清末民初曾颇为风行。'国粹'一词，是明治维新后日本学人造作的。首先将它引进中国的是谁？或以为是梁启超，则尚待考证。一九〇二年秋天，梁启超有创办《国学报》的计划，他的理由是'养成国民，当以保国粹为主，取旧学磨洗而光大之。'这论调同梁启超以往憎恶'旧学'即清代汉学的说法完全相反，而酷肖章太炎的口吻。这个计划，受到黄遵宪的反对而胎死腹中，但仍由章太炎力倡，而在一九〇五年'国学保存会'创办的《国粹学报》刊行，才得以实现。十八年后梁启超在《清代学术概论》中，将清代汉学表征的'复古'思潮，比作欧洲的'文艺复兴'，其实也是由章太炎在清末首唱，并由《国粹学报》的主将刘师培等多

① 葛兆光：《一个历史事件的旅行——"文艺复兴"在东亚近代思想和学术中的影响》，周宪、乔纳森·纳尔逊主编：《意大利文艺复兴与中国》，中国社会科学出版社，2017 年，第 18－20 页。
② 刘梦溪主编：《中国现代学术经典·梁启超卷》，河北教育出版社，1996 年，第 100 页。
③ 梁启超：《清代学术概论》，上海古籍出版社，1998 年，第 3 页。

方发挥过的意思。"① 但章太炎的"文学复古"所"复"绝不是清代文学与学术,而是萧梁时期梁武帝之前的"古",不是简单的"复古主义"。所以朱维铮先生在论证其《訄书》修订时说:"'文学复古'是外来语,后来被通译为'文艺复兴'。章炳麟何时对意大利的文艺复兴运动史发生兴趣? 尚待考证。但他被清末最热衷于在中国实现意大利式'文艺复兴'的一派学者,视作精神领袖,则由一九〇五年二月在上海创刊的《国粹学报》,提供了明证。那以后章炳麟一再把他'提倡国粹',与意大利的'文学复古'相比拟,更是直接证明。"②

事实上,中国的文艺复兴究竟断于何时,直到现在还是见仁见智的。较早时期的日本学者内藤湖南、宫崎市定等人将中国的宋代称为"文艺复兴"时期,因为宋代文学与文化高度发达。直到今天,何兹全从"人文主义"角度认为唐宋以来已有"文艺复兴",又从启蒙运动出发,一直溯至近代龚自珍等人。其云:"在我看来,唐代的韩愈、李翱、柳宗元、刘禹锡,宋代的陈亮、叶适及至程、朱,在中国思想文化史的大流中,都属于人文主义者。他们都从宗教中杀出来,有中国文艺复兴的味道,应在中国的文艺复兴史上占有一定的地位。""从唐代文起八代之衰的韩愈算起,到黄宗羲,到龚自珍、魏源都属于中国文艺复兴和启蒙运动的范围,都是近代中国思想的先驱。"③卢兴基以为从明朝中期嘉靖朝开始,已出现土生土长的中国式的文艺复兴思潮与运动。④

清末民初的一些知识分子在寻找中国"文艺复兴"的传统资源时,往往将眼光最先投向明末顾炎武那里,原因在于顾氏开创实学思潮,给后世思想与学术思潮带来了巨大影响。但文艺复兴在文化上的重要表征——人文主义,特别是人的意识的觉醒与个性的自由解放,如果需要从传统文化中去寻找渊源的话,最容易进入视野的则是魏晋六朝时期。因为魏晋六朝时期思想自由,士人们追求自己独立的个性,也敢于表达真实的感性的自我,释放自己的天性,文学艺术都得到极大的发展。世人可以因其衰世与乱世而贬斥之,却无法否认其在"文"与"艺"方面的成就。其实,在 20 世纪 30 年代,刘大杰

---

① 《清代学术概论》,朱维铮导读语,上海古籍出版社,1998 年,第 27 页。
② 朱维铮:《〈訄书〉发微》,《近代学术史论》,中西书局,2013 年,第 187 页。
③ 何兹全:《中国文化六讲》,河南人民出版社,2004 年,第 87、96 页。
④ 参见卢兴基:《失落的"文艺复兴"》,社会科学文献出版社,2010 年。

著《魏晋思想论》，将魏晋的文化思想与文艺复兴相比拟，其着眼点亦在于魏晋的"承先启后"，或者说，打破了汉代经学的束缚框架，建立一个思想自由时代，使得各种"文艺"方得以"复兴"。所以他说："这样看来，魏晋的文化思想，可以说是旧的破坏时代，同时又是一个新建立时代。无论哲学文艺宗教人生观各方面，都脱离了旧时代的桎梏，活跃而又自由地发展着新的生命。这些新生命，都是后代文化思想的重要种子，在这个时代，从某种意义上说，是有着文艺复兴的意味的。不过在正统派如韩愈、苏轼之流，却看作是中国学术界的黑暗时代。文艺复兴也好，黑暗时代也好，我们用着个人主义与浪漫精神去观察魏晋时代的文化思想界的全体，是没有什么错误的罢。"①他说韩愈、苏轼称魏晋为"黑暗时代"，指的是所谓"文起八代之衰"的命题。而他用"个人主义"与"浪漫主义"解释魏晋思想文化，便得出了"文艺复兴"的意味。为此，他在此著第五章中专门探讨"魏晋时代的人生观"，并于第一节专论"人性觉醒及其原因"，他先引用赫胥黎的话，说人类的生活有两方面，一是自然的，一是伦理的。而魏晋的人生观，是对人生伦理化思潮的反动。"他们反对人生伦理化的违反本性，而要求那种人生自然化的解放生活。生活伦理化的结果，只是用许多人为的制度法则，把人性人情压制得不能动弹，日趋于虚伪与束缚，一切阴谋诈力的罪恶，都由此而生。人类自然的本性，与这种伦理生活正是相反。我们要使人生有趣味，必得从这种虚伪束缚的生活，返到真实自由的生活方面去。这种人生观的特征，我们可以名为人性的觉醒。"② 因为"文的自觉"与"人的觉醒"，很容易让学人们将"文艺复兴"与六朝时期联想到一起。刘大杰此著撰于 20 世纪 30 年代，正是中华民族多难之际，著作此书，当然也有其实际功用的良苦用心，其弟子林东海体会说："对于魏晋主体思想、个体思想的研究和肯定，正是为了宣传当代的人本主义和个人主义，亦即所谓民主自由思想。"③

事实上，从清末的章太炎与刘师培对现代"六朝学"的开拓以来，二十世纪三四十年代出现的魏晋思想文化研究的小高潮，正是与"个人主义"与"自由解放"密切相关。而魏晋六朝文学艺术的大发展也是得益于士人个性的自由与无拘无束，他们强调自我的存在价值，不愿意外在的强权加于内在的

①　刘大杰：《魏晋思想论》，上海古籍出版社，1998 年，第 156 页。
②　刘大杰：《魏晋思想论》，上海古籍出版社，1998 年，第 103 页。
③　刘大杰：《魏晋思想论》，林东海导读语，上海古籍出版社，1998 年，第 6 页。

主体之上，崇尚自由，且形成一种时代思潮，因而"人"成为一个大写的"人"，文艺之审美超功利性得到最大的释放。《世说新语》成为名士风流的教科书，原因也正在此。略举几例：

> 嵇中散临刑东市，神气不变，索琴弹之，奏《广陵散》。曲终曰："袁孝尼尝请学此散，吾靳固不与，《广陵散》于今绝矣！"太学生三千人上书，请以为师，不许。文王亦寻悔焉。（《雅量》篇）
>
> 桓公少与殷侯齐名，常有竞心。桓问殷："卿何如我？"殷云："我与我周旋久，宁作我。"（《品藻》篇）
>
> 顾长康画人，或数年不点目睛。人问其故，顾曰："四体妍蚩，本无关于妙处；传神写照，正在阿堵中。"（《巧艺》篇）
>
> 桓子野每闻清歌，辄唤"奈何！"谢公闻之曰："子野可谓一往有深情。"（《任诞》篇）①

对个性的尊重，追求高雅的风度，对艺术的着迷，对自然与生命的一往情深，这也是后来李泽厚在《美的历程》中称其表现了"人的自觉"的原因。鲁迅于1927年在《魏晋风度及文章与药及酒之关系》中以"魏晋风度"概括魏晋士人的精神风貌，并称曹丕的时代是"文学的自觉时代"，虽然没有使用"文艺复兴"的概念来指称魏晋文学与文化，但对于其思想自由与个性解放是颇为赞许的。周作人提出"人的文学"时，或许还没有意识到渊源魏晋，而后来强调生活的艺术，推崇六朝时期陶渊明与颜之推的性情温和与气象渊雅，其实也是对魏晋人追求随心适意的感性生活的认同。当然，周氏兄弟与当时大多数知识分子一样，无论是"文艺复兴"，还是"人"的发现，先从日本那里接受而来，再以自己的传统文化消化之。故有论者云："当周作人东京留学时代，日本已近明治末期，西方19世纪末期的自然主义正在盛行，不过，此前的从文艺复兴出来的思潮更能吸引并打动他，或者因为中国刚在封建时代的崩溃期也未可知，人的发现自然成为时代的本性，与西方资产阶级兴起时的运动正相呼应，表现为反对一切复古的运动，对于个人则表

---

① 以上几例，分别见余嘉锡：《世说新语笺疏》，上海古籍出版社，1993年，第344、520、721、756页。

示出极大的尊重。"① 在《中国新文学的源流》中，尽管他还没有把魏晋六朝的文学文化与欧洲的文艺复兴相类比，但出于"言志"与"载道"相起伏的文学发展观点，使他对"载道"的文学颇为反感，而对六朝时期的"言志"文学产生天然的好感。

从"文的自觉"和"人的觉醒"这两个重要的表征出发，二十世纪三四十年代的知识分子们，在欧洲"文艺复兴"成为西方近代文明开端的背景认同下，特别是需要为思想自由与人的解放寻找传统资源时，往往寻获到六朝文化中的"文艺复兴"之意味，这在"五四"时期已然如此，一些文学革命与新文化运动的先驱者已经说过类似的话。当然我们更可理解宗白华于抗日战争时期在其名篇《论〈世说新语〉和晋人的美》中所说的："这是中国人生活史里点缀最多的悲剧，富于命运的罗曼司的一个时期，八王之乱、五胡乱华、南北朝的分裂，酿成社会秩序的大解体，旧礼教的总崩溃，思想和信仰的自由，艺术创造精神的勃发，使我们联想到西欧十六世纪的'文艺复兴'。这是强烈、矛盾、热情、浓于生命彩色的一个时代。"②

需要指出的是，胡适对于"文艺复兴"一直是向后看的，对于有人将此溯源到明清时代，他并不以为然，只承认五四时期才是真正的中国的"文艺复兴"。美籍学者格里德认为：

除了启蒙运动外，欧洲的文艺复兴也提供了一种五四时代的知识分子们有意识地加以利用的灵感。再生主题就像贯穿在这些年文学中的一根银线，尽管其号召力主要是情感的而不是分析的。与他许多的同代人比起来，胡适是更为小心地在一种严格的历史联系上来使用文艺复兴这个词的，因为他赋予了这个词以特别的意义。作为一个实用主义者，他信奉的信念是，新的东西只有把它移植到一种活的历史经验上时，它才能繁盛起来。不是由于受某种持久的对中国过去的任何一部分的热爱之情的激励，而是由于受对应该代替它的那种东西的生存的关心的鼓励，胡适竭力要从中国那丰厚的有历史遗产中精选出他认为将会与他希望在中国形成的现代观念完全一致的成分。他认为，未来决不是以一种与过去的决裂来出现的，而应该是以对过去的诺言的实现而出现的，这个信念激励着他在中国的现代经验与欧洲的文艺复兴之

---

① 关锋:《周作人的文学世界》，社会科学文献出版社，2011 年，第 82 页。
② 《宗白华全集》第二卷，安徽教育出版社，1994 年，第 268 页。

间找到了数量众多的相似之处。1933 年，他写道中国的文艺复兴是一场"为了推动一种用人民的活语言的新文学去取代旧古典文学的有意识的运动"；"一场有意识的反抗传统文化中许多思想习俗的运动，和一场有意识的把个体男女从传统力量的束缚中解放出来的运动"；"一场理性反对传统，自由反对权威，以及颂扬生活与人的价值与反抗对它们的压制的运动"。胡适的结论是："最后，非常奇异的是，这场新的运动却是由那些懂得他们的文化遗产而且试图用新的现代历史批评和探索的方法来研究这个遗产的人来领导的。在这个意义上说，它也是一场人文主义运动。"因而，胡适得出的是充满信心的诊断，中国的文艺复兴的"目标和前途就是一个古老民族和古老文明再生。"①

正因为强调"文艺复兴"的"再生"性质，所以他在五四时期才竭力呼吁白话文运动，推动"国语"的建设性的文学革命，认识到五四新文化运动的新的、"革命"的意义。所以，他后来也开展"整理国故"运动，却并不是从传统与"国故"比拟"文艺复兴"。对于魏晋六朝的文学文化，他没有作专门的研究。无论是《白话文学史》还是《中国哲学史》，由于不同的视角与社会身份，胡适不可能像宗白华那样站在民族解放与思想自由的角度来看待《世说新语》及其时代，至多只是从中发现一些"自然"的名词概念，以比附流行的"自然主义"。

第四节　魏晋之自然思想与现代"自然主义"的比附

自然主义本是 19 世纪后期在法国出现的以左拉为代表的文学流派，它将自然科学引入文学领域，以自然的观点看待人。这在五四时期对当时的知识分子影响颇大，特别在当时高举科学和民主两面旗帜的时代背景下，将科学引进文学容易得到认同。据所掌握的资料看，最早推介自然主义的人可能是陈独秀。他先在 1915 年《青年杂志》第 1 卷第 2 号上的《今日之教育方针》一文中提及"自然主义"，接着在 1915 年《青年杂志》第 1 卷第 3、4 号上连

---

① 格里德著，鲁奇译：《胡适与中国的文艺复兴》，江苏人民出版社，1993 年，第 268 - 269 页。

载发表的《现代欧洲文艺史谭》一文，重点介绍了自然主义："十九世纪之末，科学大兴，宇宙人生之真相，日益暴露，所谓赤裸时代，所谓揭开假面时代，喧传欧土，自古相传之旧道德、旧思想、旧制度，一切破坏。文学艺术，亦顺此潮流，由理想主义，再变而为写实主义（Realism），更进而为自然主义（Naturalism）。"① 由于五四新文化运动的蓬勃发展，自然主义在短短的几年内，骤然成了热点，受学界关注的文章不少，但基本上将其与写实主义、现实主义混为一谈，至少没有将它们分辨得很清楚。茅盾在胡适的影响下，于《小说月报》中大力提倡并讨论自然主义，使关于自然主义的大讨论形成一个高潮。尽管20世纪30年代自然主义在中国当时的学界受到过批评，但这个概念被接受并早已成为根深蒂固的一个名词了。就整个20世纪的自然主义与中国文学的关系而言，经历过几次沉浮，学界论之已多。而就此概念对20世纪上半叶古代文学研究的影响来看，最为明显的则是，学界多以"自然主义"的舶来品概论比附六朝时期的有关"自然"的思想。主要体现为两点：其一，以"自然主义"比附魏晋玄学中所崇尚的老庄"自然"思想；其二，用"自然主义"比附以陶渊明为代表的平淡"自然"的文学风格与随性"自然"的人生观，甚至以"自然"等同"自由"。以下可分别述之。

一、"自然主义"与老庄思想中的"自然"之道相比附

"自然"一词，中国古已有之，溯其源流，当以《老子》为早。《老子》一书中，"自然"一词共出现四次：

> 成功事遂，百姓谓我自然。（第十七章）
> 人法地，地法天，天法道，道法自然。（第二十五章）
> 道之尊，德之贵，夫莫之命而常自然。（第五十一章）
> 是以圣人欲不欲，不贵难得之货；学不学，复众人之所过。以辅万物之自然而不敢为。（第六十四章）②

---

① 原刊于1915年11月15日、12月15日《青年杂志》第1卷第3、4号，此据任建树等编：《陈独秀著作选》第一卷，上海人民出版社，1993年，第156页。
② 以上四例，分别见朱谦之：《老子校释》，中华书局，1984年，第70、103、203、261－262页。

当然，由于版本的不同，有的版本的《老子》第二十五章尚有"希言自然"一句。这些"自然"指的是自然而然，非人为的，道的抽象的本体。《庄子》一书中"自然"一词共出现八次：

（庄子曰：）吾所谓无情者，言人之不以好恶内伤其身，常因自然而不益生也。（《德充符》）

汝游心于淡，合气于漠，顺物自然而无容私焉，而天下治矣。（《应帝王》）

夫至乐者，先应之以人事，顺之以天理，行之以五德，应之以自然，然后调理四时，太和万物。（《天运》）

吾又奏之以无怠之声，调之以自然之命，故若混逐丛生，林乐而无形；布挥而不曳，幽昏而无声。（《天运》）

古之人，在混芒之中，与一世而得澹漠焉。当是时也，阴阳和静，鬼神不扰，四时得节，万物不伤，群生不夭，人虽有知，无所用之。此之谓至一。当是时也，莫之为而常自然。（《缮性》）

以趣观之，因其所然而然之，则万物莫不然；因其所非而非之，则万物莫不非；知尧桀之自然而相非，则趣操睹矣。（《秋水》）

夫水之于汋也，无为而才自然也。至人之于德也，不修而物不能离焉。（《田子方》）

真者，所以受于天也，自然不可易也。（《渔父》）①

这些"自然"是老庄哲学思想的核心，或谓最高本体，或谓天然的、无人为的一切。但"自然"加上"主义"就纯粹是外来术语了，事实上它与老庄所说的"自然"关系甚远，魏晋时期当然也不会出现"自然主义"的说法。但自从"自然主义"这个名词输入以后，特别是在六朝学研究中，常常给六朝时期的"自然"加上"主义"两字，其实这是一种套用，也就是以"自然主义"比附"自然"，或者说将它们混为一谈。所以，20 世纪上半叶，尤其是三四十年代，在论述魏晋玄学和清谈思想时，经常会出现这种情况。刘大杰《魏晋思想论》中说："魏晋时代，无论在学术的研究上，文艺的创作

---

① 以上八例，分别见郭庆藩：《庄子集释》，中华书局，1961 年，第 221、294、502、507、550－551、578、716、1032 页。

上，人生的伦理道德上，有一个共同的特征，那便是解放与自由。这种特征，与其说是自然主义，不如说是浪漫主义。自然主义用之于当日的玄学，似乎很适宜，但还没有如浪漫主义那样能包括人类的全部活动全部表现。浪漫主义是以热烈的怀疑与破坏精神，推倒一切前代的因袭制度、传统道德和缚住人心的僵化了的经典。用极解放自由的态度，发展自己的研究，寻找自己的归宿，建设新的思想系统。"①

　　他这里说得很清楚，"自然主义"很适合称呼魏晋的玄学与清谈。而他更愿意用"浪漫主义"来指称当时的社会文化。其实，这些所谓的"主义"均是外来名词，刘大杰也应该是从日本那里接收来的。林东海便是这样认为的："自文艺复兴以后，人文思想使人性复归，克服了中世纪对地狱的恐惧和对天堂的希冀，表现出人的主体性和个体性。在人性复归的总趋势下，文艺领域产生了许多'主义'，诸如浪漫主义、自然主义、象征主义、表现主义、未来主义、实感主义，还有所谓达达派、构成派、立体派等等，都活跃于世界文坛。中国自'五四'运动以后，西方这些主义或直接或间接地传播进来。所谓间接传播，主要是指从日本这个'中间之驿骑'（王国维语）传递进来的。大杰先生之接受西方思想，正是在留日期间通过阅读日本译作这一途径得来的。"② 20世纪40年代，贺昌群撰《魏晋清谈思想初论》，其中论断与所依材料基本上是传统文献，但在论述魏晋人生观时也不知不觉地使用了魏晋人并不曾说过的"自然主义"，其云：

　　一社会中人生观之转变，必在其社会秩序起重大变化之时，或社会之生存受重大威胁之时，新人生观之曙光，初启明于少数先知先觉，因时代之推演而逐渐延播于社会之多数，此新人生观逐渐居于时代思潮之领导地位。汉晋间人生观之转变，盖因大一统政治之崩溃，由儒家严肃之教条思想，解放而为老庄旷达任性之自然主义思想。思想之转变与否，须视其对人生之态度亦转变与否为定。自然主义最重对人生之态度，此汉晋间人伦品鉴之所以盛，而六朝人物之所以醉心于人格之美也。

　　喜怒哀乐之情之大者，莫过于死生之事，死生之事，乃人生最后意义，魏晋清谈之宇宙观、名理论、自然主义之人生哲学，几无不归结于此，而又

———————

① 刘大杰：《魏晋思想论》，上海古籍出版社，1998年，第19页。
② 刘大杰：《魏晋思想论》附录，林东海导读语，上海古籍出版社，1998年，第7页。

无不统摄于本体论之中一以贯之。①

　　如果我们将其中的"自然主义"换成"自然"一词，其意义是完全一样的，或许更加贴切。也就是说，他们在论述魏晋玄学思潮时，因其崇尚老庄"自然"，便用20世纪流行的"自然主义"与之嫁接，似乎两者是顺理成章的联结。最为典型的便是容肇祖《魏晋的自然主义》了。

　　《魏晋的自然主义》的撰写，据容肇祖在1934年9月25日出版的"附记"中说："这是民国十四、十五年（1925、1926年）我在国立北京大学念书时的笔记，在民国十七、十八年（1928、1929年）间，略为整理，便有上述的些个的题目。本来要作成一种'魏晋思想史'的，现在只排出一些魏晋的自然主义的材料而已。让它排印出来，或者可以供给研究中国思想史者一部分参考。"② 此书名为"魏晋的自然主义"，但若仔细考察其内容，实则可称为"魏晋玄学思想史"。它共分七章，分别阐述了何晏、王弼、阮籍、嵇康、向秀、郭象、鲍敬言、张湛、杨泉、陶潜的思想，当然主要是关于他们继承和发展了的老庄自然的思想。对于他们的哲学观、政治观、人生观，均以"自然主义"概之。比如，在解释王弼的思想时，认为"王弼的天道观念，本于老子的自然主义"。③ 然后举了王弼《老子注》中对"天地不仁，以万物为刍狗"的解释："天地任自然，无为，无造。万物自相治理，故不仁也，仁者必造立施化，有恩有为。造立施化，则物失其真；有恩有为，则物不具存。物不具存，则不足以备载矣。地不为兽生刍而兽食刍，不为人生狗而人食狗，无为于万物而万物各适其所用。"王弼对其中"刍狗"的解释有些误解，但总的注解是符合老子原意的。而容肇祖在引用了这段后，解释说："这是说天地是自然，无为，无造，无有恩意。即天人不同类。天地和人是不相干涉的。"④ 诚然，"自然"一词与崇尚自然的思想，确实来自先秦时期的老庄道家，孔子和孟子都没有谈及。两汉时期偶有论及，但也并不多见。王充《论衡》中就《自然》一篇，他认为天道自然无为，世间万物是由元气生成的："天之动行也，施气也，体动气乃出，物乃生矣。由人动气也，体动气乃出，子亦生也。

① 分别见贺昌群：《魏晋清谈思想初论》，商务印书馆，2000年，第24、81页。
② 容肇祖：《魏晋的自然主义》目录"附记"，东方出版社，1996年。
③ 容肇祖：《魏晋的自然主义》，东方出版社，1996年，第18页。
④ 容肇祖：《魏晋的自然主义》，东方出版社，1996年，第19页。

夫人之施气也，非欲以生子，气施而子自生矣。天动不欲以生物，而物自生，此则自然也。施气不欲为物，而物自为，此则无为也。谓天自然无为者何？气也。"① 他认为"自然"就是"道"，并且是自然而然的，一切皆物自为，其中的关键在于"施气"，还是具有唯物论因素。其他学者则少有论者，即有所论，也不过是对先秦老庄思想的阐发。到了魏晋时期，特别是在玄学论著中多有论述，从何晏、王弼到阮籍、嵇康，再到郭象等人，却在其著述中反复阐述"自然"一词及其内涵。《列子·仲尼篇》张湛注曰：

何晏《无名论》曰："为民所誉，则有名者也；无誉，无名者也。若夫圣人，名无名，誉无誉，谓无名为道，无誉为大。则夫无名者，可以言有名矣；无誉者，可以言有誉矣。然与夫可誉可名者岂同用哉？……夫道者，惟无所有者也。自天地已来皆有所有矣；然犹谓之道者，以其能复用无所有也。故虽处有名之域，而没其无名之象；由以在阳之远体，而忘其自有阴之远类也。"

夏侯玄曰："天地以自然运，圣人以自然用。"自然者，道也。道本无名，故老氏曰强为之名。仲尼称尧荡荡无能名焉，下云巍巍成功，则强为之名，取世所知而称耳。岂有名而更当云无能名焉者邪？夫唯无名，故可得遍以天下之名名之；然岂其名也哉？惟此足喻而终莫悟，是观泰山崇崛而谓元气不浩芒者也。"②

夏侯玄与何晏、王弼一起，共同开创了魏晋玄学，他们所说的"自然"基本上与老庄的"自然"内涵相同。只不过王弼的理解要更加深刻一些，已经从宇宙生成论过渡到宇宙本体论了。汤用彤先生在《魏晋玄学论稿》中已多有论述。而阮籍与嵇康的"自然"其实又还原了先秦老庄的"自然"之本旨了。郭象在《庄子注》则常常使用"自然"一词，如《庄子·逍遥游》曰："若夫乘天地之正，而御六气之辩，以游无穷者，彼且恶乎待哉！"郭象注曰："天地者，万物之总名也。天地以万物为体，而万物必以自然为正。自然者，不为而自然者也。故大鹏之能高，斥鷃之能下，椿木之能长，朝菌之能短，凡此皆自然之所能，非为之所能也。"③ 此处之"自然"指的是万物之

① 黄晖：《论衡校释》，中华书局，1990年，第776页。
② 《列子·仲尼篇》张湛注引，杨伯峻：《列子集释》，中华书局，1979年，第121页。
③ 郭庆藩：《庄子集释》，中华书局，1961年，第20页。

本体，是无为之为。但无论王弼与嵇康等人对老庄思想的理解程度如何，他们确实是对老庄"自然"思想本身作了发展性的继承与伸衍，但与"自然主义"这个名词了不相干。所以，我们说 20 世纪上半叶中所谈论的魏晋"自然主义"其实完全只是关于玄学思想中老庄"自然"思想而已，与外来名词"自然主义"没有关系，只是一种名词的比附。

二、"自然主义"与平淡自然的文学风格的比附

陈独秀最早引进"自然主义"文学观，但他确实将其当作西方的一种文学思潮，是他提倡赛先生和德先生的合理的逻辑延展，并没有以此解释中国古代文学中平淡自然的文学风格。倒是胡适在倡导平民文学与白话文学时，不经意间将"自然主义"与陶渊明的文学风格与人格追求联结在一起。他在《白话文学史》上卷中说道：

> 陶潜是自然主义的哲学的绝好代表者。他的一生只行得"自然"两个字。他自己作了一篇《五柳先生传》：替自己写照。……
> 陶潜的诗在六朝文学史上可算得一大革命。他把建安以后一切辞赋化，骈偶化，古典化的恶习气都扫除的干干净净。他生在民间，做了几次小官，仍旧回到民间。史家说他归家以后"未尝有所造诣，所之唯至田舍及庐山游观而已"。（《晋书》九十四）他的环境是产生平民文学的环境；而他的学问思想却又能提高他的作品的意境。故他的意境是哲学家的意境，而他的言语却是民间的言语。他的哲学又是他实地经验过来的，平生实行的自然主义，并不像孙绰、支遁一班人只供挥麈清谈的口头玄理。所以他尽管做田家语，而处处有高远的意境，尽管做哲理诗，而不失为平民的诗人。①

他所说的陶渊明"平生实行的自然主义"，也被容肇祖在《魏晋的自然主义》中所引用。胡适当然是熟悉并了解西方的"自然主义"，但他这样将其与陶渊明的诗歌相比拟，或许并没有在意两者之间的本质区别，或许是"自然主义"输入不久，还没有形成后来巨大的影响，因而在使用时不太严谨的缘

---

① 胡适：《白话文学史》上卷，《胡适文集》第 4 卷，人民文学出版社，1998 年，第 104 页。

故。据当今学界研究，"到了 1920 年，自然主义骤然成了热点。这一年，许多学者和作家纷纷撰文介绍和推崇自然主义。仅《少年中国》就陆续发表了周无的《法兰西近世文学的趋势》、李劼人的《法兰西自然主义以后的小说及其作家》、田汉的《诗人与劳动问题》等一系列较为系统地介绍自然主义文艺理论的文章。""真正使自然主义文学思潮在中国文坛产生影响、引起人们对其注目的是 1922 年关于'自然主义'的讨论。从实质上看，它应是自然主义文学思潮在中国文坛扎根的温床。"① 当"自然主义"文学观逐渐为中国学术界所熟悉后，对于它的评价也褒贬不一，人们在评价陶渊明等"自然"之类的文学时，便谨慎地使用"自然主义"之术语，而用更为传统的"自然"一词。朱光潜在谈到六朝诗歌时便是这样，他曾撰《中西诗在情趣上的比较》一文，说："一般说诗的人颇鄙视六朝，我以为这是一个最大的误解。六朝是中国自然诗发轫的时期，也是中国诗脱离音乐而在文字本身求音乐的时期。从六朝起，中国诗才有音律的专门研究，才创新形式，才寻新情趣，才有较精妍的意象，才吸哲理来扩大诗的内容，就这几层说，六朝可以说是中国诗的浪漫时期，它对于中国诗的重要亦正不让位于浪漫运动之于西方诗。"② 他用"自然"与"浪漫"来解释六朝诗歌，没有使用"自然主义"。而他与鲁迅等人关于陶诗究竟是"静穆"还是"豪放"的争论，无论结果如何，都是正常的学术争鸣，且都没有将陶诗的"自然"与"自然主义"相比拟。而陈寅恪先生于 20 世纪 40 年代撰《陶渊明之思想与魏晋清谈之关系》一文，提出陶渊明所持自然观为"新自然说"，反复辩论竹林七贤等名士关于自然与名教之关系，观点自是新颖，也是正常的学术立论，并没有在"自然"之后加上"主义"一词，也没有将陶渊明之"自然"说与西方"自然主义"相比附了。尽管朱光潜先生等人并不同意陈氏此说，但都是正常的学术争鸣。

其实，梁启超也是较早关注到"自然主义"文学观的，他于 1918 年旅欧归来后撰写的《欧游心影录》中着重谈到"自然主义"文学观，但也并没有将其与中国文学中的"自然"文学相比附。而且，1923 年他还在商务印书馆出版过《陶渊明》一书，包括《陶渊明之文艺及其品格》《陶渊明年谱》《陶渊明考证》三篇文章。对于陶渊明的处世哲学及其文学，他老老实实地用"自然"一词来说明，没有使用"自然主义"。但他又用"自由"等现代性的

---

① 张冠华等：《西方自然主义与中国 20 世纪文学》，中央编译出版社，2007 年，第 4、7 页。
② 朱光潜：《诗论》，生活·读书·新知三联书店，1984 年，第 73 – 74 页。

语词来解释陶渊明的"自然"，得出许多令人耳目一新的结论。吴云先生高度评价其研究成果，说：

> 梁启超从评介陶渊明的高尚人品和文品，进而探讨其人生观。梁认为陶的人生观可以用两个字来概括，即"自然"。关于"自然"的内涵，梁举例说：《归去来辞》序云："质性自然，非矫厉所得。饥冻虽切，违己交病。"从所举例证我们可以看出，梁所说的"自然"，虽含义较多，但有自由的意思。为此梁启超说："爱自然的结果，当然爱自由。渊明的一生，都是为精神生活的自由而奋斗。"关于"他（陶）的文艺只是'自然'的体现，所以'容华不御'恰好和'自然之美'同化"。从梁的上面论述，我们不难看出：第一，"人生观"、"自由"等词语，在陶学研究史上第一次出现。第二，陶的人生观是"自然"，在陶学研究史上第一次提出。第三，陶渊明"爱自然的结果，当然爱自由"，也是在陶学研究史上首次出现。第四，陶的文艺只是"自然"的体现，也就是陶的人生观决定着他的文艺作品，更是陶学研究史上闻所未闻的论点。第五，"陶渊明的一生，都是为精神的自由而奋斗"，如此深刻、准确而又高度概括陶渊明的一生，在陶学研究史上实属难得。①

由此可见，经过"自然主义"的大讨论后，人们已经对此非常熟悉，在对待中国古代文学中的"自然"派文学（尤其以陶渊明为代表）时，不再以"自然主义"与之比附。但梁启超以"自由"以释陶之"自然"，明显地带有现代与西方学术影响的痕迹，观其《罗兰夫人传》中对"自由"的解释与歌颂即可知之。由上所论，意在表明胡适在《白话文学史》中的说法是早期的一时兴至之语，因其本人的学术影响很大，故尚有人引而用之。一些文学通史论及于此时，抑或偶有比附。而专门研究者则已不再将陶渊明的"自然"风格与"自然主义"联结在一起了。而容肇祖在《魏晋的自然主义》所论陶渊明的思想及其文学，之所以使用"自然主义"来指称，除了受到胡适的影响外，主要还是从思想的角度来比附，并没有真正将陶渊明的"自然"文学与20世纪20年代流行的"自然主义"进行比较，只是一个名词概念的偶然相近而已。

---

① 吴云主编：《20世纪中国文学研究·魏晋南北朝文学研究》，北京出版社，2001年，第311页。

第四章　自由思想和独立精神
——以陈寅恪六朝学研究为例

　　1927 年 6 月 2 日，一代国学大师王国维先生自沉于昆明湖，学术界为之震惊。两年后，清华国学研究院的学生刘节等人请陈寅恪为其撰写纪念碑文，这便是陈寅恪《清华大学王观堂先生纪念碑铭》的由来。其云：

　　海宁王先生自沉后二年，清华研究院同人咸怀思不能自已。其弟子受先生之陶冶煦育者有年，尤思有以永其念。佥曰：宜铭之贞珉，以昭示于无竟。因以刻石之词命寅恪，数辞不获已，谨举先生之志事，以普告天下后世。其词曰：士之读书治学，盖将以脱心志于俗谛之桎梏，真理因得以发扬。思想而不自由，毋宁死耳。斯古今仁圣所同殉之精义，夫岂庸鄙之敢望。先生以一死见其独立自由之意志，非所论于一人之恩怨，一姓之兴亡。呜呼！树兹石于讲舍，系哀思而不忘。表哲人之奇节，诉真宰之茫茫。来世不知者也。先生之著述，或有时而不章。先生之学说，或有时而可商。惟此独立之精神，自由之思想，历千万祀，与天壤而同久，共三光而永光。[①]

　　王国维之死，原因何在，一直议论纷纷。但陈寅恪此铭对其"独立之精神，自由之思想"的强调与解释，影响甚远，也最能为人接受。陈寅恪与王国维同入清华国学研究院"四大导师"之列，以为王氏并非殉清，也不会因个人恩怨而自寻短见，不在乎什么"一人之恩怨，一姓之兴亡"，对于王国维的学术贡献，他虽认同，但认为王氏最为可贵的在于始终秉持"独立之精神，自由之思想"。其实，对独立自由的追求也是陈寅恪自己一生自始至终的理想与实践，"独立之精神，自由之思想"的十字真言无异于他的夫子自道。他在

　　①　原载清华大学《消夏周刊》1929 年第 1 期，此据《陈寅恪集·金明馆丛稿二编》，生活·读书·新知三联书店，2001 年，第 246 页。

学术研究中坚持此道，在人生实践中更是如此。他与王国维一样，有着深沉的历史文化使命感，以中国文化的托命人自居。偏偏他命运多舛，一生偃蹇。故汪荣祖云：

> 处沸腾纷扰之世，以本国文化自寄如寅恪者，睹国魄销沉，桀犬雌黄，其心情的凄苦可以想见。寅恪所信奉之思想乃一折中的本位主义，故于五四之后自感"处身于不夷不惠之间，托命于非驴非马之国"。（《俞曲园先生病中呓语跋》，《寒柳堂集》）于革命浪潮之汹涌，神州文化之沦落，惟有寄慨而已："齐州祸乱何时歇，今日吾侪皆苟活。"（《王观堂先生挽词》）而其晚年失明膑足，伤感尤甚。原冀栖身岭表，以诗文自娱，孰料至奄奄垂死之年，竟遇亘古难见之浩劫，不仅文化沦落，且是野蛮当道，其精神与身体皆受到残酷的折磨，以死囚之心情辞世，岂非生不逢时？①

无论是在精神上还是在身体上遭受到折磨，陈寅恪始终坚持自己"独立之精神，自由之思想"的信念，同时，用自己的学术研究作为中国文化的续命人。在中华民族危急存亡之际，总有一些志士仁人起而扶之，特别是作为学人，觉得有责任保存与传播中国的传统文化。在大是大非面前，尤其能够体现一个真正的学者的意志力与历史责任感。这也是顾炎武、王夫之、黄宗羲在清末民初得到知识界大多数人推崇的根本原因。陈寅恪一生大多数的时间与精力花在所谓的"不古不今之学"上，也就是"中古"文史，具体来说，即魏晋南北朝与唐代文史研究。陈寅恪前半生大多在乱世中度过，与其研究的魏晋南北朝时世正复相似，因而在研究中也能够加以现实的切身体会，每多胜义。其弟子蒋天枢在《陈寅恪先生传》中深有体会地说："综观先生一生，屯蹇之日多，而安舒之日少。远客异国，有断炊之虞。飘泊西南，倍颠连之苦。外侮内忧，销魂铄骨。寄家香港，仆仆于滇越蜀道之中（在重庆，有'见机而作，入土为安'之联语）。奇疾异遇，困顿（失明而无伴护）于天竺、英伦、纽约之际。虽晚年遭逢盛世，而失明之后，继以膑足，终则被迫害致死。天之困厄斯人抑何酷耶？先生虽有'天其废我是耶非'之慨叹，然而履险如夷，胸怀坦荡，不斤斤于境遇，不戚戚于困穷，而精探力索，超

---

① 汪荣祖：《史家陈寅恪传》，北京大学出版社，2005 年，第 210 页。

越凡响，'论学论治，迥异时流'。而忧国忧民之思，悲天悯人之怀，郁勃于胸中，一发之于述作与歌诗。先生之浩气遒矣。"① 他以悲天悯人与忧国忧民的心态研究中古文史。在清华大学任职时，他为中文系开设"世说新语研究"课，为史学系开设"魏晋南北朝史专题研究"课，其文集中关于魏晋六朝之学的论文，如《天师道与滨海地域之关系》《陶渊明之思想与清谈之关系》《桃花源记旁证》《四声三问》《支愍度学说考》《崔浩与寇谦之》《读哀江南赋》《书世说新语文学类钟会撰四本论始毕条后》《东晋南朝之吴语》等，其绝对数量可能不算太多，但每一篇都分量极重，予人启迪颇多。他往往从人人皆可寻获的文献资料中，得出令人意外而又耳目一新的结论。这固然与他的天赋有关，但我们还须注意的是，他之选择研究对象，也是其学术追求和学术思想的一部分。就像他之论韩愈及晚年之论柳如是与陈端生一样，他对魏晋六朝之学的论述，也包含着"贬斥势利，尊崇气节"的意蕴，是对"独立之精神，自由之思想"的实践性阐释，以及像章太炎那样，以传统文化传承者自居的担当与历史责任感。所以，他论王导的"愦愦"，表彰其保存民族传统文化之功；拈出《哀江南赋》中"今典"之说，实是对庾信"了解之同情"，体会其创作时的深哀巨痛。而对陶渊明"新自然说"的论述，对支愍度学说与"江东旧义"的典故引述，尤可见陈寅恪对魏晋六朝之学研究中的文化意义与现实关怀。

第一节　贬斥势利，尊崇气节——支愍度学说研究的启示

1933 年，蔡元培先生六十五岁诞辰，学界名流为之祝寿，后辑成纪念论文集两卷。陈寅恪提交《支愍度学说考》论文，考述东晋高僧支愍度的事迹及其"心无义"学说。论者或以为"是他风华正茂时期的精心之作，对大乘佛教般若学的中国化及其义理和方法，作了匠心独运的发覆。阐释精辟，胜义纷呈。尤有进者，支愍度事迹是陈寅恪后半生难解难分的情结，被注入深沉的身世感，成了他诗文中一个不断出现的话题。可以说，《支愍度学说考》不仅考出佛学流派，而且考出人生哲理，是陈寅恪'从史中求史识'的典

———————————

① 蒋天枢：《陈寅恪先生编年事辑》附录二，上海古籍出版社，1997 年，第 233 页。

范"①。那么，支愍度为东晋时人，陈寅恪为现代人，相距千余年，何以能够于此研究论文中"注入深沉的身世感"呢？这就需要从此文的研究对象说起。

支愍度，或作支敏度，两晋之际著名高僧，是佛教理论"心无义"的创始人。但关于他的生平事迹，所载并不详细。最有名的记载便是《世说新语·假谲》中的一段：

愍度道人始欲过江，与一伧道人为侣。谋曰："用旧义在江东，恐不办得食。"便共立"心无义"。既而此道人不成渡，愍度果讲义积年。后有伧人来，先道人寄语云："为我致意愍度，无义那可立？治此计，权救饥尔，无为遂负如来也！"②

刘孝标注引《名德沙门题目》曰："支愍度才鉴清出。"又引孙绰《愍度赞》曰："支度彬彬，好是拔新。俱禀昭见，而能越人。世重秀异，咸竞尔珍。孤桐峄阳，浮磬泗滨。"但这两个注都过于简略，我们还是无法了解支愍度的行迹。至于其所谓的"心无义"，刘注引云："旧义者曰：'种智有是，而能圆照。然则万累斯尽，谓之空无；常住不变，谓之妙有。'而无义者曰：'种智之体，豁如太虚，虚而能知，无而能应。居宗至极，其唯无乎？'"③ 从此来看，所谓新旧之义，亦只略知大概。《世说新语》截取的这段记载，虽没有带什么价值判断，但字里行间对支愍度及其创立的"心无义"似有贬斥之微言大义，讥其曲学阿世。因为所谓的"伧道人"告诉人们的是，"心无义"只是仓促之间"权救饥尔"，也就是为了功利性的糊口吃饭，有意地创立一种新的理论，故意标新立异，使其在玄学思潮盛行下的江东得到人们的接受与欢迎，与真正的符合佛学本旨的"旧义"是没有关系的，因而是有"负如来"的。那么，事实是否真的如此呢？陈寅恪《支愍度学说考》便是从上引《世说新语》的故事展开，搜罗材料，几乎竭泽而渔，先论述了"何为心无义"，新义与旧义有什么区别，"伧道人"究竟为谁；然后考述"心无义之传授"，指出支愍度使用"格义"与"合本"的方法来传授佛经；最后得出结论，表明支愍度在中古思想史上的贡献：

---

① 蔡鸿生：《仰望陈寅恪》，中华书局，2004 年，第 59 页。
② 余嘉锡：《世说新语笺疏》，上海古籍出版社，1993 年，第 859 页。
③ 余嘉锡：《世说新语笺疏》，上海古籍出版社，1993 年，第 859 页。

夫"格义"之比较，乃以内典与外书相配拟。"合本"之比较，乃以同本异译之经典相参校。其所用之方法似同，而其结果迥异。故一则成为傅会中西之学说，如心无义即其一例，后世所有融通儒释之理论，皆其支流演变之余也。一则与今日语言学者之比较研究方法暗合，如明代员珂之楞伽经会译者，可称独得"合本"之遗意，大藏此方撰述中罕觏之作也。当日此二种似同而实异之方法及学派，支敏度俱足以代表之。故其人于吾国中古思想史关系颇钜，因钩索沉隐，为之考证如此。①

通过考证，陈寅恪认为所谓的"伧道人"当是指康僧渊，后来也过江而来，成为著名高僧。《高僧传》卷四"晋豫章山康僧渊"条载曰："康僧渊，本西域人，生于长安。貌虽梵人，语实中国，容止详正，志业弘深，诵《放光》、《道行》二《波若》，即《大小品》也。晋成之世，与康法畅、支敏度等俱过江。"②《世说新语》中也多所载其行迹。在征引了所存的各类材料后，陈寅恪意在说明，支愍度所创"心无义"是通过"格义"与"合本"的方式传播其佛教理论，其态度是认真的，其"心无义"理论亦曾盛极一时，在东晋时期影响颇大，并非仅仅为了糊口而故意标新立异，更不是有"负如来"的曲学阿世。而且，其"格义"与"合本"的佛教传播方式在中古思想史上贡献很大，是值得肯定的。也就是说，在《支愍度学说考》这篇论文中，陈寅恪本着严肃认真的学术论证，肯定了支愍度"江东新义"的学术贡献及其在思想史上的意义。

然而，陈寅恪似乎对这个典故情有独钟，除了这篇论文对其作专门阐述之外，在其现存文集中，共有六次论及支愍度的这个典故。从时间顺序上来看，这六次最早为1932年《与刘叔雅论国文试题书》，其中仅提及"格义"观念，似是一带而过，并无思想深意。其他五次，分别为1938年《残春》诗，1940年《陈垣明季滇黔佛教考序》一文，1942年《由香港抵桂林》诗，1951年《送朱少滨教授退休卜居杭州》诗，1965年《先君致邓子竹丈手札二通书后》一文。在这几次提及的诗文中，陈寅恪使用"江东新义"或"伧僧旧义"等支愍度的典故，与其《支愍度学说考》的态度是不一样的。对此，

① 《支愍度学说考》，《陈寅恪集·金明馆丛稿初编》，生活·读书·新知三联书店，2001年，第185页。

② 《高僧传》，中华书局，1992年，第150–151页。

蔡鸿生教授释曰：

除第一次属于阐述学理外，其余五次，均抒发向世之感，取支愍度的"古典"，寓陈寅恪的"今典"。在他的心目中，支愍度事迹含有深刻的哲理性，"伧僧旧义"乃大节所在。也许可以这样演绎，"立义"属于治学，"救饥"属于治生，是否"负如来"则属于治心了。三者以治心为本，构成一个实践"独立之精神，自由之思想"的方程式，耐人寻味，发人深省。①

在《支愍度学说考》中，陈寅恪认为支愍度所创立的"心无义"虽属"江东新义"，但在学术上与思想史上是有贡献的，从而表彰支愍度"学说"的意义。而在其他几次使用支愍度这个典故的时候，陈寅恪都表明自己要坚守"江东旧义"或"伧僧旧义"。最为典型的便是1940年《陈垣明季滇黔佛教考序》一文中所云：

呜呼！昔晋永嘉之乱，支愍度始欲过江，与一伧道人为侣，谋曰，用旧义往江东，恐不办得食，便共立心无义。既而此道人不成渡，愍度果讲义积年。后此道人寄语愍度云，心无义那可立，治此计，权救饥耳。无为遂负如来也。忆丁丑之秋，寅恪别先生于燕京，及抵长沙，而金陵瓦解。乃南驰苍梧瘴海，转徙于滇池洱海之区，亦将三岁矣。此三岁中，天下之变无穷。先生讲学著书于东北风尘之际，寅恪入城乞食于西南天地之间，南北相望，幸俱未树新义，以负如来。②

他先概述了《世说新语》中的支愍度事迹，然后感叹自己与陈垣"南北相望，幸俱未树新义，以负如来"，也就是说，他与陈垣两人，一南一北，虽在国难当头之日，但都能够坚守气节，没有曲学阿世。他所使用的典故符合《世说新语》的原意，其目的也正在于表明自己对气节的坚持，绝不会因时世的变化而改变个人操守，也就是对"独立之精神，自由之思想"的践履。后来在与其往日弟子汪篯的谈话中也重申了这一点：

---

① 蔡鸿生：《仰望陈寅恪》，中华书局，2004年，第65页。
② 《陈寅恪集·金明馆丛稿二编》，生活·读书·新知三联书店，2001年，第273页。

　　我的思想，我的主张完全见于我所写的王国维纪念碑中。王国维死后，学生刘节等请我撰文纪念。当时正值国民党统一时，立碑时间有年月可查。在当时，清华校长是罗家伦，是二陈（CC）派去的，众所周知。我当时是清华研究院导师，认为王国维是近世学术界最主要的人物，故撰文来昭示天下后世研究学问的人。特别是研究史学的人。我认为研究学术，最主要的是要具有自由的意志和独立的精神。……没有自由思想，没有独立精神，即不能发扬真理，即不能研究学术。学说有无错误，这是可以商量的，我对于王国维即是如此。王国维的学说中，也有错的，如关于蒙古史上的一些问题，我认为就可商量。我的学术也有错误，也可以商量，个人之间的争吵，不必芥蒂。我、你都应该如此。我写王国维诗，中间骂了梁任公，给梁任公看，梁任公只笑了笑，不以为芥蒂。我对胡适也骂过。但对于独立精神，自由思想，我认为是最重要的，所以我说"唯此独立之精神，自由之思想，历千万祀与天壤而日久，共三光而永光"。我认为王国维之死，不关与罗振玉之恩怨，不关满清之灭亡，其一死乃以见其独立自由之意志。①

　　学术本身是求真，是发扬真理，如果没有自由思想与独立精神，容易受到外在的干扰与影响，自然得不出超功利的价值判断，于学术研究是有害的。个人气节与道德操守，是与一个学者的学术研究与文学创作密切联系在一起的，也就是自古以来所谓"道德文章"的相联结。陈寅恪固然创作了不少诗作，可以作为其学术论文的旁证，但更能体现其文化立场与个人操守的是其学术研究。他曾经对其弟子蒋天枢教授语重心长地说过："默念平生固未尝侮食自矜，曲学阿世，似可告慰友朋。至若追踪昔贤，幽居疏属之南，汾水之曲，守先哲之遗范，托末契于后生者，则有如方丈蓬莱，渺不可即，徒寄之梦寐，存乎遐想而已。呜呼！此岂寅恪少时所自待及异日他人所望于寅恪者哉？虽然，欧阳永叔少学韩昌黎之文，晚撰《五代史记》，作义儿冯道诸传，贬斥势利，尊崇气节，遂一匡五代之浇漓，返之淳正。故天水一朝之文化，竟为我民族遗留之瑰宝。孰谓空文于治道学术无裨益耶？蒋子秉南远来问疾，聊师古人朋友赠言之意，草此奉贻，庶可共相策勉云尔。"② "贬斥势利，尊崇气节"，与"独立之精神，自由之思想"是一脉相承的，具有内在的精神相

---

① 陆键东：《陈寅恪的最后二十年》，生活·读书·新知三联书店，1995 年，第 111 页。
② 《赠蒋秉南序》，《陈寅恪集·寒柳堂集》，生活·读书·新知三联书店，2001 年，第 182 页。

通性。对于自己"未尝侮食自矜，曲学阿世"，陈寅恪是自信而倍感自豪的。之所以如此，除了自身的文化积淀与价值选择之外，也与陈寅恪的家世有关。他出身于一个文化世家，祖父陈宝箴是清代封疆大吏，是维新派人物。其父陈三立是著名学者与诗人，"同光体"诗歌的代表人物之一，也是非常讲求气节的传统读书人，在日本侵华之际曾奋力斥之，宁愿饿死也不肯受嗟来之食。这对陈寅恪一生自是影响深远。有学者因此论曰："陈寅恪对其父精神遗产的理解，简而言之其实就是'气节文章'四个字。文章指陈三立传承文化的方面，并非专指文学成就；而气节则指知识分子独立的精神人格而言。在陈寅恪看来，其父的'气节'更在'文章'之前，其实他自己又何尝不是如此？他始终清醒地认识到作为一个知识分子必须具有独立人格，更是用一生自觉地实践贯彻这一精神，从不随流俗改易。"① 正因为对"道德文章"的强调，陈寅恪才表彰欧阳修借修史之机的"贬斥势利，尊崇气节"，然后又因而感慨"天水一朝之文化，竟为我民族遗留之瑰宝。""天水一朝"，指的是宋代。宋代出现过众多的文学大家，拥有极高的文学成就，之所以如此，其主要原因在于当时对待文人环境的自由宽松，正符合陈寅恪所说的"独立之精神，自由之思想"。因为有了自由的思想，文学创作才可以无拘无束，如天马行空，任意驰骋。所以，在陈寅恪看来，唯有思想自由的时代，才有可能出现优美的文学。综述整个中国古代文学史，他认为只有宋代与六朝时期符合这一点。在《论再生缘》中，他说：

　　中国之文学与其他世界诸国之文学，不同之处甚多，其最特异之点，则为骈词俪语与音韵平仄之配合。就吾国数千年文学史言之，骈俪之文以六朝及赵宋一代为最佳。其原因固甚不易推论，然有一点可以确言，即对偶之文，往往隔为两截，中间思想脉络不能贯通。若为长篇，或非长篇，而一篇之中事理复杂者，其缺点最易显著，骈文之不及散文，最大原因即在于是。吾国昔日善属文者，常思用古文之法，作骈俪之文。但此种理想能具体实行者，端系乎其人之思想灵活，不为对偶韵律所束缚。六朝及天水一代思想最为自由，故文章亦臻上乘，其骈俪之文遂亦无敌于数千年之间矣。若就六朝长篇骈俪之文言之，当以庾子山《哀江南赋》为第一。若就赵宋四六之文言之，

---

　　① 杨剑锋：《现代性视野中的陈三立》，中国社会科学出版社，2011年，第191页。

当以汪彦章代皇太后告天下手书（《浮溪集》壹叁）为第一。①

　　他认为，骈文是一种优美的文体，也是中国文学有别于其他民族文学的特殊者，若以骈文的成就而言，则以六朝与赵宋一代为最佳。其原因正在于这两个历史时期"思想最为自由，故文章亦臻上乘"。他将一生的大部分精力都放在中古文史的研究上，但晚年却忽然"颂红妆"，对明清两个奇女子柳如是与陈端生大加赞赏，撰写《柳如是别传》与《论再生缘》。别人或许不理解，但若看其在《柳如是别传》中对柳氏行为的解释与赞赏，联系其一生前后行迹，方才明白其苦心，理解其何以念念不忘"贬斥势利，尊崇气节"。在论及撰作《柳如是别传》的缘起时，他说：

　　披寻钱柳之篇什于残阙毁禁之余，往往窥见其孤怀遗恨，有可以令人感泣不能自已者焉。夫三户亡秦之志，九章哀郢之辞，即发自当日之士大夫，犹应珍惜引申，以表彰我民族独立之精神，自由之思想。何况出于婉娈倚门之少女，绸缪鼓瑟之小妇，而又为当时迂腐者所深诋，后世轻薄者所厚诬之人哉！②

　　柳如是为明末清初的名妓，"秦淮八艳"之一，后嫁给当时著名文人钱谦益作妾。在封建社会中，她的身份地位是十分低下的，本不足道，但柳氏不仅工于诗文，且十分讲究气节，特别是在明清易代之际坚守民族大义，较之当时许多士大夫文人，她的忠义情怀及其对自由独立的追求，尤可令人击节叹赏。所以，陈寅恪对于这样一个"婉娈倚门之少女，绸缪鼓瑟之小妇"，而且还是"为当时迂腐者所深诋，后世轻薄者所厚诬之人"，花费了大量笔墨与精力，在双眼近于失明的情形之下，撰作此书，表面上赞美柳如是，实则更是为了"表彰我民族独立之精神，自由之思想"。

　　事实上，陈寅恪对王国维的理解，是文化层面上的，他与清华国学研究院的几大导师一样，对于独立自由的追求与气节的尊崇，也深深地影响了当时的许多学生。蒋天枢后来回忆说："清华国学研究院创办时，各位导师教导门人，学行并重。尤其王、陈两先生，于立品尤为谆谆。但在此环境下，亦

---

① 《陈寅恪集·寒柳堂集》，生活·读书·新知三联书店，2001年，第72页。

② 《陈寅恪集·柳如是别传》，生活·读书·新知三联书店，2001年，第4页。

有人喜为大言而不务实者，曾有人约同大学部组织'史学会'，王先生致词时有云：'宜多开读书会。先有根柢而后可言发展。'席间议论甚多，王先生颇不与之。既散会，与陈先生同行，颇用怀疑，以为斯会别有用意。又尝勉姚名达：'读诗礼，厚根柢，勿为空疏之学。'由此可看到：当时导师们是如何诚挚地想培养学行俱优和朴质笃实的学风。"① 蓝文征说的更为具体：

> 研究院的特点，是治学与做人并重，各位先生传业态度的庄严恳挚，诸同学问道心志的诚敬殷切，穆然有鹅湖、鹿洞遗风。每当春秋佳日，随侍诸师，徜徉湖山，俯仰吟啸，无限春风舞雩之乐。院中都以学问道义相期，故师弟之间，恩若骨肉，同门之谊，亲如手足，常引起许多人的美慕。因同学分研中国文、史、哲诸学，故皆酷爱中国历史文化，视同性命。"九一八"国难勃发，吴其昌君全家绝食赴南京请愿抗日；北平沦陷后，刘盼遂君拒绝在伪大学任教，而佣书糊口；侯堮君则与沈兼士、英千里等，受教育部付托，共作地下工作；姚名达君主持江西中正大学历史系，率学生下乡宣传抗日，为日军所获，慷慨死节；刘节君耻其岳丈钱稻孙为伪北大校长，立辞重庆大学教授，卖文疗饥，茹苦明志；其余诸同学，也都惧负师训，不敢偷安。②

正因为在学术研究与行文中需要"贬斥势利，尊崇气节"，同时更要追求学术的真理，不能以六经注我，更不能曲学阿世，所以，我们看到，陈寅恪选择魏晋南北朝文史研究时，常常是有所选择的，对于支愍度的学说，他详加考证，说明了他在中国思想史与学术史上的贡献与地位。但在使用支愍度行迹的典故时，遵守的是《世说新语·假谲》篇的原意，以表达自己的情感与思想意旨。这种寓判断于学术论证中的手法，同样体现在对陶渊明"新自然说"的揭示上。

---

① 蒋天枢：《陈寅恪先生编年事辑》卷下，上海古籍出版社，1987年，第187页。
② 蓝文征：《清华大学国学研究院始末》，张杰、杨燕丽选编：《追忆陈寅恪》，社会科学文献出版社，1999年，第82页。

第二节　陶渊明"新自然说"的提出及其现实关怀

陶渊明是东晋末年的文学家，虽然留存下来的诗文在绝对数量上并不算多，诗仅存一百二十余篇，辞赋仅存三篇，文亦唯《桃花源记》《五柳先生传》等十篇左右，但在整个中国文学史上却能够臻于一流大家之列，且在中国文化史上也有十分重要的地位。正因如此，古今论陶者多矣，且大都欣赏其平淡自然的文风，赞许其真诚自然的人格风范。可以说，无论是研究陶渊明的文学创作，还是讨论其与传统隐士文化的关系，要想再出新意，殊为不易。在这种情况下，陈寅恪却写了《桃花源记旁证》《陶渊明之思想与清谈之关系》这两篇专门以陶渊明为研究对象的学术论文，在汗牛充栋的古今论述中，别出新意。特别是后者，将人们一直忽略的陶渊明的思想与当时的清谈联系在一起，并且提出陶渊明的思想是一种"新自然说"，可谓十分新颖，引起学界的热烈讨论，其影响持续至今。

所谓"新自然说"，是相对于"旧自然说"而言。古今论陶者大多论其诗文，而陈寅恪通过论证，认为陶渊明提出的"新自然说"，是经过认真思考的，既与其家世信仰相关，又是对当时名教与自然之争的回答；既可以在乱世之中保全自身，又能够坚持己见，不愿随波逐流，是一个真正的大思想家的创见。所以，他的结论是：

渊明之思想为承袭魏晋清谈之结果及依据其家世信仰道教之自然说而创改之新自然说。惟其为主自然说者，故非名教说，并以自然与名教不相同。但其非名教之意仅限于不与当时政治势力合作，而不似阮籍、刘伶辈之佯狂放诞。盖主新自然说者不须如主旧自然说之积极抵触名教也。又新自然说不似旧自然说之养此有形之生命，或别学神仙，惟求融合精神于运化之中，即与大自然为一体。因其如此，既无旧自然说形骸物质之滞累，自不致与周孔入世之名教说有所触碍。故渊明之为人实外儒而内道，舍释迦而宗天师者也。推其造诣所极，殆与千年后之道教采取禅宗学说以改进其教义者，颇有近似之处。然则就其旧义革新，"孤明先发"而论，实为吾国中古时代之大思想家，岂仅文学品节居古今之第一流，为世所共知者而已哉！①

当然，对于陶渊明"新自然说"的问题本身，是可以继续讨论的。朱光潜就对陈寅恪的这个说法表示不同的看法。在引用了陈氏上述论述后，他认为：

> 这些话本来都极有见地，只是把渊明看成有意识地建立或皈依一个系统井然、壁垒森严的哲学或宗教思想，象一个谨守绳墨的教徒，未免是"求甚解"，不如颜延之所说的"学非称师"，他不仅曲解了渊明的思想，而且他也曲解了他的性格。渊明是一位绝顶聪明的人，却不是一个拘守系统的思想家或宗教信徒。他读各家的书，和各人物接触，在于无形中受他们的影响，象蜂儿采花酿蜜，把所吸收来的不同的东西融会成他的整个心灵。在这整个心灵中我们可以发现儒家的成分，也可以发现道家的成分，不见得有所谓内外之分，尤其不见得渊明有意要做儒家或道家。假如说他有意要做某一家，我相信他的儒家的倾向比较大。
>
> 至于渊明是否受佛家的影响呢？寅恪先生说他绝对没有，我颇怀疑。渊明听到莲社的议论，明明说过它"发人深省"，我们不敢说"深省"的究竟是什么，"深省"却大概是事实。寅恪先生引《形影神》诗中"甚念伤吾生，正宜委运去，纵浪大化中，不喜亦不惧，应尽便须尽，无复独多虑"几句话，证明渊明是天师教信徒。我觉得这几句话确可表现渊明的思想，但是在一个佛教徒看，这几句话未必不是大乘精义。②

朱光潜从审美的角度看待陶渊明诗歌，认为陶诗里充满着世间人情，一片盎然生机，并不在乎什么宗教，也无意于创设什么思想。所以，他对于陈寅恪论证陶渊明之"非名教"不予认可，表示说：

> 陈寅恪先生把魏晋人物分名教与自然两派，以为渊明"既不尽同嵇康之自然，更有异何曾之名教，且不主名教自然相同之说如山（涛）王（戎）辈

---

① 《陶渊明之思想与清谈之关系》，《陈寅恪集·金明馆丛稿初编》，生活·读书·新知三联书店，2001年，第228－229页。本节下面出于此文者，皆出此书，为免烦琐，仅括注页码。
② 朱光潜：《诗论》，《朱光潜美学文集》第二卷，上海文艺出版社，1982年，第212页。

之所为。盖其己身之创解乃一种新自然说"，"新自然说之要旨在委运任化"，并且引"立善常所欣，谁当为汝誉"两句诗证明渊明"非名教"。他的要旨在渊明是道非儒。我觉得这番话不但过于系统化，而且把渊明的人格看得太单纯，不免歪曲事实。渊明尚自然，宗老庄，这是事实；但是他也并不非名教，薄周孔，他一再引"先师遗训"（他的"先师"是孔子，不是老庄，更不是张道陵），自称"游好在六经"，自勉"养真衡门下，庶以善自名"，遗嘱要儿子孝友，深致慨于"如何绝世下，六籍无一亲。"——这些都是铁一般的事实，却不是证明渊明"非名教"的事实。①

　　这个问题本是可以见仁见智的，只要能够自圆其说，不同的观点与争论可以使问题得到深究。我们不妨先看看陈寅恪对于陶渊明"新自然说"的论证是不是可以自证，然后再探讨他作出如此论证的具体心迹与现实关怀，也就是先论其"求是"之迹，再探其"致用"之因。

　　实际上，陈寅恪之所以提出陶渊明的思想为创新之"新自然说"，实是解释他何以在魏晋清谈思想的大背景下，在当时名教与自然论争的理论环境中，既与"旧自然说"有所区别，又不愿调和名教与自然之争，陷入纲常伦理的俗套之中。也就是陈寅恪在文中所说的："盖其己身之创解乃一种新自然说，与嵇、阮之旧自然说殊异，惟其仍是自然，故消极不与新朝合作，虽篇篇有酒，而无沉湎任诞之行及服食求长生之志。夫渊明既有如是创辟之胜解，自可以安身立命，无须乞灵于西土远来之学说，而后世佛徒妄造物语，以为附会，抑何可笑之甚耶？"（第220－221页）由于要证明陶渊明的"新自然说"乃是他的一种创解，陈寅恪发掘现存文献材料，对于陶渊明的出处、宗教信仰、易代之际的人生选择，作出了自己的判断。

　　为了说明陶渊明的思想与魏晋清谈的关系，陈寅恪先从清谈的发展变迁说起。他认为魏晋清谈按照其时间顺序与清谈内容，可分为前后两期："当魏末西晋时代即清谈之前期，其清谈乃当日政治上之实际问题，与其时士大夫之出处进退至有关系，盖藉此以表示本人态度及辩护自身立场者，非若东晋一朝即清谈后期，清谈只为口中或纸上之玄言，已失去政治上之实际性质，仅作名士身份之装饰品者也。"（第201页）就魏晋清谈的具体发展之迹而言，

---

　　①　朱光潜：《诗论》，《朱光潜美学文集》第二卷，上海文艺出版社，1982年，第222页。

这样的判断基本上是准确的。但自然与名教之间其实也并非天然的对立。何晏与王弼认为名教出于自然，两者并不对立，而是可以和谐并存的。这样的观点，阮籍与嵇康开始也是认同的。我们看看阮籍、嵇康前期的一些著述，便可明了这些。阮籍《通易论》《通老论》《乐论》中热情讴歌自然与名教之间的和谐，也就是在理想与现实之间找寻一条切实可行的路子。其《乐论》说：

夫乐者，天地之体，万物之性也。合其体，得其性，则和；离其体，失其性，则乖。昔者圣人之作乐也，将以顺天地之体，成万物之性也。故定天地八方之音，以迎阴阳八风之声，均黄钟中和之律，开群生万物之情。故律吕协则阴阳和，音声适而万物类；男女不易其所，君臣不犯其位；四海同其欢，九州一其节。奏之圜丘而天神下，奏之方丘而地祇上。天地合其德则万物合其生，刑赏不用而民自安矣。乾坤易简，故雅乐不烦；道德平淡，故五声无味。不烦则阴阳自通，无味则百物自乐，日迁善成化而不自知，风俗移易而同于是乐，此自然之道，乐之所始也。①

在这里，天地一体，万物和谐，父子君臣等名教之内的伦理纲常，一切皆合于自然，顺于自然，其乐融融。音乐正起到这样一种"顺天地之体，成万物之性"的作用，可以移风易俗，而且是"自然之道"。其《通易论》亦云：

阮子曰：《易》者何也？乃昔之玄真，往古之变经也。庖牺氏当天地一终，值人物憔悴，利用不存，法制夷昧，神明之德不通，万古之情不类；于是始作八卦。引而伸之，触类而长之，分阴阳，序刚柔，积山泽，连水火，杂而一之，变而通之，终于未济，六十四卦尽而不穷。是以天地象而万物形，吉凶著而悔吝生，事用有取，变化有成。南面听断，向明而治；结绳为网罟，致日中之货，修耒耜之利以教，天下皆得其所。②

这与先秦以来老庄孔孟对于社会发展的描述基本上是一致的，并没有什么惊世骇俗的思想与言论。他认为，往古之时，民风淳朴，但智化不开，"圣人"出而教之，天下皆得其所。随着社会的发展，又不断出现新的情况。于是，"先王既殁，德法乖易，上凌下替，君臣不制，刚柔不和，天地不交。是以君子一类求同，遏恶扬善，以致其大，谦而光之，哀多益寡，崇圣善以命，雷出于地，于是大人得位，明圣又兴，故先王作乐荐上帝，昭明其道，以答天贶。于是万物服从，随而事之，子遵其父，臣承其君，临驭统一，大观天下，是以先王以省方、观民、设教，仪之以度也。"① 他要证明的是，"先王""君子"们所设立的纲常伦理，虽然因名设教，而此名教正是顺乎自然，体则自然的，与自然完全和谐一致，没有矛盾。因而名教源于自然，名教即是自然，两者是统一的。其《通老论》也主要是阐述"道法自然"的观点，就思辨的角度而言，没有超过王弼，实际上还是解释名教出于自然的观点。嵇康早年亦持此观。其《太师箴》曰：

　　浩浩太素，阳曜阴凝，二仪陶化，人伦肇兴，厥初冥昧，不虑不营，欲以物开，患以事成，犯机触害，智不救生，宗长归仁，自然之情。故君道自然，必托贤明，茫茫在昔，罔或不宁。赫胥既往，绍以皇羲。默静无文，大朴未亏，万物熙熙，不夭不离。②

　　这无非也是谈论往古淳朴之世，人们的一切情感皆出于"自然之情"，是老庄话语的重复。而且，从哲学思辨的角度而言，他们其实还是持宇宙生成论的，尚未讨论本体论问题。嵇康《答难养生论》等文章，一直都在探讨内圣外王的相结合，也就是理想与现实之间的和谐。即使是嵇康《释私论》中所提出的"越名教而任自然"，其实也并不是如一些教科书中所说的将名教与自然相对立，更不是什么为了反抗司马氏。他说：

　　夫称君子者，心无措乎是非，而行不违乎道者也。何以言之？夫气静神虚者，心不存于矜尚；体亮心达者，情不系于所欲。矜尚不存乎心，故能越名教而任自然；情不系于所欲，故能审贵贱而通物情。物情顺通，故大道无违；越名任心，故是非无措也。是故言君子，则以无措为主，以通物为美；

---

① 《阮籍集校注》，中华书局，1987年，第110-111页。
② 《嵇康集校注》，人民文学出版社，1962年，第309-310页。

言小人，则以匿情为非，以违道为阙。①

　　嵇康撰写此文时，高平陵事件尚未发生，故其所谓"越名教而任自然"之说，只是其玄学理论的一贯表述，亦即"越名任心"之意。他在这里所要探讨的乃是"君子"和"小人"两种人格，认为"君子"要想体道，直达"自然"之道，只要不存"矜尚"的功利之心，以"气静神虚"的状态来体之，也就无须通过外在的"名教"而获得，直接听从自己虚涵的内心，"越名教而任自然"也就是后文所说的"越名任心"。嵇康曾与其朋友向秀反复讨论过"养生"与"自然"等问题，但这些都是纯粹的理论探讨，与当时的实际政治并无关联。在《养生论》中，嵇康认为通过养生，可以获得神仙那样的长寿，所以说："夫神仙虽不目见，然记籍所载，前史所传，较而论之，其有必矣；似特受异气，禀之自然，非积学所能致也。至于导养得理，以尽性命，上获千余岁，下可数百年，可有之耳。"② 养生的方法无非是节制自己的喜怒哀乐与饮食作息等，当然也就不能完全按照自己的情欲而行事。但向秀却认为："有生则有情，称情则自然，若绝而外之，则与无生同。何贵于有生哉？且夫嗜欲，好荣恶辱，好逸恶劳，皆生于自然。夫天地之大德曰生，圣人之大宝曰位，崇高莫大于富贵。然富贵，天地之情也。贵则人顺己以行义于下；富则所欲得以有财聚人，此皆先王所重，关之自然，不得相外也。"③ 向秀认为称情而往，追求利禄富贵也是人之本性，因而是符合自然。这样看来，名教与自然之间是没有什么矛盾和紧张感的。但向秀的著作大多亡佚了，其《庄子注》是否为郭象完全接受，也已不得而知。从现存资料看，郭象是发展了向秀的理论，并将其发扬光大。

　　但是，司马氏掌权后，使得本来与实际政治关联并不太大的清谈成为一种政治风向标，将其与当时士大夫的出处进退相关联，属于"当日政治上之实际问题"，即以当时玄学清谈之"才性四本"之论而言，陈寅恪在《书世说新语文学类钟会撰四本论始毕条后》一文中断言曰："夫仁孝道德所谓性也。治国用兵之术所谓才也。当魏晋兴亡递嬗之际，曹氏司马氏两党皆作殊死之斗争，不独见于其所行所为，亦见于其所言所著。四本论之文，今虽不

---

① 《嵇康集校注》，人民文学出版社，1962 年，第 234 页。
② 《嵇康集校注》，人民文学出版社，1962 年，第 144 页。
③ 《嵇康集校注》附，人民文学出版社，1962 年，第 162－163 页。

存，但四人所立之同异合离之旨，则皆俱在。苟就论主之旨意，以考其人在当时政治上之行动，则孰是曹魏之党，孰是司马晋之党，无不一一明显。职是之故，寅恪昔文所论，清谈在其前期乃一政治上党派分野向背从违之宣言，而非空谈或纸上之文学，亦可以无疑矣。"① 所谓才性四本，指的是讨论才与性之间同异合离的理论问题。钟会为司马氏的一党，他是持才性相合的意见，早年曾十分崇拜嵇康，欲就这个问题向嵇康讨教，但又不敢接近嵇康。嵇康本人似乎对这个理论问题并无兴趣，也未见他对此发表过意见。但他确实不满司马氏的所作所为，与阮籍等人一样，他不得不在曹魏与司马氏之间作出选择。这种选择可以不必直接表现在政治行为上，却无法回避自然与名教之关系的理论问题。因此，在司马氏大力提倡名教、利用名教之时，阮籍、嵇康等人便不得不以"自然"来进行理论上的抗衡。

阮籍《大人先生传》曰：

大人先生盖老人也。不知姓字。陈天地之始，言神、黄帝之事，昭然也。莫知其生平年之数。尝居苏门之山，故世或谓之。问养性延寿，与自然齐光，其视尧舜之所事若手中耳。以万里为一步，以千岁为一朝，行不赴而居不处，求乎大道而无所寓。先生以应变顺和，天地为家，运去势隤，魁然独存，自以为能足与造化推移，故默探道德，不与世同。自好者非之，无识者怪之，不知其变化神微也；而先生不以世之非怪而易其务也。先生以为中区之在天下，曾不若蝇蚊之着帷，故终不以为事，而极意乎异方奇域，游览观乐，非世所见，徘徊无所终极。遗其书于苏门之山而去，天下莫知其所如往也。②

这个"大人先生"在阮籍的当时现实中或者有其人物原型，但在此文中，实即为其理论上"自然"的表述者，以与世俗的名教礼法之徒相背。在残酷现实与名教的压力之下，阮籍内心的"忧惧"之感与日俱增，所以《咏怀诗》中才有那么浓烈的"忧生之嗟"。如果看看何曾这样虚伪的礼法之士，总欲置之死地而后快的行为，当然也就不难理解他时刻存念于心的忧郁了，从而也就可以理解他为什么要以貌似体则"自然"的放诞行为而置名教之礼法于不顾了。

———————————

① 《陈寅恪集·金明馆丛稿初编》，生活·读书·新知三联书店，2001 年，第 51－52 页。
② 《阮籍集校注》，中华书局，1987 年，第 161－162 页。

　　而嵇康在司马氏掌权并利用虚伪礼法而残杀名士时，所撰《与山巨源绝交书》便是宣布自己与名教的决裂书，他还激烈地表达所谓"每非汤武而薄周孔，在人间不止，此事会显，世教所不容"①的话语。这与其早年在《家诫》中对其儿子的名教教导判若两人。就玄学理论的思辨深度而言，嵇康与阮籍其实无法与王弼和郭象相比，但他们对于当时甚至整个六朝士人的影响却甚大，乃在于他们的自我意识及其孜孜以求的崇高的精神境界。这便如余敦康所言："他们从自我出发，或是'使气以命诗'，或是'师心以遣论'，都以宇宙的最高本体作为追求的目标，希望自我与本体合而为一，得到某种精神境界，用来安身立命，与苦难的现实相对抗。他们所追求的本体就是自然。但是，自然不可能脱离名教而单独存在，现实的苦难也不可能靠思维上的否定来克服，所以阮籍、嵇康'越名教而任自然'的玄学思想不仅使他们在理论上陷入了一系列的矛盾，同时也使他们的精神境界像飘浮于现实生活浪涛中的一叶扁舟，永远也找不到一个安息之地。……他们在思辨哲学上达到的高度是比不上王弼的，但是他们通过这种求索充分地揭露了名教与自然、必然与自由、自在与自为、现实与理想的各种矛盾，要求自我在这一系列的矛盾中作出负责的选择，就认识的深化而言，是要超过王弼的。"②

　　竹林名士之后，为了缓和名教与自然相对抗的紧张感，郭象提出了名教即是自然的观点，将"方内"与"方外"、名教与自然的矛盾消泯于无形，其《庄子注》便是这样的理论产物。在《庄子·大宗师》中，庄子讲述了一个"子桑户、孟子反、子琴张三人相与友"的寓言故事，借孔子之口曰："彼，游方之外者也；而丘，游方之内者也。"实即表明方内之世俗名教与方外之自然之间的不相调和。而郭象对此注曰：

　　夫理有至极，外内相冥，未有极游外之致而不冥于内者也，未有能冥于内而不游外者也。故圣人常游外以冥内，无心以顺有，故虽终日见形而神气无变，俯仰万机而淡然自若。夫见形而不及神者，天下之常累也。是故睹其与群物并行，则莫能谓之遗物而离人矣；睹其体化而应务，则莫能谓之坐忘而自得矣。岂直谓圣人不然哉？乃必谓至理之无此。是故庄子将明流统之所宗以释天下之可悟，若直就称仲尼之如此，或者将据所见以排之，故超圣人

---

　　① 《嵇康集校注》，人民文学出版社，1962年，第122页。
　　② 余敦康：《魏晋玄学史》，北京大学出版社，2004年，第311页。

之内迹，而寄方外于数子。宜忘其所寄以寻述作之大意，则夫游外冥内之道坦然自明，而《庄子》之书，故是涉俗盖世之谈矣。[①]

为了将《庄子》解释成"涉俗盖世之谈"，郭象不得不把名教与自然调和为一，以冥合内外。正因为需要在理论上调和自然与名教，在解释《庄子·逍遥游》中"藐姑射之山，有神人居焉"这一句时，郭象注解说："此皆寄言耳。夫神人即今所谓圣人也。夫圣人虽在庙堂之上，然其心无异于山林之中，世岂识之哉！徒见其戴黄屋，佩玉玺，便谓足以缨绂其心矣；见其历山川，同民事，便谓足以憔悴其神矣；岂知至至者之不亏哉！今言王德之人而寄之此山，将明世所无由识，故乃托之于绝垠之外而推之于视听之表耳。"[②] 他把庄子逍遥游的"神人"解释成当今所谓"戴黄屋，佩玉玺"的圣人，并言两者是合二为一者。这样一来，自然与名教当然也就不再是对立的矛盾关系。随着玄谈名士们清谈内容的改变，不再执着于现实政治，两晋名士们似乎都认同这样的解释了。最为典型便是对两者"将无同"的阐释与理解了。《世说新语·文学》第十八则载曰：

阮宣子有令闻。太尉王夷甫见而问曰："老庄与圣教同异？"对曰："将无同？"太尉善其言，辟之为掾。世谓"三语掾"。卫玠嘲之曰："一言可辟，何假于三！"宣子曰："苟是天下人望，亦可无言而辟，复何假一！"遂相与为友。[③]

"老庄与圣教"，实则就是"自然与名教"，"将无同"也就是"大概没有什么不同"或者是"大致相同"的意思，卫玠则干脆说"一言可辟"，也就是"同"的意思。这样简洁的回答也因此成为名言，表明两晋玄学名士们对"名教即自然"观点的认同。东晋玄释合流，名教自然之争早已泯于无形，玄学名士们更是将儒道释玄冥合为一。孙绰《游天台山赋》云：

于是游览既周，体静心闲。害马已去，世事都捐。投刃皆虚，目牛无全。

① 郭庆藩：《庄子集释》，中华书局，1961年，第268页。
② 郭庆藩：《庄子集释》，中华书局，1961年，第28页。
③ 余嘉锡：《世说新语笺疏》，上海古籍出版社，1993年，第207页。

凝思幽岩，朗咏长川。尔乃羲和亭午，游气高褰。法鼓琅以振响，众香馥以扬烟。肆觐天宗，爰集通仙。挹以玄玉之膏，嗽以华池之泉。散以象外之说，畅以无生之篇，悟遣有之不尽，觉涉无之有间。泯色空以合迹，忽即有而得玄。释二名之同出，消一无于三幡。恣语乐以终日，等寂默于不言。浑万象以冥观，兀同体于自然。①

孙绰此赋之"游"，并非真的"身游"，而是道教存思式的"心游"，释道二家已是同一，在其《喻道论》中，孙绰又阐明了"周孔即佛，佛即周孔"的观点。周一良认为："名教自然'将无同'之问答，《世说新语·文学篇》以为王衍阮修事，而《晋书·阮瞻传》系于王戎阮瞻。问答之具体人关系不大，关键在主张老庄自然与周孔名教相同之思想乃当时确曾流行者也。两书皆以此事为王衍为太尉或王戎为司徒时，是在晋朝建立以后。然'将无同'之思想实源自魏末，为曹氏司马氏斗争之结果，乃'正始之音'，而不始于司马氏篡魏以后也。魏晋以后，此种思想一线相承，至南北朝之末，历代有人沿袭。较早之代表者，当推何晏与嵇康。嵇康为曹氏之婿，遭司马氏猜忌，终于被杀。嵇康为全身远祸，号称放逸自恣，以老庄为师，'非汤武而薄周孔'。然其与山涛绝交书又云，'仲尼兼爱，不羞执鞭；子文无欲卿相，而三登令尹。是乃君子济物之意也。所谓达能兼善而不渝，穷则自得而无闷。以此观之，故尧舜之君世，许由之岩栖，子房之佐汉，接舆之行歌，其揆一也'。由此可见嵇康并未真'非汤武而薄周孔'，而是主张周孔老庄殊途而同归。'其揆一也'一语，亦即名教自然将无同之注解。"②

诚然，何晏与王弼等正始名士并没有将名教与自然对立起来，即使在比较孔子与老子之优劣时，还是认为孔子为"圣人"，老子为"大贤"，孔还是稍胜于老。《世说新语·文学》篇第八则云："王辅嗣弱冠诣裴徽，徽问曰：'夫无者，诚万物之所资，圣人莫肯致言，而老子申之无已，何邪？'弼曰：'圣人体无，无又不可以训，故言必及有；老、庄未免于有，恒训其所不足。'"③ 裴徽与何晏在年龄上都比王弼高出一辈，也都是当时名士，之所以

---

① 《文选》卷十一，上海古籍出版社，1986 年，第 499 – 500 页。
② 《名教自然"将无同"思想之演变》，《周一良集》第二卷《魏晋南北朝史札记·晋书札记》，辽宁教育出版社，1998 年，第 87 页。
③ 余嘉锡：《世说新语笺疏》，上海古籍出版社，1993 年，第 199 页。

有此一问，确实是他们在理论上都还没有将有无与孔老优劣之类的问题考虑清楚，无法得到满意的解释。裴徽自是拥护名教之伦理纲常的，何晏也是如此，只不过他比裴徽等人的理解更进了一步。《世说新语·文学》第十则刘孝标注引《文章叙录》曰："自儒者论以老子非圣人，绝礼弃学。晏说与圣人同，著论行于世也。"① 何晏为正始玄学名士的领袖，他与裴徽等人在儒道关系的理解上有所不同，认为老子与孔子一样，都是"圣人"，但他还是无法理解老庄何以用语言对"无"之意"申之无已"，等到王弼用"圣人体无"及其精彩的言意之辨作了解释与疏通之后，正始名士们方才豁然开朗。王弼的回答也成为当时的"名通"，并成为后世两晋名士理解这类问题的范本。如《世说新语·言语》载曰：

> 孙齐由、齐庄二人小时诣庾公，公问齐由"何字"，答曰："字齐由。"公曰："欲何齐邪？"曰："齐许由。"齐庄"何字"，答曰："字齐庄。"公曰："欲何齐？"曰："齐庄周。"公曰："何不慕仲尼而慕庄周？"对曰："圣人生知，故难企慕。"庾公大喜小儿对。（刘孝标注引《孙放别传》曰：放字齐庄，监君次子也。年八岁，太尉庾公召见之。放清秀，欲观试，乃授纸笔令书，放便自疏名字。公题后问之曰："为欲慕庄周邪？"放书答曰："意欲慕之。"公曰："何故不慕仲尼而慕庄周？"放曰："仲尼生而知之，非希企所及；至于庄周，是其次者，故慕耳。"公谓宾客曰："王辅嗣应答，恐不能胜之。"）②

庾亮欣赏孙放的回答，不仅因其年少而聪颖，更是因为这样的回答正契合当时玄学名士们对此问题的理解。当孙放说出"圣人生知，故难企慕"时，其潜在意思是说，像孔子这样的圣人是"生而知之者"，普通人是难以学得到的。而庄子最多只能是"贤人"，是可以通过后天的努力学到的，所以自己的字为"齐庄"。所以两晋名士们认为老庄不断地用语言阐释有无之意，而孔子因为"体无"，不需要用语言来阐释，却能够把握"无"的本意。

而在何晏当时，名教与自然之间并不存在理论上的扞格，嵇康与阮籍等人本来也是这么理解的，但是，当司马氏及其党羽利用名教，却又在实际行

---

① 余嘉锡：《世说新语笺疏》，上海古籍出版社，1993 年，第 200 页。
② 余嘉锡：《世说新语笺疏》，上海古籍出版社，1993 年，第 109 – 110 页。

为上使名教成为虚伪礼法的护身符时，名教与自然之间的紧张关系便产生了，嵇康与阮籍等便只能以自然来抗衡世俗的名教了。这时候，名教与自然之间便不是"将无同"了，而是大不同。但时过境迁之后，到了东晋末年陶渊明的时代，嵇康等人的"旧自然说"已不适应当时的现实，佛教的流行使得这个理论问题变得更为复杂，陶渊明既不能坚持"旧自然说"，更不愿意采用郭象等人的"名教即自然"之说，兼之佛学昌炽，对于形神问题有其独到的阐释，陶渊明无意于什么思想理论的刻意创新，却按照自己的理解而践履其行，于实际生活中"委运任化"。这本是一种生活态度与生活方式，无意于理论创新却恰恰是一种新的思想，所以，陈寅恪只能称其为"新自然说"，以区别于嵇康和阮籍的"旧自然说"。

从理论上说，陶渊明的"新自然说"集中表现于其《形影神》三首诗中：

天地长不没，山川无改时。草木得常理，霜露荣悴之。谓人最灵智，独复不如兹。适见在世中，奄去靡归期。奚觉无一人，亲识岂相思？但余平生物，举目情凄洏。我无腾化术，必尔不复疑。愿君取吾言，得酒莫苟辞。（《形赠影》）

存生不可言，卫生每苦拙。诚愿游昆华，邈然兹道绝。与子相遇来，未尝异悲悦。憩荫若暂乖，止日终不别。此同既难常，黯尔俱时灭。身没名亦尽，念之五情热。立善有遗爱，胡为不自竭。酒云能消忧，方此讵不劣。（《影答形》）

大钧无私力，万理自森著。人为三才中，岂不以我故。与君虽异物，生而相依附。结托善恶同，安得不相语。三皇大圣人，今复在何处？彭祖爱永年，欲留不得住。老少同一死，贤愚无复数。日醉或能忘，将非促龄具？立善常所欣，谁当为汝誉？甚念伤吾生，正宜委运去。纵浪大化中，不喜亦不惧，应尽便须尽，无复独多虑。（《神释》）①

形神之辨自先秦时期便已开始，陶渊明之后的范缜著《神灭论》，更因此而产生了一场大讨论。与陶渊明同时代又有所接触的庐山名僧慧远也著有

---

① 龚斌：《陶渊明集校笺》，上海古籍出版社，1996年，第59、62－63、65页。

《形尽神不灭论》。陶渊明这三首诗是否针对慧远，现存文献尚难以确定。关于陶渊明是否受到佛教的影响，直至现在，仍然属于有争议的学术问题。即使陶渊明的"任化""幻化""空无"等名词概念与佛教流行有一定的关系，但他确实对这些作出了自己的理解。《形影神》三诗中，"形"代表的是养形、养生，是"旧自然说"之主张，但人生短暂，欲求长生而难得也；"影"代表的是名教提倡的"立善""立名"之类；"神"代表的便是陶渊明的"新自然说"，故陈寅恪按曰："此首之意谓形所代表之旧自然说与影所代表之名教说之两非，且互相冲突，不能合一，但己身别有发明之新自然说，实可以皈依，遂托于神之言，两破旧义，独申创解，所以结束二百年学术思想之主流，政治社会之变局，岂仅渊明一人安身立命之所在而已哉！"（第 223 页）他认为，陶渊明"新自然说"既是对魏晋以来自然与名教之争的回答，也是对当时佛教盛行背景下形神之争的回答，所以陶渊明不仅是大诗人，在这个意义上，也是"大思想家"。因为有了自己的"独申创解"，不需要依靠外来的佛教理论来解决内心的困惑，所以陈寅恪坚持认为陶渊明没有"归命释迦"。

其实，从理论深度本身而言，陶渊明的"新自然说"没有太多的创新，只是表明一种生活方式，或者说，代表着自庄子直到阮籍、嵇康所追求的"手挥五弦，目送归鸿"般诗意化的生活方式与精神境界，只不过，由于时代环境的不同，嵇、阮未能真正在现实生活中实现，陶渊明将其实践化了，变成了一种可以践履的生活方式。

朱光潜对于陈寅恪的这个说法持怀疑态度，从学术争鸣的角度而言，当然是可以见仁见智的。但他或许没有考虑到陈寅恪提出此说时的特殊背景及其内在的文化关怀。

《陶渊明之思想与清谈之关系》一文，撰作于抗战时期（1943 年）之桂林，当时陈寅恪任教于广西大学，不但身体状况不好，生活也极为困难。有《癸未春日感赋》诗云："沧海生还又见春，岂知春与世俱新。读书渐已师秦吏，钳市终须避楚人。九鼎铭词争颂德，百年粗粝总伤贫。周妻何肉尤吾累，大患分明有此身。"[1] 在民族危难的特殊岁月中，总有一些人乐于"颂德"，更有一些汉奸改事新主而变节。所以，在这篇文章中，陈寅恪借陶渊明研究

---

① 蒋天枢：《陈寅恪先生编年事辑》卷中，上海古籍出版社，1997 年，第 133 页。

之机，表彰陶渊明能够坚守本民族之义，没有"归命释迦"而别创"新自然说"。这种学说既可保全自身，又可以"消极不与新朝合作"。为什么他要强调这一点呢？我们看他文中一段充满激情的话：

渊明著作文传于世者不多，就中最可窥见其宗旨者，莫如《形影神》赠答释诗，至《归去来辞》、《桃花源记》、《自祭文》等尚未能充分表示其思想，而此三首诗之所以难解亦由于是也。此三首诗实代表自曹魏末至东晋时士大夫政治思想人生观演变之历程及渊明己身创获之结论，即依据此结论以安身立命者也。前已言魏末、晋初名士如嵇康、阮籍叔侄之流是自然而非名教者也；何曾之流是名教而非自然者也，山涛、王戎兄弟则老庄与周孔并尚，以自然名教为两是者也。其尚老庄是自然者，或避世，或禄仕，对于当时政权持反抗或消极不合作之态度，其崇尚周孔是名教者，则干世求进，对于当时政权持积极赞助之态度，故此二派之人往往互相非诋，其周孔老庄并崇，自然名教两是之徒，则前日退隐为高士，晚节急仕至达官，名利兼收，实最无耻之巧宦也。时移世易，又成来复之象。东晋之末叶宛如曹魏之季年，渊明生值其时，既不尽同嵇康之自然，更有异于何曾之名教，且不主名教自然相同之说如山、王辈之所为。（第220 – 221 页）

其中所云"时移世易，又成来复之象"，对于这种"名利兼收"的"无耻"之徒，陈寅恪自是十分鄙夷的。在抗战时期的特殊环境中，对于追求士人气节的陈寅恪来说，其借古喻今之旨呼之欲出。了解了这个背景，方可以看出陈寅恪撰作此文的良苦用心。故汪荣祖为之发覆云："在抗战期间，寅恪虽以唐史研究为主，然并未放弃对六朝的探讨。代表作是在成都燕大（按：实作于桂林）所撰有关陶渊明一文。……以古喻今，服事日寇的汉奸，岂不就是趋利好名的'自然''名教'合一论者吗？而陈寅恪的别有所指，尽在不言之中。"① 正因为陈寅恪此文的"别有所指"及其良苦用心，他在文中又特意指出陶渊明《桃花源记》所记为当时坞壁之生活而又加以理想化，虽然他另有《桃花源记旁证》和《魏书司马睿传江东民族条释证及推论》专文释之，但还是加上一句："惟有一事特可注意者，即渊明理想中之社会无君臣官

---

① 汪荣祖：《史家陈寅恪传》，北京大学出版社，2005 年，第143 – 144 页。

长尊卑名分之制度，王介甫《桃源行》'虽有父子无君臣'之句深得其旨，盖此文乃是自然而非名教之作品，藉以表示其不与刘寄奴新政权合作之意也。"（第227页）因为改事新朝，与新政权之合作涉及陈寅恪最为看重的士人气节问题，所以，陈寅恪在文中特别强调说："总之，渊明政治上之主张，沈约《宋书·陶渊明传》所谓'自以曾祖晋世宰辅，耻复屈身异代，自（宋）高祖王业渐隆，不复肯仕。'最为可信。与嵇康之为曹魏国姻，因而反抗司马氏者，正复相同。"（第227页）并因此而驳梁启超在《陶渊明之文艺及其品格》一文中的观点。他对梁启超观点的不相认同与直接批评，这一段学术史上的公案，李锦全在《陶潜评传》中认为别有情怀。

梁启超在《陶渊明之文艺及其品格》一文中说：

　　萧统作《渊明传》谓"自以曾祖晋世宰辅，耻复屈身后代，自宋高祖王业渐隆，不复肯仕。"其实渊明只是看不过当日仕途的混浊，不屑与那些热官为伍。倒不在乎刘裕的王业隆与不隆。若说专对刘裕吗？渊明辞官那年，正是刘裕拨乱反正的第二年。何以见得他不能学陶侃之功遂辞归，便料定他二十年后会篡位呢？本集《感士不遇赋》的序文说道："自真风告逝，大伪斯兴。闾阎懈廉退之节，市朝驱易进之心。"当时士大夫浮华奔竞，廉耻扫地，是渊明最痛心的事。他纵然没有力量移风易俗，起码也不肯同流合污，把自己的人格丧掉。这是渊明弃官最主要的动机，从他的诗文中到处都看得出来。若说所争在什么姓司马的姓刘的，未免把他看小了。[①]

梁启超认为陶渊明并不在意晋宋之际朝代的易主，"只是看不过当日仕途的混浊"。作为新文化运动的风云人物，梁启超对清廷没有什么情感上的依恋，所以讨论陶渊明时可以不顾及什么易代之际的情感。而陈寅恪则不同于此，所以对上述梁氏之言作了不留情的批评。

他在《陶渊明之思想与清谈之关系》中说："取魏晋之际持自然说最著之嵇康及阮籍与渊明比较，则渊明之嗜酒禄仕，及与刘宋诸臣王弘、颜延之交际往来，得以考终牖下，固与嗣宗相似，然如《咏荆轲诗》之慷慨激昂及《读山海经》诗精卫刑天之句，情见乎词，则又颇近叔夜之元直矣。总之，渊

---

①　梁启超：《饮冰室合集·专集》第二十二册，中华书局，2015年，第3－4页。

明政治上之主张，沈约《宋书》渊明传所谓'自以曾祖晋世宰辅，耻复屈身异代，自（宋）高祖王业渐隆，不复肯仕。'最为可信。与嵇康之为曹魏国姻，因而反抗司马氏者，正复相同。此嵇、陶符同之点实与所主张之自然说互为因果，盖研究当时士大夫之言行出处者，必以详知其家世之姻族连系及宗教信仰二事为先决条件，此为治史者之常识，无待赘论也。"（第227－228页）然后，陈寅恪举出梁启超上述之例，认为"斯则任公先生取己身之思想经历，以解释古人之志尚行动，故按诸渊明所生之时代，所出之家世，所遗传之旧教，所发明之新说，皆所难通，自不足据之以疑沈休文之实录也"。（第228页）其实，他所驳梁启超之说，亦夫子自道者也。李锦全认为："陈氏批评梁氏取己身之思想经历，以解释古人之志尚行动，这恐怕不是单指对陶渊明的评价问题，也是他对梁氏本人的看法。他对梁氏的批评，起因在王国维之死。"① 他认为，梁启超曾对其老师康有为有过不敬之举，在名节上有亏，故而陈寅恪在《王观堂先生挽词》中借而批评梁启超。更何况，陈氏家庭与清室颇有关联，所以在评价王国维时，也曾涉及"耻事二姓"的问题。因此，他认为陈氏将陶渊明许为中古时代"大思想家"的这段评述，未免将陶渊明拔得太高。"陈氏强调陶潜对家世信仰道教之自然说创改为新自然说。陶潜的家世是信仰天师道的，是神仙道教中的一派，陈氏称之为旧自然说。那么陶潜创改的新自然说，依我看来不过是复归于老庄的道法自然，这可以说是一种'返祖'现象，最多算是'返本开新'。要说陶潜对天师道的旧义革新，亦看不出他对宗教改革起到多大作用。从这个角度说他是中古时代的大思想家，我是不同意的。"② 他认为陶渊明的"新自然说"在理论上并无创新，只是老庄自然思想的复归或"返祖"。从理论思辨角度而言，陶渊明确实没有什么新的思想性的革命与"创改"，但又确实将玄学名士们欲努力达到的精神境界实践化了，如果像罗宗强先生在其《玄学与魏晋士人心态》中所说的那样，陶渊明"委运任化"的人生态度代表着"玄学人生观的一个句号"，或许更易令人接受。

但是，我们同时也要注意到，陈寅恪的说法本身也是可以自圆其说的，尽管他从家世、姻亲、宗教信仰等方面的论述都可以从其他角度去理解，而其文章也是可以自我阐释的。更何况，《陶渊明之思想与清谈之关系》诞生于

---

① 李锦全：《陶潜评传》，南京大学出版社，1998年，第137页。
② 李锦全：《陶潜评传》，南京大学出版社，1998年，第148页。

抗战的特殊时期，乃"将以有为"之作，有其现实意义。也就是说，陈寅恪以学术论证的方式来行其"致用"之道，其剖析陶渊明创解"新自然说"含有现实的文化关怀。

第三节　"中国文化本位论"的坚守：表彰王导的意义

王导是东晋初期的治国名臣，辅佐晋元帝司马睿建立东晋王朝，并团结当地世家大族，最终在建康站稳脚跟，使得司马氏汉族政权维持百年左右的时间。《晋书·王导传》载曰：

时元帝为琅邪王，与导素相亲善。导知天下已乱，遂倾心推奉，潜有兴复之志。帝亦雅相器重，契同友执。帝之在洛阳也，导每劝令之国。会帝出镇下邳，请导为安东司马，军谋密策，知无不为。及徙镇建康，吴人不附，居月余，士庶莫有至者，导患之。会（王）敦来朝，导谓之曰："琅邪王仁德虽厚，而名论犹轻。兄威风已振，宜有以匡济者。"会三月上巳，帝亲观禊，乘肩舆，具威仪，敦、导及诸名胜皆骑从。吴人纪瞻、顾荣，皆江南之望，窃觇之，见其如此，咸惊惧，乃相率拜于道左。导因进计曰："古之王者，莫不宾礼故老，存问风俗，虚己倾心，以招俊乂。况天下丧乱，九州分裂，大业草创，急于得人者乎！顾荣、贺循，此土之望，未若引之以结人心。二子既至，则无不来矣。"帝乃使导躬造循、荣，二人皆应命而至，由是吴会风靡，百姓归心焉。自此之后，渐相崇奉，君臣之礼始定。

俄而洛京倾覆，中州士女避乱江左者十六七，导劝帝收其贤人君子，与之图事。时荆扬晏安，户口殷实，导为政务在清静，每劝帝克己励节，匡主宁邦。于是尤见委杖，情好日隆，朝野倾心，号为"仲父"。帝尝从容谓导曰："卿，吾之萧何也。"对曰："昔秦为无道，百姓厌乱，巨猾陵暴，人怀汉德，革命反正，易以为功。自魏氏以来，迄于太康之际，公卿世族，豪侈相高，政教陵迟，不遵法度，群公卿士，皆厝于安息，遂使奸人乘衅，有亏至道。然否终斯泰，天道之常。大王方立命世之勋，一匡九合，管仲、乐毅，于是乎在，岂区区国臣所可拟议！愿深弘神虑，广择良能。顾荣、贺循、纪瞻、周玘，皆南土之秀，愿尽优礼，则天下安矣。"帝纳焉。①

王导一生的主要功绩在于尽心尽力地辅佐了东晋的元帝、明帝、成帝，使得司马氏能够偏安江左，琅琊王氏也因之而势力日强，时有"王与马，共天下"之说。其从兄王敦有异志，最终因谋反而被诛。但王导却并没有随之作乱，似乎一直忠心耿耿，颇有"鞠躬尽瘁，死而后已"之意。然观其一生，似乎确实看不出做过什么惊天动地的功业。正因为如此，清人王鸣盛在《十七史商榷》中说：

《王导传》一篇凡六千余字，殊多溢美，要之看似煌煌一代名臣，其实乃并无一事，徒有门阀显荣，子孙官秩而已。所谓翼戴中兴称"江左夷吾"者，吾不知其何在也？以惧妇为蔡谟所嘲，乃斥之云："吾少游洛中，何知有蔡克儿？"导之所以骄人者，不过以门阀耳。②

王鸣盛对于王导颇有微词，认为《晋书·王导传》所载对于王导"殊多溢美"，并不认为王导有什么历史功绩，甚至对当时晋王室也谈不上什么忠贞与功劳。但是，陈寅恪却对此持异议，20 世纪 50 年代，他撰《述东晋王导之功业》一文，在征引了上述王鸣盛《十七史商榷》的这段文字后，他说："王氏为清代史学名家，此书复为世所习知，而此条所言乖谬特甚，故本文考辨史实，证明茂弘（按：王导字茂弘）实为民族之功臣。"③ 两者观点相距甚远。其实，王鸣盛在上述引文之后还有一段话，为了全面地了解其观点，我们全引之如下：

苏峻之乱，庾亮所召，非导之由，然导身为大臣，当任其危，而本传始言"入宫卫帝"（按：《晋书》作"入宫侍帝"），卫帝者，欲避贼锋也，终言"贼入，导惧祸，携二子出奔白石"，则不卫帝矣。白石垒乃陶侃所筑险固处，故奔此以图免也。贼平后乃入石头城，令取故节，陶侃笑曰："苏武节似不如

---

① 《晋书》卷六十五，中华书局，1974 年，第 1745－1746 页。
② 王鸣盛：《十七史商榷》卷五十，上海书店出版社，2005 年，第 368 页。
③ 《陈寅恪集·金明馆丛稿初编》，生活·读书·新知三联书店，2001 年，第 55 页。本节下引该文均出此书，为免烦琐，仅括注页码。

是。"导有惭色。郭默反，导言"遵养时晦"，侃曰："是乃遵养时贼也。"皆见《侃传》。导之庸鄙无耻甚矣。

末一段才说导不忌庾亮，忽又说导深恶庾亮，东起西倒，毫无定见。《晋书》之专务多载，而不加裁剪每如此。

导兄敦反，虽非导谋，然敦欲杀温峤，私与导书言之，见《峤传》。欲杀周颉，亦商之于导，而导遂成之，见《颉传》。导固通敦矣。导孙琦，则又桓温党也，敦谓王氏为忠于晋哉？明帝崩，成帝即位，群臣进玺，导以疾不至，卞壶正色曰："王公岂社稷之臣耶？大行在殡，嗣皇未立，宁人臣辞疾时？"后导又称疾不朝，而私送车骑将军郗鉴。壶奏导亏法从私，无大臣节，请免官。并见《壶传》。导为正直所羞如此。①

王鸣盛认为，《晋书》记载往往不加剪裁。这在《王导传》中确实多所体现，钱大昕《廿二史考异》卷二十二已辨之。关于王导是否真的忠于晋室，有没有篡夺之心，特别是他在其从兄王敦之反前后的具体表现，古今以来多有争议。明末清初的王夫之在《读通鉴论》中也对王导的心迹有过剖析：

王导之不得为纯臣也，杀周颉而不可掩，论者摘之，允矣。然谓王敦篡而导北面为佐命之臣，以导生平揆之，抑必其所不忍。且王敦之凶忍，贼杀其兄而不忌，藉其篡立，导德望素出其上，必不能终保其死，导即愚，岂曾此之不察哉？

乃导之浃汐两端，不足以为晋之纯臣也，则有由矣。盖导者，以庇其宗族为重，而累其名节者也。王氏之族，自导而外，未有贤者，而骄横不轨之徒则多有之。乃其合族以随帝渡江，患难相依而不离，于此而无协比之心焉，固非人之情矣。然而忠臣之卫主，君子之保家，则有道焉。爱之以其情也，亲之以其道也，因其贤不肖而用舍之以其才也，尽己所可为，而国家之刑赏，非己所得而私也。当其时，纪瞻、卞壶、陶侃、郗鉴之俦，林立于江左，而以上流兵柄授之于王敦，导岂有不逞之谋哉？恤其宗族，而不欲抑之焉耳。②

他认为王导首鼠两端，至少不是个"纯臣"。当然，他也认为王导的行为

---

① 王鸣盛：《十七史商榷》卷五十，上海书店出版社，2005年，第368－369页。
② 王夫之：《读通鉴论》卷十三，中华书局，1975年，第344－345页。

有其自己的缘由，主要是"恤其宗族"，颇有无可奈何的不得已。他同样以为，虽然王导没有反晋，并且也曾尽心尽力地辅佐晋室，但他利用当时政局的不稳，借他人之手除去了自己潜在的政敌，如刘隗、刁协等人，即使不能算是"小人"，却也不能称为"君子"。所以，王夫之又接着说：

> 君子之过，不害其为君子，唯异于小人之文过而已。王敦称兵犯阙，王导苴苴而无所匡正，周颢、戴渊之死，导实与闻，其获疚于名教也，无可饰也。故自言曰："如导之徒，心思外济。"盖刘隗、刁协不择逆顺，逞其私志，欲族诛王氏，而导势迫于家门之陨获，不容已于诡随，此亦情之可原而弗容隐饰以欺天下者也。及敦死而其党伏诛，谯王丞、戴渊、周颢以死事褒赠，岂非导悔过自反以谢周、戴于地下之日乎？而导犹且狃开门延寇之周札，违卞壶、郗鉴之谠议，而曰："札与谯王、周、戴见有异同，皆人臣之节。"导若曰札可尽人臣之节，则吾之于节亦未失也。假札以文己之过，而导乃终绝于君子之途矣。①

王夫之认为，王导虽然为了保全王氏宗族做出了一些不得已的事情，尚属情有可原，但在王敦被诛后又文过饰非，实在不是一个"君子"的行为。但王夫之对于王导尚有恕词，而王鸣盛在上文则直接以"无耻"来评价王导。与王鸣盛同时代的赵翼在《廿二史札记》中也认为《晋书》对于王导的评价"褒贬失当"，王导利用王敦的举兵谋反而诛除异己，不能称为"纯臣"，并进一步说：

> 且导之可议者，更不止于此。导辅政，委任群小赵胤、贾宣等，陶侃欲起兵废之，庾亮亦欲举兵黜之。桓景诣导，导昵之，陶回谓景非正人，不宜亲狎。成帝每幸导第，犹拜导妻曹氏，孔坦甚非之。苏峻贼党匡术尝欲杀孔群，或救之得免。后术既降，与群同在导坐，导令术劝群酒，以释前憾。群答曰："群非孔子，厄同匡人，虽阳和布气，鹰化为鸠，而识者犹憎其目。"导有愧色。此亦皆导之驰纵处。而《晋书·导传论》至比之管仲、孔明，谓："管仲能相小国，孔明善抚新邦，抚事论情，抑斯之类也。提挈三世，始终一

---

① 王夫之：《读通鉴论》卷十三，中华书局，1975年，第346－347页。

心，称为仲父，盖其宜矣。"又于《刘隗》、《刁协传论》，谓其专行刻薄，使贤宰见疏，以致物情解体。是转以激变之罪坐刘、刁，而导无讥焉，殊未为平允也。[①]

看来，明清时期的这几位史学名家对于王导的评价都不是太高，而且认为《晋书》作者似乎有意地偏袒王导，对其评价有溢美之嫌。而王鸣盛以"无耻"评论王导，无疑是态度最为激烈的。本来，《晋书》的材料多源于前代《世说新语》等书，《王导传》中确实多以颂扬的笔触来描写王导的。如果我们结合《世说新语》等书，可以看出，王导在六朝时期的形象基本上是正面而光辉的。略举几例：

> 过江诸人，每至美日，辄相邀新亭，藉卉饮宴。周侯中坐而叹曰："风景不殊，正自有山河之异!"皆相视流泪。唯王丞相愀然变色曰："当共戮力王室，克复神州，何至作楚囚相对?"（《言语》）
>
> 王丞相拜扬州，宾客数百人并加霑接，人人有说色。唯有临海一客姓任及数胡人为未洽，公因便还到过任边云："君出，临海便无复人。"任大喜说。因过胡人前弹指云："兰闍，兰闍。"群胡同笑，四坐并欢。（《政事》）
>
> 元皇帝既登阼，以郑后之宠，欲舍明帝而立简文。时议者咸谓："舍长立少，既于理非伦，且明帝以聪亮英断，益宜为储副。"周、王诸公，并苦争恳切。唯刁玄亮独欲奉少主，以阿帝旨。元帝便欲施行，虑诸公不奉诏。于是先唤周侯、丞相入，然后欲出诏付刁。周、王既入，始至阶头，帝逆遣传诏，遏使就东厢。周侯未悟，即却略下阶。丞相披拨传诏，迳至御床前曰："不审陛下何以见臣。"帝默然无言，乃探怀中黄纸诏裂掷之。由此皇储始定。周侯方慨然愧叹曰："我常自言胜茂弘，今始知不如也!"（《方正》）[②]

王导历经三朝，于创业之初辅佐晋元帝司马睿，确实是尽心尽力，而且在团结吴地世家大族上很有功绩，使得东晋王朝逐渐稳定下来。但他并没有手握兵权，更没有驰骋疆场建功立业，作为丞相，他平衡了各种势力，也团

---

① 赵翼：《廿二史札记》卷七，凤凰出版社，2008年，第106页。
② 以上三例，分别见余嘉锡：《世说新语笺疏》，上海古籍出版社，1993年，第92、175、304 - 305页。

结了各方的力量。所以，从表面上看，他似乎是当时可有可无的人物，没有锋芒毕露的性格，也没有骄人的武功，甚至还有些平庸的"愦愦"。故而《世说新语·政事》载曰：

丞相末年，略不复省事，正封箓诺之，自叹曰："人言我愦愦，后人当思此愦愦。"（刘孝标注引徐广《历纪》曰：导阿衡三世，经纶夷险，政务宽恕，事从简易，故垂遗爱之誉也。）①

所谓"愦愦"，也就是有些糊里糊涂，表现在行政上，可以体现为昏乱与"不作为"。可见在王导当时，已经有人对他这种平衡各种势力的行事方式表示不理解，甚至有些贬意。他自己也十分清楚这一点，却又耐人寻味地说"后人当思此愦愦"，表明其"不作为"的行事方式实有诸多不得已之处，乃是一种大作为。陈寅恪撰《述东晋王导之功业》，对于王鸣盛攻击王导大为不平，称王导为"民族之功臣"。因为，在陈寅恪看来，王导为了其王氏宗族的利益，借他人之手除去政敌，固属个人私意，即使有道德上的缺陷，也是情有可原的。但王导作为丞相，在东晋初年那种特殊的形势之下，采取措施团结各方力量，殊属不易。所以说："东晋初年既欲笼络孙吴之士族，故必仍循宽纵大族之旧政策，顾和所谓'网漏吞舟'，即指此而言。王导自言'后人当思此愦愦'，实有深意。江左之所以能立国历五朝之久，内安外攘者，即由于此。故若仅就斯点立论，导自可称为民族之大功臣，其子孙亦得与东晋南朝三百年之世局同其兴废。岂偶然哉！"（第61页）

元帝初渡，羽翼未丰，不得不有赖于当地的世家大族。东吴的世家大族虽然作为孙吴旧部为司马氏统一，但整个东吴并没有经过激烈的战争，世家大族的势力也没有受到损失，此时仍然很强。若欲偏安于此，不能不得到他们的支持。为了笼络东吴的地方势力，除了朝廷的各种政策之外，王导个人也极力与其维持好关系，甚至摆出很低的姿态，如欲与陆氏联姻，自己欲学吴语，等等。《世说新语·方正》篇载曰："王丞相初在江左，欲结援吴人，请婚陆太尉。对曰：'培塿无松柏，薰莸不同器，玩虽不才，义不为乱伦之始。'"② 陆玩为当时东吴大族陆氏的代表人物，对于王导的联姻意愿，完全

① 余嘉锡：《世说新语笺疏》，上海古籍出版社，1993年，第178页。
② 余嘉锡：《世说新语笺疏》，上海古籍出版社，1993年，第305页。

表示不屑。其实，就晋代的两家地位来说，琅琊王氏属于第一流高门，陆氏只是东吴地方上的一流高门，地位与势力均不足比于王氏，陆玩还曾是王导的下属。但此时寄于他人之土，王导愿意联姻，其实是放低了自己的身段，属于政治婚姻而已。但陆玩却以不屑的态度对待王导。这其实也是王导的良苦用心没有得到理解。为了与吴地势力搞好关系，王导甚至故意学习吴语，以示亲近。《世说新语·排调》载曰：

> 刘真长始见王丞相，时盛暑之月，丞相以腹熨弹棋局曰："何乃渹！"（刘孝标注云：吴人以冷为渹。）刘既出，人问见王公云何，刘曰："未见他异，唯闻作吴语耳。"（刘注引《语林》曰：真长云："丞相何奇？止能作吴语及细唾也。"）①

王导平常所用语言自然不是吴语，而吴语其实在当时的上层社会中也是不常用的，甚至吴人自己也多学北方高门大族士人的语言，以示风雅。陈寅恪另有一篇论文《东晋南朝之吴语》已揭此意，其断语曰：

> 凡东晋南朝之士大夫以及寒人之能作韵者，依其籍贯，纵属吴人，而所作之韵语则通常不用吴音，盖东晋南朝吴人之属于士族阶级语者，其在朝廷论议社会交际之时尚且不操吴语，岂得于其摹拟古昔典雅丽则之韵语转用土音乎？至于吴人之寒人既作典雅之韵语，亦必依仿胜流，同用北音，以冒充士族，则更宜力避吴音而不敢用。②

此后，他又撰写了《从史实论切韵》一文，进一步以申此意，其云：

> 晋室南渡之初，侨姓之握政权者，如王导之类，虽往往用吴语延接士庶，以笼络江东人心，然必能保存其固有之北语，要无可疑。而吴中旧姓，虽好自矜尚，如陆玩拒婚王导，可为其例。然江表士流，自吴平以后，即企美上国众事，谅其中当亦多有能操北音者。迨东晋司马氏之政权既固，南士之地

① 余嘉锡：《世说新语笺疏》，上海古籍出版社，1993 年，第 792 页。
② 《陈寅恪集·金明馆丛稿二编》，生活·读书·新知三联书店，2001 年，第 308－309 页。

位日渐低落，于是吴语乃不复行用于士族之间矣。史言宋世江东贵达者，唯孔季恭灵符父子、丘渊之、顾琛四人，吴音不变，是其余江东贵达不操吴音可知。而此种风尚，必承自东晋，固可推见也。①

是则江东士人于社会交际时尚羞用吴语，而王导却不避嫌疑，故意使用吴语，这当然是为了从情感上接近吴人，特别是为了取得江东大族的支持。正因为如此，他力劝晋元帝优待顾荣、贺循等人，最终取得成功。《世说新语·言语》载曰："元帝始过江，谓顾骠骑曰：'寄人国土，心常怀惭。'荣跪对曰：'臣闻王者以天下为家，是以耿、亳无定处，九鼎迁洛邑，愿陛下勿以迁都为念。'"② 依据这个记载，陈寅恪在《述东晋王导之功业》中加按语曰：

> 东晋元帝者，南来北人集团之领袖。吴郡顾荣者，江东士族之代表。元帝所谓"国土"者，即孙吴之国土。所谓"人"者，即顾荣代表江东士族之诸人。当日北人南来者之心理及江东士族对此种情势之态度可于两人问答数语中窥知。顾荣之答语乃允许北人寄居江左，与之合作之默契。此两方协定既成，南人与北人戮力同心，共御外侮，而赤县神州免于全部陆沉，东晋南朝三百年之世局因是决定矣。王导之功业即在勘破此重要关键，而执行笼络吴地士族之政策。（第59页）

正因为王导"勘破此重要关键"，故而采取积极有效的措施，笼络江东大族，消弭吴人在情感上的抵触，使得东晋能够偏安江左，并一直维持百年之久。虽然东晋中后期的存在已与王导没有实质上的关联，但追根溯源，却不能抹杀王导的这份功业。所以，在上文的最后，陈寅恪总结说："总而言之，西晋末年北人被迫南徙孙吴旧壤，当时胡羯强盛，而江东之实力掌握于孙吴旧统治阶级之手，一般庶族势力微薄，观陈敏之败亡，可以为证。王导之笼络江东士族，统一内部，结合南人北人两种实力，以抵抗外侮，民族因得以独立，文化因得以续延，不谓民族之功臣，似非平情之论也。"（第77页）

原来，陈寅恪所真正看重的并非王导个人及其家族的作用，而是王导的

---

① 《陈寅恪集·金明馆丛稿初编》，生活·读书·新知三联书店，2001年，第383－384页。
② 余嘉锡：《世说新语笺疏》，上海古籍出版社，1993年，第91－92页。

作为在客观上所起到的作用与意义：民族的独立与文化的延续。而这乃是其"中国文化本位论"立场的一贯表述。

我们知道，陈寅恪历经清朝、民国与中华人民共和国，无论何时，他都以中国文化的托命人和传承者自居，有着强烈的文化使命感，特别是之前的混乱时日，在中华民族存亡之际，中国文化亦处于断若游丝的时刻，他始终坚持中国文化本位主义。其学生王永兴教授曾深情地论之云："对华夏民族之学术文化，先生有真了解，继承并发展之，爱护并保卫之；对华夏民族学术文化之未来，先生坚信必将复振，并开辟复振之途径。由是言之，先生乃华夏民族学术文化复振之指导者、先驱者。"① 正是从中国文化本位论的立场出发，陈寅恪在其文章中常常表彰中国传统的学术文化，常常对人们认为的外来文化之影响保持着十分警惕的态度，所以，他于1934年在《冯友兰中国哲学史下册审查报告》中，借着对中国道教与新儒学的表彰，表明自己为何钟情于"不古不今之学"：

> 至道教对输入之思想，如佛教摩尼教等，无不尽量吸收，然仍不忘其本来民族之地位。既融成一家之说以后，则坚持夷夏之论，以排斥外来之教义。此种思想上之态度，自六朝时亦已如此。虽似相反，而实足以相成。从来新儒家即继承此种遗产而能大成者。窃疑中国自今日以后，即使能忠实输入北美或东欧之思想，其结局当亦等于玄奘唯识之学，在吾国思想史上，既不能居最高之地位，且亦终归于歇绝者。其真能于思想上自成系统，有所创获者，必须一方面吸收输入外来之学说，一方面不忘本来民族之地位。此二种相反而适相成之态度，乃道教之真精神，新儒家之旧途径，而二千年吾民族与他民族思想接触史之所昭示者也。寅恪平生为不古不今之学，思想囿于咸丰同治之世，议论近乎湘乡南皮之间。②

陈寅恪也曾撰有《论韩愈》一文，大力表彰韩愈在中国文化史的历史功绩，强调其辟佛的意义，这也同样是出于其"中国文化本位论"的考量。其老友吴宓于1961年在自己的日记中对此记载说："必须保有中华民族之独立与自由，而后可言政治与文化。若印尼、印度、埃及之所行，不失为计之得

① 王永兴：《追忆陈寅恪序》，《追忆陈寅恪》附录，社会科学文献出版社，1999年，第4页。
② 《陈寅恪集·金明馆丛稿二编》，生活·读书·新知三联书店，2001年，第284－285页。

者。反是，则他人之奴仆耳。——寅恪论韩愈辟佛，实取其保卫中国固有之社会制度，其所辟者印度佛教之'出家'生活耳。"① 可谓深契其意。

对于中国文化，陈寅恪深爱且尽力维护之，这与其强调的自由独立的精神是相符的。所以，他对于王导这样的历史人物，虽然看似没有什么大的功绩，甚至有些"愦愦"，但因此而保存了中国传统文化，使之不绝而传承下来，他为之礼赞也就是自然而然的了。周勋初先生对此分析说："王导笼络吴人，团结南北士族，巩固了偏安东南一隅的汉族政权。这时的北部中国正经历着联绵不断的战乱，传统的文化行将毁灭，文化的重心，自然地移到了南方；汉魏以来的礼乐制度，得以保存。我国的历史亘数千年而从不中断，中国的文化绵绵不绝，作为这一文化自觉的继承人，自然会追本溯源，对于维护这种文化传统使之不中断的人物，予以高度评价了。"② 斯可谓深中肯綮矣。

第四节　了解之同情：解读《哀江南赋》的苦心孤诣

《哀江南赋》是南北朝时庾信的名篇，作于其后期仕于北周时期。庾信自入北以后，虽然享受着高官厚禄，物质生活无忧，却一直不能回到南方朝廷与家乡，因而心情并不舒畅。《周书·庾信传》曰："世宗、高祖并雅好文学，信特蒙恩礼。至于赵、滕诸王，周旋款至，有若布衣之交。群公碑志，多相请托。唯王褒颇与信相埒，自余文人，莫有逮者。信虽位望通显，常有乡关之思。乃作《哀江南赋》以致其意云。"③ "哀江南"之题名语带双关，首先，从字面与语源上来说，其源自楚辞《招魂》中的"魂兮归来哀江南"之句；其次，《招魂》传为宋玉所作，庾信此赋中又充满了哀伤之情，故清人倪璠注解说："宋玉，战国时楚人。梁武帝都建邺，元帝都江陵，二都本战国楚地，故云。"④ 他认为梁武帝与梁元帝的建都之地都属楚地，与宋玉同属一地，故赋篇以此为题名，也暗伤梁朝及武帝父子。《哀江南赋》篇幅甚大，使用典故亦多，几乎每句一典，甚至一句多典。这不仅仅是由于庾信的博学与好用典

---

① 吴学昭：《吴宓与陈寅恪》，清华大学出版社，1992 年，第 145 页。
② 周勋初：《陈寅恪先生的"中国文化本位论"》，《周勋初文集·当代学术研究思辨》，江苏古籍出版社，2000 年，第 58 页。
③ 《周书》卷四十一，中华书局，1971 年，第 734 页。
④ 《庾子山集注》卷之二，中华书局，1980 年，第 94 页。

故，也因为他在现实中遇到的困境，使得他婉曲而深重的心绪需要借助古今典故表达出来，也就是庾信自己在《哀江南赋序》中所明确表述的那样："追为此赋，聊以记言，不无危苦之辞，惟以悲哀为主。"① 因为庾信曾在梁朝为官，与梁武帝、梁简文帝、梁元帝皆有接触，且维持了良好的关系，而梁朝最终亡于侯景之乱。此赋作于梁亡之后，庾信入北而不得南归，只能回忆梁朝的兴亡，所以全赋的基调自是"悲哀"。而且，这种"悲哀"也不仅仅是哀伤梁王朝的灭亡，也有对此过程的总结教训之意。因为庾信自己也曾是这个过程中的一员，在侯景之乱中曾率众先退，并因此获讥。又目睹了侯景之乱中各种人物的争权夺利和天下百姓的悲欢离合，对赤裸裸的人性有了刻骨铭心的理解。所以，《哀江南赋》中有追悔，有怒斥，有暗贬。在使用典故时，既有对古代典故的借用，也有对当下事例的态度，也就是陈寅恪所说的"古典"与"今典"。

陈寅恪《读哀江南赋》原载于 1941 年昆明《清华学报》第十三卷第一期，文章开端便云："古今读《哀江南赋》者众矣，莫不为其所感，而所感之情，则有浅深之异焉。其所感较深者，其所通解亦必较多。兰成作赋，用古典以述今事。古事今情，虽不同物，若于异中求同，同中见异，融会异同，混合古今，别造一同异俱冥，今古合流之幻觉，斯实文章之绝诣，而作者之能事也。自来解释《哀江南赋》者，虽于古典极多诠说，时事亦有所征引。然关于子山作赋之直接动机及篇中结语特所致意之点，止限于诠说古典，举其词语之所从出，而于当日之实事，即子山所用之'今典'，似犹有未能引证者。"② 所谓"古典"，也就是此赋使用前人的典故，如《哀江南赋序》中有云："潘岳之文采，始述家风；陆机之辞赋，先陈世德。"③ 分别指潘岳作《家风》诗和陆机作《祖德》《述先》二赋。这种古典自是一望便知，只要疏通词句，阐明出处，也就容易理解。而"所谓'今典'者，即作者当日之时事也。"（第 234 页）想要了解庾信此赋中所使用的"今典"，难度要较古典大一些。因为"须考知此事发生必在作此文之前，始可引之，以为解释。否则，虽似相合，而实不可能。此一难也。此事发生虽在作文以前，又须推得

---

① 《庾子山集注》卷之二，中华书局，1980 年，第 95 页。

② 《陈寅恪集·金明馆丛稿初编》，生活·读书·新知三联书店，2001 年，第 234 页。本节下引该文均出此书，为免烦琐，仅括注页码。

③ 《庾子山集注》卷之二，中华书局，1980 年，第 94 页。

作者有闻见之可能。否则其时即已有此事，而作者无从取之以入其文。此二难也。质言之，解释《哀江南赋》之'今典'，先须考定此赋作成之年月。又须推得周陈通好，使命往来，南朝之文章，北使之言语，子山实有闻见之可能，因取之入文，以发其哀感。"（第234-235页）于是，陈寅恪在这篇论文中着重考察庾信所使用的"今典"。他先据赋中"天道周星，物极不反"和"况复零落将尽，灵光岿然"等语，考定《哀江南赋》作成之时，大约是周武帝宣政元年（578）十二月左右，是年庾信六十五岁。接着，他根据《陈书》《周书》《南史》《北史》等相关史料，说明《哀江南赋》中流露出深切哀感的现实背景：北周与陈朝通好的二十年间，很多当初流寓北方的士人如沈炯、王克等人都已先后南归，唯独王褒与庾信不被允许，一直滞留北方。所以，陈寅恪分析说："所应注意者，即此二十年间流寓关中之南士，屡有东归之事，而子山则屡失此机缘。不但其思归失望，哀怨因以益甚。其前后所以图归不成之经过，亦不觉形之言语，以著其愤慨。若非深悉其内容委曲者，《哀江南赋》哀怨之词，尚有不能通解者矣。"（第238页）特别是沈炯南归后，作了一篇《归魂赋》，对自己遭遇战乱、流寓北方而又南归之事作了描述，其经历正与庾信如出一辙。虽然沈炯经历了这些沧桑巨变，但他毕竟还能够回到南方家乡，此赋作于《哀江南赋》之前，庾信也完全有条件见到此赋，因而更勾起了他的"乡关之思"。在考查了相关史料后，陈寅恪认为："颇疑南北通使，江左文章本可以流传关右，何况初明（沈炯字初明）失喜南归之作，尤为子山思归北客所亟欲一观者耶？子山殆因缘机会，得见初明此赋。其作《哀江南赋》之直接动机，实在于是。注《哀江南赋》者，以《楚辞·招魂》之'魂兮归来哀江南'一语，以释其命名之旨。虽能举其遣词之所本，尚未尽其用意之相关。是知古典矣，犹未知'今典'也。故读子山之《哀江南赋》者，不可不并读初明之《归魂赋》。"（第240页）由此可见，若了解了此赋之"今典"，则更可明白庾信赋中为何"惟以悲哀为主"的强烈情感。

沈炯也经历了侯景之乱，并且险些于变乱中被叛军所杀，后来逃到荆州，又为西魏所虏，但"魏人甚礼之，授炯仪同三司。炯以母老在东，恒思归国，恐魏人爱其文才而留之，恒闭门却扫，无所交游。时有文章，随即弃毁，不令流布"。① 最终，他因故意藏拙而得以南归，《归魂赋》就是他南归后所写，其中回忆自己流寓的经历说："值天地之幅裂，遭日月之雾虹。去父母之邦国，埋形影于胡戎。绝君臣而辞胥宇，蹐厚地而跼苍穹。抱北思之胡马，望南飞之夕鸿。泣霑襟而杂露，悲微吟而带风。"② 值得注意的是，沈炯此赋名为"归魂"，而庾信赋名"哀江南"在语源上也是从《招魂》中的"魂兮归来哀江南"得来，两者实是异曲同工。沈炯因藏拙而最终得以南归，庾信之不得南归却正是因为北人"爱其文才"，他们俩同样的经历，同样的"文才"背景，却因一显一藏，结局迥然不同。所以，庾信在看到沈炯此赋之后，心中自是感慨万分，因文才而被留之事是无可奈何之举，所谓"匹夫无罪，怀璧其罪"者也，这种情感很微妙，又难以十分显明地表露出来，因而体现在赋的情感层面上，只能是"惟以悲哀为主"。这正是陈寅恪需要揭示庾信此赋"今典"的原因。

在《读哀江南赋》一文的最后，陈寅恪又举了《哀江南赋》的最后两句——"岂知灞陵夜猎，犹是故时将军；咸阳布衣，非独思归王子"为例，说明理解"古典"固然重要，但若知其"今典"，则更加可以理解此赋的哀感动人，从而使"哀江南"一语变得深切有味。所以，通过这样的阐释，陈寅恪深深地感慨道："可见子山作赋，非徒泛用古典，约略比拟。必更有实事实语，可资印证者在，惜后人之不能尽知耳。然则《哀江南赋》岂易读哉！"（第 241 - 242 页）

陈寅恪为什么非要花费如此笔墨来挖掘《哀江南赋》的"今典"呢？首先当然是为了更加深刻地理解庾信此赋的背景及其创作动机与情感，而更重要的则是他自己在撰写这篇论文时面临的"今典"之背景。我们知道，这篇论文初载于 1941 年，或谓实作于 1939 年，当时正值抗战时期，陈寅恪往来于香港与昆明等地，对于满目疮痍的中国现状也充满着焦虑与伤感。所以，他借着《读哀江南赋》，自己不仅体会到了庾信赋作中深重的哀伤之情，也等于体味着另样的"哀江南"之感。这其实也是当时许多有着爱国思想和行为的学者们的共同认识。李详、高步瀛等都曾作《哀江南赋笺》，实则也是抱着同样的情怀。事实上，由于庾信《哀江南赋》中的"乡关之思"和"亡国之痛"，特别又关涉到汉族士人滞留于北方少数民族政权之中，这在后代易代之

---

① 《陈书》卷十九《沈炯传》，中华书局，1972 年，第 254 页。
② 《全陈文》卷十四，中华书局，1958 年，第 3477 页。

际——尤其是异族政权相替代之时，最易引起人们的思考与引用，常与"夷夏之辨"牵涉在一起。有学者从庾信作品接受史的角度出发，"从历时的角度讲，以接受潮的成因、性质、表现为基准，把握历代庾信《哀江南赋》接受的内在衍化、拓展、流变、转承逻辑，将接受所达到的高峰作为标志，大致划分为三个阶段：（1）北周（陈）至宋末元初，为《哀江南赋》接受的奠基期，在宋金元之际，随着汉民族、女真族、蒙古族之间矛盾的激化，达到高峰；（2）元代至明末清初，为《哀江南赋》接受的深化期，在明清之际，随着汉民族与满族之间矛盾的激化，又一次达到高峰；（3）清代至近现代，为《哀江南赋》接受的转型期，在清代向近代转型之际，随着社会阶层矛盾、民族矛盾、国家矛盾的激化，再一次达到高峰，故而宏观上呈现出'ΛΛΛ'形状的接受概貌。"① 这三个高峰期，也是民族矛盾尤为激烈的时期。事实上，到了近现代，特别是在中华民族遭受外族入侵、面临生死存亡的时刻，人们在对《哀江南赋》的理解与接受上加入了自己的独特情感，有了新的更为深沉的时代思考。

陈寅恪之所以如此强调庾信《哀江南赋》中的"今典"，实在正是他自己所说的，首先，这是对前人作品的"了解之同情"。1931 年，他在《冯友兰中国哲学史上册审查报告》中说：

窃查此书，取材谨严，持论精确，允宜列入清华丛书，以贡献于学界。兹将其优点概括言之，凡著中国古代哲学史者，其对于古人之学说，应具了解之同情，方可下笔。盖古人著书立说，皆有所为而发。故其所处之环境，所受之背景，非完全明了，则其学说不易评论，而古代哲学家去今数千年，其时代之真相，极难推知。吾人今日可依据之材料，仅为当时所遗存最小之一部，欲藉此残余断片，以窥测其全部结构，必须备艺术家欣赏古代绘画雕刻之眼光及精神，然后古人立说之用意与对象，始可以真了解。所谓真了解者，必神游冥想，与立说之古人，处于同一境界，而对于其持论所以不得不如是之苦心孤诣，表一种之同情，始能批评其学说之是非得失，而无隔阂肤廓之论。否则数千年前之陈言旧说，与今日之情势迥殊，何一不可以可笑可怪目之乎？但此种同情之态度，最易流于穿凿傅会之恶习。②

---

① 何世剑：《庾信诗赋接受研究》，江西人民出版社，2013 年，第 405－406 页。
② 《陈寅恪集·金明馆丛稿二编》，生活·读书·新知三联书店，2001 年，第 279 页。

所谓"了解之同情"，也就是站在作者的角度，设身处地地换位思考，了解作者创作文章的背景，特别是那些情感深沉、内涵丰富的作品，并非三言两语便可阐释清楚的作品，尤须仔细揣摩与体会。陈寅恪的许多文章之所以精彩纷呈、令人回味，也正是他对研究对象具有这种"了解之同情"。而《读哀江南赋》不但体现了他在研读古人文章时使用了这种方法，更因撰作时的现实背景与环境，需要我们向深处挖掘，方可理解其苦心孤诣。这正是陈寅恪对《哀江南赋》中"今典"的"了解之同情"。陈氏此文作于抗战时期，与当时不少学者一样，撰作此文，实有深意。何世剑对此论述道：

　　动乱飘摇的年代中，庾信的《哀江南赋》，被许多家庭（很大程度上是"书香世家"）列入家学的"必读书目"，成为后世家小启蒙、教育之读本，学习、创作之典范。这样的家庭甚多，如陈宝箴家庭、曾国藩家庭、钱钟书家庭、汤一介家庭，等等。以曾、汤两家来说，一家主要着眼于传承其中的"辞章"，一家主要立足于传承其中之"义理"，代表了此期对庾信《哀江南赋》接受的两个维度。

　　曾国藩对于庾信的诗赋作品非常欣赏，他不仅仿作《哀江南赋》，练习书法时以《枯树赋》为帖自励，而且在向子弟传授"为学之方"时，着重指出："尔阅看书籍颇多，然成诵者太少，亦是一短……《选》后之文，如《与杨遵彦书》（徐）、《哀江南赋》（庾）亦宜熟读。"（《曾子家书》）强调子弟们须熟读《哀江南赋》，以能背诵为要。曾国藩主要是从诗文技巧、辞章典实等方面重视《哀江南赋》，指导子弟涵咏其中，吸收写作经验、审美经验以提高创作水平、欣赏水平。相比于曾国藩来说，汤用彤先生家庭在乱世中倡导背诵庾信《哀江南赋》，则"寄托更深"、"立意更远"。汤一介先生曾在多个场合向他人提起过父亲要求他背诵《哀江南赋》这一往事。他说："（父亲）见我爱读诗词，有一次从《全上古三代秦汉六朝文》中找出他常读的《哀江南赋》给我读，这是他唯一一次单独叫我读的东西。《哀江南赋》是南朝庾信写的，讲的是亡国之痛。还有《桃花扇》中的《哀江南》也是父亲常吟诵的。那时是抗战时期，正值国难，我父亲常吟诵这两首，表现了他的伤时忧国之情，对我的影响非常之深。而我父亲又深受我祖父的影响……"面对列强侵吞中华大地，秀丽山河沦陷于敌手，每一个中华男儿都应该自强不息，奋斗不止，为驱除列强而努力。汤用彤先生在这种情况下，引导儿子从

《哀江南赋》中吸取力量，为复兴祖国、中华崛起而读书，具有突出的教育意义。另外，《哀江南赋》中的"家庭"观也深深地刺激着汤用彤先生，他秉持其父所说的"事不避难，义不逃责，素位而行，随适而安；毋戚戚于功名，毋孜孜于娱乐"理念，视之为"家训"来教育子女。①

他虽没有对陈氏家族对于《哀江南赋》的研读展开论述，而以上所引实已足以说明《哀江南赋》在特殊时期的文化史意义。后文中所引郁达夫等人常常使用《哀江南赋》的典故与意象亦是此意。

《哀江南赋》是庾信经过战争后家国情怀的体现，同样的感受在唐代杜甫那里也得到了回响。特别是在安史之乱中，杜甫经历了流离失所与国破家亡等诸多磨难，对庾信后期的诗文有了更加深刻的理解。陈寅恪也曾写有《庾信哀江南赋与杜甫咏怀古迹诗》，其中"以杜解庾"，将两者相互印证，不但可对作品词句之语源有所着落，更能体会两者作品中郁重的内在情感。

---

① 何世剑：《庾信诗赋接受研究》，江西人民出版社，2013 年，第 411 - 412 页。

第五章　现代六朝学研究中的文化关怀

魏晋六朝战乱频仍，朝代大都维系不长，虽然文学艺术与哲学思想在此时期皆得到了长足的发展，但因"乱世"与"衰世"的原因，在整个学术史上并没有获得足够的重视。而自章太炎与刘师培等人对此作了"翻案"式的研究与倡导之后，六朝学术文化的研究进入了一个新的境地，或者说产生了新的局面。这其中，学人们不但可以采用旧的注疏形式与传统的评点式研究，更有从新的现代学术视野对其给予关注。特别是在中国社会处于不平静的 20 世纪上半叶，六朝学术文化的研究往往与学人们对于现实的文化关怀密切相关。或者说，现代学人们能够从六朝学研究中获得现实需要的传统文化资源。即使是历来被视为"平淡自然"的陶渊明诗歌，也可以作为传统资源而为现实服务。而一向被称为"名士教科书"的《世说新语》被当作医治战争创伤的一剂良药，作为民族解放的读本，西南联大的学者们在战火纷飞的环境下形成的"六朝情结"，更是使得现代六朝学研究获得了不同寻常的生命力。

第一节　世道人心：从黄节及其魏晋六朝诗歌笺注说起

1935 年，黄节去世，章太炎为之作《黄晦闻墓志铭》，曰："晦闻讳节，广东顺德人，弱冠事同县简先生朝亮。简先生者，与康有为同师，而学不务恢怪，尤清峻寡交游。事之数岁，通贯大体，冠其侪。归独居佛寺读书，又十年，学既就，直清廷失政，群衄用事，遂走上海，与同学邓实等集国学保存会，搜明清间禁书数十种作《国粹学报》，以辨夷夏之义。时炳麟方出系，东避地日本，作《民报》与相应，士大夫倾心光复自此始。简先生闻二生抗言以为狂，颇风止焉，而二生持论如故。清两江总督端方知不可奈何，欲以赂倾之，不能得。香山孙公主中国同盟会，闻晦闻贤，以书招之，亦不就。

及民国兴，诸危言士大氐致通显，晦闻独寂寂无所附，其介特盖天性也。始自广东高等学堂监督历京师大学文史教授，凡在北平十七年，中间尝出任广东教育厅长、通志馆长，岁余即解去。其为学无所不窥，而归之修己自植。然尤好诗，时托意歌咏，亦往往以授弟子，以为小家琦说，际乱而起，与之辨则致讻诉，终不可止。诗者在情性之际，学者浸润其辞，足以自得，虽好异者不能夺也。其风旨大氐近白沙，而自为诗激卬庸峻过之。自汉魏乐府及魏三祖、陈王、阮籍、谢灵运、朓、鲍照诗，皆为笺释，最后好昆山顾氏诗，盖以自拟云。"① 黄节，原名晦闻，广东顺德人，近代著名诗人和学者，早年师从岭南大儒朱次琦之弟子简朝亮，曾两次任教于北京大学，亦曾参加同盟会，热心于革命。又与其同乡邓实一起主编《国粹学报》，倡导"保种、爱国、存学"，标举民族主义。他们提倡保存国粹，目的是通过保存古代的学术文化，以存亡继绝，特别是在西学汹涌而至的情况下，以"存学"而"保国"，这与明末清初顾炎武等人对于汉文化的保存与继承出于同一思路，故章太炎说黄节晚好顾诗"盖以自拟"。只不过，从文化继承和民族存亡的角度而言，清末民初的形势较之明末清初更加严峻。所以，黄节在《国粹学报叙》中忧心忡忡地大声疾呼道：

吾国得谓之国矣乎？曰：不国也。社会莫不始于图腾，继以宗法而成于国家者也。吾学得谓之学矣乎？曰：不学也。万汇莫不统于逻辑，阐为心理而致诸物质者也。呜呼悲夫！四彝交侵，异族入主，然则吾国犹图腾也；科学不明，域于元知，然则吾学犹未至于逻辑也。奚以国奚以学为！呜呼悲夫！溯吾称国之始，则肇自唐虞，蚩尤作甲兵，始伐黄帝，至于夏殷周而苗祸亘千百年。然则，唐虞之称国也，吾以见民族之梦焉。呜呼悲夫！溯吾学派之衰，则源于嬴，秦始皇烧诗、书、百家语、藏书、博士，窒塞民智。至于汉武，立博士于学官，罢黜百家，以迄刘歆，则假借君权窜乱经籍，贼天下后世。然则，秦皇汉武之立学也，吾以见专制之剧焉。民族之界夷，专制之统一，而不国，而不学，殆数千年。呜呼！奚至于今而始悲也。……悲夫，痛哉！风景依然，举目有江河之异。吾中国之亡也，殆久矣乎！栖栖千年间，五胡之乱，十六州之割，两河三镇之亡，国于吾中国者，外族专制之国，而

---

① 《章太炎全集·太炎文录续编》卷五之下，上海人民出版社，2014 年，第 296 页。

非吾民族之国也；学于吾中国者，外族专制之学，而非吾民族之学也。而吾
之国之学之亡也，殆久矣乎。……

立乎地圜而名一国，则必有其立国之精神焉。虽震撼挤杂而不可以灭之
也。灭之则必灭其种族而后可，灭其种族则必灭其国学而后可。……夫国学
者，明吾国界以定吾学界者也，痛吾国之不国，痛吾学之不学。凡欲举东西
诸国之学以为客观，而吾为主观，以研究之。期光复乎吾巴克之族，黄帝尧
舜禹汤文武周公孔子之学而已。然又慕乎科学之用宏，意将以研究为实施之
因，而以保存为将来之果。悬界说以定公例，而又悲乎言之无文，行而不远，
意将矫象胥之失，而不苟同，伊缓大卤之名，期光复乎吾巴克之族，黄帝尧
舜禹汤文武周公孔子之学而已。呜呼！雄鸡鸣而天地白，晓钟动而魂梦苏，
天下志士，其有哀国学之流亡者乎？庶几披涕以读而为之舞。①

他从国界与学界的关系入手，担忧"民族之国"和"民族之学"的亡
绝，以意大利文艺复兴和日本明治维新对泰西和日本的影响为例，说明文化
和学术对于民族的意义和重要性，更加强调的是种族存亡与国学兴废之间的
关系。

黄节倡导诗教，欲以诗救国，著有《诗学》一书，对中国诗歌史作了简
明扼要的梳理，又自作《蒹葭楼诗》，每多胜作，得陈三立等时流赏誉。无论
是研究诗学，还是自作，他最为欣赏的还是沉郁慷慨之作，体现出对世道人
心的强烈关注。其《蒹葭楼诗》中颇多感怀之作，如《题郑所南诗集后》
《春寒夜校张苍水集》《（戊申）二月十二日过新汀屈翁山先生故里，望泣墓
亭，吊马头岭，铸兵残灶。屈氏子孙出示先生遗像，谨题二首》《南屏谒张苍
水墓》《岳坟》《清明谒袁督师墓》等，对于前代的节义之士尤示崇敬。其
《梁仲策以其伯兄卓如所书"太公哀启"及汤觉顿"蔡松坡祭文"合装一卷
名曰〈攒泪帖〉求题》诗曰："述哀家园忍重论，墨渖犹新泪亦温。宁比庐
陵阡表痛，略同河曲寓书言。固知信友方为孝，不独因文得幸存。犹记项城
称帝事，已牵时难入私恩。"② 不仅忆友，还对袁世凯的倒行逆施表示愤慨。
事实上，在袁世凯称帝之时，黄节自是大为不满，还对刘师培等人组织筹安

①　黄节：《国粹学报叙》，《国粹学报》第3册，广陵书社，2006年，第5–11页。
②　黄节：《蒹葭楼诗》卷一，《黄节诗学诗律讲义》，天津古籍出版社，2007年，第212页。

会大为不耻。他与刘师培本为朋友，在刘氏东行日本时还以诗见赠，但在大是大非面前，他从民族大义出发，写信劝刘氏不要助纣为虐。其《与刘师培书》云：

阅报见筹安会启，诸君标论爱国，言征切磨，情或难知，语则有据。顾往史不可诬，国众不可欺。若摭拾外人言论，欲以钳制人口，一言不智，莫斯之甚。会启谓革命之际，国家与人民所历危险痛苦，由于国体不善，亦知明祖戡乱，中更十八年。满清剗明，亦越二十年。史之所书，惨杀夷戮，分崩割据，其为危苦，视今倍蓰。共和创国四年，反侧虽兴，旋踵即戢，士不从乱，民无去心。非力不能奋，死不能致也。徒以共和维系，异夫专于一人，私于一家，举国之人所以不争也。自黄帝立国，君主世及，至挚不以善禅。尧病世及，举舜民间。三代之盛，不由君主世及，实有明效。今欲复君主不世及制，则禹汤犹难。即从斯制，亦只蔽欺一时，涂饰观听。是则一易君主，必为世及。承嗣或贤，而威福玉食，供奉增倍，何待易世！盘游乱德，始足为祸。虽有宪治，为救已末矣。夫根本解决，不在君主之制，而在人民知有国家。革命之初，诸将解兵，陈书劝逊。清之臣庶，岂尽忘君？盖为改建民主，非让人以君位。是以不嫌而不雠，故根本解决，定于当日。今若复倡君主，则对于旧君，为有惭德，对于民国，为负初志。长官虽忍隐赞同，其亚旅师氏能无贰议？且国体一变，承认待人。强邻在旁，诛求无已。我能以略免讨耶？邻能遍略，民亦能遍略耶？斯议倡起，未及逾旬，而士大夫之明耻者，相携持而去，已有所闻矣。义不可以利取，事不能以言饰也。夫倾覆民国，是为内乱。聚党开会，是为成谋。岂与米博士泛论国体，著书私言所可同语！仆以为斯议一出，动摇国本，召致祸败。必所谓危，愿因足下，以告诸君，深察得失，速为罢止。①

此书作于 1915 年 8 月 18 日，言词恳切，情理兼至。但刘师培置若罔闻，一意孤行，最终为国人与学界所不耻。黄节之名为"节"，乃是自己后来所改，认为人当重节操。经此之变，黄节自是与刘师培决裂，由友而敌，十分鄙薄刘氏为人，以致 1917 年刘氏被蔡元培聘请到北京大学任教时，黄节于同

---

① 胡朴安选录：《南社丛选》上，解放军文艺出版社，2000 年，第 116 页。

年 10 月 22 日致信蔡元培，表示不满与反对。其信云：

> 子民先生执事：昨晨趋候，得承教益。幸甚幸甚。申叔为人，反复无耻，其文章学问纵有足观，当候其自行刊集，留示后人，不当引为师儒，贻学校羞。盖科学事小，学风事大。尔来政治不纲，廉耻扫地，是非已乱，刑赏不行，所赖二三君子以信义携持人心。若奸巧之人，政府所不容者，复不为君子所绝，则禽兽食人不远矣。申叔之无耻，甚于蔡邕之事董卓。顾亭林云："邕以文采富，而交游多，故后人为之立佳传。士君子处衰季，常以贪一世之名，而转移天下之风气者，视伯喈之为人，其戒之哉。"是故节以此责公，非有怨于申叔也。民国初年，申叔以委身端方，流亡蜀中，是时死生失耗，公与太炎尝登报访问，恕其既往，谓其才尚可用，卒使川吏保护南归，公等故人待之，不为不厚矣。及其来京入觐，太炎方被梏察，乃始终未一省视，何论援手！公昨云"故者无失其为故"，彼于故人何如也？节疾恶殊甚，言之过激，然以贾、郭之贤，而见其鄙菜芜；当今之世，实不能以优宽仁柔为事。公当能谅之耳。①

这与黄节一直以来强调的世道人心是完全相通的。黄节晚年注顾亭林诗，对于顾炎武的良苦用心自是深有体味。事实上，清末民初的士人们在寻求古代文化资源时，特别是出处大节与文学渊源时，最容易发现的便是明末清初的义士，而顾炎武作为气节、学问、思想皆胜的代表人物，自是受到一致的推崇。章太炎如此，黄节也是这样。当年的弟子张中行后来回忆说："黄先生的课，我听过两年，先是讲顾亭林诗，后是讲《诗经》。他虽然比较年高，却总是站得笔直地讲。讲顾亭林诗是刚刚'九一八'之后，他常常是讲完字面意思之后，用一些话阐明顾亭林的感愤和用心，也就是亡国之痛和忧民之心。清楚记得的是讲《海上》四首七律的第二首，其中第二联'名王白马江东去，故国降幡海上来'，他一面念一面慨叹，仿佛要陪着顾亭林也痛哭流涕。我们自然都领会，他口中是说明朝，心中是想现在，所以都为他的悲愤而深深感动。"② 他讲顾亭林诗，固然是因为国事日非形势下的喟叹，有着现实的刺激。而他一直以来倡导诗教，撰《诗旨纂辞》和《变雅》，也同样是对诗教的具

---

① 万仕国：《刘师培年谱》，广陵书社，2003 年，第 263－264 页。
② 张中行：《负暄琐话》，中华书局，2006 年，第 6 页。

体实践，是对世道人心的强烈关注。也正因对世道人心的现实关怀，使得黄节尤其关注被视为"乱世"和"衰世"的魏晋六朝历史时期的代表性诗人及其诗歌。也可以说，他一生最主要的学术成就集中体现在汉魏六朝诗歌的笺注上，这方面的主要著作有：《汉魏乐府风笺》《魏武帝诗注》《魏文帝诗注》《魏明帝诗注》《曹子建诗注》《阮步兵咏怀诗注》《谢康乐诗注》《鲍参军诗注》。

　　黄节对汉魏乐府的笺注，或许与当时学人重视古代民间歌谣的社会风气相关。已有学者注意到这个问题。如钱志熙说："正是从五四新文学观念中兴起的重视歌谣、民间文学的风气，与黄节等从旧学范畴出发的强调汉魏乐府的'风'的性质的观念正相交汇，由此形成了中古诗歌史研究中成就比较突出的乐府诗研究的风气，其在 20 世纪中古诗研究中实绩最大。主要的实绩，即黄节的《汉魏乐府风笺》和萧涤非的《汉魏六朝乐府文学史》（1933 年清华研究院毕业论文）这两部著作。1927 年考取清华研究院国学门的罗根泽，先从梁启超治诸子学，后又研究批评史与乐府文学史，并在 1930 年撰写出《乐府文学史》，显然也是受黄节、梁启超等人的影响。"① 而在对魏晋六朝的几种诗歌笺注中，黄节《曹子建诗注》《鲍参军诗注》《阮步兵咏怀诗注》最为用力。之所以如此，其实并不仅仅在于这些诗人在诗歌史上的自身成就，更在于他们自身的遭际及其诗风能够引起黄节在千余年后的共鸣。曹植后期经历坎坷，身世浮沉，怀抱利器而报国无门，故多发悲音，令人扼腕。所以，黄节在序言中感叹道：

　　陈王本国风之变，发乐府之奇，驱屈宋之辞，析扬马之赋而为诗，六代以前莫大乎陈王矣。至其闵风俗之薄，哀民生之艰，树人伦之式，极情于神仙而义深于朋友，则又见乎辞之表者，虽百世可思也。钟记室品其诗，譬以人伦之有周孔，至矣哉！②

　　他感慨曹植诗歌的"闵风俗之薄，哀民生之艰，树人伦之式"，实亦夫子自道。而他对阮籍《咏怀诗》的"兴寄无端"别有会意，其友诸宗元为之

---

① 钱志熙：《旧学与新知的复杂交汇——试论二十世纪上半叶的汉魏六朝诗歌史研究》，《文艺理论研究》2012 年第 1 期。

② 黄节：《曹子建诗注》，中华书局，2008 年，第 3 页。

序曰：

《诗》之流别曰风、曰雅、曰颂。时代迭易，体制有殊，撢其义例，不能变也。若阮公之诗，则《小雅》之流也。忧时悯乱，兴寄无端，而骏放之致、沉挚之词，诚足以睥睨八荒，牢笼万有。故就其诗益以笺释，非能辨其志趣，审其遭逢，通古今之故，洞丧乱之源，执简相从，辄自瞀焉。吾友顺德黄君以史言诗，复通经术。既尝为汉魏风诗鲍谢二集之笺注，循诵阮诗，奋然命笔。草创迄今，时越三载。甄综众说，标举单词，明旨慎择，吾无憾焉。吾少诵《诗》，每至《小雅》，往往流涕被面，不能自持。旁观骇笑，视为童騃。及诵阮公之诗，忾然感中，间有所会。初谓生非当厄，哀生于文。迄今追思，性实为之。况今者政弛道衰，时同典午，吾与黄君亦曾同处京师，若履空谷。以视阮公，复何同异？则君笺释其诗，而吾为之序，其如庄生所谓目击而道存者乎？①

诸宗元将黄节此注视为"政弛道衰，时同典午"的时代大背景下的作品，又用庄子"目击道存"之典，可谓深得其心，相视一笑者也。黄节自己也对此注用力尤勤，且将其与自己所秉持的诗教思想相联系，认为是义不容辞的一种责任。阮籍《咏怀诗》中有着深重的忧患意识与悲哀感，内容上又显得深沉，欲语又止，六朝人已经难以揣测其具体所指，《文选》中选其十七首，唐代李善注解时使用南朝颜延之和沈约的旧注，并在第一首《夜中不能寐》下引曰："嗣宗身仕乱朝，常恐罹谤遇祸，因兹发咏，故每有忧生之嗟。虽志在刺讥，而文多隐避。百代之下，难以情测。"② 千百年来，关于阮籍《咏怀诗》每首诗中的暗指对象有很多不同的猜测与考证，虽然确实难以确指，但其深重的忧愁情绪是显露无遗的。也正因如此，黄节在注解此作的自叙中叙述了注书的缘起，并剖析其心迹曰：

余既笺汉魏乐府风诗，复为鲍谢二家诗注。以癸亥之春，南归过武林，访诸君贞壮湖上，得见仁和蒋东桥所注阮嗣宗咏怀诗。假归卒读，窃叹东桥是事，感我无穷。昔李崇贤论嗣宗诗，谓有忧生之嗟，文多隐避，难以情测，

---

① 黄节：《阮步兵咏怀诗注》附录，中华书局，2008年，第305页。
② 《文选》卷二十三，上海古籍出版社，1986年，第1067页。

故粗明大意，略其幽旨。何义门讥之，谓籍之忧思所谓有甚于生者，注家何足以知之。崇贤颇采颜光禄、沈隐侯说，亦第见之昭明所选十七首中。东桥举全诗八十二首，欲表嗣宗千古不明之志，信能突过崇贤否乎？不为义门所讥乎？余安敢重注？世变既亟，人心益坏，道德礼法尽为奸人所假窃，黠者乃藉辞图毁灭之。惟诗之为教，最入人深，独于此时学者求诗则若饥渴。余职在说诗，欲使学者繇诗以明志而理其性情，于人之为人，庶有裨也。念参军沉抑藩府，康乐未忘华胄，其诗虽工，其于感发人心，不若嗣宗为至。东桥是注为益讵少？然有附会失实者，有为旧说所误者，有未明嗣宗用古之趣者。苕苕千载，余取而重注之，其视东桥所得几何？顾余宁受讥后人，余于此时不重注嗣宗诗，则无以对今之人，其于嗣宗犹后也！古之人有自绝于富贵者矣，若自绝于礼法，则以礼法已为奸人假窃，不如绝之。其视富贵有同盗贼，志在济世，而迹落穷途。情伤一时，而心存百代。如嗣宗岂徒自绝于富贵而已邪？余是以欲揭其志，尽余所能知者，以告今之人。钟嵘有言，嗣宗之诗源于《小雅》。夫雅废国微，谓无人服雅而国将绝尔。国积人而成者，人之所以为人之道既废，国焉得而不绝，非今之世邪？余以饥寒交困，风雪穷冬，茅栋轼忧，妾御求去，故乡路阻，妻孥莫保，暮齿已催，国乱无已，而独不废诗。余亦尝以辨别种族，发扬民义垂三十年，其于创建今国，岂曰无与？然坐视俦辈及后起者藉手为国，乃使道德礼法坏乱务尽，天若命余重振救之，舍明诗莫繇。天下方毁经，又强告而难人，故余于《三百篇》既纂其辞旨，以文章之美曲道学者，蕲其进窥大义。不如是，不足以存诗也。今注嗣宗诗开篇"鸿号翔鸟，徊徘伤心"，视《四牡》之诗"翩翩者雕，载飞载下，集于苞栩。王事靡盬，我心伤悲"，抑复何异？嗣宗其《小雅》诗人之志乎？故余于其事不敢妄附，于其志则务欲求明。不如是，不足以感发人也。往往中夜勤求未得，则若有鬼神来告，豁然而通。余是以穷老益力，虽心藏积疾，不遑告劳者，为古人也，为今人也。夫古人往矣，以余之渺思上接千载，是恶能无失？俟余他日有所考见者与所解悟者，当补正之。倘其无及焉，以余之不负古人，则后之人宁独负余？亦必有以匡余矣！①

他先是有感于蒋师爚的注释本，虽然谦虚地表示自己不避前人之讥，实

---

① 黄节：《阮步兵咏怀诗注》，中华书局，2008年，第307-308页。

则表明在"世变既亟，人心益坏，道德礼法尽为奸人所假窃"的情况下，更加需要以诗为教，以诗救世。而阮诗源于《小雅》，开端之"徘徊将何见，忧思独伤心"正切合于他当下"饥寒交困，风雪穷冬"的情境，所以宁愿不负古人，不负阮籍，亦欲后人之不负于他，能够明其心迹，了解他注解阮诗的良苦用心。这是他在注解了汉魏乐府和谢灵运、鲍照诗歌之后，何以花费如此心力来注释与索解阮籍诗歌的原因。事实上，当时的一些学人，在强调以学术文化挽救传统道德和人心崩坏的时候，也多有此思路。而吟咏情性的诗歌在传统士人那里往往最容易得到关注，并作为道德沉浮的晴雨表。这其中，对魏晋六朝文学和文化的关注和评价又可作为了解世道人心的风向标。正是在这样的大背景下，黄节对于魏晋六朝诗歌的笺注便不仅仅具有诗歌阐释本身的文献价值，更有了深层的学术史意义和历史的厚重感。

第二节　精神自由与民族解放：
抗战时期六朝学的资源性意义

1937 年卢沟桥事变后，抗日战争全面爆发。当时，强敌压境，国家危如累卵，中华民族到了生死存亡的危急关头。在这种形势下，抵御外族入侵、振兴中华民族的民族解放战争就成了时代的主旋律。全国军民众志成城、同仇敌忾，在各自的战线上共御外侮。处在学术战线的爱国学人们也充分发挥自己的才智学识，自觉地以学术活动加入到民族解放战争的时代主题中，以学术振兴民族文化，从精神上鼓舞着国人救亡图存。这一时期，历经了五四新文化运动大潮的学人，都能理性地重新审视中国传统文化，并在此特殊时期自觉地从中找寻学术救国的资源话语，弘扬民族精神，为抗敌救亡发挥了巨大的精神效用。1939 年，任教于湖南大学的杨树达先生撰《春秋大义述》，对于传统的"春秋学"和"春秋大义"作出新的阐释，尤其强调"复仇"和"攘夷"的春秋大义，并在其自序中对此给予充分说明：

余自民国八年北游，居旧京将二十年，教士于清华大学十载。二十六年夏，以亲病乞假南归，归二月而倭夷凭恃武力，挑衅卢沟。先是倭夷强据我东三省及热河，国人已中心愤怒，群思起与相抗。至是益愤寇难之逼，不能复忍。秉政因国人之怒，起率南北健儿以与夷虏周旋，伸其挞伐。盖自始战迄今，历时三十余月矣。自去岁我师大捷于鄂北，继之以湘北粤北之役，连战连胜，殲除丑虏，无虑二十万人。比者桂南之役，彼又以覆师见告矣。盖夷虏不知礼义，忘吾先民卵翼教诲之恩，寻干戈于上国。重以纲纪废坠，民生凋瘵，无以自存，暴徒专政，乃欲求逞于我以威其民。以故作战三年，民怨沸腾，士气沮丧。彼卒之浮于我者，乃至回首易面，颂我中华之盛德，诅彼暴阀之速亡。天听自民，古有明训。土崩瓦解，期在旦夕。而我则教训明于上，敌忾深于下。人怀怒心，如报私仇。视死若归，前仆后继。盖侵暴之众，不足以抗哀兵；无名之师，不足以敌义战。固天道必至之符，人事自然之理也。余时既移席于湖南大学，每念二十年都讲之所，东南财赋之区，沦为羊豕窟宅，不可卒拔。又自念荏苒书生，迫于衰暮，不能执戈卫国，深用震悼于厥心。一日独居深念，忽悟先圣之述《春秋》，以复仇、攘夷为大义，爰取往业，再三孰复，粗有所明。二十八年秋，乃以是经设教，意欲令诸生严夷夏之防，切复仇之志，明义利之辨，知治己之方。①

　　杨树达在这里说得很明白，此书之作正是为了在此特殊时期砥砺民族气节，弘扬爱国精神。传统的春秋公羊学中所强调的"大一统"与"尊王攘夷"在此有了新的时代内涵。这正是传统文化资源所具有的现实意义。

　　这个时期的魏晋六朝之学研究也因其特殊性而成为发挥这一效用的重要领域，其资源性意义尤为突出。在学术史上，魏晋六朝之学往往争议颇多，既是衰世、乱世，又极为自由解放；或谓其文浮华靡丽，或尊为"美文"时代；或斥其"清谈误国"，或赞其自然率真。同样的学术资源，往往可作不同甚至完全相反的解释，且皆能自圆其说。然而，在关系到民族存亡的抗战时期，学人们不仅从中寻求关怀现实的学术资源，且几乎不作无谓的学术争论，而取"拿来主义"的态度，择其"为我所用"而有利抗战救国的一面，使得魏晋六朝之学以纯学术的方式发挥出巨大的现实性的文化意义。具体地说，这些主要体现在以下几个方面。

---

　　①　杨树达：《春秋大义述》，上海古籍出版社，2007年，第6－7页。

一、"南渡"情怀与学者的现实关怀

魏晋六朝政权更迭频繁，是中国历史上最混乱的衰世之一，西晋末年的永嘉之乱，晋王室和汉族政权被迫南迁，渡江而来的士人们，面对着国破家亡的现实，自是感慨万千。《世说新语·言语》篇载曰："过江诸人，每至美日，辄相邀新亭，藉卉饮宴。周侯中坐而叹曰：'风景不殊，正自有山河之异！'皆相视流泪。唯王丞相愀然变色曰：'当共戮力王室，克复神州，何至作楚囚相对？'"① 王导的激励自是有其作用，但这个新亭之叹其实也是当时很多人共同的心态。这样的"南渡"情结，后来成为历代关怀国事的知识分子挥之不去的一种文化情怀。抗战时期的中国社会，也正经历着如同魏晋六朝一样的混乱苦痛，当时的中国北方大片国土沦陷，大好河山基本上只有西南一隅的残山剩水，这便非常类似于永嘉之乱时的晋人南渡。所以，当时流徙到西南的学人们常常不由自主地在他们的著述中使用了"南渡"一词。抗战初期，任教于长沙临时大学的冯友兰在游览衡山时就写有一诗："洛阳文物一尘灰，汴水繁华又草莱。非只怀公伤往迹，亲知南渡事堪哀。"② 面对着同样的家国沦丧的历史局面，作者遥想起过往永嘉之乱后的晋人南渡与靖康之变后的宋人南渡，不禁怀古伤今，借"南渡"来抒发"半壁江山太凄凉"的感慨。他还将其在抗战时期撰写的学术论文结集并命名为《南渡集》，以显示其撰写的时代背景。与之不约而同的是，同在长沙临时大学任教的诗人吴宓，也把自己抗战初期的诗歌集取名为《南渡集》，其中有诗《大劫》云："绮梦空时大劫临，西迁南渡共浮沉。"③ 当时赵仲邑写给吴宓的诗也说："哀吟应使肝肠热，野哭遥连鼓角寒。最是相随南渡日，几人挥泪望长安。"④ 后来，日军步步紧逼，长沙危急，临时大学被迫迁往云南昆明，成立西南联合大学。在迁徙途中，经过桂林时，朱自清作有《漓江绝句》四首，其第一首云："招携南渡乱烽催，碌碌湘衡小住才。谁分漓江清浅水，征人又照鬓丝来。"⑤

① 余嘉锡：《世说新语笺疏》，上海古籍出版社，1993年，第92页。
② 冯友兰：《三松堂自序》，《三松堂全集》第一卷，河南人民出版社，2000年，第88页。
③ 《吴宓诗集》，商务印书馆，2004年，第328页。
④ 赵仲邑：《奉赠雨僧师》，引自《吴宓诗集》，商务印书馆，2004年，第340页。
⑤ 《犹贤博弈斋诗钞·漓江绝句》，《朱自清全集》第五卷，江苏教育出版社，1996年，第243页。

"南渡"成了当时的爱国知识分子的共鸣，他们哀叹战乱的沉痛神经也得以借此舒展，魏晋六朝文学与文化也由此进入了他们的学术研究视野，成为传统的具有正能量的文化资源。

1938 年 6 月，面对着抗战不利的时局，在西南联合大学任教的陈寅恪忧心忡忡地在《蒙自南湖》诗中吟云："南渡自应思往事，北归端恐待来生。"①当时西南联大在昆明与蒙自两地开课，蒙自南湖原为校外洼地，因久雨而变为湖，虽然湖边风光鲜艳，但当时战争形势十分严峻，据吴宓之子吴学昭《吴宓与陈寅恪》记载：

> 父亲与寅恪伯父等常散步其间。赏玩之间，思念的还是难归的故土。父亲在《日记》中写道："宓以南湖颇似杭州之西湖，故有'南湖独步忆西湖'之诗。寅恪以南湖颇似什刹海，故有'风物居然似旧京，荷花海子忆升平'之诗。皆合。惟当此时，日军已攻陷开封（时已六月中上旬之间），据陇海路，决黄河堤，（中日两军互诋，孰为决堤者，莫能知。）死民若干万人，我军势颇不利。故寅恪诗有'黄河难塞黄金尽'（指国币价值低落。……）之悲叹，而宓和诗亦有'舜德禹功何人继，沉陆殴鱼信有哉'之责讯。"②

此可想见陈寅恪写诗时的悲凉心境与悲愤情绪。全面抗战一周年时，他又在《七月七日蒙自作》一诗中写道："南朝一段兴亡影，江汉流哀永不磨。"③陈寅恪早年就对魏晋六朝文史有过精深的研究，此时更是通过研究六朝学以达到鉴古知今之目的。在对这种"不古不今之学"的研究过程中，他流露出了浓烈的人文关怀精神。在第四章第一节中，我们已经解释了他对支愍度学说的考证及其使用《世说新语》原意的不同辨别，以说明其文化关怀的目的。对于这段学术公案，1938 年在云南蒙自听过其课的弟子翁同文曾追忆道："第一课，寅恪师开始讲授的，乃东晋初年从北方南渡的僧人支愍度所立'心无义'。藉作例证，以见中国佛学初期，多以'格义'方式演绎，往往采用周易老庄之说加以附会，与印度佛经原典不免总有距离之意。对于由'格义'而成的'心无义'哲学思想内容，日久以后早已模糊而欠分明。但

---

① 《陈寅恪集·诗集》，生活·读书·新知三联书店，2001 年，第 24 页。
② 转引自卞僧慧：《陈寅恪先生年谱长编》卷五，中华书局，2010 年，第 188－189 页。
③ 《陈寅恪集·诗集》，生活·读书·新知三联书店，2001 年，第 24 页。

寅恪师一开始就引录《世说新语》有关支愍度渡江前后情形一条，由于故事生动，则使我留下深刻难忘的印象，后来凡披阅《世说》，于《假谲篇》见到该条，辄回想寅恪师讲授情况，并因不断注意，从而发现不同层次的意义。……我当时听讲以后，对于寅恪师当国难南渡西迁以后，开这'魏晋南北朝史'课程，在第一课就先讲一个关涉东晋南渡的故事，殊觉不无巧合之处。后来查悉寅恪师早于1933年就已发表《支愍度学说考》一文，才发觉那并不是巧合，而是寅恪师面对当时南渡西迁局面下的特意安排，所以不循往例，将已经发表过论文的专题，再行讲授一次。寅恪师讲授这一课题的用意，到此已有较深一层的认识，后来获读全集中的诗文，尚有更深一层的发现。即寅恪师对于支愍度渡江故事意兴向来不浅，对于伧道人寄语，切莫妄立新义以负如来云云，尤其再三致意发挥。后而领会寅恪师当年南渡第一课讲授这一课题，也有忠于学术良心，不妄立新义而藉以曲学阿世或哗众取宠的深意。这层意思，乃披读寅恪师诗文以后，才行发现，当年听讲时自然无从知道。"① 这段话尤能体察陈氏的"南渡"情怀及其探究六朝学的文化用心。

当时，任教于辅仁大学的余嘉锡，在深感亡国之痛之余，借着陶渊明《桃花源记》中"不知有汉，无论魏晋"之语，自题其书斋名为"不知魏晋堂"，以表达"人心思汉"之意。② 同时，他还通过笺疏《世说新语》，品评魏晋六朝之人物与史事，寄托其对日本侵略者的愤慨之情，表达其拳拳爱国之心。比如，《世说新语·德行》篇中第十三则载曰："华歆、王朗俱乘船避难，有一人欲依附，歆辄难之。朗曰：'幸尚宽，何为不可？'后贼追至，王欲舍所携人。歆曰：'本所以疑，正为此耳。既已纳其自托，宁可以急相弃邪？'遂携拯如初。世以此定华、王之优劣。"③《世说新语》之本意在于以此"定华、王之优劣"，而余嘉锡在此条后加按语评曰："自后汉之末，以至六朝，士人往往饰容止、盛言谈，小廉曲谨，以邀声誉。逮至闻望既高，四方宗仰，虽卖国求荣，犹翕然以名德推之。华歆、王朗、陈群之徒，其作俑者也。观《吴志·孙策传》注引《献帝春秋》，朗对孙策诘问，自称降虏，稽颡乞命。《蜀志·许靖传》注引《魏略》，朗与靖书，自喜目睹圣主受终，如

① 翁同文：《追念陈寅恪师》，转引自卞僧慧编：《陈寅恪先生年谱长编》卷五，中华书局，2010年，第190 – 191页。
② 周祖谟、余淑宜：《余嘉锡先生传略》，《余嘉锡文史论集》，岳麓书社，1997年，第678页。
③ 余嘉锡：《世说新语笺疏》，上海古籍出版社，1993年，第14页。

处唐虞之世。其顽钝无耻，亦已甚矣。特作恶不如歆之甚耳，此其优劣，无足深论也。"① 这里表面上是痛斥这些假名士，实则是对那些虚矫伪饰和叛国趋荣行为的旁敲侧击，是借魏晋之事来警醒身陷沦陷区统治下的国人，不可屈节甘为亡国之奴。对于"华、王之优劣"，他认为不过是细末小节而已，一旦在是非大节上，这些假名士皆无恒常之节，故"无足深论也"。其婿周祖谟教授后来在整理此书时指出，此书经始于 1937 年，"余时国难日深，民族存亡，危如累卵，令人愤懑难平。七月七日卢沟桥事变作，北平沦陷，作者不得南旋，书后有题记称：'读之一过，深有感于永嘉之事，后之视今，亦犹今之视昔。他日重读，回思在莒，不知其欣戚为何如也。'"② 而"作者注此书时，正当国家多难，剥久未复之际，既'有感于永嘉之事'，则于魏晋风习之浇薄，赏誉之不当，不能不有所议论，用意在于砥砺士节，明辨是非，这又与史评相类。"③ 所以今天也有学者指出，他对永嘉之乱的感怀，正是"以晋人永嘉南渡类比抗战时北方沦陷"。④

但是，与西晋时期北方少数民族入主中原、迫使晋室南渡不同的是，抗战时期的"南渡"是由于当时的日本帝国主义入侵中国，涉及民族存亡问题，社会矛盾与民族矛盾都达到最为激烈的顶峰。当时，不但大批国土沦丧，整个华夏文明与民族文化也受到消亡的威胁，中华民族真正到了亡国灭种的危险境地。所以，余嘉锡在《世说新语笺疏》中借学术研究之机而阐发的时代感怀，是利用魏晋六朝之学的学术资源以砥砺国人为坚守民族气节而奋起抗敌，同时也流露出了战时学人们的苦闷悲愤心情。诚如牟润孙所言："所有《笺疏》中抨击反礼教思想，涉及亡国、亡民族的，都因为季老身处沦陷之区，触目惊心产生的愤慨言论。必须这样去知人论世，始能正确地理解季老在抗战时的心情。"⑤ 余嘉锡当时身处北方之沦陷区，尚常有此"南渡"情怀，而其他真正"南渡"和流离失所的学人，对此更是感同身受。钱穆在1945 年撰文《魏晋玄学和南渡清谈》，其实材料上并无新的发现，观点也难说深刻，只是不满"南渡"以来东晋清谈家之空谈与矫情。特别是他激烈地

---

① 余嘉锡：《世说新语笺疏》，上海古籍出版社，1993 年，第 15 页。
② 周祖谟：《世说新语笺疏·前言》，上海古籍出版社，1993 年，第 2 页。
③ 周祖谟：《世说新语笺疏·前言》，上海古籍出版社，1993 年，第 3－4 页。
④ 胡文辉：《现代学者点将录》，广东人民出版社，2010 年，第 89 页。
⑤ 牟润孙：《学兼汉宋的余季豫先生》，见《海遗丛稿》二编，中华书局，2009 年，第 227－228 页。

批评向秀与郭象注解《庄子》，认为他们在一定程度上当为放荡之风负责。他说："向秀郭象为人，便不能与王何嵇阮相提并论。郭象注《庄》，多承向秀。今向书无传，而郭注则颇完好。大体仍以儒学来纠正庄子之过偏过激。如《庄子·逍遥游》，明明分别鹍鹏学鸠大小境界不同，但郭象偏要说鹏鸠大小虽异，自得则一。庄子明明轻尧舜而誉许由，但郭象偏要说尧舜是而许由非。可见向郭注《庄》，明非《庄子》本义。从前王何以老庄通儒学，现在向郭则以儒学纠老庄。然而王何犹可，向郭则非。何以故，老庄精义，本在对政治社会文化流弊有深刻之讥评，而能自己超然世外。嵇阮并不能如老庄之气魄大，对政治社会整个大体下攻击，但他们还有超然绝俗之概。现在向郭则自引近人，却把儒家理论来自掩饰，自逃遁。既不能学儒家对政治社会积极负责，又不能如老庄对政治社会超然远避，这是两面俱不到家。故王何还是有规矩，还是积极的，嵇、阮虽放荡，还是有性情，虽消极，还能超然远俗，至少于世无大碍。向秀、郭象则是无性情的放荡，抱着消极态度，而又不肯超然远俗，十足的玩世不恭，而转把儒家的理论来掩饰遁藏。当时像王夷甫一辈人，便在这种理论下自满自得。向郭实不足为《庄子》之功臣，却不免为两晋之罪人。"[①] 其实向秀与郭象的《庄子注》在魏晋玄学理论的思辨上较为深刻，特别是郭象，其"独化"论可以自我解释，有着自己内在的一致性。向、郭本人在品行上其实也很难说有什么大亏，他们的理论是否应该为后世的放荡之风负责任，这当然也是仁者见仁，智者见智。而钱穆此时的文章以此为论题，恐怕实有其现实的文化关怀的意义。所以，可以说，在此特定的历史时期，学界对魏晋名士之"清谈误国"的争议突显了魏晋六朝之学在此特殊时期的资源性意义。

二、"清谈误国论"的现代阐释

清谈误国之论，古来有之，实则东晋人自己早有此论，甚至将当时放荡之风归罪于何晏、王弼，认为他们的罪过"深于桀纣"。在不同的历史时期，站在不同的角度可对此作不同的解释。实际上，历史上虽有如朱彝尊《王弼论》、钱大昕《何晏论》那样的平情之论，然大多还是认同"清谈误国"之

---

① 钱穆：《中国学术思想史论丛》第三册，生活·读书·新知三联书店，2009 年，第 77 - 78 页。

论，顾炎武在《日知录》中所谓的"亡国与亡天下"之辨影响尤大。我们在第二章中已有分析，为了说明"清谈误国论"在抗战这个特殊时期的现代阐释，不妨再来看看。《日知录》卷十三"正始"条说："有亡国，有亡天下。亡国与亡天下奚辨？曰：易姓改号，谓之亡国；仁义充塞，而至于率兽食人，人将相食，谓之亡天下。魏晋人之清谈，何以亡天下？是孟子所谓杨、墨之言，至于使天下无父无君，而入于禽兽者也。"① 此说影响甚大，《世说新语·政事》第八则中，山涛劝说嵇康之子嵇绍出仕，虽以"天地四时，犹有消息"的玄理为其理论依据，但后来有学人认为山涛此举虽或出于好意，却从气节上使嵇绍陷于不义之境地，余嘉锡《世说新语笺疏》在笺疏了此条之后，在按语中就引了顾炎武上述之言，然后评曰："顾氏之言，可谓痛切。使在今日有风教之责者，得其说而讲明之，尤救时之良药也。"② 本来，对于嵇绍的评价可以从不同的角度见仁见智，但余嘉锡在这里很明显是借题发挥了。正是有感于"风教之责"与"救时之良药"，他在笺疏此书时，考证确审，论断精到，却也不失时机地对空言误国之辈加以讥诃，如《世说新语·任诞》第五三则曰："王孝伯言：'名士不必须奇才，但使常得无事，痛饮酒，熟读《离骚》，便可称名士。'"这段话本身自有当时名士文化的特殊背景，如何解释，可以见仁见智。而余嘉锡对此加按语说："《赏誉篇》云：'王恭有清辞简旨，而读书少。'此言不必须奇才，但读《离骚》，皆所以自饰其短也。恭之败，正坐不读书。故虽有忧国之心，而卒为祸国之首，由其不学无术也。自恭有此说，而世之轻薄少年，略识之无，附庸风雅者，皆高自位置，纷纷自称名士。政使此辈车载斗量，亦复何益于天下哉？"③ 王恭之败，是否由于"不读书"，这个问题可以讨论。若按照《晋书》卷八十四《王恭传》之记载，王恭的形象还是比较正面的。在其被杀之后，评之曰："恭性抗直，深存节义，读《左传》至'奉王命讨不庭'，每辍卷而叹。为性不弘，以暗于机会，自在北府，虽以简惠为政，然自矜贵，与下殊隔。不闲用兵，尤信佛道，调役百姓，修营佛寺，务在壮丽，士庶怨嗟。临刑，犹诵佛经，自理须鬓，神无惧容，谓监刑者曰：'我暗于信人，所以致此，原其本心，岂不忠于社

---

① 陈垣：《日知录校注》卷十三，安徽大学出版社，2008 年，第 722 页。
② 余嘉锡：《世说新语笺疏》，上海古籍出版社，1993 年，第 172 页。
③ 余嘉锡：《世说新语笺疏》，上海古籍出版社，1993 年，第 763 页。

稷！但令百代之下知有王恭耳。'家无财帛，唯书籍而已，为识者所伤。"①
他只是过于信佛，所信非人，没有在尔虞我诈的政治泥潭中取得胜利而已。
其个人品行倒也无甚大亏。其被杀而兵败的原因难以一言以蔽之，却未必是
"正坐不读书"。但考虑到余嘉锡先生在笺疏《世说新语》时的社会背景和心
理，如此之论，亦不足为怪，也可以体现其忧时忧国之心。

抗战时期，面对着新社会形势，正在西南联大任教的贺昌群则有感于时
世，通过研究魏晋清谈思想"以发潜德之幽光"，撰成《魏晋清谈思想初论》
一书。他在该书序言里说："观近代政治文化尚权竞力之趋势，殆已积重难
返，故世变日亟，战乱方兴。兹编之作，或正郭子玄所谓'有不得已而后起
者'在也。"② 可见其著书抱有着极强的现实目的。对于清谈本身，他认为：
"魏晋清谈之本旨，岂徒游戏玄虚离人生之实际而不切于事情也哉，乃此一段
思想为世所掩没而蒙不白之羞者，垂一千七百年，悲夫。"③ 他认为魏晋清谈
作为一种在混乱时代产生的特定学术思想，是对人生社会意义的发现与探索，
而非仅仅是空谈之言。因此，他在魏晋清谈思想中发现了深刻的人文关怀价
值以及抗战学术视野中的资源性意义。正如他后来讲述该书的主旨时所说的：
"大抵大一统之世，承平之日多，民康物阜，文化思想易于平稳笃实；衰乱之
代，荣辱无常，死生如幻，故思之深痛而虑之切迫，于是对宇宙之始终，人
生之究竟，死生之意义，人我之关系，心物之离合，哀乐之情感，皆成当前
之问题，而思有以解决之，以为安身立命之道，此本篇论述魏晋清谈所欲究
其内容者也。"④ 可见，他对魏晋清谈内容的探讨，同样也是对抗战时期衰乱
时势下人生问题的一个借题发挥与反思。

同样，当时困于上海"孤岛"时期的刘大杰，也将研究目光集中在魏晋
时期的学术思想。对于"清谈误国"的观点，他也持反对意见。同时，在经
学玄学化的魏晋清谈中，刘大杰发现了其进步意义之处。他认为，将经学玄
学化的清谈，使老庄思想得以复归到学术讨论的轨道上，打破了汉代儒学一
统学术界的束缚，从而活跃了整个学术界的学术思想。他说："王（弼）、何
（晏）之流，虽说在晋朝就被人痛骂，甚至说晋朝的亡国，也要他们担负责

---

① 《晋书》卷八十四，中华书局，1974 年，第 2186 页。
② 贺昌群：《魏晋清谈思想初论》，商务印书馆，2000 年，第 1 页。
③ 贺昌群：《魏晋清谈思想初论》，商务印书馆，2000 年，第 113 页。
④ 《贺昌群史学论著选》，中国社会科学出版社，1985 年，第 191 页。

任，其实这是冤枉的。……我们平心而论，王、何在魏晋的学术界，是有思想的头等人物，以革命的态度，把前代腐化了的经学，转变了一个新方向。《四库提要·周易注》下说：'阐明义理，使《易》不杂于术数者，弼与（韩）康伯深为有功。祖尚虚无，使《易》竟入于老庄者，弼与康伯亦不能无过。瑕瑜不掩，是其定评。诸儒偏好偏恶，皆门户之见，不足据也。'这话说得比较公平，然而我们也不能完全承认。用老庄学说解《易》，这并不是过，只可以说是一种进步，一种思想的自由。"① 他并不认同清谈误国之说，尤其强调王、何玄学"革命"的意义和其中自由思想的价值。这当然也是有感而发的。

刘大杰对清谈中的自由思想的肯定，是有其现实的人文关怀意义的。他认为，魏晋时期，正是由于思想的自由，才使得"学术界产生了怀疑的精神，辩论的风气"②，从而促进了魏晋学术的成熟发展。在提到魏晋人对宇宙本体和人生意义等问题的看法时，他说："这些问题，在当日学术界，都是使青年们怀疑而苦闷着的问题。正如今日的唯物唯心观念论辩证法之类相像。怀疑的提出来，有的口辩，有的著书，你辩我驳，学术界因此便有了生气。"③ 这里，刘大杰对抗战时期学术界"你辩我驳"的自由争鸣状态，是持肯定态度的。正是由于学人们在抗战时期能够自由地争鸣，才形成了当时繁荣的学术局面，并增强了"学术救国"的力量。

当学术思想得以自由表达，个人的自我独立意识也就会随之明确，在主观上也就力求突破传统僵化思想的束缚，追求自我独创而获得全新的思想价值。刘大杰看到，思想自由活跃的魏晋学术界，"反对人生伦理化的违反本性，而要求那种人生自然化的解放生活。生活伦理化的结果，只是用许多人为的制度法则，把人性人情压制得不能动弹，日趋于虚伪与束缚，一切阴谋诈力的罪恶，都由此而生。人类自然的本性，与这种伦理生活正是相反。我们要使人生有趣味，必得从这种虚伪束缚的生活，返到真实自由的生活方面去"。④ 正是由于魏晋人要追求"真实自由的生活"，所以他们用老庄学说来推翻汉儒腐朽过时学术而形成的魏晋玄学，"在学理上虽是复古的，但在态度

---

① 刘大杰：《魏晋思想论》，上海古籍出版社，1998 年，第 28 页。
② 刘大杰：《魏晋思想论》，上海古籍出版社，1998 年，第 36 页。
③ 刘大杰：《魏晋思想论》，上海古籍出版社，1998 年，第 38 页。
④ 刘大杰：《魏晋思想论》，上海古籍出版社，1998 年，第 103 页。

上，却是革命的"。① 这种革命的态度，表现出的是魏晋学者对学术独立的自觉追求，是他们个体意识觉醒后的反映。与之相似的是，处在抗战时期的学人们也都以自身的努力共同促进学术的独立发展，为中华民族的文化保存与继承做出了重要的贡献。

魏晋人的个体意识的觉醒，不仅实现了他们追求学术独立的夙愿，也让研究者从中寻获到了思想独立和人格独立的学术资源，在抗战的特殊背景下，学者们还从魏晋六朝之学中找到了民族精神和自由解放的学术资源。多少年之后，刘大杰的弟子林东海在论析《魏晋思想论》的写作时说道："自'八·一三'事变之后，抗日烽火燃遍长城内外大江南北，民族救亡运动蓬勃展开，民族精神空前高涨。困于沪上因失业而著书的刘先生，其民族精神，自然而然地从笔底流露出来。"② 并举例说明他"借题发挥，旁敲侧击，谴责日本军国主义之'嗜杀好战'，表现出凛然的气节和精神"③。自由思想与独立精神，本来就是学者所应坚守的学术原则，也是魏晋六朝之学中的应有之义，历史上的客观存在与现实的客观需要相契合，于是，魏晋六朝之学中精神解放与人格美的因素，也就成了抗战时期学人们所乐于开拓与强调的学术资源。

三、精神解放与人格美：六朝苦难诗学的当代意义

正如宗白华在《论〈世说新语〉和晋人的美》一文中所指出的，魏晋六朝"是精神史上极自由、极解放，最富于智慧、最浓于热情的一个时代"，"是最富有艺术精神的一个时代。"④ 因此，魏晋人得到了"精神上的大解放，人格上思想上的大自由"，他们对前人的经学权威由怀疑而趋向否定，并最终挣脱神学谶纬的禁锢，在日常的言谈举止中展现出"风神潇洒，不滞于物"的人格美。这种人格美可体现在很多方面，其中一个突出的体现便是魏晋人

---

① 刘大杰：《魏晋思想论》，上海古籍出版社，1998 年，第 45 页。
② 林东海：《魏晋思想论·导读》，刘大杰：《魏晋思想论》附录，上海古籍出版社，1998 年，第 16 页。
③ 林东海：《魏晋思想论·导读》，刘大杰：《魏晋思想论》附录，上海古籍出版社，1998 年，第 17 页。
④ 宗白华：《论〈世说新语〉和晋人的美》，《宗白华全集》第二卷，安徽教育出版社，1994 年，第 267 页。

对乡愿的极力抗拒。乡愿（或作"乡原"），是中国数千年来封建礼教统治下形成的虚伪道德和平庸人格精神。而热爱美、热爱自然、性情率真、追求精神解放和独立自由的魏晋人，则"以狂狷来反抗这乡原的社会，反抗这桎梏性灵的礼教和士大夫阶层的庸俗，向自己的真性情、真血性里掘发人生的真意义、真道德"①；从而形成了一种"洋溢着生命，神情超迈，举止历落，态度恢廓，胸襟潇洒"② 的人格美。

　　宗白华对魏晋人身上这种带着真性情、真血性的人格美是饱含赞美之情的，而这份赞美之情实则蕴含着他强烈的现实人文关怀目的。《论〈世说新语〉和晋人的美》一文原刊于 1941 年 1 月《星期评论》第 10 期，后来作者又将其修订，发表于《时事新报》1941 年 4 月 28 日《学灯》第 126 期上，并在此文前面的"作者识"中说："魏晋六朝的中国，史书上向来处于劣势地位。鄙人此论希望给予一新的评价。秦汉以来，一种广泛的'乡愿主义'支配着中国精神和文坛已两千年。这次抗战中所表现的伟大热情和英雄主义，当能替民族灵魂一新面目。在精神生活上发扬人格底真解放，真道德，以启发民众创造的心灵，朴俭的感情，建立深厚高阔、强健自由的生活，是这篇小文的用意。环视全世界，只有抗战中的中国民族精神是自由而美的了！"③ 在当时那个战火纷飞的抗战岁月，宗白华在探讨魏晋美学的过程中不忘融入个人与时代之思，希望以魏晋人的人格美激励抗战中的人心，在抗战中展现中华民族精神的真性情、真道德。他借着魏晋人的狂狷个性，结合当下中国的抗战语境，批判中国数千年来的"乡愿主义"之余，谱写了一曲精彩的"自由而美"的、追求精神解放的民族灵魂之歌。正是怀着这样的现实目的与强烈的人文关怀，几天后的 1941 年 5 月 5 日《学灯》第 127 期又续登此文。对于《世说新语》中所高扬的魏晋名士这种"人格的唯美主义"的高度礼赞，有论者认为："宗白华正是用'唯美主义'的目光来识鉴魏晋思想和魏晋人格的，这是美学家的长处，却是思想家哲学家的短处。"④ 时过境迁，以今

① 宗白华：《论〈世说新语〉和晋人的美》，《宗白华全集》第二卷，安徽教育出版社，1994年，第281页。

② 宗白华：《论〈世说新语〉和晋人的美》，《宗白华全集》第二卷，安徽教育出版社，1994年，第284页。

③ 《论〈世说新语〉和晋人的美》编者注，《宗白华全集》第二卷，安徽教育出版社，1994年，第267页。

④ 李建中、马良怀：《本世纪魏晋思想研究的两次高潮》，《东方文化》2000年第 1 期。

天纯学术的眼光来看，对这种"人格的唯美主义"评论的分寸及其价值判断自可见仁见智。但若置于当时的历史语境下，对作者作"理解之同情"，了解其炽热的现实文化关怀，则可明白这未必是"思想家哲学家的短处"，或许正是其长处。

抗战时任教于西南联大的冯友兰，同样对魏晋人格美投以热切的学术关注。1943 年，冯友兰撰有《论风流》一文，该文本是其在西南联大的一场学术讲演之作，后来收在《南渡集》里，却成了冯友兰在抗战时的经典学术之作。[①] 该文也以《世说新语》所载的魏晋名士风流为论述对象，开篇就说："风流是一种所谓人格美。"[②] 从《世说新语》中的真名士所表现出的言行举止中，冯友兰看到了其蕴含的真风流，并将构成真风流的条件归纳为四点，即玄心、洞见、妙赏和深情，而这四点也正是魏晋人身上的人格美的最好体现。魏晋人的人格美，最能体现在深情之中，冯友兰认为："真正风流底人有深情。但因其亦有玄心，能超越自我，所以他虽有情而无我。所以其情都是对于宇宙人生底情感，不是为他自己叹老嗟卑。"[③] 这里的"有情而无我"，正是一种注重人生、社会、宇宙的感情，是个人私情的升华。冯友兰在随后所写的另一篇论文《论感情》中指出："有情有我，是为个人而有底喜怒哀乐，是有私底。有情无我，是为国家社会，为正谊，为人道，而有底喜怒哀乐，是为公底。前者普通谓之为情，后者普通谓之忠爱或义愤。"[④] 从对魏晋真名士的"有情而无我"的人格美的发现，再到对"为国家社会，为正谊，为人道"之感情的阐述，可以说是冯友兰在抗战时期学术研究中的一种人文关怀的介入。面对当时日本帝国主义的侵略，在学术研究领域奋战的冯友兰等学者心怀家国民族大义，将魏晋人的精神解放与真性情诉诸文字，从传统学术中吸取资源，以激起国人"忠爱""义愤"这些共同抗敌救国的民族感情。需要指出的是，尽管他们的研究有着强烈的现实目的，但始终不以曲解文义为手段，也始终是纯粹的学术研究方式。也只有这样，才能更加有效地发挥魏晋六朝文学文化的学术资源的作用与意义。

处在抗战时代中的学人，不仅通过自己的学术研究激发国人的民族精神

① 参见冯宗璞：《冯友兰先生与西南联大》，见《我心中的西南联大：西南联大建校 70 周年纪念文集》，清华大学出版社，2008 年，第 61 页。

② 冯友兰：《论风流》，《三松堂全集》第五卷，河南人民出版社，2000 年，第 309 页。

③ 冯友兰：《论风流》，《三松堂全集》第五卷，河南人民出版社，2000 年，第 310 页。

④ 冯友兰：《论感情》，《三松堂全集》第五卷，河南人民出版社，2000 年，第 431 页。

以抗敌救国，而且也以自身的人格品行诠释着中华民族内在的真性情、真道德。如朱自清就"断然拒绝了国民党反动派高官厚禄的收买和拉拢，躲开了国民党在昆明的'司令'、'要人'的拜访，不与他们同流合污。他在那些趋炎附势、巴结官场的文人面前，在那些对抗战悲观失望的颓废文人面前，高洁地站立着"①。这不啻为魏晋真名士的人格美在动乱的抗战年代的最好写照。王瑶先生曾师从朱自清先生攻读中古文学，其名作《中古文学史论》也产生于兵荒马乱的 20 世纪 40 年代。多少年以后，重版此书时，其弟子陈平原教授在《重刊〈中古文学史论〉跋》中说道："四十年代漂泊西南的学者们，普遍对六朝史事、思想及文章感兴趣，恐怕主要不是因书籍流散或史料缺乏，而是别有幽怀。像陈寅恪那样早就专治此'不古不今之学'者，自然鉴古知今，生出无限感慨；至于受现实刺激而关注六朝者，也随时可能借六朝思想与人物，表达其对于社会现实的关注。1946 年夏闻一多先生被刺身亡，王瑶先生的同学季镇淮先生即借《嵇康之死辨闻》《竹林故事的结局》等考史文字寄托悲愤。季文议论精辟而又切合史事，可见平日读书兴趣所在。至于另一位同学范宁，则以魏晋小说为研究专题，与王先生的论述更是密切相关。据范先生回忆，西南联大研究生宿舍里，同学们'聚在一起时大都谈论魏晋诗文和文人的生活'（《昭琛二三事》）。南渡的感时伤世，魏晋的流风余韵，配上嵇阮的师心使气，很容易使得感慨遥深的学子们选择'玄学与清谈'。四十年代之所以出现不少关于六朝的优秀著述，当与此'天时''地利'不无关联。"② 可以说，西南联大学人们的"六朝情结"，正昭示着六朝学作为传统文化资源为现实所用的意义所在。

　　在这段动荡不安的抗战岁月里，国人于炮火中饱受颠沛流离之苦，生命受到极大的威胁，生活物质也极度匮乏，在这种环境里人心是苦闷且压抑的。而这样的情形正是千年前魏晋六朝那段时期的隔代嗣响。因此，人们也就将更多的目光投向魏晋六朝文学文化，从中找寻各自所需的学术资源，将其与现实互相比照，以契合当下民族抗战的时代主题，在抚慰苦闷压抑的人心之余唤醒国人崇高的民族精神。正如宗白华对魏晋六朝文学艺术的关注，为的是让国人"从中国过去一个同样混乱、同样黑暗的时代中，了解人们如何追

---

　　① 陈竹隐：《追忆朱自清》，见《我心中的西南联大：西南联大建校 70 周年纪念文集》，清华大学出版社，2008 年，第 66 页。

　　② 王瑶：《中古文学史论》附录，北京大学出版社，1998 年，第 444－445 页。

求光明，追寻美，以救济和建立他们的精神生活，化苦闷而为创造，培养壮阔的精神人格"①。类似的时代环境，同样的悲苦心境，甚至相似而更加严峻的民族文化传承之端绪，抗战时期的学人与魏晋六朝的文人们获得了跨越时空的历史共鸣。当然，六朝"美文"也是他们乐于谈论与研究的基础。但在此时，可以说，正是魏晋六朝文学文化自身内含着的深刻的人文关怀意蕴，才使其成为抗战时期学术研究中源源不断的学术资源。

1945 年，中华民族最终取得了抗战的胜利，如晋室永嘉南渡偏安一隅那样的历史不再重演。以古观今，冯友兰感慨道："稽之国史，历代南渡之人，未有能北返者。吾辈亲历南渡，重返中原。其荷天之休，可谓前无古人也已。"② 中华大地沦丧之山河得以光复，华夏文明得以延续，中华民族文化又一次展现强大的生命力，并在学术研究中焕发出厚重的民族精神力量。而作为抗战时期学术研究的一部分，魏晋六朝文学文化作为传统的学术资源，也发挥了其应有的价值，鼓舞了国人救亡图存的民族士气，显现出其在战乱时代所特有的文化关怀的现实意义。即使是以平淡自然而著称的陶渊明其人其诗，却在抗战那个非常时期得到异乎寻常的关注，对于陶渊明研究所体现出的文化关怀，尤能突显魏晋六朝学术文化研究"当代性"的时代意义。

第三节　自由而美的追寻：抗战时期陶渊明研究中的文化关怀与时代意义

陶渊明生活在晋宋之际，当时并不以诗闻名，而是以隐士形象出现的，所以沈约《宋书》将他放在《隐逸传》来记载其行迹。陶渊明的朋友颜延之在《陶征士诔》的序言中说："有晋征士寻阳陶渊明，南岳之幽居者也。弱不好弄，长实素心，学非称师，文取指达。在众不失其寡，处言逾见其默。……道不偶物，弃官从好。遂乃解体世纷，结志区外。定迹深栖，于是乎远。灌畦鬻蔬，为供鱼菽之祭；织纩纬萧，以充粮粒之费。心好异书，性

---

① 宗白华：《论〈世说新语〉和晋人的美》，《宗白华全集》第二卷，安徽教育出版社，1994年，第 286 页。
② 冯友兰：《南渡集·自序》，《三松堂全集》第五卷，河南人民出版社，2000 年，第 239 页。

乐酒德，简弃烦促，就成省旷。殆所谓国爵屏贵，家人忘贫者欤！"① 这还是从其人品角度来论其人的，文学上只是"文取指达"而已。可以说，即使其诗歌在南朝时已经为人所知，却没有产生什么影响，钟嵘《诗品》置之于中品，评曰："其源出于应璩，又协左思风力。文体省静，殆无长语。笃意真古，辞兴婉惬。每观其文，想其人德。世叹其质直。至如'欢言酌春酒'、'日暮天无云'，风华清靡，岂直为田家语耶？古今隐逸诗人之宗也。"② 他虽然对陶诗评价并不算低，但"世叹其质直"，说明当时并不认同其平淡之风，因而只是"想其人德"，从其道德品行上给予肯定，总评为"古今隐逸诗人之宗"。刘勰在《文心雕龙》中完全没有提及陶渊明。萧统虽然写了《陶渊明传》，并为其集作序，但在魏晋六朝的总体文学评价中，陶渊明的诗与文还没有得到一致认同。萧统所编《文选》中所选陶渊明作品寥寥，远远不及陆机等人。

可以说，从南朝到北宋，陶诗基本上以平淡自然而著称，特别是到了苏轼，正如论者所言："他不但在诗歌创作上深受陶诗影响，而且继梅尧臣之后，在理性上深刻地揭示了陶诗平淡美的内涵，把陶诗推到了诗美理想的典范地位和无人能及的诗史巅峰，从而牢固地奠定了陶在中国诗史上的独特地位，开辟了陶接受史的辉煌时代。"③ 自南宋开始，陶诗与陶渊明形象有了不同的解读，辛弃疾和一些理学家不仅欣赏陶渊明人格的飘逸洒脱及其诗歌的自然平淡，同时也认为陶渊明的人格与诗歌有其"豪放"的一面。朱熹之言可为典型，一方面，他认同陶诗自然平淡，说："渊明诗平淡出于自然。后人学他平淡，便相去远矣。"④ 另一方面，他又说："陶渊明诗，人皆说是平淡，据某看他自豪放，但豪放得来不觉耳。其露出本相者，是《咏荆轲》一篇，平淡底人，如何说得这样言语出来。"⑤ 与辛弃疾等人一样，朱熹突出其"豪放"的一面，实是当时南北方民族矛盾在文化上的投影。这在陶渊明接受史上也属正常现象。不同时期的作家往往因个人与社会的不同原因对古代文学史与文化史上的人物作出自己的理解。

就整个 20 世纪的陶渊明研究来说，吴云先生将其分为四个阶段：1900—

① 《文选》卷五十七，上海古籍出版社，1986 版，第 2470－2471 页。
② 《诗品集注》，上海古籍出版社，1994 年，第 260 页。
③ 李剑锋：《元前陶渊明接受史》，齐鲁书社，2002 年，第 15 页。
④ 《朱子语类》卷一百四十，中华书局，1986 年，第 3324 页。
⑤ 《朱子语类》卷一百四十，中华书局，1986 年，第 3325 页。

1928 年的第一阶段，1928—1949 年的第二阶段，1949—1978 年的第三阶段，1978—2000 年的第四阶段。[①] 这是从陶学研究的主要业绩与形态特征而言的，基本符合研究实际。其中的第二阶段，也是中国社会处于各种矛盾尤为尖锐的历史时期，关于陶渊明的研究，出现了朱光潜"静穆"说与鲁迅"金刚怒目"说的争议，是社会环境影响学术研究的一种表征，也在陶渊明研究史上留下了不可忽视的痕迹。这其中，抗战时期无疑是当时的中国社会处于内忧外患的历史阶段，而陶渊明平淡自然的风格看似与当时的社会主题了不相关，似乎没有多少理由得到关注。但事实却并非如此。人们在此过程中寻获到自己所需要的精神资源。在抗战这个特殊的学术语境里，陶渊明及其作品所展现出来的诗性灵魂、人格气节，依然散发着独特的文化魅力，对当时的作家和学人产生不可忽视的影响。他们津津乐道于陶渊明的人格及其作品，在战火纷飞的苦难岁月中追寻陶渊明诗意的足迹，构建自己心中美好的精神家园。或者将目光投向陶渊明诗文中比较"豪放"的一面，也就是抗争现实的一面，正好以此契合救亡图存的时代主题。可以说，陶渊明，作为一个文化符号，在抗战时期获得了新的时代意义。具体来说，可从以下几个视角展开分析：

一、人格魅力之感发与自由精神之共鸣

陶渊明之所以得到古今文人学者几乎一致的推崇，除了其诗歌成就本身之外，更重要的乃在于其人的品行高洁及其散发出的人格魅力。当时，处身于抗战时代的作家和学人，生活境况不但不会优裕，可以说是比较困难的，甚至常有生命之虞，有的还会遇到气节与节操等方面的严峻考验。因此，对于陶渊明的理解也就附上了一层时代色彩。他们在写作过程中或在日常生活里，常常赞赏陶渊明不为五斗米折腰而又甘于贫穷的高尚人格。在人命危浅的战乱时期，陶渊明这个古代诗人的形象对当时的民族文化产生了积极的意义。

众所周知，废名（冯文炳）一直对六朝人物热爱有加，对陶渊明其人其诗更是十分欣赏。作为周作人曾经的弟子，废名之爱陶或许有周氏的影响，他曾这样说过："陶渊明以诗传于后代，然而陶渊明的诗实在不能同魏晋六朝

---

① 参见吴云：《20 世纪中古文学研究》第八章，天津古籍出版社，2004 年。

的诗排在一起，他本来是孤立的。知堂先生的散文行于今世，其'派别'也只好说是孤立，与陶诗是一个相似的情形。"① 但在后来的认知中，他渐渐地有了自己的理解。他不仅在创作中借鉴陶诗的风格，而且还引陶渊明为隔代知己。在读到陶渊明《闲情赋》"愿在昼而为影，常依形而西东，悲高树之多荫，慨有时而不同"的时候，他联想到陶渊明"大约是对于树荫凉儿很有好感，自己又孤独惯了，一旦走到大树荫下，遇凉风暂至，不觉景与罔两俱无，唯有树影在地"②，并指出自己"亦有此经验"，在陶渊明身上找到自己的影子；又在读到《影答形》"与子相遇来，未尝异悲悦，憩荫若暂乖，止日终不别"的时候，说自己与陶公可谓"莫逆于心"。③ 而在抗战时期，废名所创作的《莫须有先生坐飞机以后》这篇带有自传性质的小说，其中也是多处借用、化用陶渊明的事迹和诗文，流露出莫须有先生（实即废名本人）对陶渊明的喜爱与佩服之情。小说中有一段描写如下：

> 莫须有先生佩服陶渊明，陶渊明那样不肯为五斗米折腰的人，换一句话说他瞧不起当时的国家社会政府官吏，而他那样讲究家族关系，一面劝农，自己居于农人地位，一面敦族，"悠悠我祖，爰自陶唐"、"同源分流，人易世疏，慨然寤叹，念兹厥初"，在魏晋风流之下有谁像陶公是真正的儒家呢？因为他在伦常当中过日子。别人都是做官罢了，做官反而与社会没有关系。农人是社会的基础，农人生活是真实的生活基础，修身齐家治国平天下都在这里了。否则是做官。一做官便与民无关。所以中国向来是读书人亡国的，因为读书人做官。中国的复兴向来是农民复兴的，因为他们的社会始终没有动摇，他们始终是在那里做他们的农民的，他们始终是在那里过家族生活的。中国古代的圣人都是农民的代表，故陶诗曰："舜既躬耕，禹亦稼穑"，后代做皇帝的也以知道稼穑艰难为唯一美德了。难怪他们总是喜欢同乡下人喝酒："得欢当作乐，斗酒聚比邻"，他是知道农人的辛苦，而且彼此知道忠实于生活了。④

---

① 《废名集》第三卷，北京大学出版社，2009 年，第 1303 页。
② 《废名集》第三卷，北京大学出版社，2009 年，第 1362 页。
③ 《废名集》第三卷，北京大学出版社，2009 年，第 1362 页。
④ 《废名集》第二卷，北京大学出版社，2009 年，第 1024 页。

战时居住于黄梅乡间的废名，也即小说中虚构的"莫须有先生"，经常和下层百姓接触，因而深知农民兄弟之间手足情谊之可贵，以及他们身上所潜藏的巨大力量。他在文中所说的"中国的复兴向来是农民复兴的""中国古代的圣人都是农民的代表"，可谓饱含深情的箴言，也是有着实的生活体验的。而那位千年以前能够不为五斗米折腰，宁愿身居乡村做个地地道道农民的陶渊明，让废名大为激赏，被视为其心中的圣人。因此，他在小说中以陶诗赞美乡土稼穑，并通过描写陶渊明与农人喝酒共乐的场景，传达他对农民兄弟的歌颂之意。

朱自清早年就喜爱陶渊明的诗歌，在为古直《陶靖节诗笺定本》作书评时，就曾给予陶诗高度的评价，并且对陶诗的所谓"豪放"作出了自己的解释：

> 朱熹虽评《咏荆轲》诗"豪放"，但他总论陶诗，只说："平淡出于自然"，他所重的还是"萧散冲澹之趣"，便是那些田园诗里所表现的。田园诗才是渊明的独创；他到底还是"隐逸诗人之宗"，钟嵘的评语没有错。朱熹又说："陶欲有为而不能者也"，这却有些对的。《杂诗》第五云："忆我少壮时，无乐自欣豫。猛志逸四海，骞翮思远翥。"《饮酒》诗第十六及《荣木》诗也以"无成""无闻"为恨。但这似乎只是少壮时偶有的空想，他究竟是"少无适俗韵，性本爱丘山"的人。[①]

他自己不仅对陶诗进行拟作，而且在抗战时期的西南联大还专门开设"陶渊明诗"课程。同时，他更是践行着陶渊明不慕荣利的品德操守，以实际行为生动地诠释着"不为五斗米折腰"的傲骨气节。

朱陈回忆其父亲朱光潜的往事时提到，朱光潜"在抗战前就从陶潜的《时运》诗序中的'欣慨交心'这句话取出'欣慨'两个字，作为他的室名"，同时还"请两位会篆刻的朋友替他篆刻了'欣慨室'三字图章，又请马一浮替他篆写了'欣慨书斋'四字的横幅。"[②] 后来，朱光潜在其《诗论·陶渊明》一文中也确实说过，从"欣慨交心"一语中，他可以体会陶渊明精神生活的淡泊清醒，以及内心世界的透彻明朗："他有感慨，也有欣喜；惟其

---

① 《陶诗的深度》，《朱自清古典文学论文集》，上海古籍出版社，1981年，第570-571页。
② 朱陈：《父亲的"欣慨"》，《朱光潜纪念集》，安徽教育出版社，1987年，第252-253页。

有感慨，那种欣喜是由冲突调和而彻悟人生世相的欣喜，不只是浅薄的嬉笑；惟其有欣喜，那种感慨有适当的调剂，不只是奋激佯狂，或是神经质的感伤。他对于人生悲喜剧两方面都能领悟。"① 朱光潜以"欣慨"作为自己的人生态度，欣赏陶渊明的"静穆"，淡泊而明朗地走过了痛苦的战乱岁月，足以见出陶渊明对其影响的深刻。

其实，在抗战这个特殊时期，人们之所以受陶渊明人格魅力之感发，正是源于他们心中对自由精神的诉求。陶渊明身上所展现出来的是一种自由而美的人格魅力，是魏晋风度的绝佳代表。尽管陶渊明的诗文在表面上似乎看不到魏晋玄学的影响，实则在精神气韵上可谓是魏晋风度真正的成熟的代表。此中奥秘，古今论者各有所述，而罗宗强先生则以诗性的表述给予揭示，称其为"玄学人生观的一个句号"，其云：

陶渊明常常达到物我一体、与道冥一的人生境界。

士人与大自然的关系，大体说来，是在自然中求得一席安身之地，安顿自己的身境与心境。但是细究起来，却是颇为不同的。金谷宴集的名士们，他们是带着一种占有者的心态，让自然在他们的宴乐生活中增添一点情趣，成为他们生活的点缀，使他们在歌舞宴乐之中，得一点赏心悦目，使他们的过于世俗化过于物质化的生活得一占雅趣。兰亭修禊的名士们，他们是把山山水水看作生活中不可或缺的部分了。他们留连山水怡情山水。他们与自然的关系，比起金谷名士来，当然要亲近得多。但是，他们仍然是欣赏者，他们站在自然面前，赏心悦目，从中得到美的享受，得到感情的满足。大自然的美，在他们的生活中虽然占有重要位置，但是，他们与自然之间，究竟还有距离。山阴道上行，觉景色自来亲人，应接不暇。我们从这里可以感受到他们在大自然中的一种主客关系的心态。

陶渊明与他们不同的地方，便是他与大自然之间没有距离。在中国文化史上，他是第一位心境与物境冥一的人。他成了自然间的一员，不是旁观者，不是欣赏者，更不是占有者。自然是如此亲近，他完全生活在大自然之中。他没有专门去描写山川的美，也没有专门叙述他从山川的美中得到的感受。山川田园，就在他的生活之中，自然而然地存在于他的喜怒哀乐里。②

---

① 朱光潜：《诗论》，《朱光潜美学文集》第二卷，上海文艺出版社，1982 年，第 221 页。
② 罗宗强：《玄学与魏晋士人心态》，南开大学出版社，2003 年，第 308 页。

之所以称其为魏晋风度的总结性和代表性人物，正是陶渊明身上所体现出来的对于自由而美的追求，而这也正好契合战时人们的精神需求。宗白华就对以陶渊明为代表的魏晋人颇为青睐，认为他们所展现出来的自由精神，能够在抗战时期起到激励人心的作用。所以，他通过撰写《论〈世说新语〉和晋人的美》一文，对以陶渊明为代表的魏晋人所具有的自由精神予以旌表，并用以鼓舞民族抗战的斗志。此于上文已论，兹不赘述。

可以说，抗战时期的知识分子深受陶渊明人格魅力的影响，他们在陶渊明身上寻获与时代相契合的自由精神。因此，陶渊明也就成为他们创作与研究的重要话语资源。

二、苦难中的诗意追寻与心灵抚慰

在时局动荡不安、国运多舛的抗战时期，知识分子们在连天炮火中颠沛流离，不仅要面对极度匮乏的物质生活，还要遭受严重的生命威胁，他们的内心自是苦闷而压抑。但即便是在如此纷扰不堪的环境之下，他们也没有放弃对精神家园的构筑和对诗意人生的追求。而一千五百年前身处晋宋易代那个同样混乱而黑暗时期的陶渊明，以超越时空的诗性灵魂，激发了这些知识分子的情感共鸣。因此，他们不仅将陶渊明及其诗文融入自己的文学创作，还对陶渊明进行别有创见的深入研究。读陶、和陶、学陶、研陶，对他们来说是一种心灵抚慰。

这种心灵抚慰，体现在陶渊明诗文中那份历经千载而依旧触动人心的精神力量。钱穆回忆自己在动荡年代辗转任教于西南联大之时，也谈到自己曾受陶渊明文学精神之涤荡："在抗战时，余只身居云南宜良山中上下寺，撰写《国史大纲》。每逢星期日，必下山赴八里外一温泉入浴，随身携带一陶集，途中泉上，吟诵尽半日。余之宁神静志，得于一年之内完成此书，则实借陶集之力。不啻亦如归去来，安居桃花源中也。"① 面对着战时艰难困苦的写作条件，钱穆却从陶渊明的诗文中获得精神的安宁，将战火纷飞的敌后环境当作陶渊明笔下的桃花源，以此平复心情，开展学术研究。可以说，陶渊明的人格精神及其诗文作为传统的精神资源，得到了充分的利用。

---

① 钱穆：《中国文学论丛》，生活·读书·新知三联书店，2002年，第208页。

陶渊明诗文之所以能触动人心，在于其独绝千古的自然冲淡之诗性韵致。正如何一鸿所言，陶渊明"把他的生活和情感，都融化在大自然里，使其与自然凝结成一片，令人分别不出什么是他的诗，什么是自然，他的诗只是一片浑然的天机而已"。[1] 陶诗的这种自然冲淡，更深一层来说，是源于其内在性情之率真。所以，郑骞指出，陶渊明的"田园诗字字都是从心里流出来的，绝非士大夫阶级反串的作品所能及"。[2] 廖秉雄也认为，陶诗"最主要的好处，还在一个真字。情真景真，事真意真，只就本色炼得入细，就浅景写得入妙，就浅意写得入奥，洗尽铅华，自然发艳"。[3] 陶渊明本着性情而创作的诗歌，流露出的是毫不掩饰的真意趣，自然而成，无所造作，这便是人们对陶诗最为称道之处。

夏仁虎认为诗人作诗最忌"俗"，而祛除"俗"的最佳良药为"真"，而"真"诗的先驱自然可追溯到陶渊明的诗歌。因此，具有真性情的陶诗便深受夏仁虎的青睐。从 1941 年夏开始，历经一年时间，他创作了《和陶诗》四卷本，几乎对陶渊明的每首诗歌都进行了追和。如其《孟夏苦旱晦日微雨》（用陶渊明《读山海经》诗之韵）诗云：

> 孟夏已苦暍，庭草尽凋疏。凉风忽西来，微雨洒我庐。
>
> 小窗喜多明，披襟展素书。巷穷少宾辙，门息长者车。
>
> 厨烟低不起，犹办笋与蔬。朝朝数米炊，饱与童仆俱。
>
> 颇闻旱象成，忍见流民图。笺笺不润物，差胜叹焚如。[4]

此诗写于 1942 年，当时夏仁虎正任教于北京大学。诗中记录了当年发生在北方的大旱及其所造成的严重饥荒。面对着聊胜于无的微雨，夏氏一方面喜出望外，另一方面又为身处苦旱灾殃的普通百姓感到着急与焦虑，所以，他在抒写微雨之幽美的同时，又不乏心系苍生的悲悯情怀。

同年，另一位诗人彭作桢也出版了一本《和陶》集。他在此集前的"凡

---

① 何一鸿：《陶渊明评传》，《新东方》1941 年第 4 期，第 165 页。

② 郑骞：《陶渊明与田园诗人》，《文学集刊》1943 年第 1 期，第 26 页。

③ 廖秉雄：《陶诗研究述略》，《国文评论》1944 年第 1 期，第 6 页。

④ 夏仁虎：《和陶诗》，引自王景山主编：《国学家夏仁虎》，浙江文艺出版社，2009 年，第 130 页。

例"中自称，"予年来饮酒后辄吟陶诗……百忧都解，其感人有不可思议者"①，因而尽和陶诗，表达对陶诗的喜爱之情。其诗如《饮酒二十首》其一云：

平生不解饮，客来强饮之。自恨终日醒，不如人醉时。

六十忽超然，性天见于兹。谈理忘同异，闻者翻骇疑。

区区何以答，杯酒常独持。②

此诗便颇具陶渊明《饮酒》诗以酒为乐、忘怀世事的韵味。可以说，夏、彭二人各自的《和陶》，不仅反映出诗人在苦难的抗战岁月里以陶诗驱除内心的压抑这一现实写照，也体现了陶诗独特的文化张力，成为动乱时代人们安顿灵魂的精神家园。

除了和陶诗，有的作家还将陶渊明写进小说中，通过陶渊明这个人物形象，传达出战时知识分子对陶渊明诗意人生的向往，对自由而美的追寻。如沈天鹤的《陶渊明》，塑造了一个淡泊宁静的陶渊明形象。小说中写道：

他走到东园，菊花盛开得像一抹五彩的云霞。阳光洒在上面，绚烂夺目。他沿着花丛慢慢的走去，在每一株花前总要停驻一下，凑近去闻一闻香气，更把枝叶儿轻轻拿起来细看有无损伤。菊花是他的心爱的东西，他是像慈母般在爱抚它们呢！最后他摘下顶小的一朵，花瓣儿细长得像一条条丝带的，把来吻了一下，佩在襟上。末了，他走到一棵天矫如虬龙的青松跟前，依着干儿向菊花凝视了多时，忽然枯瘠的脸上浮出一个会心的微笑。随即把手杖依在树干旁，仰身在树下躺着了，树的枝叶像一把青翠的大伞张护住他，他仰视着头上的天空，似乎觉得它比平日更来得高澈明澄，菊花的香味，他闻来是觉得比任何种的花香都来得清醇，他这样躺着，几天来挨饿的肚子，整个儿给自然的美所醉饱了！③

这段文字以小说笔法描绘陶渊明的田园生活，为人们具体地呈现了一幅

---

① 彭作桢：《和陶》，成都：新新新闻印刷部，1943 年，第 1 页。
② 彭作桢：《和陶》，成都：新新新闻印刷部，1943 年，第 26 页。
③ 沈天鹤：《陶渊明》，《乐观》1941 年第 6 期，第 104 页。

陶渊明采菊东篱下、抚孤松而徘徊的田园牧歌式的诗意画卷。不仅生动地反映了陶渊明身上具有的"忧道不忧贫"的旷达洒脱品质，也流露出作者内心深处的诗性情怀。

此外，给战时人们带来诗意情怀的还有陶渊明笔下的桃花源。我们知道，桃花源虽然未必实际存在，但作为一个文学意象，陶渊明不但为后世塑造了一个文学经典，更为中国人营造了一个美好的精神家园。无论是太平时期，还是乱世，桃花源总是美好生活的象征，是美丽的梦境。在桃花源这片与世隔绝的乐土里，风景美妙如画，没有王朝更迭，没有战争动乱，人们享受着安详融洽的幸福生活，这自是令人心动神往。因此，桃花源也理所当然地成了抗战时期知识分子们诗意的栖居地，被他们称为"东方的乌托邦"，"里面充满着无为而治的精神，……一切的生活姿态，完全任其自由"①。而作家们也纷纷建构属于这个时代的自由乌托邦，从中寻求心灵的慰藉，并让思想洒脱无拘地徜徉其中，以此与苦闷的战乱现实世界决裂。

如废名在《莫须有先生坐飞机以后》中，莫须有先生在战时流落黄梅乡间，感受到的是民风淳朴，乡民们"不知今是何世"②，仿佛身处桃花源。面对战争，他们仍然保持着平静的心态。即便"头上都是日本老的飞机"，他们"一见了日本老都扶老携幼地逃"，可他们依然乐观地生活，相信"日本老一定要败的"③，不受战争困扰，颇具自然无为的桃源心境。除了废名笔下的黄梅故乡，还有沈从文塑造的湘西世界、师陀描绘的果园小城等，都代表了抗战时期作家所创造的现代版"桃花源"。然而，日军的侵华战争，还是让昔日美好的桃花源陷入万劫不复之境地。1939 年，沈祖棻在重庆遭遇日军空袭，以《霜叶飞》一词记云：

　　晚云收雨。关心事，愁听霜角凄楚。望中灯火暗千家，一例扃朱户。任翠袖、凉沾夜露。相扶还向荒江去。算唳鹤惊乌，顾影正、仓皇咫尺，又催笳鼓。

　　重到古洞桃源，轻雷乍起，隐隐天外何许？乱飞过鹚拂寒星，陨石如红雨。看劫火、残灰自舞，琼楼珠馆成尘土。况有客、生离恨，泪眼凄迷，断

---

①　何一鸿：《陶渊明评传》，《新东方》1941 年第 4 期，第 161 页。
②　《废名集》第二卷，北京大学出版社，2009 年，第 822 页。
③　《废名集》第二卷，北京大学出版社，2009 年，第 825 页。

肠归路。①

即便是和谐宁静的桃源，也会沦为战争机器的炮灰，成为一片狼藉不堪的废墟。而此时战火纷飞之下偌大的一个中国，已难以安放下一张平静的书桌，遑论憧憬幸福的未来。知识分子们心中的诗意家园，也如同战火中的华夏江山，已是千疮百孔、支离破碎。

三、家国情怀与现实抗争

面对当时社会现实中尖锐的民族矛盾的威胁，以及诗意人生和精神家园所受到的战争摧残，知识分子们奋起抗争，以文字为战斗武器，通过文学创作和学术研究，唤起国民共同抗敌救国的民族情感。而在陶渊明接受方面，他们则更多地阐扬其心中的家国情怀，及其诗文中所具有的抗争现实之精神。

置身晋宋政治变局之中的陶渊明，虽然以平淡与静穆面目示人，但也曾有"豪放"之志，因此他即使归隐陇亩，也无法完全忘却世事。陈寅恪引沈约之"忠愤说"肯定了陶渊明心中所具有的政治情怀："取魏晋之际持自然说最著之嵇康及阮籍与渊明比较，则渊明之嗜酒禄仕，及与刘宋诸臣王弘、颜延之交际往来，得以考终牖下，固与嗣宗相似，然如《咏荆轲》诗之慷慨激昂及《读山海经》诗精卫刑天之句，情见乎词，则又颇近叔夜之元直矣。总之，渊明政治上之主张，沈约《宋书·渊明传》所谓'自以曾祖晋世宰辅，耻复屈身异代，自（宋）高祖王业渐隆，不复肯仕'最为可信。"② 从学术的角度看，陈氏的观点虽然未必成为定论，但自是可以自我解释，在逻辑上可以自圆其说。而他此文正作于抗战时期，之所以强调陶渊明的忠愤情怀，实是别有怀抱。这在第四章已有专节说明，兹不赘述。

从陶渊明本身而言，他之所以选择遁归田园，过上风轻云淡的隐居生活，也可以认为由于污浊之现实让其无法实现心中的政治抱负所致。所以，何一鸿解释说："历代的批评家，都把渊明归于隐逸之列，其实这种见解也是不正确的。他并不是没有忧国忧民的热情，也不是没有政治的理想，这都可以从

---

① 程千帆笺注：《沈祖棻诗词集》，江苏古籍出版社，1994年，第61页。
② 《陶渊明之思想与清谈之关系》，《陈寅恪集·金明馆丛稿初编》，生活·读书·新知三联书店，2001年，第227页。

他的作品中领略到的。他之所以隐遁田园而不仕的原因，就是因为社会的腐象日深，积重难返，英雄无用武之地，只有投身在自然的怀抱里，春耕秋获，饮酒赋诗，来消磨他的岁月。"① 很明显，这种解释是带有特定时代色彩与个人情怀的。

当然，从学术本身而言，我们也可以说，在诗意的田园生活里，陶渊明并没有忘怀家国天下，他将自己的政治情怀和理想寄托在《述酒》《拟古》《咏荆轲》《读山海经》等诗篇中。特别是《述酒》一诗，诗意难解，宋代黄庭坚等认为多不可解，但很多学者在注陶时，认为其中寄寓着陶渊明不能忘怀前朝政事的忠愤情绪。如宋代汤汉在注《陶靖节先生诗》卷三中说：

按晋元熙二年六月，刘裕废恭帝为零陵王。明年以毒酒一罂授张祎，使酖王，祎自饮而卒。继又令兵人逾垣进药，王不肯饮，遂掩杀之。此诗所为作，故以《述酒》名篇也。诗辞尽隐语，故观者弗省，独韩子苍以"山阳下国"一语疑是义熙后有感而赋。予反覆详考，而后知决为零陵哀诗也。因疏其可晓者，以发此老未白之忠愤。昔苏子瞻《述史》九章曰："去之五百岁，吾犹见其人"也，岂虚言哉！②

这个意见颇有影响，所以后来清代张谐之在《陶元亮述酒诗解》中说："陶公自以先世为晋辅，耻复屈身后代，自刘宋王业渐隆，不复肯仕，而以酒自晦。至是痛晋祚之亡，君父之变，遂以《述酒》名篇，而于《饮酒》、《止酒》诸作三致意焉。读者详稽时事，以意逆志，则知陶公之心，日月争光，而其情亦足悲已。"③ 鲁迅也这样说过："《陶集》里有《述酒》一篇，是说当时政治的。这样看来，可见他于世事也并没有遗忘和冷淡。"④ 其实，这个问题本身是值得讨论的。因为这首诗确实写得比较晦涩，类似于阮籍《咏怀诗》的笔法，这在陶诗中是不多见的。但人们又完全可以借古人之酒杯而浇己心之块垒，以陶渊明的"忠愤"作为切入点，来表达自己的当代关怀。1937 年冬，储皖峰写了《述酒诗补注》，对这首诗作出进一步的注解说明，以彰显陶

① 何一鸿：《陶渊明评传》，《新东方》1941 年第 4 期，第 155 – 156 页。
② 《陶渊明资料汇编》下册，中华书局，1962 年，第 204 页。
③ 《陶渊明资料汇编》下册，中华书局，1962 年，第 210 页。
④ 《而已集·魏晋风度及文章与药及酒之关系》，《鲁迅全集》第 3 卷，人民文学出版社，2005 年，第 538 页。

渊明的政治情怀。他认为陶渊明通过曲折隐晦的手法，在诗中表达自己的世乱之悲与家国之思，"以酒为名，而实则悼晋祚之式微，愤刘裕之盗篡也"①，寓含着丰富的政治色彩。其实，这篇《述酒诗补注》完全是储氏对当时世道有所兴发而作。他在该文的开篇之处，便颇有感慨地说明撰写此文的心迹，他指出，《述酒诗》"此诗不明，则靖节之心事不能表白于世，每一展卷，求其说而不得，为之慨焉太息"。又说："今年秋海宇不宁，杜门养疴，意有所郁结，托之卷轴以自遣，于是发愤取陶诗读之，于《述酒》之篇反覆玩味，以意逆志，似颇有所解，遂稽之史传，参之载籍，为补注一卷，极知浅陋，无当大雅，姑以寓吾之意而已。"② 时值日军发动侵华战争的初期，滞留在北平的储氏，"意有所郁结"而作《述酒诗补注》，其中潜藏的忧国伤时之意，正是因储氏念及陶渊明眷恋故国之情而起。

可以说，陶诗中以《述酒》为代表的这一类诗歌，在当时特殊的战争年代具有振奋人心、干预现实的积极意义。正如施若霖所说的那样，对于陶诗，"不能仅看到他底一面——消极的有闲，却也要体会到他底愤慨的寄托所在"③，特别是对《咏荆轲》《拟古》等这些充满激昂斗志的诗歌，要充分体会诗中"愤怒、悲哀、痛苦、醒会、叹息"的沉壮格调，才能真正而全面地理解陶渊明的人格。同时，他还不无讽刺地说，"'年青'的陶潜在现在要隐藏到深山里去，'悠然见铁鸟之下大卵'（仿新象征派诗句）只有死路一条"，认为当时处在抗战时局中的青年人不能仅一味追求冲淡和平的创作，而是应该投入到现实血与火的战斗中，"活泼地勇壮地继续抗战下去"。④ 可见，在战火蔓延华夏大地的苦难岁月里，饱含爱国热情的知识分子更看重的是陶渊明愤世忧国的家国情怀，及其诗中豪壮雄奇的风格，以警醒国人尤其是青年人奋起救亡图存，激发他们的战斗意志和人格力量，担当起民族和时代赋予的重任。

然而，在战乱岁月里，却也有一些知识分子难以坚守气节，周作人即是其一。在抗战之前，周作人也是以隐士身份自居，而且非常喜欢陶渊明及其诗歌。堵述初将他与陶渊明相比较，认为两人都具有共同的"怀古的情绪"：

---

① 储皖峰：《陶渊明〈述酒诗〉补注》，《辅仁学志》1939 年第 1 期，第 5 页。
② 储皖峰：《陶渊明〈述酒诗〉补注》，《辅仁学志》1939 年第 1 期，第 1 页。
③ 霖长：《田园诗人陶潜批判》，《文艺世界》1940 年第 2 期，第 32 页。
④ 霖长：《田园诗人陶潜批判》，《文艺世界》1940 年第 2 期，第 33 页。

　　一个人不能现实中实求得满足和安慰，结果只有两条路可走，一条就是怀念过去，一条就是憧憬将来。周作人和陶渊明都不期而然地走上那怀念过去的路，这便是他们怀古之所由来。但是他们这种怀古，却又不是对现实的逃避，乃是对现实的反抗，因为他们仍是各自在那种现实的社会里认真地生活着。于是矛盾就出来了，因为现实的认真生活和过去的怀念是有冲突的，结果便形成了一种叛徒和隐士合一的生活。①

　　他认为陶、周两人都"怀念过去的路"，然而怀念过去并非逃避现实，他们都是关注现实却不满现实而有所反抗，这是"叛徒生活"，至于"隐士生活"，则是"陶渊明的'饮酒'与周作人的'闭户读书'"。陶、周两人并非甘心做隐士，而是通过或"饮酒"或"闭户读书"来反抗现实，"拿隐士作帽子，来达到作叛徒的目的"②，此即为"叛徒和隐士合一的生活"。由此可见，抗战之前的周作人还是颇受时人敬重的。可是抗战爆发后，周作人却真正地过上了叛徒的生活，此时的"叛徒生活"已非堵述初所说的"对现实的反抗"，而是在日本帝国主义的淫威下自甘沉沦。所以，当时就有人指出："周氏虽不愿为五斗米而向敌折腰，但依着长守在'苦茶庵'里，认魔手下的北平犹如今日的'桃花源'，而始终老于是乡，周作人之不如陶渊明，于此可见。"③ 这时再比较陶、周两人，人们对陶、周人格与人品的评判已有高低之别了。

　　因此，具有坚定人格气节和深厚家国情怀的陶渊明，也就成为抗战时期知识分子们心中的伟大民族诗人。而陶渊明也被他们写进文学作品，借以发抒现实抗争之感。

　　此时，一些小说创作中的陶渊明形象，也同样寄寓着作家们强烈的时代精神。除了废名以"莫须有先生"这位现代知识分子的视角，对陶渊明进行颇具现实意义的解读之外，沈天鹤的《陶渊明》也是别有寄托。小说中写陶渊明和一位邻居老农饮酒时，有一组对话：

　　　"老先生！"那邻老对渊明略有菜色的瘦脸，褴褛的衣衫注视了好一会，

---

① 堵述初：《周作人与陶渊明》，《艺风》1936 年第 4 期，第 28 – 29 页。
② 堵述初：《周作人与陶渊明》，《艺风》1936 年第 4 期，第 29 页。
③ 戍君：《"知堂"与陶渊明》，《青年大众》1938 年第 1 期，第 25 页。

忽然热情地说道："我倒要劝劝你，古人说得好：'世人皆浊，何不掘其泥而扬其波？'你老先生何不稍稍随俗浮沉些儿，再去出仕一次呢！"

这时渊明酒正喝得半酣，听了邻老的说话，心里不禁想起我岂愿为五斗米折腰向乡里小儿的事来，因连忙微笑了一下，回答着说："你劝我去做官吗？做官固然有味的，做得清得名，做得浑得利；浑得手腕灵敏一些，还可名利双收！可是这样的官味我可辨别不出什么好处来，何况做官的人能有几个真替老百姓打算，他们大多是要搜刮民脂民膏的。我呢，我自己觉得不配去做官，我很记得三十四岁做刘牢之参军时，就不耐烦得什么似的，甚至于看到飞鸟游鱼的自由自在，也觉得我自家是落在尘网中了，心里要起疚愧……"①

这组对话虽然是对陶渊明不肯为官从政之事迹所进行的演绎，但是从中却折射出作者对当时国民党官场的批判之意。小说写于 1941 年，时值抗战相持阶段，面对人民的深重苦难，国民党官僚们无所作为，却日益贪污腐败，搜刮了大量民脂民膏，中饱私囊，大发国难财，过着贪婪无耻、穷奢极欲的生活。因此小说中所言的"做官的人能有几个真替老百姓打算，他们大多是要搜刮民脂民膏的"，则是当时国民党政府贪腐内幕的写照。作者借小说人物陶渊明之口，传达出反抗黑暗现实的时代之感，别创一格，颇能启人深思。

综而言之，出现在抗战时期知识分子笔下的陶渊明，是一位有血有肉、充满人格力量的伟大民族诗人，他所创造的诗意田园生活安顿了战时人们痛苦的灵魂，他身上具有的家国情怀与"金刚怒目"式的战斗精神激发了战时人们抗争动乱现实的意志。因此，知识分子们在艰难困苦的抗战岁月里对陶渊明的接受过程，不仅饱含重要的学术价值，更具有深远的时代文化意义。

---

① 沈天鹤：《陶渊明》，《乐观》1941 年第 6 期，第 105－106 页。

参考文献

阮元校刻：《十三经注疏》，中华书局，2009 年。

严可均校辑：《全上古三代秦汉三国六朝文》，中华书局，1958 年。

逯钦立辑校：《先秦汉魏晋南北朝诗》，中华书局，1983 年。

司马迁：《史记》，中华书局，1959 年。

班固：《汉书》，中华书局，1962 年。

范晔：《后汉书》，中华书局，1965 年。

陈寿：《三国志》，中华书局，1982 年。

房玄龄等：《晋书》，中华书局，1974 年。

沈约：《宋书》，中华书局，1974 年。

萧子显：《南齐书》，中华书局，1972 年。

姚思廉：《梁书》，中华书局，1973 年。

姚思廉：《陈书》，中华书局，1972 年。

魏收：《魏书》，中华书局，1974 年。

李百药：《北齐书》，中华书局，1972 年。

令狐德棻等：《周书》，中华书局，1971 年。

李延寿：《南史》，中华书局，1975 年。

李延寿：《北史》，中华书局，1974 年。

魏徵等：《隋书》，中华书局，1973 年。

刘昫等：《旧唐书》，中华书局，1975 年。

欧阳修、宋祁：《新唐书》，中华书局，1975 年。

脱脱等：《宋史》，中华书局，1977 年。

赵尔巽等：《清史稿》，中华书局，1976 年。

朱谦之：《老子校释》，中华书局，1984 年。

郭庆藩：《庄子集释》，中华书局，1961年。

苏舆：《春秋繁露义证》，中华书局，1992年。

刘文典：《淮南鸿烈集解》，中华书局，1989年。

黄晖：《论衡校释》，中华书局，1990年。

王符著，汪继培笺，彭铎校正：《潜夫论笺校正》，中华书局，1985年。

曹植著，赵幼文校注：《曹植集校注》，人民文学出版社，1984年。

王弼著，楼宇烈校释：《王弼集校释》，中华书局，1980年。

嵇康著，戴明扬校注：《嵇康集校注》，人民文学出版社，1962年。

阮籍著，陈伯君校注：《阮籍集校注》，中华书局，1987年。

黄节：《曹子建诗注　阮步兵咏怀诗注》，中华书局，2008年。

葛洪著，杨明照校笺：《抱朴子外篇校笺》上册，中华书局，1991年。

葛洪著，杨明照校笺：《抱朴子外篇校笺》下册，中华书局，1997年。

杨伯峻：《列子集释》，中华书局，中华书局，1979年。

王瑶编注：《陶渊明集》，人民文学出版社，1956年。

逯钦立校注：《陶渊明集》，中华书局，1979年。

龚斌：《陶渊明集校笺》，上海古籍出版社，1996年。

北京大学北京师范大学中文系、北京大学中文系文学史教研室编：《陶渊明资料汇编》，中华书局，1962年。

余嘉锡：《世说新语笺疏》，上海古籍出版社，1993年。

徐震堮：《世说新语校笺》，中华书局，1984年。

黄节：《谢康乐诗注　鲍参军诗注》，中华书局，2008年。

顾绍柏校注：《谢灵运集校注》，中州古籍出版社，1987年。

钱仲联增补集说校：《鲍参军集注》，上海古籍出版社，1980年。

庾信撰，倪璠注，许逸民校点：《庾子山集注》，中华书局，1980年。

徐陵编，吴兆宜注，程琰删补，穆克宏点校：《玉台新咏笺注》，中华书局，1985年。

释慧皎撰，汤用彤校注，汤一玄整理：《高僧传》，中华书局，1992年。

释僧祐撰，苏晋仁、萧炼子点校：《出三藏记集》，中华书局，1995年。

刘勰著，范文澜注：《文心雕龙注》，人民文学出版社，1958年。

杨明照：《文心雕龙校注拾遗》，上海古籍出版社，1982年。

周勋初：《文心雕龙解析》，凤凰出版社，2015 年。

周振甫：《文心雕龙今译》，中华书局，1986 年。

黄侃：《文心雕龙札记》，华东师范大学出版社，1996 年。

黄侃：《文选平点》，中华书局，2006 年。

萧统等编，李善注：《文选》，上海古籍出版社，1986 年。

《唐钞文选集注汇存》，上海古籍出版社，2000 年。

骆鸿凯：《文选学》，中华书局，1989 年。

王利器：《颜氏家训集解》，中华书局，1993 年。

董诰等编：《全唐文》，上海古籍出版社，1990 年。

韩愈著，刘真伦、岳珍校注：《韩愈文集汇校笺注》，中华书局，2010 年。

石介著，陈植锷点校：《徂徕石先生文集》，中华书局，1984 年。

欧阳修著，李逸安编：《欧阳修全集》，中华书局，2001 年。

苏轼著，孔凡礼点校：《苏轼文集》，中华书局，1986 年。

张耒：《张右史文集》，四部丛刊初编，商务印书馆，1936 年。

朱熹著，黎靖德编，王星贤点校：《朱子语类》，中华书局，1986 年。

朱熹：《晦庵先生朱文公集》，四部丛刊初编，商务印书馆，1936 年。

茅坤：《茅鹿门先生文集》，续修四库全书，上海古籍出版社，2002 年。

顾炎武著，陈垣校注：《日知录校注》，安徽大学出版社，2008 年。

王夫之著，舒士彦点校：《读通鉴论》，中华书局，1975 年。

王夫之著，张国星校点：《古诗评选》，文化艺术出版社，1997 年。

章学诚著，叶瑛校注：《文史通义校注》，中华书局，1985 年。

朱彝尊：《曝书亭集》，《清代诗文集汇编》第 116 册，上海古籍出版社，2010 年。

钱大昕：《廿二史考异》，上海古籍出版社，2004 年。

钱大昕：《嘉定钱大昕全集》，江苏古籍出版社，1997 年。

赵翼著，曹光甫校点：《廿二史札记》，凤凰出版社，2008 年。

赵翼：《陔余丛考》，中华书局，1963 年。

王鸣盛著，黄曙辉点校：《十七史商榷》，上海书店出版社，2005 年。

阮元：《揅经室集》，续修四库全书本，上海古籍出版社，2002 年。

张鉴等撰：《阮元年谱》，中华书局，1995 年。

方东树：《仪卫轩文集》，晚清四部丛刊（第五编），文听阁图书公司，2011 年。

张之洞著，庞坚校点：《张之洞诗文集》，上海古籍出版社，2008 年。

沈曾植著，钱仲联校注：《沈曾植集校注》，中华书局，2001 年。

谭嗣同著，蔡尚思、方行编：《谭嗣同全集》，中华书局，1981 年。

王闿运：《湘绮楼诗文集》，岳麓书社，2008 年。

王闿运著，王简编校增补：《湘绮楼说诗》，龙门书局，1968 年。

严复：《严复全集》，福建教育出版社，2014 年。

李详：《李审言文集》，江苏古籍出版社，1988 年。

陈衍：《石遗室诗话》，商务印书馆，1929 年。

姚永朴著，许结讲评：《文学研究法》，凤凰出版社，2009 年。

王水照编：《历代文话》，复旦大学出版社，2007 年。

余祖坤编：《历代文话续编》，凤凰出版社，2013 年。

章太炎著，徐复点校：《章太炎全集·太炎文录初编》，上海人民出版社，2014 年。

章太炎著，黄耀先、饶钦农、贺庸点校：《章太炎全集·太炎文录续编》，上海人民出版社，2014 年。

章太炎著，吴永坤讲评：《国学讲演录》，凤凰出版社，2008 年。

章太炎著，曹聚仁记录：《国学概论》，巴蜀书社，1987 年。

章太炎著，庞俊、郭诚永疏证：《国故论衡疏证》，中华书局，2008 年。

章太炎著，徐复注：《訄书详注》，上海古籍出版社，2000 年。

刘梦溪主编：《中国现代学术经典·章太炎卷》，河北教育出版社，1996 年。

汤志钧编：《章太炎政论选集》，中华书局，1977 年。

章太炎著，虞云国校点：《菿汉三言》，上海书店出版社，2011 年。

章太炎：《章太炎的白话文》，辽宁教育出版社，2003 年。

罗志欢主编：《章太炎藏书题跋批注校录》，齐鲁书社，2012 年。

姚奠中、董国炎：《章太炎学术年谱》，山西古籍出版社，1996 年。

汤志钧编：《章太炎年谱长编》，中华书局，2013 年。

张昭军编：《章太炎讲国学》，东方出版社，2007 年。

章念驰编：《章太炎生平与学术》，生活·读书·新知三联书店，1988 年。

章念驰编：《章太炎生平与思想研究文选》，浙江人民出版社，1986 年。

姜义华：《章炳麟评传》，南京大学出版社，2002 年。

姜义华：《章太炎思想研究》，中国人民大学出版社，2009 年。

许寿裳：《章太炎传》，百花文艺出版社，2004 年。

陈平原、杜玲玲编：《追忆章太炎》，生活·读书·新知三联书店，2009 年。

卢毅：《章门弟子与近代文化》，广西师范大学出版社，2009 年。

陈永忠：《章太炎与近代学人》，百花文艺出版社，2012 年。

刘师培：《刘申叔遗书》，江苏古籍出版社，1997 年。

刘师培著，万仕国点校：《仪征刘申叔遗书》，广陵书社，2014 年。

陈引驰编校：《刘师培中古文学论集》，中国社会科学出版社，1997 年。

刘师培著，舒芜校点：《中国中古文学文学史　论文杂记》，人民文学出版社，1959 年。

刘梦溪：《中国现代学术经典·黄侃　刘师培卷》，河北教育出版社，1996 年。

万仕国编著：《刘师培年谱》，广陵书社，2003 年。

邓实、黄节主编：《国粹学报》，广陵书社，2006 年。

黄节：《诗学诗律讲义》，天津古籍出版社，2007 年。

胡朴安选录：《南社丛选》，解放军文艺出版社，2000 年。

梁启超：《饮冰室合集》，中华书局，2015 年。

刘梦溪主编：《中国现代学术经典·梁启超卷》，河北教育出版社，1996 年。

梁启超：《清代学术概论》，上海古籍出版社，1998 年。

梁启超：《中国近三百年学术史》，东方出版社，1996 年。

周岚、常弘编选：《饮冰室诗话》，时代文艺出版社，1998 年。

丁文江、赵丰田编：《梁任公先生年谱长编》，中华书局，2010 年。

蔡元培：《蔡元培全集》，中华书局，1984 年。

陈独秀：《独秀文存》，东亚图书馆，1922 年。

任建树等编：《陈独秀著作选》，上海人民出版社，1984 年。

刘梦溪主编：《中国现代学术经典·胡适卷》，河北教育出版社，1996 年。

胡适：《胡适文集》，人民文学出版社，1998 年。

胡适：《中国中古思想史长编》，华东师范大学出版社，1996 年。

鲁迅：《鲁迅全集》，人民文学出版社，2005 年。

周启明：《鲁迅的青年时代》，河北教育出版社，2002 年。

王瑶：《鲁迅作品论集》，人民文学出版社，1984 年。

钟叔河编订：《周作人散文全集》，广西师范大学出版社，2009 年。

周作人：《中国新文学的源流》，江苏文艺出版社，2007 年。

张菊香、张铁荣编：《周作人研究资料》，天津人民出版社，1986 年。

舒芜：《周作人的是非功过》，人民文学出版社，1993 年。

钱理群：《周作人传》，北京十月文艺出版社，1990 年。

顾琅川：《周氏兄弟与浙东文化》，人民出版社，2008 年。

关锋：《周作人的文学世界》，社会科学文献出版社，2011 年。

钱玄同：《钱玄同文集》，中国人民大学出版社，1999 年。

吴锐：《钱玄同评传》，百花洲文艺出版社，2010 年。

周文玖编：《朱希祖文存》，上海古籍出版社，2006 年。

朱元曙、朱乐川整理：《朱希祖日记》，中华书局，2012 年。

朱希祖：《朱希祖文稿》，凤凰出版社，2010 年。

吴承仕：《吴承仕文录》，北京师范大学出版社，1981 年。

庄华峰编纂：《吴承仕研究资料集》，黄山书社，1990 年。

冯文炳著，王风编：《废名集》，北京大学出版社，2009 年。

《冯文炳选集》，人民文学出版社，1985 年。

欧阳哲生主编：《傅斯年全集》，湖南教育出版社，2003 年。

《施蛰存全集》，华东师范大学出版社，2011 年。

曹聚仁：《中国学术思想史随笔》，生活·读书·新知三联书店，1986 年。

杨亮功：《早期三十年的教学生活》，黄山书社，2008 年。

周予同:《周予同经学史论著选集》,上海人民出版社,1983年。

中国古典文学研究会主编:《五四文学与文化变迁》,台湾学生书局,1990年。

陈子展:《最近三十年中国文学史》,上海古籍出版社,2000年。

郭湛波:《近五十年中国思想史》,上海古籍出版社,2010年。

钱穆:《中国近三百年学术史》,商务印书馆,1997年。

钱穆:《中国学术思想史论丛》,生活·读书·新知三联书店,2009年。

钱穆:《中国文学讲演集》,香港:人生出版社,1963年。

钱穆:《中国文学论丛》,生活·读书·新知三联书店,2002年。

徐一士:《一士类稿》,中华书局,2007年。

钱基博:《中国现代文学史》,中国人民大学出版社,2004年。

湖北老龄科学研究院主编:《黄侃纪念文集》,湖北人民出版社,1989年。

黄侃:《黄季刚诗文抄》,湖北人民出版社,1985年。

杨树达:《春秋大义述》,上海古籍出版社,2007年。

陈寅恪著,陈美延编:《陈寅恪集》,生活·读书·新知三联书店,2001年。

万绳楠整理:《陈寅恪魏晋南北朝史讲演录》,黄山书社,1987年。

蒋天枢:《陈寅恪先生编年事辑》,上海古籍出版社,1997年。

卞僧慧:《陈寅恪先生年谱长编》,中华书局,2010年。

陆键东:《陈寅恪的最后20年》,生活·读书·新知三联书店,1995年。

纪念陈寅恪教授国际学术讨论会秘书组编:《纪念陈寅恪教授国际学术讨论会文集》,中山大学出版社,1989年。

北京大学中国中古史研究中心编:《纪念陈寅恪先生诞辰百年学术论文集》,北京大学出版社,1989年。

王永兴编:《纪念陈寅恪先生百年诞辰学术论文集》,江西教育出版社,1994年。

蔡鸿生:《仰望陈寅恪》,中华书局,2004年。

张杰、杨燕丽选编:《解析陈寅恪》,社会科学文献出版社,1999年。

刘以焕:《一代宗师陈寅恪》,重庆出版社,2001年。

张求会：《陈寅恪的家族史》，广东教育出版社，2000 年。

汪荣祖：《史家陈寅恪传》，北京大学出版社，2005 年。

吴学昭：《吴宓与陈寅恪》，清华大学出版社，1992 年。

吴宓著，吴学昭整理：《吴宓诗集》，商务印书馆，2004 年。

朱自清：《朱自清全集》，江苏教育出版社，1996 年。

《朱自清古典文学论文集》，上海古籍出版社，1981 年。

刘大杰：《魏晋思想论》，上海古籍出版社，1998 年。

容肇祖：《魏晋的自然主义》，东方出版社，1996 年。

贺昌群：《魏晋清谈思想初论》，商务印书馆，2000 年。

贺昌群：《贺昌群文集》，商务印书馆，2003 年。

朱光潜：《朱光潜美学文集》，上海文艺出版社，1982 年。

宗白华：《宗白华全集》，安徽教育出版社，1994 年。

冯友兰：《三松堂全集》，河南人民出版社，2000 年。

余嘉锡著，周祖谟、余淑宜编：《余嘉锡文史论集》，岳麓书社，1997 年。

钱仲联：《梦苕庵诗话》，《民国诗话丛编》第六册，上海书店出版社，2002 年。

沈祖棻著，程千帆笺注：《沈祖棻诗词集》，江苏古籍出版社，1994 年。

小尾郊一著，邵毅平译：《中国文学中所表现的自然与自然观——以魏晋南北朝文学为中心》，上海古籍出版社，2014 年。

范宁：《范宁古典文学研究文集》，重庆出版社，2006 年。

侯外庐：《中国近代启蒙思想史》，人民出版社，1993 年。

李泽厚：《中国近代思想史论》，人民出版社，1979 年。

周勋初：《周勋初文集》，江苏古籍出版社，2000 年。

王瑶主编：《中国文学研究现代化进程》，北京大学出版社，1996 年。

陈平原主编：《中国文学研究现代化进程二编》，北京大学出版社，2002 年。

陈平原：《中国现代学术之建立》，北京大学出版社，1998 年。

陈平原：《作为学科的文学史》，北京大学出版社，2011 年。

巩本栋编著：《中国现代学术演进——从章太炎到程千帆》，北京大学出版社，2009 年。

蒋凡等著：《近现代学术大师治学方法比较》，山东画报出版社，2008 年。

董乃斌：《近世名家与古典文学研究》，上海大学出版社，2005 年。

周兴陆：《20 世纪中国古代文学研究史（总论卷）》，东方出版中心，2006 年。

蒋述卓等：《二十世纪中国古代文论学术研究史》，北京大学出版社，2005 年。

郭英德等：《中国古典文学研究史》，中华书局，1995 年。

尚学锋、过常宝、郭英德：《中国古典文学接受史》，山东教育出版社，2000 年。

赵敏俐、杨树增：《20 世纪中国古典文学研究史》，陕西人民教育出版社，1997 年。

杨向奎等：《百年学案》，辽宁人民出版社，2003 年。

张京华：《古史辨派与中国现代学术走向》，厦门大学出版社，2009 年。

刘运好编著：《新时期中国古典文学研究述论》（第一卷），商务印书馆，2006 年。

耿云志、闻黎明编：《现代学术史上的胡适》，生活·读书·新知三联书店，1993 年。

董德福：《梁启超与胡适——两代知识分子学思历程的比较研究》，吉林人民出版社，2004 年。

王治心：《中国基督教史纲》，上海古籍出版社，2004 年。

宗白华：《艺境》，北京大学出版社，1999 年。

王瑶：《中古文学史论》，北京大学出版社，1998 年。

牟润孙：《海遗丛稿》二编，中华书局，2009 年。

张中行：《负暄琐话》，中华书局，2006 年。

朱维铮：《近代学术史论》，中华书局，2013 年。

朱维铮：《求索真文明——晚清学术史论》，上海古籍出版社，1996 年。

阎步克：《士大夫政治演生史稿》，北京大学出版社，1996 年。

于迎春：《秦汉士史》，北京大学出版社，2000 年。

袁进:《中国文学的近代变革》,广西师范大学出版社,2006 年。

何兹全:《中国文化六讲》,河南人民出版社,2003 年。

郑师渠:《晚清国粹派文化思想研究》,北京师范大学出版社,2014 年。

喻大华:《晚清文化保守思潮研究》,人民出版社,2001 年。

关爱和:《中国近代文学论集》,中华书局,2006 年。

毛夫国:《现代文学史上的"晚明文学思潮"论争》,文化艺术出版社,2011 年。

孙海洋:《湖南近代文学》,东方出版社,2005 年。

杨联芬:《晚清到五四:中国文学现代性的发生》,北京大学出版社,2003 年。

秦燕春:《清末民初的晚明想象》,北京大学出版社,2008 年。

彭春凌:《儒学转型与文化新命——以康有为、章太炎为中心(1898—1927)》,北京大学出版社,2014 年。

陆胤:《政教存续与文教转型——近代学术史上的张之洞学人圈》,北京大学出版社,2015 年。

牛仰山编:《中国近代文学论文集(1919—1949):概论·诗文卷》,中国社会科学出版社,1984 年。

黄霖:《中国文学批评通史·近代卷》,上海古籍出版社,1996 年。

李帆:《章太炎、刘师培、梁启超清学史著述之研究》,商务印书馆,2006 年。

顾毓琇:《中国的文艺复兴》,科学出版社,2011 年。

周宪、乔纳森·纳尔逊主编:《意大利文艺复兴与中国》,中国社会科学出版社,2017 年。

卢兴基:《失落的"文艺复兴"——中国近代文明的曙光》,社会科学文献出版社,2010 年。

格里德著,鲁奇译:《胡适与中国的文艺复兴》,江苏人民出版社,1993 年。

高俊林:《现代文人与"魏晋风度"——以章太炎、周氏兄弟为个案之研究》,河南人民出版社,2007 年。

陈方竞:《多重对话——中国新文学的发生》,人民文学出版社,

2003 年。

罗检秋：《近代诸子学与文化思潮》，中国社会科学出版社，1998 年。

张宝明：《转型的阵痛：20 世纪中国文学思想与文化启蒙论衡》，学林出版社，2007 年。

谭桂林等：《二十世纪中国文学的中西之争》，百花洲文艺出版社，2006。

张冠华等：《西方自然主义与中国 20 世纪文学》，中央编译出版社，2007 年。

吴云：《20 世纪中国文学研究·魏晋南北朝文学研究》，北京出版社，2001 年。

吴云编著：《20 世纪中古文学研究》，天津古籍出版社，2004 年。

刘纳：《嬗变——辛亥革命时期至五四时期的中国文学》，中国人民大学出版社，2010 年。

莫砺锋主编：《薪火九秩——南京大学中文系九十周年系庆纪念文集》，南京大学出版社，2004 年。

吴孟复：《桐城文派述论》，安徽教育出版社，2001 年。

张宝明：《转型的阵痛：20 世纪中国文学思想与文化启蒙论衡》，学林出版社，2007 年。

王立群：《现代"文选"学史》，中国社会科学出版社，2003 年。

王书才：《〈昭明文选〉研究发展史》，学习出版社，2008 年。

徐公持：《魏晋文学史》，人民文学出版社，1999 年。

罗宗强：《玄学与魏晋士人心态》，南开大学出版社，2003 年。

罗宗强：《魏晋南北朝文学思想史》，中华书局，1996 年。

汤用彤：《魏晋玄学论稿》，上海古籍出版社，2001 年。

汤一介：《郭象与魏晋玄学》，北京大学出版社，2000 年。

汤一介、胡仲平编：《魏晋玄学研究》，湖北教育出版社，2008 年。

余敦康：《魏晋玄学史》，北京大学出版社，2004 年。

王葆玹：《正始玄学》，齐鲁书社，1987 年。

高晨阳：《儒道会通与正始玄学》，齐鲁书社，2000 年。

徐斌：《魏晋玄学新论》，上海古籍出版社，2000 年。

韩强：《王弼与中国文化》，贵州人民出版社，2001 年。

王晓毅：《王弼评传》，南京大学出版社，1996 年。

高晨阳：《阮籍评传》，南京大学出版社，1994 年。

童强：《嵇康评传》，南京大学出版社，2006 年。

李锦全：《陶潜评传》，南京大学出版社，1998 年。

袁行霈：《陶渊明研究》，北京大学出版社，1997 年。

龚斌：《陶渊明传论》，华东师范大学出版社，2001 年。

李剑锋：《元前陶渊明接受史》，齐鲁书社，2002 年。

西南联大北京校友会编：《我心中的西南联大：西南联大建校 70 周年纪念文集》，清华大学出版社，2008 年。

胡文辉：《现代学林点将录》，广东人民出版社，2010 年。

于景祥：《骈文论稿》，中华书局，2012 年。

何世剑：《庾信诗赋接受研究》，江西人民出版社，2013 年。

陈斌：《明代中古诗歌接受与批评研究》，上海三联书店，2009 年。